Dengyiguang

邓一光文集·长篇小说

想起草原

邓一光·著

四川出版集团 四川文艺出版社

图书在版编目(CIP)数据

想起草原 / 邓一光著. —成都：四川文艺出版社，
2012.8
（邓一光文集）
ISBN 978-7-5411-3484-5

Ⅰ.①想… Ⅱ.①邓… Ⅲ.①长篇小说-中国-当代
Ⅳ.①I247.5

中国版本图书馆 CIP 数据核字 (2012) 第 079512 号

邓一光文集 | XIANGQICAOYUAN
长篇小说

想起草原

责任编辑　李淑云
责任校对　韩　华
责任印制　唐　茵等
封面设计　尚书堂
版式设计　史小燕　张　妮
封面题字　邢补生

出版发行　四川出版集团　四川文艺出版社
社　　址　成都市槐树街 2 号
网　　址　www.scwys.com
电　　话　028-86259285(发行部) 028-86259303(编辑部)
传　　真　028-86259306

读者服务　028-86259285　028-86259287
邮购地址　成都市槐树街 2 号四川文艺出版社邮购部　610031

印　　刷　成都东江印务有限公司
开　　本　700mm×1000mm　1/16
印　　张　19.25
字　　数　276 千
版　　次　2012 年 8 月第一版
印　　次　2012 年 8 月第一次印刷
书　　号　ISBN 978-7-5411-3484-5
定　　价　32.00 元

一

小姨死了。

心脏监视仪示波图上的那条荧光线拉平的时候，我不在小姨身边，我去病房外面的花园里抽了一支烟，然后回到走廊里，在阒无一人的休息室长椅上坐了下来，我就在那里打着盹睡着了。

小姨病危的这段日子，大姨从北方赶来了，她和母亲白天在医院里守着小姨，我夜里值班。小姨在弥留状态中停留的时间很长，她神志不清的时间大约有一个月。这一个月的每一天夜里，我坐在小姨的病床前，看着安静地躺在白色被单下的小姨，听远处的大街上有洒水车响着音乐驶过去，心里想，夜晚的大街上，一个行人都没有，洒水车让音乐响着，它让谁来听它的音乐呢？我猜测那个驾驶洒水车的司机是个快乐的年轻人，在人们熟睡的时候，他一个人从大街上精神勃勃地驶过，他让音乐响着，他是在给自己和他的车放那段儿歌般天真单纯的音乐的。

医生把我拍醒的时候，小姨已经停止呼吸好一阵了，休息室的灯忽闪了两下，一阵淡淡的唐松草的味道从走廊的另一头传过来。我从长椅上站起来，跟随医生走进病房，他们已经给小姨蒙上了脸。两个护士正在那里拆除各种仪器，给仪器套上蓝色的布套，把它们像使用过的武器一般收拾起来，等着下一个病人需要时启用。

值班医生是个中年男子，十指修长，头发锃亮，脸上棱角分明，不像个医生，倒像个艺术家。他把手爱惜地抄在白大褂的兜里，很理解地对我说，你太累了，他们得做记录，来不及去叫你。

我点了点头。我知道他们已经做得很好了。

值班医生看了一眼白色被单下一动不动的小姨，突然说，得火化吧？

我说，是，现在不兴土葬，都火化。

值班医生说，我知道，不过报纸上说，也有天葬和水葬的。我说，那是西藏。

值班医生说，西藏太远了。

我说，是。

值班医生很遗憾地叹息了一声，摇摇头，走开了。

我知道值班医生为什么叹息。这样的叹息在小姨住进这所医院以后已经发生过很多次了。和这样的叹息有着相同意味的一个故事是这样的：小姨工作的文化局有一次接待了一位从国外来的艺术家，这位艺术家以他挑剔的审美眼光在圈内著名，他在文化局待了三天时间，这三天时间里，文化局里那些年轻漂亮的女演员们不断地在他眼前晃来晃去，希望引起他的注意，他都视而不见。在离开文化局的那一天，他看见了小姨。他的目光蓦然一亮，像是被电触了一下。他喃喃地说，这是谁？

早上的时候，我从医院出来，在医院门口的公用电话亭里给家里打了一个电话。

接电话的是父亲。我说叫我妈接电话。父亲把电话搁了，喊，你的电话。母亲过来接电话。我说小姨走了。母亲在电话那头没有说话，过了好一会儿，她轻轻地叹了一口气，把电话挂上了。

我也挂了电话，然后又拨了一个电话，将小姨的死讯通知了另外一个人，这次的通话时间要长一点儿，但也不至于长到让人烦的地步。早晨，雾刚起来，街上还没有太多的行人，有几辆车懒洋洋地驶过去，都是没睡醒的样子。

挂完这两个电话，付了一块钱的电话费，我去一旁的食品店里买了一个刚出炉的面包、一盒酸奶，回到医院，在休息室里我一个小时以前打过盹的那条长椅上坐下，等着母亲和大姨赶来。

母亲什么话也没说，她只是叹了一口气。

二

　　小姨能够活下来、活到今天，这本身就是一个奇迹。

　　小姨出生在一个暴风雪的夜晚，这也许是一种预兆。

　　在那个风雪交加的夜晚，姥爷家族遭到了一群结有宿怨的雪狼的袭击。

　　那是一群势力强大的雪狼，大约有一百来只，它们生活在美丽富饶的梭鲁河畔，一只只器宇轩昂，气度不凡，漂亮得一塌糊涂。这样美丽的雪狼群，即使是在水草丰盛的草原深处也是不多见的。

　　十个月之前，这群雪狼来到青森草原，与正朝那里转移牧场的姥爷家族邂逅，从而导致了它们和姥爷家族的宿仇。

　　那是草原上兔腴獾肥的季节，平心静气的雪狼们在这样的季节里一向不打家畜的主意。它们消闲地伸着懒腰，打着哈欠，从草棵中姿态优美地次第走过，像一些风度翩翩的绅士。在遇到姥爷家族的畜群时，它们甚至远远地走到一边去，给畜群让出路来。只有几头年轻的雪狼停了下来，以同样优美的姿势坐在草地上，偶尔相互打闹两下，然后停下来，用欣赏的目光看着黑色的牦牛白色的绵羊褐色的驯鹿杂色的骏马从它们面前河流一般通过。

　　姥爷率先攻击了雪狼。

　　姥爷那一天兴趣盎然，他喝了太多的烈性烧酒，酒精的激发作用让他过早地进入了狩猎季节。他骑在马上，就着牛皮酒囊灌了一大口烧酒，仰着头挣着脖子大声地唱道：

把那叉角公羊满满地系在正侧，

把那竖耳狐狸满满地系在反侧；

把那白嘴母盘羊满满地系在正侧，

把那弯角公盘羊满满地系在反侧。

让那八条捎绳满满沾着猎物的鲜血，

让那细条捎绳满满浸透猎物的油渍；

让我那后摆被猎物撑开，

让我那前襟被猎物鼓胀。

姥爷唱完歌，豪气冲天地打了一个喷香的酒嗝，哈哈大笑着，挂上酒囊，捋了捋黑须上的酒珠子，把粘满糌粑粉的两只手指头塞进嘴里，一磕马肚子，一声唿哨，带着他的几个儿子朝雪狼冲去。

春天里的雪狼膘肥肠满，缺乏对抗性，并且对来自这个季节的杀戮十分茫然。它们有点烦躁地在草棵中跑动，试图躲开这场失去了规则的袭击。姥爷和舅舅们根本就没有打算让雪狼们躲开，他们不依不饶，追出了很远。雪狼的奔跑速度是极快的，即使这样，仍然有两头缺乏经验的雪狼崽和一头试图保护自己孩子的母狼做了姥爷和舅舅们刀箭下的猎物。

性格开朗的姥姥那一次显得有些忧虑，她对姥爷说，你不该在这个季节去撵雪狼。

姥爷满不在乎，他把杀死的两头雪狼崽丢给大舅二舅，让他们给自己的孩子做两件坎肩。那张母狼皮，他自己留了下来，硝好之后给姥姥做了一张舒服的褥子。剩下的雪狼肉砍成块喂了牧羊犬们。

姥爷生气地说姥姥，你这个女人，给我闭上嘴，我爱撵谁就撵谁，我爱什么时候撵就什么时候撵，我要今晚喝足了酒上天去把月亮撵下来，你管得着？

姥爷那天晚上有点恼火了，他被姥姥激怒起来了，他真的喝了很多的酒，并且吃光了一条羊腿。喝足了酒啃足了羊腿的姥爷没有爬到天上去撵月亮，他微醺地喷着酒气爬进了姥姥的被窝，云掩雾绕地把姥姥折腾了半宿。他报复似的要姥姥继续给他生舅舅，生一大串舅舅，否则他将再一次在不该的季节里去袭击雪狼。

姥姥在那天晚上坐下了喜，她在三百天之后变成了一个满盈之月。姥姥觉得这次的喜和以往所有的喜都不一样，这一次坐喜，她什么也不想吃，她觉得自己越变越轻了，有一种力量在她的腹内日益增强，让她有一种向上飞去的感觉。

姥姥的样子让姥爷感到奇怪。姥爷说，你弄出点声音来行不行？你平常风刮雹过似的，二里地远就能听见你的喘气声，怎么现在成了跳跳鸟，走到跟前都不出一点儿声，吓人不吓人？你没什么不舒坦的吧？

十个月后，那群雪狼重新出现了，它们沿着梭鲁河北上，在森青草原的一个牧场上盯上了姥爷家的畜群，并对它们发动了攻击。

姥爷家里所有的人都在姥爷的带领下投入对雪狼的反击，连五岁的母亲和三岁的小舅都握着苦丁树木做成的粪铲嗷嗷叫喊着，在大人们身后为他们助威。

雪狼的攻击此起彼伏，它们训练有素，目的明确，鱼贯扑向畜群，将犏牛扑倒，封喉毙命，成群结队扑进羊群中，绿眼如焰，将羊儿活活地吓死。

畜群一下子就炸了窝，四下逃窜着，将黑色的雪泥踢得满处飞溅。

姥爷十分兴奋，他骑在马上，领着七个成年的舅舅扑向狼群，用毛瑟枪、英雄铳和平头长刀一次次地击退狼群。狼群不断地被姥爷和舅舅们打退，不断地被他们射倒和砍倒，而他们自己的马匹和衣袍上也浸透了雪狼和他们自己的鲜血。家族中剩下的妇女和孩子则在姥爷的一个寡妇妹妹的带领下点上牛粪火堆，圈阻惊乱的畜群，并大声呐喊着，用抛石绳阻击那些企图偷袭畜群的雪狼。

小姨一开始就错误地选择了来到这个世界的时间，她在那个时候降生了。

　　所有的人都去与雪狼作战了，顾不上姥姥，毡包里只剩下姥姥一个人。姥姥十分镇定。她没要任何人帮忙，嘴里叼着一柄锋利的割肉刀，手中紧捏着两块羔皮，不慌不忙，独自在毡包里生下小姨。姥姥割断脐带，将脐带打上梅花结，用一张羔皮裹着小姨，将小姨包扎好，再收拾好自己，从毡子上爬起来，扎好袍子，提着那把染着脐带血的割肉刀，撩开毡包的搭帘，一路踉跄着冲进风雪中，去为她的丈夫助战。

　　风雪大得迷眼，姥姥在风雪之中寻找着她的丈夫。她不断地与四处乱撞的雪狼遭遇。她挥刀砍倒了一只雪狼，同时被另一只雪狼撞倒在地。她倒在地上，用脚踢蹬着雪狼的肚子，胡乱挥舞着手中的刀，将那头雪狼的两条前腿砍了下来。狼腿飞出两丈多远，消失在雪堆中，失去了两条前腿的雪狼负痛狂嗥着向一边冲去，将一头犏牛撞倒。高大的犏牛轰隆一声扑下去，一张嘴，花花绿绿的五脏六腑从嘴里飞溅而出，将雪狼撞得滚出了两丈远。牛没了内脏，立刻成了一张空皮，瞪着拳头大的眼睛，黑云似的坍塌在雪地里。姥姥从地上爬起来，踩过热乎乎的犏牛皮，跌跌撞撞地向前走去，她的宽大的袍子拂扫在雪地上，雪地上滴滴答答洒落下大朵大朵艳红的梅花。

　　姥姥终于找到了她的丈夫。他在一群雪狼之中。他的马已经倒在了一旁，喉咙和肚子被雪狼们撕开，内脏抛撒得到处都是。他自己的腿和胳膊也被雪狼咬伤了，骨肉袒露，浑身都是鲜血。

　　子弹很金贵，子弹射进雪狼柔软的皮毛里的声音也很悦耳，但子弹早已打光了，被鲜血糊住了眼睛的姥爷和他的儿子们只能用他们手中的钢刀来搏击。钢刀劈开雪狼头颅的声音同样是悦耳的，它们甚至比子弹射进雪狼皮毛里的声音更悦耳，它们让精疲力竭的姥爷和他的儿子们越来越兴奋，而让雪狼们越来越丧失耐性。

　　雪狼不喜欢在白天作战，那是它们休养生息的时候，在失去和睦相处的好日子的时候，它们会为白天的明媚和满地同伴的尸首而伤感。天将黎明时，雪狼们丢下了二十几头同伴的尸首和近百头牲畜的尸首退出了攻击，它们舔着嘴角和趾爪上的鲜血，扬颈朝天噪叫，彼此通知着撤出战斗，相互照应着，一个个目光忧郁，像草原上最伤感的诗人，一步三回头地消失在风雪之中。

姥姥第一个发现毡包不在了。

雪地上布满了雪狼和畜群践踏的蹄痕，以及冻结成了黑冰的零碎肢体和内脏，毡包却不在了，它们消失在原来的地方。

姥姥愣了一下，她丢开手中的割肉刀，一路踢溅起雪粉朝雪地上扑去，到处寻找毡包。毡包不知什么时候被雪狼和畜群撞倒了，被狂风刮得不知去向，毡包里的东西随同毡包一起消失得无影无踪，一片狼藉的雪地上空空如也，连煮奶茶的红铜壶都没有留下来。

找不到毡包的姥姥疯了，她像母狼一样声嘶力竭地喊叫着：啊——啊——

姥姥的喊叫声招来了家人。他们捂着伤口赶过来，在明白发生了什么事情之后，开始沿着风去的方向寻找。他们终于在两里路外的一片荆棘丛里找到了毡包。

姥姥甩开家人的阻拦，扑过去掀开毡包——

毡包空空的，那里面什么内容都没有。

姥姥真的疯了，她趴在毡包上，一寸寸地摸索着、撕扯着，好像那样的摸索和撕扯是可以把那个留在毡包里的孩子寻找出来似的。

孩子不在毡包里。她丢开毡包，反身回去，沿着风来的方向去寻找。她跪在雪地里，双膝匍匐着向前爬去，用双手在雪地里刨动。她刨出一条雪狼腿，又刨出一具瞪着眼的牛头。姥姥把它们丢到一旁，她把冰雪刨得四下里飞扬。那些飞扬起来的雪再一次从空中落下来，好像它们又活过了一次，是一场新雪似的。

姥姥那么拼命地向前爬，拼命地刨着雪，她终于在一个雪堆里刨出了那个羔皮包裹。

所有的家人都看见了羔皮包裹里的那个孩子。

那个孩子，她一头一脸的雪粉，嘴里也噙着雪粉，活像一个刚刚从天空中落下来的雪孩。她安静地闭着一只眼睛，另一只眼睛则亮晶晶地睁着，小嘴巴如红润的桃花瓣，咂巴咂巴地吮吸着从天空中落下来的新鲜雪花，好像它们是世界上最美味的佳肴。

姥姥猛地将羔皮包裹搂进怀里，一下子瘫坐在雪地里，号啕大哭起来。

那个时候，姥姥开始血崩。

三

姥爷的家族是个大家族。姥爷的家族人口众多，多得家族需要转移草场的时候，照顾牲畜得分出一半的青壮劳动力，照顾老幼妇女得分出另一半青壮劳动力。这支由人畜共同组织起来的迁徙队伍热闹非凡地从青森草原走过的时候，你会觉得青森草原是在流淌着，连风都热烈了起来。

父亲在很多年后曾不无揶揄地对我们说，解放全人类不是一件容易的事业，你们想一想呀，光是解放你们姥爷家就得花多大的力气呀？这世界上有多少你们姥爷这样的家庭呀？那是一件容易的事业吗？

父亲这样说当然是在说怪话。父亲在进入老年以后就开始说怪话了，随着年龄的增长，他的怪话越来越多。父亲是个退役军人，他在退役之前是没有什么怪话的，他属于那种信心百倍勇往直前的人，他在退役之前可以打仗，或者说可以等待打仗，而打仗只需要行动，不需要动嘴皮子，因此不会滋长什么怪话。但是进入老年以后，父亲他没有什么仗可打了，他和大家一起进入了一个美好的安宁的和平年代，他被这种美好的安宁的和平年代埋葬了，永无出头之日；他先前还盼着，他不信任脆弱的和平，不相信脆弱的美好和安宁，觉得还有希望，还能行动起来。但是盼来盼去，他发现和平越来越结实，美好和安宁前仆后继，没有什么盼头了，不能行动了，他只好说怪话。父亲的怪话自然不具有什么行动性，比如他说光是解放姥爷的家就得花费很大力气这样的话，其实并没有别的意思，没有后悔或者改朝换代这一类意思。因为他和母亲结婚的时候，他对母亲家庭的情况是了如指掌的，他知道母亲家里人口众多，多得在转移草场时得组织辎重队，并且熏风热烈。即使如此，他在对情况了如指掌之后仍然信心百倍勇往直前地去追求母亲，丝毫没有犹豫。如果说解放的话，他就是一个十分热情的解放者，心甘情愿的解放者，在解放姥爷家的道路上，父亲从来就没有被人口众多这个困难吓倒过。

姥爷家里人口众多，上一辈和下一辈的不算，光是母亲这一辈就有兄弟姐妹十三个。母亲有八个哥哥，一个弟弟，两个姐姐，一个妹妹，那实在是一个繁荣昌盛的大家庭。很多年后，母亲曾经给我们讲起过那种繁荣昌盛的景象，她对那样的往事充满了怀念。但是我们这些做孩子的，对母亲的怀念十分茫然，我们始终弄不清母亲家里那些成员们的关系，弄不清那些舅舅和姨，他们谁是谁。我们弄不明白的原因不光是母亲家里的人太多，多得我们没法记住。我们弄不明白的原因还在于母亲的家在青森草原上，那里开满了美丽的紫云英和格桑花，牛马遍地，羊群如云，肥硕的牧羊犬壮如牛犊，它们快乐地到处追逐着，撒着欢，使草原生机勃勃。那是我们不熟悉的地方，是我们这些母亲的孩子们只在书本和电影中看到过的地方，是我们向往的地方。我们因为不熟悉，因为向往，总是把母亲讲述中的事情和我们印象中的事情弄混淆了。在母亲讲述那些往事的时候，我们总会不明事理地问：您说的那个在格桑花中搬倒小牛犊的人，她是谁呀？或者我们会问：你说的那个用弓箭射死了黑熊的人，他是谁呀？我们这么不明事理地问，总是把母亲问得一愣。母亲愣过之后就叹息一声，轻轻地走开，去厨房做她的饭，去卫生间洗她的衣服，去院子里侍弄她的花草树木。那以后有很长一段时间，母亲沉默着，不再给我们讲她家族的往事，不再给我们讲紫云英格桑花和小牛犊一般大的牧羊犬以及黑熊的事情了。

我们对姥爷家族里的事情一直是含混着的，只有一个例外，那就是小姨。

小姨是我们对姥爷家里的成员知道得最多的一个。

有时候我会突发奇想，觉得我对小姨的了解超过了对我的母亲。这个念头困惑了我很长一段时间，我不知道为什么会是这样，有一次我把这个念头告诉了母亲，我以为母亲会很生气，她甚至会伤心，可母亲听了我的话之后却笑了。母亲那个时候正在为院子里的梨树剪枝，她伸出一只被梨树汁儿染得碧绿的手，摸了摸我的头，微笑着说了一声，好孩子。母亲的话很简练，我还是听懂了，她是说我比了解她更了解小姨，我就是一个好孩子。母亲的话让我既感到高兴又有点害怕。我感到高兴的原因是，我喜欢做一个好孩子，让人简明扼要并且微笑。我有点害怕的原因是，我有些不大明白，母亲那话的真正意思是什么。我知道很多事情并不像我们想的那么简单，它们拥有着一些我们一时无法了解的真正的意思，甚至于它们拥有的就是我们永远也无法了解到的意思。我有一种莫名其妙的兴奋。我就像一只在浅海处盘桓了很久的海豚，看见远处有黑色如雾霭一样的海潮涌了过来，它们是一种信号，它们是我生命的来源，是为着我而来的，我现在终于可以回到我的故乡去了。我冲到院子里的水龙头边，拧开水龙头，把脑袋伸到水龙头下，用水来冲头。因为太性急，我呛了水，一整个晚上都在咳嗽。

　　那件事情过去之后，我去院子里的水龙头下冲过了很多次头，虽然再也没有出现呛水这种事情，但是直到几年之后，我仍然能够闻到从我的头上飘逸出的梨树的清香。

　　因为如此，因为头上不断飘来的梨树的清香，我一直固执地认为人是可以长成树木的，人也许本来就是树木。

　　我甚至认为海豚也是可以长成树木的。

　　母亲家有四姊妹，大姨、二姨、母亲和小姨，她们同是那种百里挑一的美人胚子，但她们的美是不一样的。

　　我没有见过大姨、母亲和小姨年轻时候的样子，我不知道她们那个时候的美丽是怎样的。我也没有见过二姨，她在更早一些的时候就离开姥爷家了，从此再也没有回来。我能证明的是，直到中年和老年的时候，大姨、母亲和小姨仍然是女人当中最受人注目的那一类，无论她们走在什么地方，无论她们是走着、站着还是坐着，无论她们有没有笑容、说不说话，都能让人眼睛倏地一亮。

即使这样，即使我能证明大姨、母亲和小姨在她们中年和老年时的美丽，我仍然很想知道她们年轻时候的样子。我问过我的几个舅舅。我问他们我的女爸爸们她们年轻时是什么样子的？我一问舅舅这样的问题他们就很得意。他们把紫红色健康的脸膛仰向天空，哈哈大笑着，说，你看你这问的算是什么问题？你就不能问点真正的问题？还能怎么样？总之在青森草原，你要想见到最美丽的女人，你就只能到我们沙木腾格力家来，你不到我们沙木腾格力家来，你见到的所有美丽都不算数。

舅舅们的说法很霸道，他们基本上是没有商量余地的，并且目空一切，这让我有一点儿迷惑。我迷惑的原因是姥爷家族的人他们生活在青森草原上，青森草原那种地方，到处是丰硕的青草和疯长的鲜花，到处是歌唱着的鸟儿和打着响鼻的骏马，风吹得无拘无束，任意捉一缕下来摊在膝头上，那袅娜的风都美得惊人，美得你根本就站不起来，你就只好永远坐在那儿发呆，等风让你欣赏够了自己吹开。连风都美成了这种样子，况乎比风更健康快乐的人。青森草原那种地方，天高云淡，地阔风浓，自由自在，是辽阔到骑着驰骋的骏马撒开缰绳都能在马背上打瞌睡的，是自由自在到想要在马背上打跟头打到云里去躺着睡上一觉也没人去管你的，青森草原这个样子，用不着向谁来谦逊和客气。但即使这样，即使青森草原上的人都美成了云彩，青森草原上的人都不知道谦逊，舅舅他们也不该这么把脸儿仰向天空张扬地来说。他们这么把脸儿仰向天空张扬地说，并且哈哈大笑着，让我们这些没有机会生长在青森草原上的人还有什么意思。

我没能从舅舅们那里了解到大姨、母亲和小姨年轻时是怎样美丽的，我又新生出了另一个问题。

我问舅舅们：我的大姨、母亲和小姨，她们当中谁最美丽？

这回轮到舅舅们迷惑了。

舅舅们迟疑了片刻，说，她们三个人如果是安静的，坐在那里或者站在那里不动，最美丽的那一个是你大姨；她们三个人若是动起来，比如说像风或者说像马，那不用说，准是你小姨。

在日后的很多时间里，我一直在想象舅舅们的话。我在想象我那美丽的小姨，她在动起来的时候是一种什么样子。我想象过快乐的风从金黄色的桦木林中吹拂过的样子，想象过活泼的梅花鹿轻盈地飞跃过溪流的样子，想象过饱满的榛子从高高的枝头哗剥坠落的样子，想象过变幻莫测的云朵在天空中出现又消失的样子，想象过湿漉漉的花籽从一大片草尖的这一头滑动到那一头的样子……

我的想象无数，却从来没有真正抵近过小姨。我知道我没有抵近，我所有的想象都不是小姨，它们也许是她的伙伴但不是她，她不是那种样子的，她是她自己的样子，她是她自己想要成为的样子。

很多年之后，大姨、母亲和小姨有过一次聚会，那是她们各自匆匆命运里很多次聚会中的一次。

那时我还小，被父母寄存在幼儿园里。一个星期天，我被父亲接回家。推开家里的门，父亲把我放在地上，我站在那里不知所措，不肯再往前走一步。

我被眼前的三个女人给迷惑住了——三个女人，她们美丽极了，美丽得把整个屋子全都给照亮了。我那时还不知道什么是美丽，尤其是我还不知道什么是大人们认为的美丽，但我能感到阳光的明媚和温暖，能感到一栋房子它是怎样被映照得生动活泼有了生命，我还看到橱柜上的一钵千瓣莲，它原来是植物中骄傲的仙子，现在它却羞赧地迅速地委顿下去，消失了颜色和姿态。我想我当时肯定是迷惑不解了。我的迷惑不解不是因为我眼前三个女人的美丽，而是她们长得几乎一模一样。她们坐在屋子里，手儿拉着手儿，笑吟吟地说着话。她们全都像是我的母亲。但我知道她们肯定不会全都是我的母亲。我不会同时拥有三个母亲，并且是一个样子的。我想一定是什么地方搞错了。

看见父亲抱着我进来，三个女人一齐转过头来看着我。

一个女人起身朝我走来，把我从地上抱起来，从衣襟间抽出一块手帕，用力给我擤了一下鼻涕。

另一个女人跟着走过来，把我从第一个女人手中接过去，笑眯眯地看着我，在我的瓦片头上摸了一下，说，好宝宝。

第三个女人则像一阵风似的飘过来，伸出手来，啪啪地拍了拍我的脸蛋，大声地说，这是四儿吧？一定是四儿，马驹子眼睛里有雾呢，长大一准是个知道疼草的。

第三个女人说完，从桌上的篮子里拿过一个红红的大苹果，在手心里揩一圈，张开牡丹花瓣似的嘴唇，衔住苹果，吭哧咬了一口，蹲下身子来，凑近我，启开雪白的贝齿，喂小马驹似的，嘴对嘴将苹果喂进我的嘴里。

父亲站在一旁，皱了皱眉头，瓮声瓮气地说，别拿嘴喂他，他自己又不是没牙，你让他自己吃。

那个女人流光溢彩地瞟了父亲一眼，说，怎么了？我马驹子也喂过呢，我牛犊子也喂过呢，怎么就不能喂他了？

父亲没好气地说，他不是马驹子，也不是牛犊子，他是男孩子。

那个女人一点儿也不惧父亲，说，男孩子？他是不是他妈生出来的？是不是他妈奶大的？他还能是个石头蛋子雕出来的孩子不成？他要真是石头蛋子雕出来的，你们送给我好了，我正想要个石头蛋子变的孩子呢。

那个女人说着，又吭哧咬了一大口苹果，把我搂过去，让我的脸蛋贴着她的脸蛋，嘴对嘴香香地喂我。

我用力咬着嘴里的苹果，嘎嘎地笑了。我太快乐了。我觉得这个游戏很不错，马驹子很不错，牛犊子很不错，石头蛋子变的孩子很不错，它们全是我喜欢的那一种。我的快乐还在于，我认出她们三个人谁是谁了——第一个女人，那个用手绢用力给我擤鼻涕的，是我的母亲；第二个女人，那个笑眯眯地抱起我，叫我好宝宝的，是我的大姨；第三个女人，那个满口噙着甜蜜蜜的浆汁儿当我是小马驹喂我的，是小姨。

我想，从一开始我就用不着去记住，我甚至用不着去想象，我从骨子里就知道小姨她是什么样子的。

四

　　雪狼袭击青森草原的第二天清晨，血崩不止的姥姥断了气。姥姥在临死之前把那个羔皮包裹紧紧地搂在怀里，一直不肯松手，好像那样做，风雪就无法再把它刮走似的。

　　姥姥的死给了姥爷很大的打击，那打击的沉重与他失去他的雪青坐骑的沉重是同样的，那是双重的打击。姥爷把姥姥和被雪狼咬断脖颈的坐骑埋葬在一起，从此对小姨生出了不肯消解的怨恨。姥爷一直不喜欢小姨，并且从来不掩藏他对小姨的厌恶。姥爷固执地认为，是雪狼夺走了他的雪青马的生命，而小姨则夺走了他妻子的生命；雪狼是他的宿仇，小姨则是家族的扫帚星。

　　埋葬了姥姥和雪青马的那一天，姥爷领着儿子们把那些死掉的雪狼和牲畜剥了皮，堆成一座小山，用大铜鼎锅煮了，一连吃了几十天。

　　那段时间里，姥爷一直没有挪窝，坐在铜鼎锅旁，手里捧着一只巨大的牛皮酒囊，咬一口雪狼肉，喝一口熏舒尔（熏舒尔：经六蒸六酿酒力巨烈的马奶子酒）。他一天能吃掉一头雪狼的肉，喝掉一皮囊熏舒尔。

　　姥爷有一大群铁臂铜腰的儿子和如花似玉的女儿，他们全都怕他，尤其在他们的母亲死去之后，他们更加怕他了。他们也吃雪狼肉，喝熏舒尔，但是更多的时候，他们不吃也不喝，而是提心吊胆地站在一旁，忧心忡忡地看着他们的父亲，看他恶狠狠地把雪狼的脊骨和肩胛撕开，把它们分别填进嘴里去，怒气冲冲地把它们嚼碎、吞下、吃掉。有时候他们从那里默默地走开，去外面圈套牲口，或者去给他们的父亲弄酒。风从掀起的门帘中刮进来，卷着大朵大朵雪花，落入铜鼎锅里，顷刻间便与喷香的狼肉融在了一起。

只有一个人不怕姥爷，那个人就是小姨。

小姨根本不知道她是在一种什么样的情况下出生的。她不知道她坐在铜鼎锅边吃着雪狼肉喝着烈性酒的父亲刚刚埋葬了她的母亲。她只是觉得饿。她觉得饿了就要找吃的。她躺在羔皮包裹里，挥舞着一双小手，大声地啼哭，她的哭声在整个毡包里回荡。

姥爷红着眼睛，转过身来盯着小姨。他盯着小姨的样子就像要把她给吃掉似的。他恶狠狠地将手中的一条狼腿砸过去。那只狼腿差一点儿砸中了小姨。

小姨仍然挥舞着一双小手，她仍然在哭。

姥爷气坏了，又将手中的酒囊朝小姨砸了过去。

这一回姥爷砸中了小姨。小姨和酒囊一起滚进牛粪堆里。小姨哭得更厉害了。

姥爷暴跳如雷地喊道：人都死完了?！把她给我弄走！别叫她在这儿给我哭丧！

大姨吓坏了，她捂着胸口，连忙跑过去，抱起小姨，一溜烟钻出毡包。

小姨一生下来就没有奶吃，她是吃草原上那些牲畜的奶长大的。

姥姥死后，小姨由大姨照顾。大姨那一年十二岁。大姨没奶。大姨用牲口的奶喂小姨。草原上人少牲口多，吃足了草料的牲口奶汁充裕，马奶羊奶鹿奶牛奶骆驼奶，它们就像一条条流淌着的河水，源头永远不会断竭，它们都可以用来喂小姨。

喝饱了牲口奶的小姨不再哭喊了，她安静地躺在大姨的怀里，很快就睡着了。

几个月之后，小姨能够自己爬动了。能够爬动的小姨从来不在毡包里待着，整天在开满鲜花的草原上爬来爬去，和小马驹、小牛犊、小羊羔、幼鹿、牧羊犬一起玩耍。她完全成了幼畜中的一员。她喜欢和那些幼畜待在一起，喜欢在它们吃草的时候摘一些花草来抛撒在它们身上。她有时候也喜欢拽着它们的尾巴，让它们把她在草地上拖来拖去，或者让它们直接把她拖进河水里，咕噜咕噜地灌上几口清澈的河水，湿漉漉地爬上河岸，甩干发梢上的水珠，大声地打着喷嚏。玩累了，小姨就和幼畜们一起去抢母畜的奶头。她和幼畜们挤成一堆，在母畜的肚子底下钻来钻去，挑选最饱满的乳房，并且把别的同伴用力推开，独享那只乳房。等到她吃饱了奶，从母畜的肚子下面钻出来，打一个喷香的饱嗝，随便倒在一片草棵中，眼一闭，很快就睡了。大姨有时候去干活，干完了活回来找小姨，大姨找不到小姨，就去母畜的奶头下找，或者去草棵中找，大姨总是能够在那样的地方找到酣睡着的小姨。

在家族中，除了比小姨大十二岁的大姨和比她大四岁的母亲，没有人关心小姨。姥爷从来就不正眼看小姨，好像家里根本就没有她这个人似的。几个舅舅迫于姥爷的威严，平时也都不敢理睬小姨。没有人管的小姨就像个野孩子。而野孩子比所有的孩子都快乐。她夜里缩在皮袍里悄没声息地睡觉，一整夜都不会吭一声。等到天一亮，她就从皮袍里钻出来，溜出毡包，跑到草原上去了。她整天和那些马牛羊鹿待在一起，自由自在，无拘无束。她抓住小马驹的鬃毛，攀爬到它们的背上去，用赤脚丫踢着它们在马群里跑来跑去，骑够了这一匹，她就换到另一匹的背上去。她气咻咻地和小牛犊摔跤，她和小牛犊头顶着头，转着圈子，有时候她把小牛犊摔倒了，有时候小牛犊把她给摔倒了，不管谁摔倒了谁，她都会咯咯地大笑，快活得要命。饿了的时候，随便哪一头带了驹子的牲口都是她的母亲，她揪住一头母畜的尾巴，一打滚钻到肚子下面去，叼住奶头就吮，母畜要是想去一旁吃草，她就拽着母畜不让走，并且生气地责备它，冲着它喊：呀，呀。等到她吃饱了，打哈欠了，就搂着羊羔躺到花草丛中呼呼大睡，直睡得蜂缠蝶绕，风掩云埋，活活做了一个花草丛中的睡人儿。

最先发现小姨变化的是大姨。

大姨发现她最小的妹妹非常喜欢和牲口们待在一起，或者一个人待在花草丛中。她不喜欢和家人共处，她一和家人待在一块儿就显得十分木讷，像一块安静得让人忽略的奶豆腐。在她不得不和家人共处的时候，比如说，在晚上，她就完全变成了一个失魂落魄的孩子，那是最让姥爷生气的。姥爷总是呵斥她。姥爷说，你的魂呢？姥爷还说，你还不如一头马驹子，马驹子还叫两声呢！姥爷喝着酒，眼睛红彤彤的，恶狠狠地说小姨。小姨则一声不吭地坐在一旁。小姨一声不吭并不是怕姥爷。她从来没有怕过姥爷。她谁也没有怕过。她一声不吭，只是因为她那个时候的确是没有灵魂的。她的灵魂不在她身上。它不知道去什么地方去了。即使她那个时候眼睛明亮地看着姥爷，她也没有任何反应，她的眼里其实是没有任何人的。

而和牲口们待在一起的时候就不一样了。和牲口们在一起的时候，小姨是个快乐的孩子，她有那么多的话要说。她是和牲口们说话。她有时候是大声地说。她说那些当父亲的和当母亲的牲口。她的肚子上围着一块羔皮，赤着脚丫子，双手叉腰，说，你是怎么啦？你怎么只顾自己吃草呢？你怎么不管管自己的孩子呢？你看你多不像话呀！有时候她说话的声音很小，差不多是耳语。她蹲在那里，怀里搂着小羊羔小马驹小牛犊小驯鹿的脑袋，她和它们脸蛋贴着脸蛋，悄悄地说着一些什么。她甚至和天上飘着的云朵，地上长着的花草说话。她站在那里，站在青森草原金色的风中，仰起或者俯下身子，像老朋友似的和云朵花草说话，并且大声地笑。有一次她居然和一条有剧毒的蝮蛇说话。那条蛇从草丛中爬过，她叫住了它，对它说着什么。那条蛇停下来，扬起脑袋，一动不动地看着她，好像它真的听懂了她的话似的。

那一次，大姨正提着一桶奶从草地上走过，看到了正在说话的小姨和正在倾听的毒蛇。她和它离得那么近，差不多是脸儿贴着脸儿了。大姨吓坏了，惊叫一声，失手把一桶奶全泼翻在地上。大姨先是朝她的小妹妹奔跑过去，她跑了几步，又站住了，回过身朝毡包的方向跑，跑几步，又站住了，转过身来跑近小姨。大姨一把抱住小姨，她拿嘴唇去挨小姨的脸，看她是不是在发烧，又扒开她的衣服，看她是不是出疹子了。大姨惊惶失措地对小姨说，你没事吧？你没事吧？

大姨憋了几天，还是忍不住把小姨和牲口、云彩、花草们说话的事告诉了家里的人。

大姨说出这件事情的时候脸色苍白，她在说到小姨和一条路过的毒蛇说话的时候断断续续，浑身发抖，差一点儿呕吐起来。她说完了以后还下意识地朝毡包外面看了看，好像那条毒蛇随时都有可能出现在那里，吐着红信子爬进来似的。

家里的人听了大姨的话，全都拿一种异样的眼光看缩在毡包一角的小姨。小姨那个时候正在和一只生有灰色皮毛的小旱獭玩，她把那只有着一双可爱小眼睛的小旱獭捧在手上，任它顺着自己的肩头攀上爬下，并且伸出圆乎乎的鼻头来嗅她，又是一副灵魂出窍的样子。

几个舅舅不相信会有这样的事情，说，大妹你胡说什么呀，她连话都不会说，她只不过是一只刚被舔干了身子的奶羔子，她能和谁说话呢？她说话谁能听懂呢？

大姨急了，告诉他们这些事是她亲眼看见的，她看见了小姨是怎样和那些牲口们说话的，是怎样和云彩花草说话的，是怎样和那条蛇说话的。大姨为了证明她的话不是编出来的，还说了一株连钱草的事。大姨说当她跑过去的时候，那条毒蛇很不高兴地走开了，那条毒蛇走开的时候，一只黑翅膀的蝴蝶从那株连钱草上飞了起来，那只黑翅膀的蝴蝶飞过那条毒蛇上空，翅膀摇晃了一下，醉了酒似的笔直落了下去，落到草丛中不见了。

舅舅们听了哈哈大笑，说，大妹你说得就像歌里唱的事，你说老妹子和牲口说话，和云彩说话，和花儿草儿说话，和蛇说话，那她和不和星星说话？她要夜里爬起来和星星说话，大妹你一定要叫醒我们，你让我们见识见识老妹子，你让我们见识见识老妹子她是怎么和星星说话的。

只有姥爷相信了大姨的话。姥爷在听大姨说这件事之前本来坐在那里喝着酒。姥爷先是不耐烦地听大姨说，有好几次他都差一点儿打断大姨的讲述，把她赶开，去栏里套牲口，或是去给他弄酒。后来他停止了喝酒，酒囊悬在嘴边，盯着大姨。再后来他把酒囊丢开，站起来，冲到坐在毡包角落里的小姨跟前，朝小姨吼道：小杂种，你给我听好了，以后不许你再和牲口说话！不许你和花草说话！不许你和云彩说话！不许你和蛇说话！更不许你和星星说话！你听清楚了没有?!

很多年之后，大姨再一次提到了小姨和牲口云彩花草说话的那段往事。大姨那是对我说的。大姨指天发誓说，你的小姨，她确实是和那些牲口们说过话，她确实是和那些花草们说过话，她确实是和那些云彩们说过话，她确实是和那条蛇说过话。而且我告诉你孩子，不管你相不相信，那些牲口、花草、云彩和蛇，它们全都听懂了她说的是什么。

五

　　小姨越来越不像姥爷家族中的一员了。她和这个家里所有人都不亲近。她不和他们说话，大多数的时候不和他们待在一起。如果一定要她说话，一定要她和谁待在一起，那她就和牲口们说话，和牲口们待在一起。她和那些牲口们待在一起的时候非常快乐，这一点儿谁都看出来了。

　　姥爷对小姨的态度十分奇怪。他对小姨非常冷漠，从来就不正眼瞧她。更多的时候他是粗暴的。他老是吼小姨，一点儿也不耐烦。他冲着小姨吼叫的样子，就像恨不得随时要拽着小姨的胳膊腿，把她扔到草甸子里去喂了雪狼似的。

　　姥爷这么做，仿佛他和小姨有着多少深仇大恨，他必须通过这种方式发泄出来，否则他就没法饶恕自己，没法让自己安静下来。但姥爷有时候又做出一些令人费解的事情来，他自己那样冷漠粗暴地对待小姨，却不允许家人这样做。如果舅舅们上马的时候用脚把在一旁玩耍的小姨踢到一边，姥爷就会用他那双总是带着血丝的鹰眼盯着他们，好像他们再要那样做，他就会把他们撂倒，生生撕扯了吃掉。

　　有一次接羔季节，大群的母羊嫌弃羊羔，不给羊羔哺乳，姥爷家族的女人们在姥爷的寡妇妹妹带领下，忙碌着为那些可怜的羊羔们找奶。她们把母羊的奶水挤出来，搽抹在被遗弃的羊羔脊背上，把羊羔一只只抱到母羊的奶头下，让母羊给羊羔哺乳。她们一边干着活，一边轻轻地唱着《吆咕歌》：

呔咕，呔咕，呔咕，呔咕！

你为什么咩咩叫着走来，

你究竟忘记了什么，

这是你额头有白玉点的小羔羊，

它是千头绵羊里的头一个。

呔咕，呔咕！

呔咕，呔咕，呔咕，呔咕！

你的脑袋怎么这样糊涂，

你怎么嫌弃自己圆鼓鼓的孩子，

这是你东珠一样的小羊羔，

它是万头羊羔中的头一个。

呔咕，呔咕！

　　女人们那么唱着，那些母羊并不听她们的，女人们一把羊羔放到它们的奶头下，它们就走开了，去一边舔薄雪之下含着一包甜浆的草籽，如果女人们逼急了，它们就用后腿去踢它们的孩子，把它们撵开。

　　小姨坐在一边的雪地上玩，她和一只有着红色皮毛的小猞猁一起玩，一只花脸羯绵羊走过来，想参加到小姨和小猞猁的游戏中去，被小姨赶开了。

　　姥爷从那里走过，他站了下来，对他的寡妇妹妹看了一眼，然后朝小姨的方向努了努嘴。

　　寡妇妹妹心里明白，撩起袍子走过去，去叫小姨帮忙。

　　小姨坐在那里没动，她一边和小猞猁玩，一边接着女人们的歌大声地唱起来：

　　呔咕！呔咕！

哎咕！哎咕！

小姨的歌声和所有女人们的歌声都不一样，它像是从天庭里传来的，悠扬辽远。那些母羊听到了小姨的歌声，都停下了吃草，抬起头来看着小姨。它们听着听着，眼睛里渐渐涌起水汪汪的泪光，然后它们一个个低下头，迈着碎步朝自己的孩子走去。姥爷的寡妇妹妹朝姥爷看去。

姥爷像是什么也没有看见，扬着头走开了。

梭鲁河畔的那支雪狼家族在五年之后终于成功地报复了姥爷。

经过五年的繁衍和励精图治，梭鲁河畔的那支雪狼家族不光丁口大增，而且具有了相当的战斗力和韬略。五年之中，那些雪狼好几次与姥爷邂逅相遇，它们都主动躲开了，没有和姥爷发生正面冲突。在那几次遭遇中，姥爷不忘亡妻之恨，一见到那群雪狼就两眼喷火地扑上去，恨不得活剥了雪狼们的皮，生吃了雪狼的肉。雪狼往往一触即溃，并且还小有伤亡，但它们一点儿血性也没有，好像经过了前两次的较量，它们已经被姥爷给征服了，它们永远不会再与姥爷发生冲突了。

五年之后的一个清晨，雪狼群袭击了姥爷。

天还没有亮，姥爷的寡妇妹妹被毡包外面的狗叫声吵醒了。她想，是不是没给牲口挤奶，那些急着把自己腾空了好去草原上撒野的家伙们在撞圈栏了。她起来了，并且叫起了两个年轻的舅妈和大姨，领着她们去牲口厩里挤奶。

女人们一出毡包就惊呆了——

毡包外面的草地上，一片一片全是雪狼，它们把几个毡包围得水泄不通。雪狼中的大部分前脚直立地坐在那里，窄窄的下颏高扬着，刀条耳竖立，斜眼凛冷，巨大的尾巴铜棍似的拖沓在一旁，不拂不摇，静静地等待着。只有少数几头雪狼已经有过了最初的搏斗，它们目光闪烁，毛皮乍立，舔着宽大的嘴上的鲜血，从几只横七竖八倒在血泊中抽搐着的牧羊犬们身旁缓缓走开。

女人们惊恐的叫声吵醒了姥爷和舅舅们。姥爷和舅舅们差不多是赤身裸体地从毡皮睡袋里钻出来，他们再冲回毡包里去，把自己手忙脚乱地套进皮袍子里，又花费了不少的时间，这样，当他们穿戴整齐，拿着武器，冲出毡包的时候，已经失去了最有利的突围机会。

事实上，姥爷和舅舅们根本就没有失去过什么机会。他们根本就没有得到过什么机会，也就没有什么机会可以失去的。

雪狼的整个报复计划是十分周密的，它们选择了禁宰季节发动这场袭击，在这样的季节里，草原上的风是洁净的，河水清澈见底，姥爷和舅舅们因为只能吃没有血腥味的肉干和酸甜的奶制品而缺乏足够的杀气并且肌肉松弛，畜群肥美的诱惑使他们心旷神怡而丧失了搏斗的躁动欲望，这使得他们首先在体力和定力上已经处于较量的下风。雪狼在凌晨时分包围了毡包，这是它们最不可能出现的时候，因而也让对手放松了警惕。它们首先将姥爷与他的坐骑分而隔之，让姥爷只剩下一双罗圈腿而不能在草原上驰骋起来，这样的姥爷等于是失去了左臂的姥爷。雪狼们接下来便处理掉了那十几只牧羊犬。在两百多头健壮的雪狼的冷静目睹下，二十几头年轻的雪狼充当了最初的杀手，它们一跃而上，前追后堵，很快掏空了那十几只忠实的牧羊犬的肠子，把它们丢弃在血泊之中，这使姥爷又失去了他的右臂。雪狼将这一切先期的准备工作做完之后，便用高声嗥叫来通知姥爷，通知它们的到来。姥爷的第一次反击就失败了。他企图带着家中的男丁冲出毡包去，抢回他们的坐骑，这样他们在肉搏中就能将他们刀箭的威力延伸开来，延伸到狼所不及的地方。但是姥爷的企图没有得逞。雪狼的准备是充分的，它们不但在姥爷接近自己的坐骑之前成功地阻止住了姥爷，将姥爷阻回了毡包，而且乘着混乱将大舅刚出生的一个孩子叼走了。

大舅妈声嘶力竭地哭喊着，要冲过去救回她的孩子，被姥爷呵斥着让大舅拖住了。

大舅妈想要挣脱掉拦腰抱着她的大舅，她用牙去咬大舅的手，用脚踢他，高声叫道：放开我！放开我！我要我的孩子！

姥爷一脚踹开一头扑过来的雪狼，推开大舅，一把拉过大舅妈，甩手重重地给了她一记耳光。

姥爷双目凸暴，鼻孔里冒着青烟，牙齿咬得咯咯作响。

姥爷喊，谁都不许乱动！谁动我踢死谁！

姥爷很快发现他面对的是这支雪狼家族的全部，当然它们已经不是五年前的数字了，也不是五年前的实力了。他立刻判断出那不是一次偶然的遭遇，雪狼是善者不来，要置他于死地的。姥爷在那之后冷静了下来，他组织起家里的男人们，先用枪弹击退逼近毡包的雪狼，乘着混乱将其他毡包里的女人和孩子们接进最结实的一座毡包。在那里，他让所有的人都装备上了武器，并且准备着突围。然后他开始静静地守候，等待雪狼发起攻击，以便能找机会杀出一条血路，带领家人冲出雪狼的包围。

雪狼并没有发起攻击，它们胸有成竹地守候在毡包外的草地上，此起彼伏地嗥叫着；它们甚至不去骚扰圈里的牲畜，也不去管几匹跃出了栅栏在草地上不安而逃窜的马，这一点儿使它们很像一支纪律严明的军队。

牲口圈里的畜群渐渐地安静下来，它们发现事情并不像它们想象的那么坏——雪狼根本没有向它们发动攻击，而是团团围住它们的主人，这说明危险并不是针对着它们的，而是那些雪狼和自己主人之间的事，与自己毫无关系。它们明白了这一点儿之后，开始松弛下来，不再紧张，低头舔食撒落在地上的零星干草。

有两头年轻的牦牛离开畜群，走到圈栏边，好奇地看了看圈外的雪狼群。它们看了一会儿，认定自己无法做那支矫健的军队中的一员，便心平气和地走到一边去了。

姥爷没有等来雪狼的攻击，这有点出乎他的意料。姥爷决定不再等待，他开始试图击溃雪狼群的包围。他和舅舅们用滑膛枪射击毡包外的雪狼。他们真的打倒了几只雪狼，把它们打得滚进雪地里不再动弹。但雪狼们并不惊慌，它们将倒下的兄弟拖开，补上空缺出来的位置，继续包围着毡包。

姥爷有点犯愁了。他的子弹不够。他知道毡包外面的雪狼比他的子弹数要多得多，即使一枪一个，他也没法将它们全都打倒。姥爷知道他必须带着家人突围出去，而且得在雪狼们开始发动攻击之前突围出去，否则一旦雪狼发动攻击，他就没法占有主动了。

姥爷叫舅舅们停下射击，并且吩咐家人开始做准备，他要拼死一搏。

被选中去牲畜栏的是我的三舅。他是几个舅舅中奔跑得最快的一个，他跑起来就像一道风，能够追云逐月，在他吃饱了手抓肉和糌粑的时候，他甚至可以和最好的三河马比赛，从小河的这一头一跃到小河的那一头，把云雀远远地甩在身后。

三舅用火镰点着了火把。

姥爷朝三舅走过去，什么话也没有说，用力地拍了拍三舅的肩。

三舅把手中的火把交给身边的大姨，空出手来勒紧腰带，再把大姨手中的火把接过去。三舅做完这一切之后，转过身来冲着家人咧开嘴笑了笑，猫腰钻出了毡包。

枪声响了。

姥爷和舅舅们这一辈子从来没有这么畅快而毫不节制地放过枪，在最初的一袋烟工夫内，他们把所有的子弹都毫不犹豫地打了出去，以致他们的肩膀都被枪托震麻了。至少有二三十只被打倒了，它们跳到空中，嗥叫着，再跌落到雪地里，一动不动。

毡包里一片呛人的硝烟味，视线不清，姥爷差一点儿把我母亲当成了小姨。姥爷粗暴地推开母亲，吼道，那个小东西呢？！你妹妹呢？！

三舅在枪响的时候冲出毡包，他一只手举着燃烧着的火把，一只手挥舞着柳叶儿长刀，跳跃着从被子弹打倒的雪狼中穿过，朝牲口圈奔去。他奔跑的样子有点奇怪，像一只神经质的跳鼠，风追似的向前奔跑，好几次他都差点被打伤在地上拼命抽搐着的雪狼给绊倒，狼血很快沾上他的长袍，他和他的长袍立刻就被狼血浸透了。

雪狼发现了三舅，它们朝他扑过来。三舅一边奔跑一边挥舞着手中的长刀。雪狼一点儿也不在乎，它们像雪花似的刮过来，将三舅刮倒在地上。三舅手中的长刀掉落在草丛中，但他死死地抓着火把，嘴里叱骂着，踢开扑到他身上的雪狼，企图从地上爬起来。他把雪狼抛到一边，同时把自己落在狼嘴里的半身袍子、大腿上的一块肉和腰上的一块肉一起抛开。三舅终于从地上爬了起来，他发现身上有很多东西不在了，他觉得自己轻了许多，这让他十分生气。他对那些雪狼喊道，滚开！你们给我滚开！他那么喊叫着，不再管身上少了一些什么，继续举着火把往前跑。雪狼在后面追逐着他，它们不断地跃起来，从他身上的某一部分撕咬下一块布或者一块肉，它们很快把三舅剥得赤身裸体，并且进一步剥得形销骨蚀了。

形销骨蚀的三舅仍然没有放弃，他真的是轻了很多，真的是没有什么牵挂了，他拼出最后一点儿力气，带着两只用牙齿黏合在他身上的狼跟跟跄跄地奔到畜栏边，伸出手中的火把，燎断了畜栏的牛皮系绳，一头撞开畜栏。

几头雪狼一跃而起，覆盖在三舅身上，顷刻间将他剥成了一具骨架。那具骨架先是站在那里，有些奇怪地看了看身边，又看了看他手中的那支火把，然后他将火把朝畜群中掷去，这才吱吱呀呀地坍塌在地上。

畜群见了火，轰的一声炸了窝，首先是牦牛，然后是马，接着是绵羊，最后是驯鹿，畜群像决了堤坝的洪水冲出圈栏，将雪狼冲开一道口子。最前面的畜群将倒在地上的那具骨架踩得粉碎，并将几头雪狼撞倒，后面的畜群蜂拥而上，它们等不及，干脆将围栏撞倒，有两头牦牛踩在圆木上，站不稳，轰然倒下去，跟在后面的畜群并不停下来，径直踏着它们的身体冲出了畜圈。

姥爷在混乱中第一个冲出毡包，冲向拴马桩，他解开缰绳，翻身上马。

几个舅舅也跟着姥爷冲出毡包，冲到了拴马桩前，他们把家里的老人、妇女和孩子一个个撩上马，自己也跃上马背。

姥爷的目光在人群中巡视了一圈，他一磕马肚，朝毡包冲了过去。

小姨站在毡包前。她一直站在那里。雪狼包围住毡包的时候，家里的人全都惊恐不安，唯有她搂着她的那只红色皮毛的小猞猁，安静地坐在毡包的一角，又是那副失魂落魄的样子。家人们冲出毡包的时候，她犹豫了一下，站起来，跟着走出毡包。她站在毡包前，看着畜群冲出畜圈，看着家人手忙脚乱地爬上马背，然后她转过身，打算走回毡包去。

姥爷的马旋风般的到了。姥爷勒住马，一欠身，伸出猿臂，弯腰拽住小姨的百结鞯，拔土葱似的将小姨拔离地面，横搁在马背上，腾出手来，抽出叼在牙间的长刀，喊了声，走哇！一提缰绳，率先朝雪狼群冲去。

几个舅舅掩护着家人紧跟而上，他们用力磕着马肚子，同时挥舞着手中的长刀，没命地劈砍着挤成一堆的雪狼。他们不是奔驰，而是挤撞和践踏，硬是凭着马匹的高大从雪狼群中冲撞出了一条血路，跟着最前面的姥爷朝外冲去。妇女和孩子们则死拽着马鬃，让自己的小腹紧贴着马背，尖声锐叫着，用脚踢着身边的雪狼，驾驭着马一起朝雪狼群外挤去。

雪狼在最初的溃乱后稳住了阵脚，它们明白过来发生了什么，它们立刻簇围过来，补上了被畜群冲开的缺口，并且收拢了包围圈，成群结队地朝姥爷和他的家人冲来。

姥爷并没有冲出多远，很快被堵住了。马一开始奔跑起来就被遏制住了，局面比先前更加糟糕，人和马完全陷入了雪狼的包围之中，那正好是雪狼们想要的局面，它们现在用不着去守候了，猎物就在面前。它们停止了嗥叫，咻咻地张着血盆大口，三五结队，从四面八方扑向它们的对手。

小姨就是在这个时候开始叫了起来。

那是所有姥爷家族里的人都不曾听见过的叫声，它尖锐、凄厉、恐惧而神秘，像是从另一个未知世界传来的。那是小姨的叫声。小姨趴在姥爷的马背上，她是被姥爷在最后一刻拎上马背来的。她尖锐地叫着，叫声长久地持续着，不曾消失下去。姥爷被那尖锐的叫声惊住了，他差一点儿没有从马背上跌落下去。但是跌落下去的不是姥爷，而是一只雪狼。那只雪狼在小姨发出尖叫之前扑了上来，一口叼住了姥爷坐骑的喉咙。姥爷的坐骑负痛不住，用力挣脱着。雪狼紧紧攀在坐骑的脖子上，不肯松口，它的牙爪已经深深地陷进了坐骑的骨肉里。小姨一叫，那头雪狼像是被鞭子抽了一记似的，一下子松夺开牙爪，像一块醉肉，坠落在雪地上，被姥爷的坐骑高高地扬起两只前蹄，落下去，踏得脑浆四溅。

小姨仍在尖锐地叫着，她好像是生气了，是不喜欢这样的场面，是对人和雪狼的这种冲突不高兴。没有人在事先听到过她的意见，也许她劝过他们和它们，也许她一开始就想要走开，但是他们和它们太混乱了，太拥挤了，没有心思听她的，来不及让她走开，于是她不得不生气，不得不尖锐地大叫。

在小姨尖锐的叫声中，所有的雪狼都停止了攻击，它们像是听见了禁忌的命令，乍立的毛发倒伏下去，眼睛里露出迷茫和敬畏。厮杀停止了，雪地里一片呼呼的急喘声。雪狼们有些慌乱，它们甚至变得温存起来。

一件不可思议的事情发生了，那些雪狼，它们在向后退去……

姥爷醒悟过来，他让自己坐直了，一提缰绳，高喊一声：快走！

姥爷一直憎恨着小姨。他把这种憎恨保留了十四年。十四年后，他以一种最为简单的父亲的方式了结了这个憎恨——他把小姨嫁掉了。

姥爷把小姨嫁给了一个垦荒局的小官吏。

小官吏的彩礼是一支日造步枪和四十发子弹。

垦荒局的小官吏是个大烟鬼，他对年轻美丽的小姨早就垂涎三尺了。他不断托人上门来求亲，送上厚重的彩礼和一车一车的赞美诗。在姥爷家族转移牧场的时候，他就坐着牛车老远地跟在后面，要不是害怕几个虎背熊腰的舅舅，他恨不得天天都守在姥爷家的毡包前。

姥爷看也不看小官吏举过头顶呈敬上来的彩礼，他鼻子里哼了一声，示意一个舅舅把武器接过去，那以后他再也没看过那枪支和弹药一眼。

小姨出嫁之前去姥姥的坟前叩过头。

小姨跪在姥姥的坟前，声音很轻地说，额莫娘，我走了。

大姨的眼泪哗的一下就涌出来了——那是她十四年来听到的小姨说过

的最完整的一句话，或者说，那是她十四年来听到的小姨说过的唯一让她听懂了的话。

十四岁的小姨离开家的时候连看也没看姥爷一眼。她抱着与她相依为伴的猞猁和红皮旱獭走出毡包，把它们放在草丛中，对它们挥挥手；她穿过牲口群，挨个儿拍拍幼畜的脑袋，和它们道别；她跨上一匹雪白的骒马，昂着脸儿，一句话也没说，就这么头也不回地离开了家。

六

　　小姨的第一次婚姻非常短暂，它基本上在还没有开始的时候就结束了。

　　那个垦荒局的小官吏是个不中用的男人，他整天躺在炕上一颗接着一颗烧大烟泡，烧足了大烟泡，就读一册松巴堪布·益希环觉尔的《格萨尔可汗传》。他每天都要读那册书，而且每当读到抗击锡莱河三汗大战、格萨尔从锡莱河三汗手中救出了被掳走的爱妻茹格慕高娃那一章时，他都要泪水涟涟，痛哭流涕，拼命捶打自己的头。他有时候也去纠缠小姨。这种时候大多是他把自己的头打疼了的时候。他咬小姨，掐小姨，用鞋底子扇小姨的脸，然后把鞋子丢开跪在小姨的脚下求她饶恕他的罪孽。他说他是伟大的好日莫斯塔腾格日光荣的子孙，他是为了扫除人间以强凌弱、以寡欺众的痛苦疾患而降生的，可惜他在降生时弄错了时辰，成了一个废人，所以他才要读《格萨尔可汗传》，并且痛哭流涕，以期寻找灵魂的平衡。接下来他又去烧他的大烟泡。

　　小姨在受到纠缠的时候竭力反抗。她一点儿也不害怕那个大烟鬼，不想向他臣服。她连姥爷都没有害怕过，她会害怕谁呢？大烟鬼咬小姨的时候她也咬他，他掐她的时候她就踢他，他用鞋底扇她脸的时候她就扑过去折断他心爱的烟枪。但小姨从来就不是一个孔武有力的女子，她最终总是被那个大烟鬼折磨得遍体鳞伤。小姨被那个大烟鬼折磨得够呛后还得给他弄吃的。小姨一边打奶糕一边潸然泪下。她把大烟鬼看成一只猥琐的老鼠，但是她认为，就是一只老鼠也不该被饿着。那个大烟鬼并不买小姨的账，如果他吸烟没有吸好，或者他正在泪流满面地读着《格萨尔可汗传》，他就会勃然大怒，骂小姨是狐妖赛呼丽高娃，与魔汗胡么布狼狈为奸，企图用美色迷失他的良心，让他忘掉自己的故乡。他把奶茶泼在地上，把奶兑扔到小姨的头上，语无伦次地咒骂着，痛苦得不知所措。他朝小姨喊道：我就是一只老鼠，我就是一只老鼠，你能把我怎么样?!

如果不是英雄满都固勒出现，小姨在老鼠窝中的日子不会改变。

英雄满都固勒那个时候还是屯垦军中一名年轻的士佐。他高大魁梧，英俊的面孔如同草原上刚刚升起的太阳；他有雄狮般的力量，狸虎般的矫健，马鹿般的敏锐；他使用的弓箭，箭柄是用玛年山上的旃檀做成的，箭尾是用昆仑山的大鹏羽毛做成的，箭翅是用玛蓬海里的鲸鱼胶汁粘牢的，箭矢出自尼泊尔巧匠之手，这样的弓箭，除了满都固勒，青森草原上没有人可以使用。

满都固勒是一名秘密的反日会成员。他出生于通辽，祖上是正黄旗，家资颇丰，牛马成群；他的父亲是嘎达梅林的亲密战友，1930年追随嘎达梅林举起了"反对出荒"的义旗，转战于东科中旗、西科中旗、扎鲁特旗一带，到处捣毁垦荒局，打击屯军，在1931年春天的最后那场战役中，因弹尽粮绝、无人策应，与嘎达梅林一起肩并肩战死在新开河畔。

父亲战死时，满都固勒还是一个少年，母亲为躲避达罕尔王府刘福晋的追杀，带着他到处逃命，最后逃到东北的亲戚家里躲藏起来，才算免于一劫。满都固勒不忘杀父之仇，起誓要报仇雪恨，他在东北参加了秘密反日会，并被反日会送进了沈阳习武学校学习军事。从沈阳习武学校毕业后，满都固勒回到辽河老家，接受了打入屯垦军内部，伺机夺取军事力量的秘密任务，开始了他革命党的生涯。

满都固勒见到小姨的第一眼就爱上了小姨。

小姨那天去河边背水。小姨穿了一套褪了色的花布衫，百结辫子黑云一般盘在头顶上，赤裸着蔷薇色的一双小腿，腰肢舒展，袅娜娉婷地向河边走去。

小姨在离开了大烟鬼之后显得十分快乐。她讨厌那个老鼠窝。她愿意利用一切可能的机会离开那个地方。她一离开那个地方就焕发出快乐的天性。她来到河边，在一块石头上坐下来，将蔷薇色的小腿浸进河水里，大声地唱着歌，撩起河水去驱赶水中的鱼儿，散开发辫，重新编好百结辫儿。等她玩够了，将水桶舀满，捧起舀进桶里的小鱼放回河里，弯腰背起水桶，踢起水花走上河岸，沿着开满了鲜花的小路，一路清水淋漓轻盈地走去。

满都固勒那天去通辽的公合地局送信，正好骑马从那里路过，他先听见了美妙动人的歌声从河边传来，然后他看见了袅娜而来的小姨。

满都固勒一下子就被那个跣足布衣生动活泼的少女给吸引住了，他呆在马上，看着她朝他走来，越走越近。

那个时候有一只红翅膀的蜻蜓飞了过来，晃晃悠悠泊在小姨肩头的水桶沿上，桶里的水溅出来，浸湿了红蜻蜓的翅膀，也浸湿了小姨的肩头，小姨裸露着的白皙的肩头立刻闪烁出红宝石的碎光，把草地都给映照亮了。

满都固勒的眼睛再也移不开，他的铜头铁臂被阳光浸淫着，迅速地在销蚀着；他的有力的呼吸被窒息了，胸口疼痛，再也喘不过气来。他在一瞬间就深深地爱上了眼前这个灿烂无比的女人。小姨从他身边走过的时候，他仍然呆坐在马背上，连呼吸都快停止了。

小姨轻盈地从满都固勒面前走过，扭过头来瞟了他一眼。

满都固勒就像那只红蜻蜓似的摇晃了一下，一头从马上扎了下来，重重地跌落在草地上，哎呀叫了一声。

小姨掩着嘴咯咯笑，笑得没撑住，弯下腰去，一桶清亮的水全泼在了自己和满都固勒身上。

草原上立时就多了两个湿漉漉的弥漫着水香的人儿。

满都固勒像是中了邪，再也不肯从小姨身上收回他的目光。当小姨从他的视线内消失掉后，他从草地上爬起来，跃上马背，猛挥马鞭，策马狂奔。他一路大声唱着歌，从青森草原一直唱到通辽，再从通辽唱回青森草原。

打那以后，满都固勒常常骑着他那高大的骏马来找小姨。他坐在小姨家门前的草地上，弹奏着三弦琴，先唱一首歌颂自己骏马的歌：

它那飘飘欲舞的轻美长鬃，
好像闪闪发光的金伞随风旋转；
它那炯炯发光的两只眼睛，
好像一对金鱼在水中游玩；
它那宽阔无比的胸膛，
好像滴满了甘露的宝壶：
它那精神抖擞的两只耳朵，
好像山顶上盛开的莲花瓣；
它那震动大地的响亮回音，
好像动听的海螺发出吼叫；
它那宽阔舒适的鼻孔，
好像巧人纺织的盘肠；
它那潇洒而秀气的尾巴，
好像色调醒目的锦缎：
它那坚硬的四只圆蹄，
好像风掣电闪的风火轮；
……

唱完了骏马，满都固勒再用歌声倾诉他对小姨的爱慕：

骑上黑马看你的时候，
像那射出的箭一样。

离开心爱的情人，哎哒呼，

就像漆黑的夜里一样。

香甜的鸭梨，

一咬满嘴的水。

热恋的情人，哎哒呼，

一哭满巾的泪。

……

小姨被这个英姿勃勃的年轻人吸引住了。他与众不同，像牛群中最健壮的那头犏牛，马群中最伟岸的那匹骏马，驼群中最高大的那匹公驼；他的身上有一种强大的魅力，像上等麝香一般强烈地吸引着她，使她痴迷，使她无法摆脱；她根本就不想摆脱，她为什么要摆脱呢？她是在畜群中长大的，她从来就是畜群中的一员，如果满都固勒身上充满了动物的气息，那他和她就是一类了，他们是一类，她当然也就没有理由摆脱他。

满都固勒一来，小姨就放下手中正干着的活，跑到草地上去和他相会。他们在草地上说话唱歌，快乐无比。他们就像天上的太阳和月亮，各自都出色得无与伦比，对对方充满了强烈的诱惑力，并且为对方强烈地吸引着，只不过他们和天上的太阳月亮不同，他们不想一个在白天，一个在夜晚，他们要走到一齐来，同时出现在一片天空里。

大烟鬼很惧怕满都固勒。满都固勒力大无穷，是青森草原上有名的剽悍跤王，他的马鞍子旁随时挂着一杆五连珠钢枪，他的腰刀随时随地在刀鞘中铮铮作响，他还有一帮连王爷的话都敢不听的弟兄，他说要砸谁吃饭的家伙，用不着和谁商量，用不着费多大的力气，哼一声就能把事情办了，大烟鬼不能不怕。满都固勒一来大烟鬼就躲开了，躲到一旁泪水涟涟地读他的《格萨尔可汗传》。

小姨和满都固勒在一起十分快乐。她从来就没有见过这么有英雄气概、浑身洋溢着雄性光彩的男人，从来没有见过眼睛这么黑、这么亮、这么咄咄逼人的男人，从来没有见过肚子里装了那么多事情的男人，她完全让他给迷住了。

满都固勒不光给小姨弹琴，他还给小姨讲一些天下大事。他讲小日本的野心，讲东北军阀的愚昧，讲王府的无能，讲嘎达梅林是怎么高举义旗带领起义队伍制止东北军阀对辽北的吞并：

天山的太阳不怕云啊，
山上的松柏不怕风啊，
患难中结交的弟兄们，
要活命只有和达尔罕王拼！

背着大枪起来反抗，
是为了十旗的土地，
老嘎达宁愿粉身碎骨，
绝不投降万恶的仇敌。

带火药的土炮啊，
收拾齐了，老嘎达，
集合起来的朋友啊。
都是胳膊粗来力气大。

全鞍的战马啊，
都备好了，老嘎达，
一个个的弟兄啊，
都是善骑能战的老行家。

弟兄们一个个倒下，
子弹一颗颗打光，
老嘎达誓死不投降，

连人带马投入西拉木伦河的波浪。

……

满都固勒还给小姨讲牡丹姑娘的故事。他讲牡丹姑娘怎么苦口婆心地说服起义首领天胡和高山，从狱中劫出嘎达梅林；他讲牡丹姑娘怎么追随嘎达梅林，辅佐嘎达梅林举起了义旗；他要小姨向牡丹姑娘学习，逃离大烟鬼的凌辱，跟着他一起，和黑暗的王公制度以及残暴的军阀统治干，做一个革命者。

满都固勒目光炯炯地说，老嘎达不在了，但我满都固勒还在！

小姨痴迷地望着满都固勒说，你在，你怎么不在呢？

满都固勒神采奕奕地说，跟着我吧，你来做我的牡丹！

小姨泪水汪汪地望着满都固勒说，跟着你，我就是你的牡丹！

满都固勒在月光下伸出手臂，风卷麦穗一般将小姨揽了过去，将她深深地镶嵌进自己宽大结实的怀抱里。小姨被他搂得发疼，搂得喘不过气来，搂得呻吟着瘫软了下去。她闭上眼睛，任自己像月光下的河水一般流淌着，再也不愿睁开。

小姨那天一回家就对大烟鬼说，她不能再做他的妻子了，不能再和他一起生活了，她要离开他，她要跟着满都固勒走，去做他的牡丹。

大烟鬼气得发抖，他把手中的《格萨尔可汗传》朝小姨丢过去，跌跌撞撞地从炕上爬下来，扑向小姨，咬她，掐她，脱下鞋子用鞋底扇她的脸。大烟鬼一边打小姨一边咬牙切齿地骂：你这个骚货！你这个骚货！看我不整死你！看你再跟谁走！大烟鬼后来打累了，打不动了，他在屋子里转着圈，从炕头上取过黑乎乎的烟针，用烟针往小姨的大腿上猛戳。

小姨在大烟鬼打她的时候一直抱着自己的头，任他打，一声也不吭，但是大烟鬼用烟针戳她的时候，她不干了，她跳了起来，冲过去，操起一柄割肉的刀，刀尖指着大烟鬼的喉咙，大声地说，别碰我！再碰我我就杀了你！

大烟鬼吓坏了，他目瞪口呆地站在那里，手中的烟针当啷一声掉在地上，然后他一下子瘫在地上，呜呜地哭泣起来。

小姨去河边洗净了脸上和身上的血迹，重新结好发辫，回到家，收拾了几件换洗衣服，麻利地打了个包裹，看也不看大烟鬼，径直朝门外走去。

大烟鬼从地上爬起来，夺下小姨的包裹，拉住小姨的衣襟，乞求小姨别抛弃他，乞求小姨留下。他说他有钱，小姨跟着他能享福一辈子，他有一大片出荒的土地，小姨跟着他不会受穷。他说他今后再也不打小姨了，不掐小姨了，不拿烟针扎小姨了，只要小姨别离开他。

小姨嫌弃地甩开大烟鬼的手，也不再管地上的包裹，转身继续朝门外走。

大烟鬼回过身去找他的马鞭。他把马鞭从墙上取下来，拎在手上，扑向小姨。

小姨停下了，站在那里，扬着下颏冷冷地看着大烟鬼。大烟鬼朝她扑过来的时候她慢慢从怀里抽出那柄割肉刀来。

大烟鬼默默地站着，站一会儿，把马鞭丢在地上，转过身去，从地上拾起那册《格萨尔可汗传》，老鼠似的爬到炕上去了。

小姨走出屋去。她就这么成了满都固勒的女人。她是自己把自己送到满都固勒身边去的。

七

屯垦军所有的人都知道年轻的士佐满都固勒从一个垦荒局的官吏手中夺来了一个如花似玉的女人。他们全都跑来看。他们一看就软了腿，一个个目瞪口呆，再也走不动路了。

满都固勒把小姨安置在自己的毡包里。他给小姨找来换洗的衣服，带她到河边痛痛快快地洗了一个澡。小姨走到河里去的时候满都固勒焦灼不安地在岸边上走来走去，他的靴子把玉铃草和青头菇踩得一片片倒伏下去。小姨快乐地在河里洗着，她把头发散开，湿漉漉地披在肩上，像一只毛皮油亮的水獭，在水中游来游去。有时候她不在了，河面上消失了她的人影，只有月光下闪烁着的涟漪，还有偶尔泛着银光从水中跳跃起来的细鳞鱼。等满都固勒急得要大叫的时候，她又出现在那里，银铃般的发出咯咯的笑声。满都固勒再也等不及了，他大步走进河里，猿臂如桨，喷着水花泅向小姨。小姨躲开满都固勒，灵巧地朝一边游去。满都固勒追上了小姨，一把抓住了她。小姨尖声地叫着，用拳头擂着满都固勒的肩，想要挣脱开。小姨的拳头像饱含着花粉的花苞，满都固勒一点儿也不在意，他就像扛着猎物似的，把小姨扛上肩头，大步走回岸上，一路踢踏着水花，走回了他的毡包。

满都固勒将小姨放在地上，让她横陈在松软洁白的羔皮毡子中。现在小姨不再是一条鱼，而是一株美丽的铃兰了。她安静地躺在那里，眸子亮晶晶的，蓄满了两潭秋水，深情而热切地看着他。满都固勒将眼睛闭上，有一阵他无法睁开眼睛，他知道那就是他的猎物，是他无往不胜的钟情之箭下的猎物；他在青森草原的花草丛中发现了她，他策马援缰，搭弓引箭，向她驶去，射出了他的箭，让它穿透了她的心。现在她完全为他所占有了，他想要把她怎么样就可以把她怎么样了。

满都固勒粗粗地喘了一口气，他朝他的猎物走去。

小姨待自己心爱男人的弟兄们很好，她很热情地款待他们。她做好滑爽的醍醐 (醍醐：纯酥油)，打好喷香的奶茶，煮好热腾腾的手抓肉，用美酒来招待他们。她还给那些士兵们唱曲子。那些男人们全都醉倒了，醉得一塌糊涂。他们不是被美酒醉倒的，他们是被小姨的歌声醉倒的。

满都固勒经常外出。他要去串联革命者，要去发动举事的人们，他不可能整天都坐在草地上，弹着三弦琴，歌唱他的骏马，然后歌唱小姨，和小姨手拉手在草地上打滚，躺在蓝天白云之下谈情说爱。

满都固勒对小姨说，一个男人，他应该是一个胸怀天地的男人，他应该干一番大事业，不能光守着自己的女人，哪怕这个女人是天底下最好的宝贝。他要那样做就是一个没有出息的犊子羔。

小姨弄不清满都固勒所说的大事是什么，但他是她的神，而她则是他的奴仆，她愿意听他的，他说的一切她都不会说不。小姨深情地看着自己的爱人，说，你去吧，你把漂亮的靴子穿好，你把结实的缰绳拽好，你把我的心带好，你去的地方，我就在那里了。

满都固勒说，我把漂亮的靴子穿好，我把结实的缰绳拽好，我把你的心带好，我去的地方，你就在那里。

小姨说，记着回来，记着我在家里等着你。

满都固勒说，我怎么会不回来呢？我怎么会不记着你在家里等我呢？

满都固勒就跨上他的骏马，风驰电掣地走了。

满都固勒外出的时候，常常有一些年轻的军官来找小姨。他们用轻佻的语言挑逗她，希望小姨能青睐他们，进一步地，和他们发生一些动人的风流故事，比如在满都固勒身上发生的那种故事。小姨很喜欢那些年轻的军官，他们一个个英俊结实，充满了活力，富有人情味，并且十分地勇敢，他们和通辽过来的胡子打起仗来不要命，他们全都是出类拔萃的汉子。但是小姨有英雄满都固勒，满都固勒在她的心目中装得满满的，一点儿缝隙也没有，她那样一点儿缝隙也没有，就像高高悬浮在天空中的白云，纵使美丽得一塌糊涂，下面的人也只能眼巴巴地看着，摩拳擦掌地往高处跳也好，满嘴燎泡地转圈子也好，总之是不可能有什么作为的。

满都固勒骑着他的骏马外出的时候，小姨就在家里心如止水地等着他。她给他缝袍子，做他喜欢吃的奶兑，擦拭他的钢枪和长刀，并且思念他。她有时候也给那些心里慌慌的弟兄们唱歌。她唱道：

你神气地坐在我家炕头上干什么呀，嘛嘛？

你小心打黄羊的你大爷回来剥你的红筒吧！（红筒：整剥的牲口皮。）

你丧气地坐在我家火塘边干什么呀，嘛嘛？

你小心打兔子的你大爷回来剥你的死皮吧！（死皮：疾病或自然灾害死亡的牲口皮。）

小姨的歌让所有的年轻军官都很悲哀，他们在大悲哀之后，一致认为满都固勒应该战死在战场上，他是一个英雄，力大无穷，富有正义感，武艺超群，他这样的人不战死沙场简直说不过去。那些年轻的军官们心里无限惆怅地想，要是那个跑起来像羚羊、笑起来像流水的可心的小女人成了一个小寡妇，那就好了。

小姨和家族的最后决裂是为了她公然的逃婚。

垦荒局的小官吏丢掉了老婆，他害怕满都固勒，不敢去找他，又不肯就这么便宜地失去了到手的肥羊，便一状告到姥爷那里。

小官吏到底是读过书的人，知道怎样说才能让姥爷动心。他给姥爷带去了二十发红头绿屁股子弹作为见面礼，同时委屈得泪流满面。他在姥爷面前只字不提小姨，只说满都固勒，说他根本不管小姨是谁家的女儿，不管她有怎样豪杰如玛年山的父亲和兄长们，强行掳走了小姨。小官吏还添油加醋地说，那个满都固勒留下话，说他凭什么要管小姨是谁家的女儿呢？他是青森草原上的跤王，他能轻易摔倒一头黑熊，他还能把一头犍牛从河这头扛到河那头去，他想要做什么就做什么，谁要是不服气，谁就去和他比试比试。

姥爷听罢大怒，一脚踹向一只从身边走过的骆驼，将那只骆驼轰然踢倒在地上。姥爷喜欢子弹，但他并不在乎小官吏，他打心眼儿里瞧不起这个没有骨头的家伙，既然他可以拿枪来换女人，并且有着充足的子弹，他怎么不用它们来看住自己的女人呢？但是姥爷不愿意让人轻慢，他知道满都固勒这个人，这个人是英雄，是值得人去钦佩的，但是他不该抢他沙木腾格力家族的女儿。他在抢沙木腾格力家族的女儿之前应该事先打个招呼，他如果打了招呼，那就是另外一回事了，他连招呼也不打，明摆着是对沙木腾格力家族的挑战，那他就和那些找事的雪狼没有什么两样了，他就该遭到复仇；他更不该提谁家女儿这件事，他为什么要提谁家女儿这件事呢？他提谁家女儿这件事，他说他才不管她是谁家的女儿，明显就是瞧不起这个家族，那他就不光是要遭复仇了，他就是在找死了。

姥爷当下提了枪，挎上刀，跃上马，带着几个舅舅去找满都固勒算账。

满都固勒不在，他到牧区到处点他的革命火种去了，去了好几天，他相当的忙，并不知道有人要找他算账这件事。

姥爷有点遗憾，但他不可能到牧区满世界找满都固勒，找到以后把他给痛揍一顿。牧区很大，无从找起，再说满都固勒在牧民的毡包里坐着，喝着奶茶，吃着手抓肉，谈笑风生，那是别人的家，就算找到了人，姥爷带着刀枪和一帮气急败坏的儿子撞进去，施以一顿老拳，甚至刀枪相见，把别人家打得壶飞锅倾，那就不礼貌了，就不是沙木腾格力家族的干法了。

姥爷找不到满都固勒，但他找到了小姨。姥爷要小姨跟他回家。他骑在马上，拿眼睛横着小女儿，冷冷地说，咱们回家。姥爷那么说，他打算把小姨带回家去，用鞭子狠狠地抽一顿，再交给小官吏。当然，他在把小姨交给小官吏时也会将小官吏抽上一顿，不过他不会用鞭子抽。小官吏眼见着只有一张皮了，皮下大概会有一些木碴子似的瘦肉，有没骨头很难说，用鞭子抽小官吏他会受不了，姥爷只会用不屑的目光来抽他。

小姨仪态万方地站在黄泥墙前。她看着她的父亲和兄长们，把下颌轻轻地扬起来，说，不。

姥爷有些意外，愣了一下：你说什么？

小姨十分平静地说，我说不，我说我不会跟你走，永远也不会。你那里不是我的家，我的家在这里，我哪儿也不去，我要等着满都固勒回来。

姥爷很生气。他的马不明白，伸长了脖子去啃一蔸草，把他带着转了一圈。他用马鞭子的把在马耳朵尖上狠狠地刷了一下，勒住马头，说，那个家伙算你的什么人？你的男人是钦达嘎，你该老老实实守着他！你不守着他，跑来找这么个野男人，你给我到处丢人现眼！你把我沙木腾格力家的脸都丢尽了！

小姨冷笑了一下，说，钦达嘎是你给我选的男人，现在他不是了。我自己选的男人是满都固勒，我要跟着他过日子。

姥爷气急败坏，他从来没有被人顶撞过，尤其没有被自己的儿女这么顶撞过。他一磕马肚，往前一窜，手中的马鞭阳光似的出了手。

一条青蛇般的痕印立刻攀上了小姨的脖颈。

小姨被抽得一趔趄，差点儿没摔倒在草地上。她慢慢地站直了身子，抬起头来看着姥爷。她的美丽的眼睛里满是憎恨，她把下颌抬得更高了。

姥爷不想看小姨美丽的眼睛。沙木腾格力家族里美丽的眼睛太多了，但它们不该是这种样子的，它们应该是另外一种样子的，一种温存的样子。他扭过头去对二舅说，把这个贱货弄上马，带回去！

二舅从马上跳下来，朝小姨走去。

小姨返身跑进屋里去。她再从那里出来的时候手里多了一支毛瑟步枪，那是满都固勒的枪。

小姨把枪口抬起来，一扣扳机，朝天轰地放了一枪，然后哗啦一下又推了一发子弹上膛。

一只麻头大雁扑簌簌地从天上落下来，落在姥爷的马蹄前，惊得马一跳，差点儿把姥爷从马背上颠了下来。

二舅吓了一跳，他朝后退了一步，惊叫道，老妹妹，你要干什么?!

小姨把枪平端在腰间，对准了姥爷和二舅，说，从这里走开，否则我就开枪!

枪声惊动了屯垦军的士兵们，屯垦军的士兵们不知出了什么事，提着武器都跑了出来。屯垦军的士兵们不认识姥爷和舅舅们，一看小姨端着枪与一群男人对峙着，认定是对头，纷纷将子弹哗哗啦啦推上膛，涌了上去。

姥爷一腔血直往头顶涌，差点儿没从马上跌下来。姥爷不怕动武，在他眼里，屯垦军不比雪狼们厉害多少，他们不过是人多枪多，占着世道罢了。但是姥爷不想让外人掺和他的事，沙木腾格力家族的事祖辈都没有让外人掺和过，外人不配。

姥爷连碰都没有碰马鞍下挎着的钢枪，他在马上，鹰眼暴瞪，盯着小姨，朝地上恶狠狠地唾了一口，然后一带缰绳，领着舅舅们策马而去。

姥爷那样一唾，就把小姨从家族中永远唾出去了。

八

母亲说，你小姨的命怎么这么不好呢？怎么她就不能有一个长久的男人呢？

母亲说这番话的时候我还小，还不知道命是什么，长久的男人是什么。母亲的话让我费解。

我的费解还在于母亲和大姨，她们都是有着长久的男人的，她们和她们的男人一起，就像藤和树在一起，溪流和山在一起，度过了漫长的日子，并且儿女成群。但是这又有什么呢？这又有什么好处呢？或者是骄傲？在我看来，她们长久的男人，除了给她们带来一大群得一辈子操心的骡马儿女，让她们因为这些儿女而终日操劳，不能长成自己的树，不能流成自己的大海，别的好处一点儿没落下。这样的日子，如果它就是母亲所说的命，实在也没有什么好与不好的，就像藤和树在一起没有什么好骄傲的，溪流和山在一起没有什么好骄傲的一样。小姨她没有一个长久的男人，她的那些男人在和她生活过一段时间之后都离开了她，他们都走掉了，成了她颠沛日子中的往昔。但小姨是在做着自己命的主宰，她要是藤就是藤，要是溪流就是溪流，她要不想是了就不是，一点儿不愿委屈了自己。她肯定是希望着要有一个长久的男人的，可男人都无法长久，他们就像草原上的沙暴似的，来得快，去得快，来时铺天盖地，去时销声匿迹，永远无法把握。小姨不想接受这个，她一直在改变着，她的那些短暂的男人，把他们粘接起来，和母亲大姨长久的男人是一回事。不同的是，母亲和大姨是在一开始的时候，在她们有了唯一的男人的时候，她们的所有希望就结束了，而小姨想要把她的希望延续下去，她是一直到死，才彻底地割舍了自己的希望。

子城之役后的第三年，满都固勒听说失踪了的小姨还活着，在牡丹江。1945年蒙古骑兵团打下了德林感化院，她和一些被俘的战友被营救出来，经过甄别之后，由组织上送到晋察冀鲁院学习。经过几年的战火考验，小姨已经成长为一名优秀的军队基层干部了。

满都固勒大喜过望，他托人给小姨带了一封信去，告诉她他也活着，负过几次伤，差点儿没死，但活着，现在是察哈尔党组织的领导，同时还是当地地方武装的负责人。满都固勒认为他和小姨分别了三年，谁也不知道谁的下落，现在知道了，那他们就应该团聚了。他希望她在接到他的信后，能立刻出发，马不停蹄，尽快地赶到他那里去，继续做他的牡丹，和他并肩战斗，一同迎接新中国的曙光。当然，满都固勒在信的结尾写道，这件事，你要通过组织上，我相信组织上会照顾咱们这种情况的。但咱们都是党的干部，咱们要遵守党的原则，如果组织上有一定困难，一时不能让咱们团聚，那咱们就耐心等待，光明的一天迟早会来到的。

小姨没有回信。

战争那个时候正在白热化地进行着，共产党的军队正在迅速地扩大着自己的地盘，他们在每一个地方都取得了前所未有的胜利，他们急着不断地取得这样的胜利，并且把这样的胜利推向全国。那是一个火热而匆忙的时代，在那样一个时代里，谁还会顾及到个人的私生活呢？

满都固勒明白这一点儿，作为一个老资格的革命者，他懂得革命的忘我性，他对此半点怨言也没有，而且他将打听到小姨下落的喜悦一直保持到最后。

即使这样，半年之后，满都固勒还是设法去找了小姨一次。他利用去石家庄开会的机会，绕道几百里路到了小姨那里。

满都固勒没有见到小姨，却见到了小姨的丈夫——四野某军民工部部长焦柳。

焦柳正忙碌着，指挥一群士兵和民工往车上装粮草。焦柳从腰里拉下一条脏兮兮的毛巾，用力擦着头上的汗，看了满都固勒一眼，瓮声瓮气地说，到一边谈。说罢先离开装车的地方，往一旁走去，一直走到士兵和民工都看不见的地方，才站住。

焦柳将毛巾掖回到腰间的皮带上，从兜里掏出烟袋和洋火，撕了一角纸，倒了一撮烟丝在纸上，粗大的手指头一卷，飞速地卷了一支喇叭。也不让满都固勒，自己点着火，猛吸了一口，然后才抬起头，上下打量了满都固勒一眼，有点不客气地说，你就是梅琴说的那个人呀？

满都固勒见焦柳不让他，就自己掏了一包"哈德门"牌香烟出来，点着一支，深吸了一口，也用一种不客气的目光看着焦柳，说，她还对你说了一些什么？

焦柳瓮声瓮气地说，没有。她只说她先前有过两个男人，别的什么也没有说。她好像不怎么愿意提到你们。

满都固勒默然，埋了头抽烟。焦柳也默然，埋了头抽烟。两个男人站在那里闷头抽烟，他们身后有一棵老槐树，一树的鸟，大约感觉到了什么，哄的一声飞走了。

满都固勒觉得不可思议，他想她怎么就不愿意提自己呢？她还把他和那个大烟鬼相提并论？她怎么就嫁人了呢？她怎么会那样做？他捏着烟卷，眯缝着眼看焦柳，他看出焦柳是那种相当出众的男人，肩胛很宽，很壮实，眉毛粗粗的，脸膛宽宽的，自信而且有力量，这种男人在一万个铜头铁臂的男人中间站着，即使不出声，也不会被淹没掉，倒是值得嫁的。满都固勒一想到这一点儿就生气，他狠狠地吸了一口烟，继续往下想，他想他要是揍焦柳一顿呢？那会怎么样？他给他痛痛快快来上一顿，把他打倒在地上，让他满脸冒血花，嘴里剩不下一颗牙，那会是一种什么样的情况呢？但是满都固勒这么想，却没有动手，他知道如果他动手，焦柳这种男人不会坐以待毙，他也会动手回敬他，打得他满脸冒血花，嘴里剩不下一颗牙，这样两个人你来我往，痛快倒是痛快了，问题是他们这么揍来揍去，按双方的实力，得有好几天停不下来，那很耽搁时间。

这个时候，有一个满头大汗的年轻军官跑来，向焦柳敬礼，报告说，首长，粮食已经装完了，是不是赶在天黑前上路？

焦柳就和满都固勒同时把手中的烟头丢在地上。

焦柳对那个年轻军官说，通知队伍，立刻上路，县大队走前面，警卫排在后面押队，路上小心一点儿，今天下半夜无论如何要赶到黄庄。

焦柳有些对不起地朝满都固勒摊了摊两只大巴掌，说，你看……

满都固勒通情达理地说，你忙你的，你不用管我。

焦柳试探地问，那，你看咱们这事怎么解决？

满都固勒说，能怎么解决？你这就得上路，打架也不够时间了。

两个人说着，朝车队走去。

后来他们谈得很好了。他们利用上路前的短暂时间做了沟通。

焦柳问满都固勒，我说，你叫什么名字？你开始没告诉我吧？

满都固勒说，我叫满都固勒，我的警卫员没告诉你？

焦柳没听清，问，满什么来着？

满都固勒说，满——都——固——勒。

焦柳这一回听清楚了，咧开嘴笑了笑，说，你这都是什么名字，怎么这么拗口？你不是日本人吧？不是？我看你也不像，日本人我见过，我揍过不少，日本人没你这副架子——要不我还是叫你老满吧。

满都固勒说，也行。

焦柳问满都固勒：你怎么活着？

满都固勒说，怎么，她对你说我死了？

焦柳说，她倒没说，是我自己琢磨的，她不是不怎么愿意提到你吗？我就想，也许你是牺牲了，她是难过，这才不愿意提你，现在我知道了，她不是难过，她也许真的不满意你呢。

焦柳说了就笑，笑得嘿嘿的。

满都固勒不笑，铁着脸说，我没牺牲，我只是和她分开了，战争的事，这个你应该了解。我们俩关系很好，不像你说的，她不满意我，像我这样的人，她不可能不满意我。我也很满意她，我太满意她了，拿知识分子的话说，我们俩很相爱。

焦柳发现自己过分了，连忙收住笑，向满都固勒表示歉意，说，你瞧这事办的，我要是知道你们俩这么好，你们俩这么满意，我就是想死了她也拿条绳子把鸡巴拴住，我也不能从同志的炕头上夺女人哪？我哪儿知道这事？

满都固勒听焦柳这么说，很不以为然，说，你怎么会知道呢？你以为你有多大能耐？你是孙悟空呀？我说，你得承认，有些事你没法知道，你又不是神仙，比方小日本，咱们只花了八年时间就把他打趴下了，原来还想咱们这一代人打不下来，下一代人接着打，哪里知道只花了八年就打下来了呢？你知道不知道？不知道的。

焦柳不同意满都固勒的观点，说，持久战当然也对，但是我们毕竟打赢了，赢了这是事实吧？我们也没有把事情交给下一代人去干吧？赢了我们就可以空出手去干别的事情了，我们就可以打老蒋了，我们就可以解放全中国了，这是事实吧？——对了，又扯远了，你看这事怎么解决？

满都固勒正说到兴头上，一时没明白过来，问：什么事？

焦柳说，还有什么事？你来是干吗的？

满都固勒想起来了，说，还能怎么解决，都这样了，生米也煮成熟饭了，想悔也来不及了，打架都没时间了，有什么办法？再说你是不知道，你以为我牺牲了，你不知道，我也不能怪你是不是？

焦柳听满都固勒这么一讲，就觉得满都固勒是个通情达理的同志，思想相当开朗，觉悟不是一般的高。他想对方这么通情达理，这么开朗，这么有觉悟，自己当然也不能没有风格，就说，老满，我得马上走，前面断顿了，我得往前面送粮去，不能和你坐下来慢慢商量。我看这事这样处理吧，我退出，把人还给你，你带上人走路。

满都固勒不干，伸出手去把焦柳摁住，好像那样一来，对方就没有办法把什么东西还给他了。满都固勒说，千万别，既然你们已经做了夫妻，我反倒是外人了，我也不能不讲风格，从同志的炕头上夺女人。

焦柳坚持那么做，说，这事就这么定了，用不着婆婆妈妈的，商量来商量去，你也不用和我争，你现在也带不走人，人不在这儿，上前线去了，你真要立马带人走还确实难办，这事交给我，等下次见到她，我就把这事提出来，我替你办了吧。

满都固勒生气了，批评焦柳说，你这是什么意思？你这就不对了，好比这一仗已经让你打上了，你已经把阵地拿下来了，我不能从你手中抢夺胜利果实，我要打我另找地方打去，我要从你手上抢夺胜利果实，那我还不跟蒋该死从庐山上下来一样了吗？满都固勒说，退一万步说，这个阵地我丢失了，毕竟还在咱们自己人手上嘛，也没有让外人给拿走嘛。

满都固勒这么一说，焦柳就拿眼来看满都固勒，说，老满，想不到你这个同志还挺风趣的呢，你过去做过政治思想工作吧？满都固勒轻描淡写地说，不是吹，起家就靠这个。

焦柳说，难怪，要不怎么说你说话就是好听呢？老满，你这么说，那我也就不客气了，我只好说同志哥，对不起了，人我就留下了。说实话老满，我还真舍不得把人还给你呢，我开始都想怎么把你给一脚踹走，我想这家伙来者不善，是动拳头还是动枪？我要把人还给你，我还不得死过去三天？

满都固勒就哈哈大笑，笑得眼泪都流出来了。

两人分手的时候，满都固勒突然问焦柳，说，她现在怎么样？

焦柳想了想，不好意思地挠挠脑袋，说，我们也是很久没见面了，情况你知道，如今在军队上，夫妇俩能见一面比过年还难，我们上一次见面还是冬月间的事，说实话，我都有点忘了她的模样。我只记得她那会儿要上前线，脸蛋红扑扑的，人很饱满，头发上粘着一片黄色的包米秸，我还批评她不讲军纪，不瞒你说，批评过了，等她背着背包走了，我还真被她那个样子弄得心里痒痒的，想不该放她走——要是打个比方的话，她那会儿的样子，就跟剥了皮的新鲜包米差不多。

满都固勒若有所思地点点头，说，哦。

焦柳跳上一辆车，对满都固勒招了招手，满都固勒也对他招了招手。

大车一辆接着一辆，扬起尘土开走了，把满都固勒一个人丢在那儿，半天没从尘土中露出脑袋来。

事情算是办完了，满都固勒叫了自己的警卫员，两个人一声不吭地往回走。

回去的路上，满都固勒一直在想小姨的样子。他想她脸蛋红扑扑的，饱满结实，头发上粘着一片黄色的包米秸，就跟剥了皮的新鲜包米一样，那是一个怎样成熟并且动人的女人呀！

九

英雄满都固勒在青森草原举事的时候，小姨成了他最忠诚的追随者。

满都固勒一手拎着一支二十四响德国造镜面匣子，一手举着熊熊燃烧的火把，抬手一枪撂倒公务局的巡视员，脖颈上青筋毕显，龙嘶虎啸地高喊一声：反了狗日的！然后一脚踢开垦荒局的熊符吊环大铁门，率先冲了进去。

小姨怀里抱着一支钢枪，紧随其后，跳跃着向前奔跑。小姨的脸蛋儿涨得通红，嘴唇紧闭着，非常紧张。小姨不太习惯密集的人群，不太习惯在密集的人群中奔跑，她更适合在辽阔的草原上，和自由自在的牛羊待在一起，她在人群之中总有一种茫然感。但是小姨不会离开她的满都固勒，满都固勒在前面熊一样大步向前走的时候，她就是他身后紧随不舍的羚羊。她把他的长枪紧紧地抱在怀里，一刻也不放松。她知道他随时都会用上这支枪，用它去搏击。举事之前满都固勒要她挑选一件武器，她不要。满都固勒说，不要怎么行？不要你使唤什么？满都固勒亲手替她挑选了一支二号撸子。小姨说，我就要你那支长枪。满都固勒有些疑惑地看了看她。满都固勒不明白她怎么会挑选一支又笨又重的长家伙。但是满都固勒还是把自己的长枪交给了她。小姨自始至终一直把那支长枪抱在怀里，她知道满都固勒会用上它的，也许她也会用上，如果有人想要暗算她的满都固勒，那她会毫不犹豫地朝那个人开枪，把那个人打成马蜂窝。她不允许任何人伤害满都固勒，她愿意为了他去做一切——为他提刀守夜，缝纫战袍，筹备粮饷，高举火把，对准人的脑袋开枪，在没有弹药的时候丢下枪、扑过去、用牙齿把那个人的喉咙生生咬断。她能够做到这一切。

满都固勒领导的起义非常成功，起义军砸掉了公务局和垦荒局，并且打退了王爷派来的一支骑兵队伍，义火很快烧遍了鲁北、开鲁和大沁他拉，并向通辽呼呼啦啦燃烧而去。

满都固勒是起义军的领导者，他很忙碌，要统管义军的军政大事，要琢磨着到哪儿去啄一口，打一下，往哪儿去才能躲开狡悍的敌人的追剿，还要和抗联派来的特派员吵架。

满都固勒足智多谋。他天生就是为着杀人放火这样的事才存在的。他打起仗来非常勇敢，总是身先士卒地冲在前面，从不让手下的人比自己多前进半步。他在选择打击对象和防范比他更强大的对手的追剿时有着狐狸般的狡猾，总是能以少胜多，并且恰到好处地在包围网收束前的最后时刻离开危险之地。他喜欢怀里搂着一挺捷克式轻机枪，半蹲在他的那匹枣红色的三河马的马背上，大撒缰绳，任马狂奔着，用机枪扫射对方的马队，把他们打得像炒蚕豆一样跳起来。那是他最痛快的时刻，他在这种时刻总是会像一头熊似的兴奋不已，昂颈狂呼。

每逢这样的时候，小姨会紧随满都固勒，衔尾而行。她头裹红色方巾，嘴里叼着一绺百结辫，柳腰紧束，骑着一匹雪白的骏马，缰绳援臂，人紧贴在马背上，就像生根在满都固勒的马蹄印上似的，从来没有离开过他。她从来没有离开过满都固勒，她也从来是一方红巾，一袭红袍，一条白腰带，一双鹿皮靴，手无寸铁，只身而向。这让起义军的人感到困惑不解，他们不明白小姨为什么会两手空空，什么武器也不带，寸步不离地紧跟着满都固勒？她紧跟着满都固勒这不奇怪，她是满都固勒的人，她不紧跟着满都固勒又能跟着谁呢？但是她两手空空就让人百思不得其解了。她两手空空，她是在杀戮着的战场上，是在生与死的战场上，她已经不是昔日的那个牧羊女了，不可能再手执一支镶着银圈的羊鞭，唱着悠扬的牧羊曲，婷婷婷婷地走遍整个草原。她什么武器都不带，她冲着枪林弹雨脸不改色而去，她究竟想要干什么呢？人们不明白，但是人们看到小姨雪白色的骏马紧跟着满都固勒枣红色的骏马风驰电掣地冲在最前面，她嘴里叼着一绺百结辫，人紧贴在马背上，就像生根在满都固勒的马蹄印上似的，那幅景象令人感动。人们在不能理解之外，还是有了一些说不清道不明的感慨。

西辽河战役时，满都固勒带着义军攻打前来清剿他们的一支王爷的马队，在冲锋陷阵中，被一颗子弹击中。那颗子弹从满都固勒的前颈钻进，后颈穿出，蓝莹莹地在空中飞逸着，像一只可爱的甲虫。

小姨紧随在满都固勒的身后，她看到满都固勒被子弹击中了，她丝毫也没有犹豫，勇敢地迎着那颗美丽的子弹而上，用她丰润的肩胛接住了它。

满都固勒像是醉了酒似的，突然勒住了马，怀里的机枪从马颈上滑落下去。他困难地回过头来，朝后面看了一眼。他看到了紧随在他身后的小姨，看到她迎向射穿他的那粒子弹，看到她肩胛上那朵迸开的美丽的血花。他好像很满意这个，喉咙里咕噜了一声，身子一歪，匍匐在马背上，然后向下滑去。

小姨似乎也很满意这一点儿。她在看见满都固勒中弹的那一瞬间非常着急，她用力磕了一下马腹，急赶一步，缩短了她与他之间的距离。她在接住了那颗贯通满都固勒的子弹后，欣悦地轻轻叫了一下，好像她是得了她渴望得到的东西似的。

他们就像两颗流星，双双从马背上坠落下来，重叠着倒在草地上。

有关满都固勒和小姨在西辽河之役中被一粒子弹击中，双双负伤的事，日后便成为义军中经久不绝的一段美谈。

满都固勒不是一个鲁莽的起义军领袖，他毕竟出身富户，从小受过良好的教育，并且在陆军习武学校专门学习过军事，按照蒙古族人的说法，他是乌珠哥，是识文断字的人，他喜欢琢磨事情。

满都固勒琢磨事情的时候，小姨就在一旁守着，她静悄悄地守在毡包外，唤住胡闹的牲口和狗，不让人随便撞进毡包去打扰满都固勒；她给他烧奶茶，打奶皮子和奶豆腐，点艾草熏蚊虫和毒蛇，并且为他放哨。

小姨放哨不是防王爷的队伍，王爷的队伍有人防，用不着她，她放哨是防止义军中的异己分子暗中伤害满都固勒。

义军队伍的成分十分复杂，有士兵、牧民、农民、流浪者、胡子、知识分子，还有几个垦荒团的日本人。他们的政治倾向，有的是共产党的坚定分子，有的是亲日的伪满特务，有的是抗联战士，有的是国民党的秘密地下工作者，有的是王爷的奴仆。他们同床异梦，各自抱着利害主张，并因为各自的主张常常滋事，纠纷不断。

抗联派遣来的特派员越来越不信任满都固勒。他希望满都固勒带着义军去攻打张家口，策应日子不大好过的抗联队伍。满都固勒不干，他要在科尔沁草原把他的大旗打下去，他和王公贵族们不光有党仇和阶级仇，还有不共戴天的家族之仇，他要把这些血海深仇一笔笔全都给算清，他才不想让外来的人指挥着东颠西跑的呢。

特派员指挥不动满都固勒，决定把他搞掉。特派员和几个亲信一起，私下里策反了一些心怀不满的义军成员，利用一个风高月黑的晚上，带着武器冲进了满都固勒的住地，胁迫满都固勒听从他们的指挥，让出兵权，并利用他在义军中的威望下达命令，把队伍带往张家口。

英雄满都固勒盘腿坐在那里，动都没动一下。他手里端着一碗奶茶，奶茶热热地冒着暖气，茶面上厚厚地浮了一层香喷喷的奶皮，这使得他的姿势十分具有诱惑性。他眯着一双虎眼，有些轻蔑地看着面前的那些人。

满都固勒说，我要是不答应呢？你们能怎么样？你们不至于杀了我吧？

特派员说，这很难说。你要答应了呢，只要把人带往张家口，这支队伍还归你领导，你还是这支队伍的领袖。你要不答应，你就是叛徒，叛徒的下场你是清楚的。

满都固勒轻描淡写地笑了笑，把奶茶碗放在地上，说，那我就先杀了你们。

特派员咯咯地笑，笑得差点儿没背过气去。特派员觉得这太有意思了，他说，满都固勒，都说你这个人聪明，我看你这个人其实很傻，你傻得有时候都有点忘乎所以了。我们这么多条枪指着你，我们子弹都顶上了火，我们的枪又不是烧火棍，老实说，你连动弹一下的机会都没有。就算我们不动枪，我们拿刀来砍你，一人一刀也把你砍稀碎了，你拿什么来杀我们？你未必准备把奶茶喝完了，拿茶碗来砍我们不成？

满都固勒深表同情地摇了摇头，说，你们怎么就那么肯定稀碎了的是我？你们怎么就不想一想，我满都固勒能坐在这儿喝奶茶，我会那么容易地让你们冲进来，让你们把我稀碎掉？你们转过身去，往身后看看。

特派员和他的人很听话，转过身往身后看，他们那么一看就全傻了眼——

小姨就像矫健的黑丁子树，红巾红袍地站在那里，一只手紧握着一支机头大张的德国造撸子，一只手举着一枚拔去了保险盖的日造马兰瓜，枪口闪着烤蓝，手雷黑森森的，一齐对准了他们，是欲欲跃试等着发动的样子。小姨自己和她手中的武器不同，小姨的百结辫编得漂漂亮亮的，白色的腰带束得整整齐齐的，神色平静，是十分安静的样子，只是在那些人转过身来朝她看的时候，她缓慢地扬起了下颏，用羚羊一般警觉的眼神看着那些人，若非如此，若不是她缓慢地扬起了下颏，并且手中举着那两样冷冷森森的武器，她的样子就像他们还是满都固勒的兄弟，是平常的日子里来串门的客人，而她是随时可以走开去为他们端奶茶煮手抓肉的女主人一样。

毡包外面传来了喧哗声。喧哗声越来越近，那是忠实于满都固勒的义军闻讯赶来了。

满都固勒对惊惶失措同时又十分窘迫的特派员和他手下的人说，你们走吧，走晚了真的要稀碎了。但是你们给我听好，分了杈的白杨树不会再长回一根树干上去，不如做了两棵树，该生该死，由着天来定，你们要走远点，别让我再见到你们。

满都固勒说完，从地上端起那碗没喝完的奶茶。他一气把碗里剩下的奶茶饮尽，脸上是一副漠然的神情。

即使是在最艰苦最紧张的时候，满都固勒也没有忘记他对小姨的爱情。

满都固勒在小姨十五岁的时候把她从一个垦荒局的小官吏手中抢了过来，他让小姨做了他的女人，他让她给他做饭、洗衣、煮奶茶，让她紧随着他在战场上冲锋陷阵，让她的雪白马紧随着他的枣红马、她的红长袍紧缠着他的黑战袍，驰遍了整个科尔沁草原；可以肯定满都固勒是迷恋着小姨的，在这方面，他的爱情表现得比姥爷要浓烈得多。

我在日后对满都固勒和姥爷做过多次比较，我发现满都固勒更看重他的女人。姥爷也是看重姥姥的，姥爷把姥姥看得和他心爱的坐骑一样重要，他在驾驭他的马和驾驭姥姥的时候能够获得同样的自信心和自豪感，能够体会到同样的欣喜和快乐。姥姥死去之后，姥爷把姥姥和自己的坐骑埋葬在一起，以纪念自己的决绝和悲痛。他在放牧归来的时候，常常抛开家人，独自去那个双头坟茔前坐一坐，思念他的骏马和他的爱妻，并且在思念中喝完一皮囊烧酒。夕照之下，他沧桑的脸庞上挂满了泪水。

而满都固勒不同。满都固勒和姥爷一样，也是钟情着好马快枪的英雄。他整个的成长史是和圆鼓鼓的马屁股黏在一块的。他从蹒跚学步时就攀上了马背，很快就能征服最烈性的野马，那以后，草原上所有的马背都成了他舒适的坐垫，任他随心所欲地坐骑。他三岁那一年放了平生的第一枪。他抱着父亲的一杆步枪朝天空开了一枪，试图用它来打下天上的彩虹，可惜没有成功。等到九岁的那一年，他用一支法国造的左旋膛步枪朝一个偷马汉射击。这一回他成功了，他把那个倒霉蛋从马背上打了下来，打出了三丈开外，稀泥一样躺在那里，再也没有爬起来。从此以后，他继承了造反的父亲的习性，四下里冲冲杀杀，一直没有和钢枪分离过。但是满都固勒从来没有让他对好马快枪的钟情压倒他对女人的钟情。他在他的一生中不断地调换着他的骏马和钢枪，他有时候会对他使用过一段时间的坐骑和佩枪产生厌倦感，它们让他觉得自己的激情在不断地消退。他会把一匹雪花换成青骢，再把青骢换成骅骝；他会把德国造撸子换成柯尔特，再把柯尔特换成王八盒子。他有时候甚至会忽略他的热兵器，在近战肉搏的时候省略掉它们，用镔铁大刀进行痛快淋漓的砍杀。但是满都固勒从来没有忽略过小姨，没有调换过她。他是迷恋着小姨的，他简直太迷恋她了，而且他对小姨的迷恋是一以贯之的，从他见到她的那一天起，他就没有失去过对她的激情。

满都固勒不允许小姨离开他，一步都不许，他要随时随地看到她，知道她在哪里，并且在他需要她的时候立刻就能够得到她。

满都固勒常常像一头熊一样地满世界吼道：梅琴！梅琴！你在哪儿？你去哪儿了？他会跳上他的坐骑，旋风般的飙去河畔，或者飙上山冈，不管她在做什么，去将离开他仅仅喝一壶奶茶时间的她旱地拔葱，横搁在马背上，掳将回来。

所有认识满都固勒和小姨的人都知道，他和她总是在一块儿，不曾分离，但是他总是在寻找她。

人们会感慨地想，他们是怎样美好的一对呀！

人们还想，她去哪儿了？那个美丽的女人她去哪儿了？她不知道他不允许她离开吗？她不知道他快要疯掉了吗？

满都固勒喜欢在充满生机和动感的野地里要小姨。

满都固勒喜欢野地，他对野地有着一种孩子般的痴迷。他在野地里大声唱歌、练习骑术和祭祀战神，在野地里驰骋、呼啸以及追杀对手，在野地里训练自己的兵、布置伏击和欢庆胜利，并且在月光下的野地里呼呼大睡。满都固勒愿意把最好的事情都放在野地里来干，他觉得只有野地这样的地方才配得上那些美好的事情。

满都固勒真是激情澎湃，他将掩卷而来的鲜花一把把撸去；他将一条误撞禁区吐着红信子的眼镜王蛇捏住，一掐三断，挥手丢进云彩里；他的鱼化石一般绛红的结实肌肉在阳光或者月光下熠熠闪耀着，汗水淋漓；他像快乐的骏马一样打着响鼻撒着欢，将自己和小姨埋进鲜花茂草丛中。他就像驰入暴风雨中的一条战船，剧烈地荡漾着，起伏着，并且高声地喊叫，迎着风雨向前驶去。

被埋进了鲜花茂草丛中的小姨则是另外的一只船，一只从容而又轻盈驶进愤怒了的大海里的双桅船。她是温存的,神秘莫测,她在风暴来临之时并不恐惧,她张满了她的白色风帆,和满都固勒绞缠在一起,来往响应,此起彼伏。她知道风暴将会以什么样的方式到来,知道风暴将会出现什么样的转机,知道风暴将在什么地方掀起滔天巨浪,奏响高潮,知道她必须给那个十趾如柱钉在船头迎着风暴呼啸的人儿以鼓励,她的鼓励是他从暴风雨中死里逃生的唯一途径。小姨的皮肤像蔷薇花一样饱满并且富有张力,她的匀称的身体像一条美丽的鱼儿一样闪烁着光芒,在与风暴搏斗的过程中洒满了花瓣,并且涂满了揉碎的花草的浆汁;她的腰肢柔韧如鹿筋,充满了弹性和力量;她双眼迷离,两腮如霞,长发散开,水蛇似的将满都固勒的脖子紧紧缠住。那是她的缆绳,它让强悍的满都固勒无处逃遁,在它的束缚操纵之下,他必须兑现自己的雄心壮志,不断地掀起风暴,不断地死而复生,做他不屈不挠无所不能的征服者……

有满都固勒和小姨的覆盖,草原上生机一片。在他们所有的交欢时刻,方圆数里的动物和植物全都在毕毕剥剥地开放着,并且弥漫出生命浓郁的芬芳。

那样疯狂交合的结果是令人喜悦的,他们有了孩子。

他们一共有过两个孩子。

两个孩子全是男孩。

两个男孩和他们的父母一样,是结实和美丽的,就像马群中最结实的小马驹,羊群中最漂亮的小羊羔。他们差不多在一落地时就站起来跑开了,还没有从阵痛中缓过力气来的小姨想要欠起身子来亲一亲他们都来不及,他们就跑远了。他们在草地上花瓣似的奔跑着,像清晨最早闪烁出水光的露珠一样,嘻嘻笑着,轻盈地滑过草叶儿,跳到飞驰的马背上去,在那上面跳舞。小姨苍白着脸远远地看着他们,她的嘴唇颤抖着,她有些怕冷地将自己掩紧在羔皮毡子里,用目光追随着她的孩子们,她的微笑就像雪莲一样洁白而灿烂。

两个男孩玩累了就跑回到小姨的身旁,他们和小姨撒娇,他们要小姨哄着他们睡觉。小姨装作生气地说他们:你们只有在睡觉的时候才会想起额莫娘吗？你们别的时候就不会需要额莫娘吗？但是小姨这么说，小姨并不是真的生气，小姨对她的孩子从来就不会生气，她会充满疼爱地把他们搂在怀里，轻轻抚摸着他们羔皮一样柔软的小肚子，轻轻地给他们唱《太阳歌》：

> 太阳太阳照我，
> 阴凉阴凉躲开，
> 不要哭，不要哭，
> 宝君孩——陶来。 （陶来：摇篮曲中的情态词，意为小兔子。）
> 呜……呜……
> 宝君孩——陶来。
> 月亮月亮照我，
> 黑夜黑夜躲开，
> 不要哭，不要哭，
> 宝君孩——陶来。
> 呜……呜……
> 宝君孩——陶来。
> ……

两个男孩很快就入梦了，他们香甜地睡着，小小的人儿打着响亮的鼾，他们在梦中真的就变成了两只活泼可爱的小白兔。但是那两个男孩，他们在梦中做小白兔的时间并不长，他们给他们的父母当儿子的时间并不长。他们其中的一个生下来不久就被满都固勒送给牧民了。满都固勒是个革命家，他是一个胸存大业的革命家，是忙碌而时时身处危险的革命家，他有很多大业要去忙碌，有很多灾难需要躲避，他不能让孩子给缠住了手脚，坏了大事。

满都固勒对小姨说，得把孩子送走，他们太碍事了。

小姨把两个孩子搂进怀里，急急地说，他们不碍事，他们从来没有碍过事，他们就像夜莺一样听话，他们从来就没有碍着我们什么。

满都固勒十分理解地看着小姨，他知道那是一件很困难的事情。他摇了摇头，叹了一口气，说，梅琴，我们只能这么做。你知道，形势是相当严峻的，我们处在敌人的追逐和包围之中，随时都有可能发生战斗，随时都会遇到危险，我们别无办法。

小姨那么痴迷地爱着满都固勒，他是她说一不二的男人，她愿意听凭他主宰她的一切。如果他愿意，他甚至可以一片片割去她身上的肉。现在他就在割着她的肉，他要割他就割吧，只要他还爱着她，她就是被剐成了一株枯树也不会叫半个疼字的。

最大的那个孩子先被送走，他被送给了一对没有孩子的善良牧民。孩子被送走的时候小姨躲开了，她无法经历这样的分离。她到草原上去躲起来了，她匍匐在一片鲜花丛中，把脸埋进泥土中，用力地咬自己的手指，把它们咬得鲜血淋漓。然后她把自己从泥土中拔出来，把脸上的泪水抹掉，把死过去一次的自己收拾活，快快乐乐地回去给满都固勒煮奶茶。

但是满都固勒要把第二个孩子送给别人的时候小姨不干了。小姨她把脸埋进过泥土，咬过了手指头，她把手指头咬得比上一次还要厉害。她告诉自己满都固勒是对的，她必须这样做，必须按照满都固勒的意愿办，把孩子送给人。但是这一回不行，她把她的手指头咬得鲜血淋漓也不行，她反反复复地告诉了自己也不行。她有好几次伸出鲜血淋漓的手，忍不住要去拔枪。她想她不会再忍住了，她会打死所有夺走她孩子的人。

小姨从花草丛中爬了起来，朝家里拼命地狂奔而去。

小姨想，孩子还没有被人接走吧？

小姨想，不，我不能把这个孩子再送给人了！

我不能把这个孩子再送给人了。小姨荆棘般地站在穹庐的泥门前，耷拉着一双鲜血淋漓的手，万分疲惫地对满都固勒说。我答应不会让任何人替他操心，我答应他不会拖累任何人，我答应他不会带来任何麻烦，但你们听好了，谁也别去碰他，谁也别去。

小姨说完这话后手就开始发抖。她显得很疲倦，是一阵风就能吹倒的样子。她的发抖的手夺拉着，就在髋骨前的枪匣边晃来晃去，是随时都有可能拔出枪来的。

满都固勒非常生气。他已经把那个孩子送上牛车了。他已经让来人上路了。现在小姨在那里说谁也别去碰他，她把他的一切计划都打乱了，她到底想要干什么？

满都固勒让来人等着，他把小姨拉到一旁，说，你这是干什么？我们不是说好了吗？我们说好了把孩子送给人，这样我们就可以腾出手来大干一场，你也是答应过的呀？我知道你喜欢孩子，你喜欢孩子这没有错，但你喜欢要喜欢得是时候，等革命的低潮期过了，咱俩有多少孩子不能生？咱们生他十个八个，不行咱们就生上二十个、三十个、一百个，这还不能让你满意吗？

小姨已经累到了极致。她的手已经僵硬了，僵硬在枪匣边，和枪匣紧贴在一起。她的嘴唇动了动，却什么话也不说，只是眼睛定定地看着车上的那个孩子、随时准备起步的那头牛和那两只牛车轱辘，并且全身都在发抖。她这种样子，根本就不可能和人谈关于那个孩子的任何话题。

满都固勒看明白了小姨的眼光。他知道他不会征服小姨，他从来没有征服过小姨，他只不过是在小姨愿意的时候征服过她，要是小姨不愿意，那谁都无法征服她，就连他也不行。

满都固勒哼了一声，一甩手，大步走开了。

那个孩子留了下来，他被人从牛车上抱了下来。

那天晚上，小姨哄睡了孩子，将头发散开，重新梳好了百结辫，然后走进了满都固勒的毡包。

满都固勒还在为白天的事生气。他在巨大的头颅上面悬了一支酥油火把，头颅的阴影映在摊开的军事地图上，他蹙着眉头紧盯着地图，小姨进去的时候，他回过头来看了小姨一眼，又转过头去看地图。

小姨没有说话。小姨安静地坐在了毡子上，腰身笔直，一动不动，从后面看着满都固勒。

满都固勒看着地图。他渐渐地有些分了神，心慌意乱起来。他的眼睛盯在地图的某一处，看了好半天，才发现什么也没有看进去。头顶上的酥油火把哔剥作响，毡包外有夜莺飞过时的婉转歌声。满都固勒觉得自己的背上火灼一般地疼痛着，越来越强烈，越来越无法忍受。他丢开地图，猛地站起来，冲到小姨身边，把小姨一下子扛起来，大步朝毡包外走去。

毡包外，萤火乱舞，满都固勒的歌声在草原上传得很远很远：

> 砍杀敌人，
> 杀开一条血路，
> 夺过来了，
> 他们三杆黑蠹，
> 拿到山上，
> 把它倒插上了。
> ……

如果没有子城战役，没有那场战役的失败，没有义军的惨痛伤亡和王爷铁骑的残酷报复，满都固勒和小姨之间的爱情故事肯定不是我后来知道的那个样子。在以后的纷繁战事和再以后的和平年代里，满都固勒和小姨应该是这个世界上我所知道的最好的一对爱人，最令人羡慕的一对爱人，他们会默契而充满智慧地嘲弄暗算者，会煮大量的奶茶和手抓肉并且把它们全部吃光，会共同去迎接同一颗射向他们的子弹，会在草稞繁茂鲜花盛开的草地上无休无止地交欢下去，并且儿女成群。

子城战役是英雄满都固勒的滑铁卢，那么勇敢机智的他也终有失算的时候，没有逃掉对手的算计，被王爷的队伍包围在子城里。

英雄满都固勒和他的义军在小小的子城里坚守了三天三夜。他先是希望郭尔德丹的队伍会来营救他，他们毕竟有着相同的信仰，而且他曾经在郭尔德丹困难的时候帮过他；后来他又试图趁着夜色以死相搏，从子城突围出去，进入广阔的草原。当这两个奇迹都不可能再发生之后，血性的满都固勒绝望之极，几乎吐出血来。

小姨在整个子城之役中一直紧跟在满都固勒身后，她把那个始终在熟睡的男孩背在背上，拎着一支钢枪，跟着满都固勒，从阵地的这一头跑到那一头。满都固勒被流弹击中手腕时，她扑了过去，咬住他的手腕，同时撕下袍子的一角，迅速替他包扎好。血将她的百结辫泅湿了，但她一点儿也不在乎，她显得很冷静，一边替丈夫往枪里装填子弹一边让身旁的人不要惊慌。等身边的人回到阵地上去后，她把满都固勒扶到被炸毁的墙根下靠着，让他喘喘气。

小姨说，你别急，你不是让人送信出去了吗？他们会找到郭尔德丹的，他们这个时候也许正往子城赶呢。

满都固勒咻咻地喘着气，瞪着一双充血的虎眼说，他们往哪儿送去？外面围得铁桶一样，连只鸟也飞不出去，他们早让人给打死了！

小姨说，我们再想想别的办法。

满都固勒绝望地说，想什么办法？还有什么办法好想？眼下这种情况，就是一个傻瓜也能看出来，什么办法也没有了，只有拼个你死我活了！

小姨看着满都固勒，说，真的没有办法了？

满都固勒困难地点点头，说，是的。

子弹嗖嗖地从城墙外飞进来，打得墙土四溅。小姨阖上了眼睛，她再睁开眼睛时，睫毛上挂着一颗晶莹的泪花。她拽着满都固勒的胳膊说，你在哪儿我就在哪儿，要死我就和你死在一块儿。

满都固勒一把推开小姨，挣扎着从墙根边站起来，他冲着小姨大声吼道：你就知道你和我，你还知道别的什么？咱们俩死了算什么？咱们还有一百来号弟兄呢？我把他们怎么办？他们可是我从青森草原带出来的！他们是革命的火种你知不知道？！

小姨猝不及防，被推倒在地上，她不知所措地从地上爬起来，看着满都固勒吊着负伤的手，另一只手里提着枪，踉踉跄跄朝阵地走去。

王爷的铁骑队破城的时候，义军已来不及逃走了，他们中的大部分在满都固勒带领下，匆忙躲进一个地窖里。

王爷的铁骑队从街道上呼啸而过，到处追逐着四下里逃散的义军，刀戟叮当刺耳，枪声响成一片，不断有人被铁骑队追上，被刀砍中或者被枪击中，发出最后的惨叫声。城中开始放火了，大火将血腥味刺激得更浓，一些三天前没有来得及逃离的居民大声叱骂着，引来红了眼的铁骑队更加肆虐的杀戮。黑色的云烟在子城上空升起，秃鹫和乌鸦闻到了死亡的味道，一片片地朝子城飞来，它们在子城的上空盘旋着，大声地聒噪着，不耐烦地等待着降落时候的到来。

那些跟随满都固勒躲起来的义军，他们拥挤在地窖里，大气也不敢出。地窖里黑乎乎的，弥漫着血腥味和汗臭味，同时还有绝望和恐惧的气氛。有人因为负了伤，小声地呻吟着，立刻被一旁的人捂住了嘴。有人因为空气稀薄，晕了过去，导致了更大的慌张。地窖里的每一分钟都在靠近着死神。

小姨背上的孩子突然咳了一下，然后大声啼哭起来。孩子的哭声是那么的大，它让地窖里所有的人都紧张起来。

满都固勒从靠着的地窖一角撑了起来，在黑暗中瞪着一双虎眼，压低了喉咙喊道，别让孩子出声！

孩子哭起来的时候小姨一点儿也没有防备，他先前一直是熟睡着的。小姨连忙把枪丢在地上，从背上卸下孩子，去哄他。但孩子哄不住，他不知道他来到了什么地方，他仍然大声地哭着，他哭得越来越厉害了。小姨解开衣襟，把乳房送到孩子嘴边。孩子伸出小手去推小姨，他不要黑暗中的乳房，不要血腥和汗臭味中的乳房，不要绝望和恐惧中的乳房，他不喜欢这些，他只要回到地面上去，回到安静的梦中去，他仍然大声地哭。

满都固勒的血涌到脑顶，他的脸在黑暗里痉挛着，他咬牙切齿低声吼道，掐死他！

小姨愣了一下，她没有听懂。她朝黑暗的那一头转过了脸去，她想看清是谁在说那话，等她明白过来那是谁说的话、那话是什么意思之后，不由得吓了一跳。

又一队王爷的铁骑从外面奔驰而过，他们号叫着，并且开了一枪。

有人被打中了，急促地惨叫了一声，从某一高处的房屋上重重地跌落下来。

满都固勒推开人群，朝小姨的方向走去。他在黑暗中碰到了一只腿，又碰到了一支枪，差点儿没摔倒。

满都固勒粗鲁地骂道，妈的！是谁？都贴到地上去！等死硬了再尥蹶子！

满都固勒走近了小姨。黑暗中看不大明白，他是凭着一种熟悉的味道走到小姨身边去的。他的目光中透射出一道杀气，它们在黑暗中熠熠闪着光亮。

满都固勒朝小姨伸出手去。

小姨搂紧了孩子。她看不清满都固勒的脸，但她能看见满都固勒眼里的光。她一步步朝后退去，她把孩子紧紧地搂在怀里，她恐惧地说，不！不！

满都固勒凶狠地说，把他给我！不把这小东西掐死，我们大家谁都别想活！

所有的人都看着小姨。他们同样也看不到她是什么样子的，他们只是凭着感觉知道了那个。他们看见小姨更紧地把孩子搂进怀里，僵滞着，然后她颤抖了一下，犹犹豫豫地伸出了手。她的手臂中是那个孩子，她是要把那个孩子交出来，交给孩子的父亲。但是人们还没有回过神来的时候，小姨突然地收回了那个孩子。她把那个孩子紧紧地搂抱回怀里，撞开人群，朝地窖口跑去，用头顶开地窖盖，双膝跪地地爬了出去。

有两个反应快一点儿的义军赶过去，想要拽住小姨和她怀里的那个孩子。他们知道铁骑队的人就在外面，她一出去就会没命的。

但他们已经来不及了。

小姨连滚带爬地钻出地窖，在地窖口趔趄了一下，然后站稳，抱着孩子跑出了院子。

两个义军也朝地窖外爬去，他们想在最后的那一刻救回小姨来。

满都固勒在后面吼道，狗东西，给我回来！都给我回来！想把大家伙全暴露呀?!

两个义军愣了愣,问:那……

满都固勒咬牙切齿地说,别管她!

地窖口很快盖上了,地窖里又是黑暗一片。又一队铁骑过来了,地窖里的人们听见那队人喧马嘶的铁骑停了下来,他们听见一片喊叫声:那边有个女人!捉住她!他们听见纷乱的马蹄声和脚步声,他们听见小姨的踢打声和叫骂声,以及那个孩子急促的哭喊声。

孩子的哭喊声突然一下子停止了,然后是小姨长调一般撕心裂肺的一声惨叫:

啊——

十

多年之后，小姨和满都固勒再度相见，那时满都固勒已经是权倾一方的省委书记了。他听说小姨的丈夫被捕下狱，被判了七年徒刑，小姨的处境很不好，就专程从他那个省赶到小姨所在的城市，和小姨见了一面。

小姨十分憔悴，她面色苍白，眼睛深凹，弱不禁风，满都固勒险些没有认出她来。她那个样子让满都固勒感到了深深的震惊。

小姨的目光越过满都固勒，落在了他的秘书和警卫员身上，好像他是一个陌生人似的，陌生到不如他带来的另外两个陌生人。

小姨淡淡地问，他们是你的跟班吗？

小姨是问满都固勒身后恭恭敬敬站着的秘书和警卫员。

满都固勒朝秘书和警卫员挥了挥手，让他们退出屋去。

秘书和警卫员退出去后，屋子里只剩下了小姨和满都固勒，他们俩一个站着，一个坐着，彼此默默地打量着对方。五屉柜上立着一座老式自鸣钟，钟摆来回摆着，发出滴答滴答的声音，要不如此，时间在这个时候似乎是已经停止了。

有一阵满都固勒不知道该怎么开始他的谈话，他从桌子上拿起一张报纸，燥热地扇动着。他们已经十多年没有见面了，自从那次满都固勒万里迢迢找到小姨的地方并且和焦柳谈过话之后，他们再也没有见过面。满都固勒回到自己的城市里后痛苦了一段时间，他想不通事情为什么会是这样，为什么会是以这种方式结束掉。那以后他从痛苦中挣脱出来，全身心地投入工作之中，试图忘掉这件事。他也曾打听过小姨的情况，由于两个人都居无定所，不停地调动着工作，要打听到对方详细的情况不是一件容易的事。好在满都固勒经常到北京开会，北京是一个消息灵通的地方，他还有不少战友，他从他们那里偶尔也能知道一些过了时的情报。他知道小姨的生活总是在动荡着，她先参加了平津战役，然后随焦柳留在了一座北方城市，没有继续南下，再以后，她和焦柳分开了，他们离了婚，她被调到了一个县里，并且从军队转业到了地方。满都固勒知道这个消息的时候已经是两年后的事情了，满都固勒非常后悔，他没有早一些知道这个消息，否则他会以最快的速度赶到小姨所在的那个县里去，离了婚的小姨与任何人无关，他用不着再和谁去商量，用不着再从别人的炕头上抢女人，他会理直气壮地把小姨接回到他的身边，从此死也不让她离开自己。可惜当他知道这一消息时，小姨的生活早已改变了，她再一次嫁了人。

那一次满都固勒在电话里大骂那个告诉他情况的战友，满都固勒吼道：你早干什么去了?! 你为什么不尽快通知我?! 他们就没有给你配车吗？你那个城市就没有机场吗?!

那个战友莫名其妙地说，老满，你这是发的哪门子火？我们分手这么多年，我们在牡丹江分手有十一年了吧？我不是才和你联系上吗？再说，梅琴的事我也是刚听老沈说的，我刚听老沈说了就告诉你了，我用电话通知你，这不比汽车飞机快得多？你问我早干什么去了，你这么急得要上房，你早干什么去了？

满都固勒这才愣在那里，出声不得。

……

满都固勒见到了小姨，他有些激动。他的脸红着，印堂发亮。他站在那里，吭吭哧哧地叫了小姨一声。他是像十多年前那样叫的，他叫她牡丹。

你不会马上就走吧？小姨说，你要不马上走就坐下。

满都固勒就坐下了。他坐在小姨对面，在那里看着她，看着他分别了多年的牡丹，看着本来属于他后来又属于别人了的牡丹。他想他该从什么地方说起呢？他应该说些什么话呢？他想了一会儿没想出来，他决定把废话都省略掉，直奔主题，那些缺油少盐的话不是他满都固勒说的，就算要说，日后有的是时间说。

你可以跟着我走，到我那里去。满都固勒对小姨说。我会重新安排你的工作……当然，还有生活。

小姨在满都固勒进门前正缝着一件衣服，那是一件男人的衣服。她把那件衣服放下，看了满都固勒一眼，很奇怪地说，我为什么要跟你走呢？我的工作在这里，我的生活也在这里，它们和你没有关系，我没有理由跟着你走。

满都固勒说，我的妻子两年前去世了，我现在一个人过日子……

小姨更加奇怪了，说，你妻子去世我很难过，可这和我有什么关系？

满都固勒说，我是说，我们可以……

不。小姨拦住满都固勒，说，我明白你的意思，但你没有明白我的意思。现在你听好了，我不会做你的填房，那办不到。你可以找另外的女人做你的填房。你管着一个省，这很容易。

满都固勒解释说，不是填房，怎么是填房呢？我们本来就是夫妻，我们夫妻了三年，后来我们分开了，我们不过是把断掉的日子重新续起来罢了。

小姨看着满都固勒，她的目光有点冷。那是英雄满都固勒，他已经不年轻了，两腮有了多余的赘肉，肚子有点膨松，行动四平八稳，失去了往日的冲动和敏捷；但他仍然那么魁梧，红光满面，春风得意，那么刚愎自用，想要怎么样就怎么样。小姨走过去，把他手中的茶杯拿了过来，放到一边。那是一开始她递到他手中的。小姨的意思是她不想让他喝完那杯茶，他不配喝完那杯茶，她那样做让他很窘迫。

小姨说，你是怎么想的？这让我太奇怪了。你以为那是什么？你要我的时候我就是你的女人，你不要我的时候我就是你一个可以牺牲的同志，可以轻易丢给敌人，让我承受本该你承受的劫难。我被那些男人按在地上用绳子捆绑起来的时候你在哪儿？我被人剥掉衣裳吊在房檐下的时候你在哪儿？我被人用鞭子抽打着的时候你在哪儿？现在你想起来了，你愧疚了，或者你觉得我仍然是一个可心的女人，你又想要我了。你是不是想，你也可以像那些人一样，用绳子把我给捆绑起来，把我的衣裳剥掉，用皮鞭抽我？你是不是认为你和那些人一样拥有这样的权力？

小姨有点激动。她站在那里，就像一只毛皮闪烁的梅花鹿。她高高地扬着下颏，是迎着风沐着雨的样子。

满都固勒脸上红一阵白一阵，他低下头，喃喃地说，我不知道……我不知道你受了这么多苦。

小姨有些讽刺地说，你要是知道了，你会从你那个地窖里钻出来救我吗？

满都固勒急了，他抬起头来，大声地发誓道：会，我肯定会！

是吗？小姨盯着满都固勒说。

满都固勒有点不高兴，还有点委屈。他知道小姨是深深地受了伤害，她是要用她受到的伤害来报复他。但他不能发火，他想发火却不能发，他知道他已经把事情处理得相当糟糕了，他不能让事情更加糟糕。

满都固勒好半天才控制住自己，说，梅琴，你知道那是迫不得已，那是一个意外，在敌人重重的包围下，谁也没有办法用更好的方式来解决这样的意外。我已经尽力了，我只能这样做。

小姨说，你尽力了吗？你是怎样尽力的呢？你怎么会想到要杀死我的孩子？你怎么会让我掐死他？你知不知道，那个孩子是被人一撕两半的。他们从我手中夺过了他，他们当着我的面，拎着孩子的两只脚，就那么……孩子是突然没有了哭声，他的血溅在我的脸上，他的血糊住了我的眼睛，然后流淌进我的嘴里。你想知道你的孩子的血是什么滋味的吗？

小姨盯着满都固勒，她的目光非常非常的冷。

不！

是甜的。你的孩子的血是甜的。

满都固勒被击中了。他被击得很重，他颓然地撑住了硕大的头。但是他很快松开手，直起身子。他不能放弃，他必须挺住。

我是负责人，我肩上担着担子，我不能让更多的人牺牲掉。我把革命种子全报销了那才是真正的犯罪。我也很痛苦，那个孩子是我的孩子，是我满都固勒的种子，他姓着我的姓，流着我的血。我后来的妻子她没有给我留下孩子，我现在连一个孩子也没有。我把我自己的孩子亲手杀死了，我难道心里好受吗?! 你是一个受过党多年培养和教育的革命者，你应该明白这个道理，明白我们并不是属于自己的，明白我们是该作出牺牲的。你也了解我这个人，你应该明白我是看重你的。我可以实话告诉你，我跟我后来的妻子在一起只有虚荣心，从来没有过快乐! 她作战很勇敢，对党很忠诚，但她从来没有让我感到快乐!

小姨用她美丽的目光看着她面前的那个男人。她看着他的目光中包含着那么多的怜悯。在满都固勒情绪激动地说着那番话的时候她站了起来，走到窗户边，背对着他，在那里听着。她的脸被窗外照进来的阳光笼罩着，显得非常的安静。满都固勒说完那番话之后，她从阳光中苏醒过来，好像要摆脱掉阳光似的，摇了摇头，转身走回来，坐到了满都固勒的身旁，伸出一只手，轻轻地握住他的一只手。

小姨轻轻地说，你怎么就不明白，你不配说"看重"这两个字。你的看重只不过是你想要，你想得到，那全是你自己。当你没法全部得到的时候，就再找出一个你自己的理由来，说服别人，也说服你自己，然后保留住你想要保留的那些东西，把其他的东西一部分一部分地丢弃掉。也许我这么说并不全面，其实你最后也会丢掉你自己，在万不得已的情况下，但那一定是万不得已，一定是最后。你是一个顽强的人，有信念的人，你不会轻易放弃的。你只是因为没能全部保留住你占有的那些东西才痛苦。你可以结婚，可以要女人，但你千万别对你的女人说你看重她，那是在欺骗她。

不是这样的! 绝不是这样的! 满都固勒紧咬钢牙，痛苦万分地发誓说，我真的是看重你的！这些年来，我没有一天不在想念你！你看一看，我连头发都想白了！

满都固勒抬起一只手，用力地去扒拉他的头。他的头巨大而坚硬，傲岸而不容轻视，那是一颗真正的勇士的头颅。

小姨把她的手从满都固勒的手上拿开，站起来，居高临下地看着他。她不是看他的头发，而是看他的眼睛。现在她的目光中已经是明显的蔑视了。

你让我相信你什么呢？小姨说。

就算那次是我的错，你总得给我一次机会，我会为你牺牲一切。满都固勒说。

你能牺牲什么呢？小姨说。

我可以为你做一切事情，我是说一切。我可以用我的名义找你的组织上谈话，让你脱离现在这种不利于你的局面。我可以放弃眼下的一切，我们一起到乡下去，开一块荒地，我们什么也不要，种地过日子。满都固勒咬牙切齿地说。

小姨冷笑了，说，你还是不肯说真话。你太看重你的面子了。你心里知道那是什么，但你就是不说出来。其实我们俩都明白，就算我现在的情况很糟糕，糟糕到我离开了军队，糟糕到丈夫进了监狱，糟糕到组织上对我不再信任，也不至于拖累到你连乌纱帽也摘掉的地步。如果你不恼怒的话，我还可以把话说得更直接一些——凭你现在的地位，你能够影响一切，你有这样的能力，如果愿意，你甚至能够让我回到军队，能够把我丈夫弄出监狱，能够让组织上重新信任我。你有把握做到这一切，但你不会去做。你要做的事只是让我回到你的身边去，让我重新成为你的女人，让我在你需要的时候随时随地在你的身边，让你的良心有所寄存。你何苦不把这些话说出来，何苦不把这些话说清楚，而要做出那种受了天大委屈的悲壮样子来呢？

满都固勒发着抖，说，你……

小姨阻止住他，说，不，满都固勒，你用不着再说什么了。你可以抛弃我一次，你就可以无数次地抛弃我。你可以不在乎一条生命，你就可以不在乎更多的生命。你是这样的人，我怎么会把自己的命运再交到你手上呢？我不会的。

小姨说完这句话后走过去，把门拉开。她对满都固勒说，好了，你可以离开了，我得出去办事，我要去监狱看我的丈夫，我还要向组织上交代问题。她停了停，说，只是在你走之前，有一件事情应该说清楚，我们不是夫妻，我们没有结过婚，从来就没有，只不过是我自己离开了丈夫，跑到你的身边去，做了你的女人，事情仅此而已。

满都固勒当天坐火车离开了小姨生活的那座城市。那是一座非常普通的城市，它是由一些老式的建筑、逼仄的街道、车顶上背着天然气包的公共汽车和四处弥漫着草木灰气息的天空构成的，和别的普通城市没有什么差别，它完全无法和满都固勒领导的那座历史悠久的省会城市相比，这样在满都固勒离开这座城市的时候，他的随行人员就感到了一种轻松的感觉。

满都固勒当然坐的是软卧车厢，同时受到了款待。国家在大踏步地向前发展，所有地方都在提倡勤俭建国的方针，但对于有贡献的革命者，人们还是给予着力所能及的照顾的，这一点儿，用不着满都固勒亲自去办，他带来的秘书、警卫员会很容易办到。

满都固勒上车以后一直坐在软卧车厢里没出来，吃饭的时候他也没有去餐车，除了上厕所，路上的两天一夜时间都是这样度过的。秘书和警卫员知道首长此次南行遭受到了前所未有的打击，他们虽然不清楚那打击究竟是什么，但他们知道这事和那个美丽的女人有关。他们是两个经验丰富的年轻人，不会在这种时候去打扰首长，他们商量了一下，让餐车专门做了首长最喜欢吃的羊杂碎送到车厢里，让他在那里用餐。可是等到服务员去收餐具的时候，那些油乎乎的羊杂碎仍然留在碗里，基本上没动，这种情况一直到快下车的时候也没有改变。

警卫员心里有些不安，对秘书说，陈秘书，首长这样不吃东西怎么办？他这样会饿坏的。

秘书也有些不安，但他是秘书，不能像警卫员那样沉不住气。他想了想说，首长在考虑事情，不吃就不吃吧，等他考虑得差不多了，他会主动要我们去弄吃的，他过去不也是这样吗？他说不定还要吃一只鸡呢。

警卫员说，他连羊杂碎都不吃，他怎么会吃鸡呢？

秘书说，要不怎么办，你总不能把首长的嘴撬开，把羊杂碎塞进去吧？

警卫员说，首长这样，要是出了问题谁负责？

秘书胸有成竹地说，我看出不了问题。你难道没发现，首长一上车就坐在那里没动，他也没有睡觉，他也没有走来走去的，他只不过就是两天一夜不吃饭。按照苏联老大哥研究的结果，一个成年男人可以连续七天不吃东西，女人最长可以到十二天，你看首长那种身体状况，他不会比谁差，我们捱到家是一点儿没问题的。再说，他身上没武器，武器在咱俩身上，他能出什么问题呢？

警卫员听秘书这么一说，这才释然了。

火车穿过富饶的华北平原时，满都固勒流泪了。他坐在车窗前，让泪水毫无顾忌地顺着红光满面的脸流淌下来。英雄满都固勒从来不流泪，战争年代他的胸口被炸开了花他没有流泪，后来的"文革"时期坐了八年的冤狱他也没有流泪，但是现在他流泪了。据他身边人的证实，这是他这一辈子两次流泪中的一次。

在满都固勒离开这座城市的时候，我的母亲刚好来到这座城市。她和满都固勒一样，是听说了小姨的事来看望她的。有所不同的是，她和小姨从来不存在相互得到的关系，她们若有肌肤上的亲昵关系，那仅限于姐妹间的肌肤关系，而不是男女之间的那种肌肤关系，她是在心里、在骨头里、在血液里疼着小姨，而唯独不想占有她。

那一夜母亲和小姨睡在一张床上，两个人小声地说着话，彻夜未眠。她们说的是小姨丈夫的事。她们说着用什么办法把小姨丈夫的案子弄清楚，怎么来解决这件事，要解决不了怎么办。小姨很果断，她觉得这件事没有什么可商量的，对她丈夫入狱的事，她有很多事情不知道，她弄不懂那是一桩什么样的案子，她知道的只是他们不该把他弄进监狱里去，他们没有理由把他弄进监狱里去，她得把这件事情弄清楚，如果他们错了，那他们就得承认错误，让他出狱，把他还给她；如果他们对了，那她就得帮助他，支撑住他，让他在监狱里安心地认识错误，等到刑满释放。总之在小姨看来，这也许是一件很大的事，但不是一件很复杂的事，她只是需要去行动罢了。

在商量过那些事情之后，母亲想把话题转到满都固勒身上，她试了好几次，都被小姨阻止住了。小姨不想提到那个人。她好像有些厌恶又有些害怕谈到这件事情似的。小姨把话题转开，她们开始说到母亲的丈夫和孩子们的事。小姨问母亲她的丈夫和她的孩子们的情况，母亲说的时候她就听，母亲说到什么有趣的事时她就抿了嘴在黑暗中笑。母亲有些心不在焉地说着，她其实不怎么太想说这些事，她在说自己丈夫和孩子的事情时感觉到小姨低下头去，小姨的头发细细绒绒的，轻轻地擦在了她的脸上。母亲还感觉到，小姨的头发在轻微地颤动着，好像小姨的头发也受了伤，它们很疼似的。有一阵母亲突然停下来，忍不住伸出臂膀去把小姨搂进了自己的怀里。小姨颤抖了一下，她的身子在那一瞬间有些发硬。小姨的皮肤光洁滑润，湿漉漉的，被母亲搂进怀里的时候立刻化成了水，像刚出生的羊羔。小姨其实就是一只羊羔，她一生下来，还没有被母羊舔干身上的绒毛就被羊群给抛弃了；她走得太远，再也回不到羊群中去了，她注定了一辈子都是这种湿漉漉的样子。

母亲心里涌起一股刻骨铭心的疼痛。

很多年以后，我从母亲那里知道了那一次她们两人的谈话。

小姨蜷缩在母亲的怀里，泪水顺着眼睑流淌下来，浸润进床单里。

小姨说，姐，你不知道我有多爱他。他是一个单纯的男人。他很有力气。他能够轻而易举地把人揉碎。每一次躺在他怀抱里的时候我都想，让我死去吧！让我为他死去！但是姐呀，你别相信男人，别相信任何男人。

他们不会让你去死。他们要你活着，活着替他们受罪，替他们赎罪，让他们在高兴的时候拿你当心肝宝贝，在生气的时候拿你当出气筒，在不需要你的时候把你抛弃掉。他们不要你死。他们不敢一个人待在这个世界上。而你要是跟上了他们，就得为他们的一切念头而活着……

小姨泪流满面地说，为什么老天造了人，偏要分个男人和女人呢？为什么?!

十一

在我们的家族和家族之外，小姨的死产生的影响是前所未有的。

我们的家族很庞大，不断有新的生命从别的世界来到我们之中，和我们一起生活，也不断有旧的生命起程前去另一个世界。这是一件非常正常的事情，正常到我们家族中任何一个生命起程去另外一个世界，留下来的人都不会表现出太多的悲伤和眷念。我们甚至有一份欣喜，因为我们知道离开我们的那个亲人，他（她）只不过是去了另外一个世界，开始了他（她）新的生活，虽然我们看不见，但那一定是快乐的，而要不了多久，等到这个世界里的日子过尽了，我们也会起程去那个世界。我们就会和先到的那些人们再度相聚，我们在那里还是亲人，不会改变。

但是小姨的离开却是个例外，她的死让几乎所有的人都表现失常起来。

我们家的孩子们在那些日子总是神经兮兮的。比如我的大姐，她在那段时间里一直在偷偷地落泪，因为使用了太多的面巾纸并且不断地洗脸，她把家中最漂亮的自己弄得十分难看。我的二姐那些天怒气冲冲，她总是挑她孩子的毛病，把孩子弄得做什么事都不对，而她一向是我们家的乖乖女，从她出生到现在，从来没有找过任何人的麻烦。问题是，她的孩子只有三个月大，如果说因为要吃要喝或者长痱子而啼哭通常不能算作毛病的话，天知道她有什么道理去挑那个三个月婴儿的毛病。

表现最反常的还不是我们家的孩子们，而是老人们。那些日子里，我们家的老人，我是说包括和我们家有着亲戚以及友情关系的那些老人，他们不断地犯心绞痛、血压升高或者别的什么毛病。那些天我们老是接到这样的电话，告诉我们谁又犯病住到医院里去了，谁又犯病需要住到医院里去。以致电话后来再一响，父亲就会非常烦躁地把正在看着的报纸往边上一丢，说，又是谁？又是谁？住个院，又不是打南沙，有什么大不了的？病了就往医院送，送进医院就打针吃药，再不行了就拉上一刀，心肝肚肺，该洗就洗，该扔就扔，值得这么满世界张扬吗？

我知道，父亲这话是气话，他这么说不对，他这么说丝毫不讲道理。我们大家都爱小姨，我们非常看重她，她现在走了，去另外一个世界了，虽然日后我们还会在那个世界再见面，我们还是亲人，但我们仍然有思念她的理由和权利。再说，有些事情，比如说在这个世界里的事情，我们还没有来得及割裂开，还没有来得及清理好，还没有来得及交代清楚，我们家族其他的人，他们起程去另一个世界的时候，他们已经把这一切都交代清楚了，离开的他们和留下来的我们都没有什么牵挂。但小姨没有，小姨她给这个世界留下了太多的问题，她在离开之前把一切都弄乱了，弄得不可收拾，弄得后患无穷。她这么走开，我们大家都会有负重不起的感觉，我们大家都会有无法适应的感觉，比如想一些问题、偷偷地流泪、怒气冲冲或者住进医院以及烦躁，这又有什么错呢？

但是有一点儿我一直没有弄明白，那就是那些老人们的另一种表现。

我发现，在小姨走向另一个世界的时候，准确地说，在小姨变成了一杯轻盈如灵魂的灰埃的时候，那些老人，那些和小姨在漫长的生活中彼此留下了生命烙印的老人，他们在极度的痛苦之后，在极度的不能承受之后，全都下意识地呼出了一口长气，好像有一件长期困扰着他们的难题，终于解决了，结束了。

我发誓，他们真的全都呼出了一口长气。

部队攻打天津外围的时候，焦柳第一次见到了小姨。

焦柳带了一支民工队伍往上送弹药，在过永定河时，几发炮弹落在了河岸上，有两个没来得及过河的民工被炸进河里，他们看管的牲口也被炸得四分五裂，顺着陡坡滚进河里。焦柳冲上河堤，高声喊叫着，要民工们不要惊慌，管住自己的驮子，要警卫班的人去帮助民工牵住牲口，帮助还没有过河的驮子尽快过河。

焦柳经验丰富，他参加过无数次战斗，类似的事情经历过也不是一次两次了。打仗总是要死人的，炮弹在天空中飞着，谁也保不准会落到哪一个人的头上。炮弹落到谁的头上谁就是烈士，躲过了的，等炮弹过去了，还得爬起来，掸掉身上的泥土，继续往前走。情况就是这样的。

谁知炮弹点燃的火焰还没有熄灭，人还没来得及集中起来，被炸中的那两个驮子里的手榴弹抗不住火烤，被引着了，相继炸了起来。河岸上爆炸声此起彼伏，弹片横飞，火光四溅，这一下，民工们失去了控制，丢下驮子就跑。季节正是冬月间，天寒地冻，民工们谁也不顾那些，争先恐后地往岸上爬，踩得河面上的冰凌一片破碎。牲口群这时也炸了窝，挣脱缰绳，四下里乱窜，把身上驮着的弹药箱拖着拉着，丢得到处都是。

焦柳急了眼，拼命吼叫着：别跑！你们往哪儿跑！你们都给我站住！

焦柳还没有吼完，就被一头牲口给撞倒在地上，差一点儿没滚进冰河里。

焦柳从地上爬起来，也不顾头上肿了脸上青了，跑过去拽住一个昏头昏脑不知该往哪儿跑的民工，喝令他站下，不许乱动，然后叫过警卫班长，要他赶紧指挥警卫班的战士把四下里跑散的民工都给抓回来。

民工是给抓回来了，但民工好抓，牲口却不好抓。牲口听不懂人话，根本不听劝，尤其是在它们炸了窝的时候，尤其是弹片仍然在四处横飞的时候，它们不光不听劝，它们还专和人过不去，你要去抓它它就又踢又咬，而且它们又踢又咬还是好的，更多的时候它们根本不给你被又踢又咬的机会。它们在河边这种泥泞的地方，跑起来比美式十轮卡车还要快，你根本无法追上它们。问题是现在必须尽快离开这个地方，这一轮炮过去了，中间会有几分钟的间隔，等间隔过后，更猛烈的炮击还在后头。

焦柳急得要命，他急得都恨不得给那些四下里狂奔着的牲口跪下来，磕头叫祖宗了。

小姨这个时候出现在河岸上。

小姨带着一支战地鼓动队，刚刚从前线下来，送一批伤员往后方战地医院去。小姨一见那种情况，就下令鼓动队的人停下，帮忙把伤员安置在河边安全的地方，再帮这支被打散了的弹药运输队把河里的箱子和人捞起来。

牲口们四下里逃窜的时候，小姨站在河岸上，她将两只手指塞进嘴里，一鼓腮帮子，河岸上立刻响起一声悠长的哨声。

那声口哨有如刮过冬日冰河上的春风，从容地追逐着四下里逃窜的牲口，那些四下里逃窜的牲口听见了口哨声，都停止了狂奔，站了下来，竖起耳朵朝河岸这边看，然后它们低下了头，像是做错了事情的孩子，慢慢地都回到了河岸边，让人们重新套上了笼头。

焦柳简直看呆了，他懵懵懂懂地站在河岸上。一直等到他的人在那里整理好驮子，并且跑过来向他报告时，他才从梦中惊醒。

焦柳用力拍了一下自己的脑袋，自言自语地说了一句：妈的，女人也会吹口哨，神了！然后朝站在河岸上的小姨跑去。

焦柳跑近了，站住了，接着又吃了一惊，他发现那个吹口哨的女人非同寻常，她明眸红唇，天然姿色，十分美丽，她是他从来没有见到过的那种美丽。这一回，他用了更长的时间才回过神来。

焦柳说，谢谢你，我是某纵民工部部长焦柳。

小姨大方地朝焦柳立正、敬礼：首长，某纵某师某团鼓动队队长梅琴向你报到！

焦柳握住小姨的手。他觉得小姨的那只手和别人的手不一样，小姨的手握在手中像是有生命，像是会说话，他握着它，半天舍不得放开。

焦柳结结巴巴地说，原、原、原来咱们是一家人。

半年以后，焦柳通过各种方法找到了小姨，并且和小姨结了婚。

焦柳是一位红军时期参加革命的干部，他快人快语，办起事来相当干练，从不拖泥带水，而且他是一个看准了目标就决不放弃的人，这一点在他向小姨求婚的时候已经充分地表现出来了。

焦柳在见到小姨之后，回去就对民工部政委说，我操，这个女人不是一般的女人，她和我见到过的所有女人都不一样，我得娶她做老婆。

政委不相信地说，老焦你不要吹牛，她又不是放在那儿等着你的，你说娶她做老婆你就娶她做老婆呀？你忘了王子娟的事情了？王子娟你不也说过这样的话，结果呢，你不是也没搞成？

焦柳不以为然地说，这件事怎么能和小王的事相比呢？小王的事情不一样，小王是刘副师长先看中的，我是先说过要娶她的话，然后才知道了刘副师长的想法。我知道了刘副师长的想法当然不能和他争，我是到得晚了，我还是大义让贤，是讲阶级兄弟情谊。

政委开玩笑说，那这回你不让了？

焦柳瞪眼说，我让谁？这回是我先在永定河边发现她的，我先听见她吹口哨，然后我就发现她了。我说个使蛮的话，就是司令员来了，也得在我后面等着，这回我谁也不让，非把事情做成了不可。

政委笑道，你又吹了，你总是吹。

焦柳不高兴地说，你怎么这么看我呢？你完全是把我看扁了，要是这样，你就往后看着吧。

政委就有些迷惑，说，究竟是个什么样的女人？怎么让你这么上心？

焦柳用力拍了一下政委的肩膀，差点没把政委拍得坐到地上去。焦柳意味深长地说，她是一个宝贝，若是拿兵力比，凭我的经验，相当于一个主力团的战斗力，我这么说也难得说清楚，等我把事情做成了你自己会看到的。

部队打下天津后，焦柳利用战役后的休整时间专程到小姨的那个团跑了一趟，找到了团政委。

团政委是焦柳的老部下，在东北时当过他手下的群工科长。焦柳见了团政委后也不扯野棉花，直截了当就把事情提出来了。

团政委说，这事呀，你怎么不早说？

焦柳说，早说怎么了？晚说怎么了？

团政委说，我们团里刚做了决定，肥水不落外人田，凡是团里的女同志，未婚的，一律在本团解决婚姻问题。梅琴未婚，所以她的事得在本团解决。

焦柳不高兴了，把腰一叉，瞪着眼说，陈得贵，你少给我来这一套，什么肥水不落外人田，我是外人吗？我是什么外人？你不要忘了，你老婆还是我在东北时给你解决的，我要不替你张罗，你陈得贵就是八条枪杆也白竖在那儿，做你的光棍，你不要吃上了馍就撤笼屉，撤完了尿就踢夜壶，连这一茬都记不得了！

团政委见焦柳生气了，连忙笑道，老首长你也别急嘛，我说肥水不落外人田，我并没有说你就是外人，我能说这个话吗？我的意思是说，梅琴最近有新动向，她正在和我们团政治部余主任恋爱。

焦柳一下子就跳了起来，说，什么？！她已经恋爱起来了？！她怎么能先恋起来了呢？！她现在恋得怎么样了？！

团政委安慰焦柳说，你别急，不像你想的那么严重，他们刚接触，也没恋成什么样。

焦柳不肯坐下来，催促团政委道，你快说，究竟怎么回事？

团政委说，我们团政治部余主任，你知道吧？

焦柳说，我知道，就是那个戴眼镜的，小白脸，四川人，不就是他吗？

团政委点头，说，余主任是我们团级干部中唯一没有解决个人问题的，团里考虑他年龄也不小了，就介绍梅琴和他恋爱。部队打新保安之前，我找梅琴谈过一次话，当时梅琴说顾不过来，以后再说，以后部队就开始进入战役第二阶段了，也就没有时间了。一直到前两天，部队把清理战果的事做完，移交工作做完，我对余主任说，部队不会在这里停很长时间，你也别等了，要等下去，这一仗还不知什么时候能打上，组织上也把话捅开了，你就自己打吧。余主任当时还犯难，还问我怎么打。我说这次战役还用我告诉你吗？我是有老婆的人了，我要没老婆，我就亲自演习一次给你看，说得余主任的脸像酱鸭，嘴里嘟嘟囔囔地去了。昨天团长跑来告诉我，说余主任已经找梅琴谈过了，他已经打上了。

焦柳紧张地问，打得怎么样？

团政委说，听团长说，余主任告诉他，现在还处于打外围阶段，双方僵持着，主要原因是梅琴队里牺牲了几个队员，她心里难过，对余主任说这事以后再说，余主任也就不好拗着她。

焦柳吁出一口气，说，这就对了，这事一定是这样的结果，你想一想呀，老余那个人，口才倒是不错，别的嘛，就很难说了，总之书呆子一个，他这样的人怎么会让梅琴动心呢？梅琴怎么会答应他呢？那完全和难不难过没有关系，它只和什么人有关系。梅琴她不是一般的女同志，她是非常特殊的女同志，她这样的女同志，只有我这样的男同志才能配得上，这就怪不得我了。

焦柳过去用力拍了拍团政委的肩，说，陈得贵我告诉你，这件事我不管别人怎么想，我是要做的。我先给你打个招呼，这个人我要了，我回去就找军里要人。你呢，你就别给我使腕子，命令下来你就放人，你也不要在背后说怪话，你说怪话也是白说，什么问题也解决不了，你最好是认真研究一下"敌情"，让余主任对付那种适合他的战斗，否则你这个政委就是急上了房，他也得当一辈子光棍，你懂了没有？

事谈完了，焦柳要回去，团政委不让，说老首长来一趟，说什么也得请吃一顿饭。焦柳说，吃饭行，你把余主任叫来，你再把老丁和老邹叫来，咱们要吃一块儿吃。团政委就吩咐通讯员去叫团长老丁、参谋长老邹、政治部主任老余。

刚打下天津，后方送来的猪肉多得要命，团政委要炊事班给炖了一大脸盆，酒是不能喝的，大家就围着脸盆，你一筷子我一筷子地拈猪肉块吃，吃得满头大汗。焦柳一边吃一边谈笑风生，他老是拿余主任开玩笑。余主任不擅开玩笑，焦柳又是首长，焦柳一开玩笑他就紧张，不小心把一块肉掉在地上，捡起来吹了吹，塞进嘴里，拿勺喝汤，又被汤烫了一下。焦柳哈哈大笑，说余主任，肉到嘴边都让你给掉了，你就只能喝汤了。团政委在一旁听了发急，他怕焦柳一时得意忘形，把不该说的事说了出来，弄得余主任难过。团政委心里有事，一顿很丰盛的饭没能吃好，好在焦柳就此打住了，到底没说出什么过分的话来，到了通讯员进来收空脸盆的时候，团政委大大地松了一口气。

焦柳回去就向军里要人，他仍然是明人不做暗事的风格，不掖不藏，直截了当地把他为什么要这个人的原因说给军里听了。军里对这种情况当然很支持，要政治部去办。部队在休整期间，这种人员调动的事解决起来很容易，三天以后，小姨就接到了去民工部报到的命令。

小姨那个时候希望尽快摆脱往昔日子的阴影，小姨还为牺牲了的战友难过。小姨鼓动队里一个大学生、三个如花似玉的女孩子，一发炮弹全给炸到天上去了，其中一个名叫份儿的女孩，人只有十四岁，是逃婚出来的，二人转唱得有模有样，一上台下面的战士就拼命拍巴掌。那天早上起来小姨还给她梳过头，炮弹下来的时候，大家听了声音都趴下，就她站在那里朝天上看，等爆炸过后，人就从那里消失了。份儿连尸首都没找回来，后来收罗到一绺烧焦了的小辫，小姨认出是份儿的，那天早上她亲手给梳的，辫子还没散开，扎着一道红线。小姨见到过不少人在枪弹中倒下，份儿的牺牲却让她大恸不已，一天时间人就消瘦下去了。

小姨对焦柳说，我没有想过这个问题。

焦柳说，过去没想过，那是不认识，现在认识了，就可以想了。

小姨说，我和你一点儿也不熟悉，我们不了解。

焦柳说，结婚之后就熟悉了，要怎么了解都行。

小姨说，我现在心里很难过，不想考虑这个问题。

焦柳说，革命就会有牺牲，一天到晚难过，还怎么革命？

小姨说，我有过男人。我还有过孩子。

焦柳一点儿也不在乎，说，你有过男人，我也不是头一回，原先家里给说过一个，后来没带出来。我倒是没有孩子，可惜，不过没关系，孩子我们以后会有的。说实话，我们这些人，哪一个不是在苦海里泡大的？所以我们才该在一块儿——你男人是干什么的？

小姨呆在那里不说话，是不愿意说。

焦柳大度地摆摆手，说，这事我能理解，不想说就不说，那我们就不说这事了，我们只说我们的事。

那以后，焦柳一天来找小姨三次，小姨现在是他手下的人，他要找小姨非常方便，小姨也找不出理由来拒绝。部队已经接到开拔的命令，要往西走，打北平，人们全都为这件大事兴奋着，忙得人只想把手头的事情处理得更简单化一些，腾出空来大干一场。小姨后来经不住焦柳的攻坚战，而且打心眼里觉得焦柳这个人不错，在纵队上下有口皆碑，是个让人牵挂的攻击者。小姨后来妥协了，只问了焦柳一句话。

小姨很认真地问焦柳：如果我俩在地窖里，外面全是敌人，如果我那时有了孩子，孩子哭了起来，你会不会让我把孩子掐死？你会不会眼看着敌人把我抓走？

焦柳哈哈大笑。焦柳的胸腔里像装着一门八二迫击炮，笑起来发出雄伟的共鸣。焦柳连眼泪都笑出来了，焦柳笑过以后一脸严肃，反问小姨：你的眼睛很大，这很好，你把你的眼睛睁得更大一些，你睁大眼睛看看站在你面前的我，你看看我是那样的人么？

小姨听焦柳那么说，真的睁大了她的眼睛。小姨睁大了她的眼睛认真地看焦柳，这使她的样子显得十分动人。十分动人的小姨看着面前的焦柳，她看焦柳，看了好半天，最后她得出的结论是，焦柳不是那种人，不是会让她把孩子掐死的那种人，不是会眼看着敌人把她抓走的那种人。小姨她得出了这种结论，脸蛋儿居然红了。她再也不说什么话，冲着焦柳轻轻地点了点头。

第二天，他们在一间被炮弹炸去了一角的土房子里结了婚。

十二

部队进城了。

平津战役结束后，部队休整了两个月，开始继续南下，消灭白崇禧、余汉谋集团，解放中南数省，接管各大、中城市，建立各级人民政权。

焦柳并没有随着部队走出多远，作为懂政治懂后勤的干部骨干，在部队解放了一座中等城市后，被留在了那座城市，从战斗队转为工作队，开展由乡村到城市的转移工作，没有随大部队继续往前开拔。

组织上为了照顾焦柳，考虑也把小姨留下来。

焦柳征求小姨的意见。焦柳说，组织上要我留下，关上门说话，全国还没有解放，仗还没打完，我不想留下来，我想和同志们一起去前线。可我是组织上的人，组织上决定了的事，没有什么价钱可讲，你不同，你要不想留下，你要想跟着部队继续往前走，你就继续往前走。

小姨反问焦柳：你是组织上的人，我是不是呢？

焦柳被问糊涂了，想了想，说，你当然也是。

小姨点点头，说，我不光是组织上的人，我还是你的人，组织上已经找我谈过话了，你也留在这儿了，我就是一万个不情愿，我能一个人走吗？

焦柳听了小姨的话，半天没做声，眼圈渐渐红了，过了一会儿，大步走过去，一把将小姨揽进怀里，搂得小姨哎呀一叫。

进城以后，一开始焦柳和小姨都在军管会工作，焦柳是军管会的领导，小姨是他的部下。不久以后焦柳提升了，当上了这座城市的市长，小姨则被抽调去乡下搞土地改革运动。两个人自结婚后就因为战事繁忙经常分开，二天两头难得见面，现在他俩留在了一座城市，过了两天团聚的日子，工作一变动，又经常见不到面了。

焦柳是个工作能力很强的领导干部，他很有领导才干，处理事情非常果断，从不拖泥带水。在他的领导下，饥民的问题得到了解决，瘟疫的问题得到了解决，隐藏特务的问题得到了解决，饱受战争摧残的城市很快就得到了复苏，并且有了欣欣向荣的景象。

焦柳同时还是个爱憎分明刚正不阿的铁面清官，他对革命队伍中的那些个蛀虫非常痛恨，痛恨到一点儿也见不得蛀虫人物，一见了就恨不得上去拿脚猛踹他们，把他们踹倒，再把他们碾死。他踹过也碾死过很多这样的异己分子，他在这方面的名气很大。

有一次军管会开会，焦柳批评一个一进城就贪图享受的干部，他一点儿也不给那个干部面子，他双手叉着腰，在台上走来走去，说那个干部：你整天泡小酒馆、吃狗肉和女学生跳舞，你进城才几天，就脱了布鞋，换了皮鞋，脱了布衣裳，换上了府绸，你还让黄包车拉你，你一个共产党的干部，也敢坐着黄包车满大街逛呀？你胆子也太大了！你逛就逛了，问题是你不光逛，你的工作干得狗屎一样，你把我们的光荣传统丢了不说，连一个留用的旧政府职员你都比不上，你这算是哪家的共产党干部？你是给共产党丢脸！是给共产党抹黑！我他妈恨不得一脚踹死你！焦柳这么说着，真的从台上跳下来，走到那个干部面前，抬脚猛踢了他一下。焦柳力气大，又恨在心头，一脚就把那个干部踢得从椅子上坐到了地上。

还有一次，军管会公安处送来一份案卷，有两个干部贪污了几千万的公款，那笔款子是用来给灾民买粮食的，结果粮款被他们挥霍了，粮食没买够，灾荒数月不过，饿死了人，闹出大案来。

焦柳看过案卷，勃然大怒，朱笔一挥：枪毙。

案件当事人中有一个是焦柳的部下，跟随焦柳很多年，立下过汗马功劳，那个部下在死牢里写了一封泪迹浸笺的信，托人送给焦柳，苦陈半生以命相搏的功劳，恳求老首长能顾念自己昔日死死追随的忠诚和战友情谊，刀下留头。

焦柳看过信，冷冷一笑，三下两下将信撕碎，伸手取过笔，在案卷的天头上重新批道：贪污公款，数额巨大，枪毙一次；饿死了人，民愤极大，再毙一次；共毙两次，查核报我。写罢将笔往桌上一丢，对公安处长说，执行。

焦柳将一个犯了死罪的部下连毙两次的事一下子就作为美谈传开了。

焦柳对部下要求很严，自己也是以身作则的。他进城以后，当了市长以后，仍然保持着当年打仗时的那种艰苦朴素吃苦耐劳的作风，不换旧军装，不进饭馆，不睡绷子床，不用保姆和厨子，不要组织上照顾，总之一切仍然是老红军老八路的一套。

小姨在乡下搞土地改革运动，有时候回来开会或者汇报工作，顺便回家里看一看。家里一张床，一张办公桌，一把椅子，一套换洗衣服，然后就是一屋子的灰尘，简单到不能再简单，而且是主人长期不落屋的样子。小姨看着这样的景象，就有些心里不安，觉得自己没有照顾好焦柳，没有尽到一个做妻子的责任，小姨就去焦柳的办公室。

小姨去焦柳的办公室，焦柳有时候在，有时候不在，去下面检查工作去了。焦柳在的时候，总是一副十年八年没睡过觉的样子，眼睛红红的，全是血丝，头发长长的，胡子拉碴，嘴里一股熬了夜的大蒜味，不知道有多久没有洗过脸刷过牙了，总之邋邋遢遢得一塌糊涂。

小姨很心疼，说焦柳，胡子这么长了，也不知道剃一剃，你就这么忙，一点儿时间也挤不出来？

小姨说了就叫焦柳的秘书去找剃头剪子，烧了热水，把焦柳按在凳子上坐下，白布齐颈一围，只露出硕大的一个脑袋来，先用热水给他洗了头，然后剪去长长的头发，再刮去硬硬的胡须。焦柳就在那里坐着嘀嘀地笑，拿眼睛朝秘书瞟，说，小黄，看见了吧，还是老婆好啊，老婆知道疼我，哪像你，也就是给我热碗面汤了。

小姨手脚麻利，剃完了焦柳的胡子头发，又让焦柳去洗脸刷牙，身上的衣服脱下来，她给洗了，换上去的衣服先检查一遍，该补的补，该熨的熨，补好熨好，再让焦柳穿上。不一会儿工夫就把焦柳收拾出来了。

焦柳收拾出来是很精神的，他是那种棱角分明的人，身体结实，又有一股子男人的精气神，剃了头，洗了脸，再换上干净挺括的衣服，一下子就和先前不一样了，就光彩照人了。

秘书在一旁看着，眼睛都直了，凑近了，看看焦柳的人，又看看小姨的手。

焦柳瞪秘书一眼道：搞什么小动作？

秘书说，首长，有一句话，不知道该说不该说。

焦柳说，有话就说，有屁就放。

秘书说，我怎么觉得，梅同志的手和别人的手不一样，她就一眨眼工夫，首长你就成一个新人了。

焦柳得意地说，这你就不懂了，要不怎么说是宝贝呢？

小姨在一旁替焦柳搓臭袜子。小姨听见焦柳的话，脸一下子就红了，说，你说什么呢！

焦柳呵呵笑道，我说我的老婆，我说我的老婆是宝贝，我未必还说错了不成？

小姨就嗔怪地看他一眼，说，你就是说也背着人说呀，人家小黄没成家，人家还是小年轻，你那么说，影响多不好呀。

焦柳就拿眼瞪秘书，说，你没听见呀？这些话不是你听的，还不快撤退！

秘书捂嘴笑着，掩了门退出去。

焦柳等秘书退出去后，就从身后把小姨搂住，拿下巴去蹭小姨的脸。

小姨手里捏着皂子，僵在那里不动。

焦柳蹭一会儿，奇怪地说，怎么不叫唤了？

小姨从焦柳怀里松出来，捋一下被他弄乱了的头发，说，干吗要叫唤？

焦柳说，平时我一蹭你，你就嚷着叫疼，今天怎么变得勇敢了？

小姨拿手背掩了嘴吃吃地笑，笑过以后说，你没见你的武器都被我缴了械吗？

焦柳不明白地问，什么武器？什么缴了械？

小姨说，胡子。

焦柳飞快地去摸下巴，一摸就恍然大悟，说，哦——

焦柳说过哦后还添了一句：没劲。

小姨把一切做完，就准备赶回乡下去。

焦柳说，就走哇？

小姨说，工作点里事多，我得赶回去。

焦柳说，工作再多，你能有我多？我当市长的，一天到晚，睁了眼就是事，躺下了还是事，恨不能一人变了十个人出来，我就忙成这样，我也没说个要走的字。你既然回来了，多少也得在家住上一夜，明早再回去，我派车送你。

小姨为难地说，我也想住上一夜，我还想多住上几夜呢，我都累瘫了，早想好好睡上一觉，再说，你没见家里都成什么样子了，都成狗窝了，我要有时间，先把家里收拾出来。

焦柳恨恨地说，你也别先忙着收拾家里，你先把我收拾出来好了。

小姨先没听懂，后来看焦柳盯着她的眼光直直的，火一样地燃烧着，一下子就明白了，脸本来已经红过，这一回红得就像一朵开艳了的报春花，从盆子里撩起一把水来泼焦柳，娇嗔地说，告诉你，你可是当市长的啊，不许胡思乱想。

焦柳说，怎么，当市长的想老婆就是胡思乱想呀？当市长的就该当和尚呀？现在没有外人了，你还害羞呀？梅琴，你不在的时候，可把我给想死了，你都快把我想上房了，今天你别走了，我给你们老周说一下，就说放你一天假。

小姨将了将刚才忙时落下来的散发，轻轻地说，那就不用给老周说了，工作组的工作我负着责，我自己能掌握，我就留一天，把家里打扫打扫，再去买两只猪蹄，晚上给你改善改善伙食吧。

那天晚上焦柳有猪蹄吃，焦柳还有小姨。猪蹄炖得烂烂的，小姨温存如水。有了这两样，焦柳就像过上了节，快活得要命。焦柳快活地哼哼着，快活地说，猪蹄真好，酒真好。

焦柳死劲地喘气，死劲地说，你是我的宝贝，你是我的宝贝……

焦柳说了无数遍宝贝，说完这话，他就打起鼾来，心满意足地睡了。

那样的日子无论对焦柳还是对小姨，都是充实的。

焦柳有了这样的魄力，他把工作做得有声有色，自然博得上上下下一片称赞。

组织上很看重焦柳这个党的好干部，老百姓拿焦柳当焦青天，一段时间里，有关焦柳传奇般的故事到处流传，这个城市不论大人孩子都知道焦柳的名字。无论他走到哪儿，都有怀着血海深仇的老百姓拦驾喊冤，还有老大妈大热天颠着小脚抱着土罐来给他送绿豆汤，让他喝了败火，好多杀几个坏蛋，让老百姓的日子过得舒坦一点儿。

焦柳从来不辜负老百姓的期望，他是一个爱憎分明的人，他更是一个充满了火一样热情的人，他尤其是一个敢说敢干的人，他喝过绿豆汤以后，真的杀了不少坏蛋，让老百姓大大地出了一口气。他还微服出访，夜里到老百姓家里去访贫问苦、了解民情，以致很多干部都跟着他学，到老百姓当中去。一时这座城市政通人和，老百姓扬眉吐气，日子就算不富裕，还紧巴着，大家的心里也舒舒坦坦，整天都是明朗的。

小姨在乡下工作，也听到不少有关焦柳的事情，都是说焦柳好话的。小姨听在耳里，嘴上不说什么，心里却是甜蜜蜜的，十分受用。

乡下的农民听说梅同志就是焦市长的妻子，都跑来看小姨，他们想看看小姨是个什么样的人，怎么就有福气嫁给焦市长这种人。他们一看小姨就拍手，说，就是她了，就是她了，不是她又能是谁呢？有几个婆婆媳妇还争着摸小姨的手，摸小姨的脸，摸过以后说，难怪，就是和一般人不一样。旁边的男人们就说，胡说，怎么不一样？都是人，也就是俊俏些罢了，瓷实些罢了，还能有什么不一样？摸过小姨的婆婆媳妇们就说，滑手呢，麻人呢，不信你们自己摸摸试一试，你们一摸就能知道。男人就发窘地往后退，说，越发胡说了，一双手，一张脸，又不是金枝玉叶，又不是星星月亮，怎么能滑手呢？怎么能麻人呢？

不管乡下的农民们怎么说，他们都很感谢焦柳，这是事实。他们对小姨说，焦市长这个人，知道我们老百姓，他和我们一条心，他可是我们老百姓的恩人哪！要不是他，我们不晓得还过着什么日子呢！

乡下的农民还给小姨送来新上市的蔬菜。小姨不收，他们非要小姨收。小姨告诉他们，工作队有纪律，不允许随便收老百姓的东西。他们听不得这个，不高兴地说，梅同志，你不要说随便的话好不好？你也不要拿纪律来吓我们好不好？你要说随便的话，你就是把我们当成外人了，你就不像焦市长了，你就是生生地把我们往外推了，你要说纪律的话，我们该了焦市长多少情？我们该了你梅同志多少情？我们该了这么多情，要是不还，那不是更不讲纪律了吗？你不用拿随便二字来哄我们，你也不用拿纪律二字来哄我们，你在这方面是哄不住我们的。

小姨没办法，只好把农民送来的菜收下了，菜收下了，她要工作队的人按收下的菜数折价处理。小姨那么做，一方面也不违反纪律，一方面心里骄傲得要命。小姨心想，焦柳这个人，到底是革命多年的老同志，到底是老革命中的优秀分子，体恤民情，深得民心，他这个样子是多么令人敬佩呀！

小姨越这么想，越觉得自己失职。焦柳为老百姓操尽了心，他整天没日没夜，整个儿人都扑到工作里去了。她作为他的妻子，本来应该照顾好他的生活。可是她也这么忙着，忙得没日没夜，忙得连家也不回，而且她是喜欢着这样的忙碌的，完全照顾不上焦柳的生活。她这样做，实在有些自私，但是怎么办呢？毕竟她这也是工作，她这儿的工作也很重要，她就是放弃了自己的喜欢，总不能放下她的工作，回去给焦柳做保姆吧？

小姨这么胡思乱想着，一时就有些犯难。

有一次小姨回市里去，办完了事，去焦柳的办公室看焦柳。一进门，看见焦柳的秘书小黄怀里抱着焦柳的一件衣服，正笨拙地帮焦柳缝扣子，焦柳则在一旁用一只茶缸冲炒粉吃，半缸炒粉半缸水，水是滚开的，焦柳大概饿坏了，顾不得，心急火燎地喝了一大口，烫得直吐舌头。小姨一看见焦柳那个样子，眼泪都快掉下来了。

那天小姨想了很多，她觉得不能再这样下去了，她决定把自己牺牲出来，照顾好焦柳的生活。那天晚上小姨没走，在家里住了一夜。吃过饭，两个人洗了，上了床，等焦柳在她身上忙乎完了，她就把自己的想法说给焦柳听了。

小姨说，我想好了，我的工作当然也很重要，但你是市长，你的工作比我重要得多，你关系到全市老百姓的生活和未来，你还关系到我们的事业。我辞了职，回来服侍你，好好料理你的生活，你的生活料理好了，就能有更大的劲去干工作。

焦柳本来已经心满意足了，他本来已经准备睡了，一听小姨说这样的话，一个鲤鱼打挺翻身爬起来，说，你说什么？你辞职？你辞什么职？你拿什么辞？

小姨说，我辞工作的职，我把工作的职辞了，回来照顾你。

焦柳啪的一下拉亮了灯，胸毛黑亮，臂肌鼓实，居高临下，拿眼睛瞪着小姨。

小姨连忙拽过被子把自己光光的身子遮掩住，心里慌慌的，说，你干什么？这么看我干什么？

焦柳说，我看你干什么？我看你是梅琴不是，是革命的梅琴不是，是整天活蹦乱跳的梅琴不是，是风来雨去的梅琴不是。你本来是的，可你要提什么辞职，提什么回来服侍谁的话，你就不是梅琴了。

为什么？小姨有些摸不着头脑。

为什么？你辞了职，回来当用人，当奶妈，你那是老百姓，不是革命者梅琴，你那就是落后。我要的是革命者梅琴，不要什么用人，不要什么奶妈，你要当用人，当奶妈，你就不是革命者，你就不是我老婆！焦柳气咻咻地说。

小姨慌了，也顾不得身子光着，爬起来，一把拽住焦柳的臂膀，摇晃

着他，说，我这不是在和你商量吗？我不是还没最后决定吗？你怎么就说
不要我的话呢？

焦柳把小姨甩开，下地去倒了一缸水，也不管凉的热的，咕噜咕噜一
气喝了，缸子往桌上一丢，人回到床上，说，商量什么？有什么商量的？
你以为咱们进了城，夺取了政权，革命就成功了？咱们就可以四仰八叉躺
在床上享大福了？你错了，你那是革命不到头的思想，是右倾消极主义思
想，是农民运动坐享其成思想。你那思想危险得很，要不警惕，是要犯大
错误的！

小姨坐在那儿，脸一阵红似一阵，臊得要命。风从门缝里吹进来，吹
得小姨凉飕飕的，小姨这才发现自己是祖露着的，身子全露在外面。她连
忙拽过被子来，把自己的身子掩上，捋一下乱发，屈了腿，支了下颏，不
敢看焦柳，盯着被角发愣，一个劲地在心里为自己的想法后悔。

焦柳粗壮的眉毛在灯光下显得十分抢眼，他见小姨一副后悔的样子，
心里不忍，放轻了声音说，梅琴，当年我在永定河边见到你的时候，你是
什么样子的？你梳着齐耳短发，小腰扎得细细的，脸蛋儿被风吹得像山楂
果儿。你站在河岸上，把手往嘴里一塞，鼓着腮帮子吹口哨，那些牲口立
时刹住了蹄子，乖乖地回来了，你那时多威风呀！你那时多迷人呀！你那
时多让人心动呀！我就是看见了你那个样子，才赌天发誓地要娶你，我那
时就想，操，这个女人，这个会吹口哨的女人，她是个宝贝呢，谁要这辈
子得了她，谁就该一辈子享福了，谁就一辈子快活得翻跟头了。好，现在
你说你要辞职，回家来做用人，你把你的威风不当一回事，你把你的迷人
不当一回事，你把你的口哨给丢了，你心甘情愿地做什么用人，做什么奶
妈，你不是把自己给糟蹋了吗？

小姨鼻子酸酸的，泪珠子在眼眶里打着转，她把视线收回来，从膝盖
上抬起头来，仰着脸儿看着焦柳。她的脸在灯光下是那么的美丽，那么的
动人。她好半天才哽咽着说出一句：

你……你真好。

焦柳看小姨已经承认错误了，也就原谅了她，小姨那副样子让他心

软，让他心尖发疼。他挪过来，伸手把小姨搂进怀里，一双大手在她身上抚摸着，说，行了，话说透了，事情明白了，咱们该做革命夫妻的，咱们还继续做革命夫妻。

小姨经不住虎背熊腰的焦柳，身子一软，被焦柳捺在床上。小姨说，你干吗？

焦柳说，你先开了小差，差点儿做了逃兵，现在你回来了，重新做了革命者梅琴，你做了革命者梅琴，让我心里痒痒的，我一要对你先前的开小差表示处罚，二要对你回到革命队伍中表示欢迎，今晚我就索性豁出来不睡了，我就陪你革命到底！

小姨要反抗，哪里又反抗得了。其实也不是真心要反抗，只是还在感动着，还没有从感动中拔出来，是一种下意识。而且心里暖呼呼的，有话要说，刚张了嘴要说，话还没出口，就被铺天盖地的焦柳给严严实实地堵住了。

十三

　　焦柳很好，焦柳样样都好，焦柳只有一个毛病，喜欢女同志，而且不管俊的丑的，少的老的，但凡是个女同志他都喜欢。这是焦柳众多优点中的一条缺点。

　　战争年代的时候，焦柳忙着打仗，顾不过来，他的喜欢被压抑了，没有机会得以实现。只有一次，他领着几个人躲避日本鬼子的清剿，在一个堡垒户家的地窖里藏着，一连藏了半个月，藏得人犯躁，他从地窖里溜出来，和房东家的寡妇女儿私通了两次。那个房东家的寡妇女儿有一双又肥又厚实的手掌，有力气，能干活，而且心眼好。她嫁给邻村的一个男人，那个男人被鬼子抓去做劳工，让石头给砸死了，她就回了娘家。她恨极了鬼子，恨不得咬鬼子的肉来生着吃。她热爱八路军，而且她很喜欢人高马大的焦柳，这一点儿焦柳早就看出来了。焦柳走的时候含着眼泪感谢房东的救命之恩，并且把身上剩下的半袋子高粱送给了房东。房东感激得要命，和焦柳一样热泪盈眶，一直把焦柳和他的战友送出了村子，送出了很远很远。

　　焦柳后来南征北战，搏命沙场，有时候他在战斗的空隙时间里偶尔会想起这件事来，想起房东家那个温暖安全的地窖，那个两只手掌又肥又厚实的、热乎乎的、爱憎分明的寡妇女儿来。焦柳抱着枪蹲在战壕里，缩着脖子，躲避着凌空飞过的子弹和炮弹，一边想着那些温暖的往事，一边伸出舌头舔湿纸边，卷上一支喇叭烟卷，点上火，用力地吸了一口，眼睛不由得就湿润了。

和平年代了，不打仗了，也没有太多的蛀虫供人碾死，焦柳的毛病就有了充足实现的机会。

焦柳先是把一个机要员的肚子搞大了，然后又把一个文工团员的肚子搞大了，接下去他把一个地方上的女干部堵在了他的办公室里。

那个女干部和前面两个女同志不一样，她年纪不轻了，还生了一张马脸。大概就是因为这个原因，因为她年纪不轻了并且像马，在焦柳搞她的时候她就像马一样地高声喊叫。

焦柳的通讯员是个新来的小伙子，没经验，听见屋子里一片马嘶驴喘，而且有掀桌揭凳砸碎茶杯的声音，觉得不对劲，害怕首长遭了暗算，从枪匣里拔出手枪，一脚踹开办公室的门，迅速冲进了办公室。他一冲进办公室就呆在那里，进也不是退也不是。

焦柳那一回气坏了，他大汗淋漓地冲着通讯员吼：狗日的东西我没完事你进来干什么?!

通讯员连忙退了出去，站在门口发愣，好半天才明白过来那是怎么一回事。

组织上知道焦柳这方面的毛病。组织上知道的不是一次，是好几次。组织上对此事十分恼火，也对焦柳作出过严肃的批评，甚至处分过他，降过他的级。但焦柳就是改不了，焦柳不是不明白自己的问题，他开始是向组织上作出严肃的保证，保证今后决不再犯类似的错误，后来他不保证了，他没法兑现自己的保证。他痛心疾首地拿拳头拼命擂自己，说，我他妈的怎么就这么不争气呢? 我他妈的恨不得把自己劁了!

和所有类似的情况一样，小姨是最后一个知道焦柳有这方面毛病的人。

最开始组织上不希望小姨知道这件事。组织上认为，小姨知道了这件事对任何人都没有好处。组织上一方面做好那几个女同志的安抚工作，一方面在组织内部做好严格的保密工作。组织上做完了那些工作，还是没有忍住，在一次和焦柳的谈话时问焦柳：老焦，我们实在想不通，梅琴那么漂亮，梅琴比你那几个当事人漂亮不止一百倍，你又没日没夜地忙，你忙得连睡觉的时间都没有了，你怎么会去干那种事情呢？

焦柳面对组织上的询问，一句话也说不出来。

这种事，组织上想不通，焦柳自己也没想通。

一个和小姨要好的同事实在不想看到小姨一直被蒙在鼓里，她觉得这种事情对小姨是不公平的，焦柳就算再有功劳，在自己的老婆之外搞女人，已经可恶得不能原谅了。现在所有的人都知道了这件事，唯独瞒着小姨一个人，而小姨还一天到晚快乐得要命，幸福得要命，把焦柳当成这个世界上最大的香饽饽，她简直傻透顶了。同事看不下去，那一天两个人在办公室里，办公室里再没有其他人，同事就背着组织，把焦柳和那几个女同志的事悄悄告诉小姨了。

小姨不信，笑着说，你说什么呀，老焦他才不是那种人呢，你是说的别人吧？

同事说，我说别人干吗？我说的就是焦市长。

小姨说，他一天到晚忙得脚丫子朝天，三顿饭从来没有个准点，回家倒头就睡，他哪有空去干那种事？肯定是有人看不顺他的眼，拿流言飞语诽谤他呢。现在就是这样，不干事的人没人说，一干事，你就遭人眼红了，你就成了受攻击的对象，非把你坏成什么不行。坏分子这样做也就罢了，偏偏有些自己人也这么做，寒心不寒心？

同事急了，说，梅琴，你怎么就傻透顶了，你怎么就那么相信他？这件事，也就是你不知道了，机关里都传遍了。

小姨见同事一副认真劲，就有些半信半疑。同事又把焦柳和那几个女人的事，一五一十地说出来。同事不清楚具体内容，也只能说个大概，焦柳和女机要员如何如何，焦柳和女文工团员如何如何，因为也是听人传说的，心里并不踏实，又同是女人，又同是好朋友，有些话不好意思说，说出来也吞吞吐吐。这样小姨听了，越发是犯疑。

那个时候小姨刚刚生下了她和焦柳的孩子，是个男孩，组织上为了照顾她，把她从乡下抽回到市里，平时她住在家里，焦柳若不出差，下班后也回家来。那一天下班后，回到家里，小姨想一想，说是相信吧，自己无论如何不会相信焦柳是那种人，他是那种人自己不会发现不了，不会感觉不到；说是不相信吧，同事说得有头有脸，鼻子眼睛俱全，又是女机要员，又是女文工团员，若是流言飞语，若是诽谤，也太说不过去了。小姨那么一想，没忍住，等做好了饭，焦柳也从外面回来了，小姨就在饭桌上把同事的话告诉了焦柳，问焦柳这事是不是真的？

焦柳一点儿也没有隐瞒，小姨一问，他就老实地说了。他说是有这么一回事，他是做过了那些错事，事情过后，他都向组织上坦白交代了，组织上也批评教育过他了，也处分过他了，他也都接受了，情况大体上就是这样。

小姨如五雷轰顶，手中的饭碗啪嚓一声落在地上，碎了，人一下子愣在那里，空捏着一双筷子，半天说不出话来。

焦柳看小姨那个样子，心疼得要命，懊恼得要命，把碗筷放下，拿手抠头，说，我不是已经承认错误了吗？我向组织上保证过，决不再犯，我他妈再犯我不姓焦！

小姨什么话也说不出来，她从饭桌边站了起来，站了一会儿，走开了，去一边看睡梦里的孩子。那以后直到晚上，她也没开口和焦柳说一句话。她是说不出话来，她没有想到会出这种事，没有想到同事说的事情果然是真的。她什么事情都想过了就是没有想过这种事。她想过要是焦柳在战场上被打死了她就亲手埋了他，焦柳要是被特务暗杀了她就做他的未亡人，焦柳要是犯了错误她就帮助他，焦柳要是累病了她就守在他身旁，一汤一勺地服侍他……她唯独没有想过他要是出了这种事，他要是和女机要员女文工团员出了这种事，她该怎么去做。

接下来的那些日子有了生疏，有了障碍。小姨一时无法转过弯来，先是当头一棒，把自己信赖的全砸碎了，把自己希望的全砸碎了。只是一夜的时间，眼前的一切都变了。这样的一变，小姨自己也变了，变得对什么都有了怀疑了，变得对什么都不肯相信了。接下来是厌恶，是不能接受，是什么也不肯说，人恍恍惚惚的，像是害了一场大病。小姨哭过一场，就一场。小姨不是一个爱哭的人，但这种事，小姨不可能不哭。小姨先是坐在那里，慢慢摇着摇篮里的婴儿，摇他睡觉，摇着摇着，泪水一滴一滴地落了下来，越落越急，越落越急，然后小姨就松开摇篮，捂了脸，肩膀剧烈地抽搐着，放了声号啕哭起来。那一次焦柳出差，不在家，小姨一个人坐在摇篮边上哭，她整整哭了一夜，她基本上是哭死过一次了。

焦柳的处分一时没下来，仍然当着他的市长，他的工作仍然很忙，他整天在外面奔波，操心着政府的大事，人民的大事。小姨也忙，白天要上班，还要带孩子，工作要是在单位里做不完，就得带回家来夜里干，一边干工作，一边还要哄孩子，做一些母亲该做的事。

焦柳有时候太忙了，夜里不回来，有时候晚上回来，饭一般是在外面凑合着吃了，回家来只是洗个脸洗个脚，上床睡觉，第二天天一亮就走，相当于住个店。两个人有了那一层隔膜，也没有多少话说，见面不见面都板着脸，像是生人，因为先前不是生人，不但不是生人，还是夫妻，关系处得就比生人还恼心一百倍。

焦柳不喜欢这种气氛，不喜欢看人的脸色，小姨老是不说话，他忍了几天，忍不住了，就冲小姨发火道：你还要我怎么样？我什么话都给你说了，我老老实实地说，我肠肝肚肺都说完了，你还不依不饶的，未必还要我给你跪下不成?!

焦柳发完火，披上外套，一摔门走掉了，把小姨一个人丢在家里。孩子被焦柳的摔门声吵醒，吓得哇哇大哭起来。小姨连忙去哄孩子，她把孩子从摇篮里抱起来，搂在怀里，一边摇晃着孩子一边在心里想，他怎么是这样的人，他怎么是这样的人……

事情没有过多久，就发生了焦柳和那个年纪不轻、生了一张马脸的地方女干部的事。这一回事情闹得动静大了，那个地方女干部被焦柳的通讯员半途闯了进来，闯个正着，要想原谅焦柳也不可能了，一狠心，一状把焦柳告到上面。上面来调查，通讯员老老实实都说了。组织上见屡教不改，也狠了心，给了焦柳一个党内严重警告处分、行政上留职查看的处分。

事情传得很快，想捂也捂不住，小姨很快就知道了这件事。

焦柳那天一回家，小姨就把他拦在门口，对他说，这个家你不能回了。

焦柳愣了一下，说，怎么回事？这家是我的，我的家我怎么不能回？

小姨把门拦着，冷冷地说，你还要怎样做才能明白。

焦柳恍然大悟，他揭下帽子，挠了挠脑袋，回头看了看，送他回家的道奇小卧车还没走，司机正在那儿倒车，好像这一次的车很难倒，老没倒过去。焦柳把帽子重新戴上，对小姨说，先进屋，咱们进屋说去，站在这儿像什么话？

小姨不松开拦住门的手，说，你要是觉得冤枉了，你就说声冤枉，你要是真做了，你就走，我不想听你说别的什么。

焦柳生气了，大发雷霆道，你想干什么？你究竟想干什么？这是我的家，我的家我有什么好冤枉的？我想进就进，我想走了，也用不着谁来命令我，扯淡！

小姨看了焦柳一眼，说，那好，你不走，我走。

小姨回头进屋，收拾了两件衣服，往皮箱里一塞，抱起睡在摇篮里的孩子，扭头出了家门。

焦柳上前要拦小姨，小姨一扭身，推开了他伸出来的手臂。焦柳气坏了，在小姨身后叉着腰吼道，梅琴，我告诉你，你别给我来这一套！你还想给我来个最后通牒呀？你还想威胁我呀？你来这一套我根本不吃！不信你就试一试！

小姨理也没理焦柳，抱着孩子，拎着皮箱，头也没回地噔噔走了。

小姨住到了单位宿舍里，第二天，她就向组织上交了一份离婚书。

焦柳不同意离婚，他觉得小姨不该那么小题大做，她实在是太小题大做了。焦柳也不是不承认自己的问题，他在外面确实喜欢女同志，他喜欢女同志确实喜欢得有些出格。但他的问题只不过是一种毛病，是一时的感情冲动，一时无法控制自己，他也痛心疾首地揍过自己了，也下过把自己劂了的决心了，他是真心爱小姨的，他正是因为太爱，太在乎，而小姨又不理他，他才一气之下，在错误的路上越滑越远，滑到搞地方上的女干部这种严重错误上去了。但是无论他滑得再远，滑到怎样的地步上，他也不会放弃小姨这个阵地。他认定了只有小姨这个阵才是他一辈子要坚守的阵地，别的阵地他只不过是临时性占领一下，占领了就撤，绝对不会坚守的，要他坚守他也不会坚守的。说句私心的话，他就是喜欢昏了头，冲动昏了头，也不会拿翡翠去换玻璃片吧？这个简单的道理他会明白吧？

焦柳把决心一下，就要组织上出面做小姨的工作。他毕竟很忙，是个领导，不可能整天把精力放在这件事上，一天到晚去求自己的老婆。

组织上对焦柳恨铁不成钢，当面背后都批评过他。组织上也给了焦柳严肃处分，对焦柳来说，那种打击决不比在战场上被一颗八二迫击炮弹炸上天轻。但组织上既不能让焦柳把自己劂了，也不能让他没有老婆，尤其像小姨这种各方面都十分出色的老婆，那是经过了严峻的战火考验和严格的政治审查选拔出来的，不是随随便便就可以找到的。对这样的老婆，没有什么条件可讲，必须保留住，不能让她随随便便就跑掉了。

组织上找小姨谈话。谈话基本上是组织上谈，小姨听。组织上的谈话循序渐进，很有条理。组织上先谈焦柳这个同志根红苗正、苦大仇深、立场坚定、对党忠诚这样的基本情况，然后谈焦柳这个同志劳苦功高、功大于过、大方向正确、属于人民内部矛盾这样的历史情况，接下来再谈焦柳这个同志需要耐心细致的帮助、要给出路、不能一棍子打死这样的现实情况。

在结束谈话的时候，组织上掏心窝里的话对小姨说，梅琴同志，说老实话，我们对焦柳同志也是恨铁不成钢，也想要狠击他一掌，让他翻然醒悟。过去的事就不说了，这一次，我们都做出一棍子把他打死的决定了，我们差一点儿就这么干了。但是想一想，焦柳同志是个难得的领导干部，这种领导干部是不可多得的宝贵财富，要是把他一棍子打死了，再到哪里去找这样的人才呢？再者，他这种事情，在别人身上也不是没有发生过，也不是发生少了，都是家属忍一口气，原谅了，把眼光放远一点儿，看一个人的大方向，让事情逐步往好的方面发展，不就解决了吗？当初组织上同意焦柳同志和你结婚，也是看你各方面条件都不错，也有让你看住他，别让他蹽蹶子出厩，老是惹是生非，进而慢慢改变他生活作风问题上的毛病这个考虑的，所以说，这方面，我们大家都有责任。

组织上谈话的时候小姨一直坐在那里听。她把孩子抱在怀里，孩子若是醒了她就轻轻地摇晃两下，哄他再睡，样子很安静，目光始终在组织的脸上，好像所有发生了的问题全都写在组织的脸上。有一阵她把头低了下去，看着孩子身上的那件蓝花衫，再抬起头来的时候，她的脸上已经满是愤怒了。

小姨说，你们的意思，他做下的事责任在我？

组织上说，我们不是这个意思，至少不全是。

小姨说，我占了多少呢？

组织上有些为难地说，这个问题，就不大好说了，这没法拿数字来统计。总之呢，夫妻之间的事，大家都有责任。

小姨抱着孩子站了起来。她看着组织上的脸，说，那好吧，组织上如果认为我有责任，该怎么处分我都接受，处理多重我都接受，组织上还可以把我一棍子打死，但是——小姨把她骄傲的下颏扬了起来，扬到组织上一时有些犯糊涂的地方。小姨说，别人怎么原谅，怎么把眼光放远一点儿，怎么看一个人的大方向，那是别人的事。我不原谅。我不要他了，这就是我的想法。

小姨说完那句话，抱紧怀里的孩子，头也不回地走了出去。

小姨并没有受到处分，实际上，小姨还受到了组织上的保护。

年轻漂亮的小姨提出要和年龄比她大不少的丈夫离婚，在她的丈夫和组织上都不同意的情况下，她仍然坚持那么做。她根本不管她的丈夫怎想，组织上怎么想，她这么一意孤行，等于她是把她的丈夫生生地抛弃掉了，这件事不可能不引起人们的议论。

在人们看来，离了婚的小姨似乎并没有什么太大的变化，仍然有说有笑，一点儿也不悲伤，不愁眉苦脸唉声叹气，不拿手绢经常性地抹眼泪，不像所有的怨妇那样到处诉苦，寻求同情。她倒是常常发愣。有时候她走在大街上，会突然停下来，站在那里，看街上步子细碎晃动着长鬃走过的马匹，或者抬起头来，看天空中伸展着双翅正在飞过的鸟儿。她看它们的时候有一种迷迷惘惘的样子，眸子中有一层雾霭升上来，凝止在那里，突然地扩散开。然后她低下头，匆匆地走开。

小姨的这种样子很奇怪，有些不正常，真正正常的人是不会那么做的。人们因此认为小姨她是在做作，是在掩饰着什么，她的离婚是有着复杂背景的，不像流传中的说法那么简单。

也有人站出来替小姨说话，比如和小姨要好的那个同事，她就站出来替小姨说话。她发誓说人们的猜测是错误的，实际情况正好与人们的猜测相反，小姨这个人没有问题，有问题的不是小姨，事情明摆在那儿，问题就是这么简单。同事的辩解赢得了不少人的赞同，他们都以自己在平常日子里对小姨的看法来佐证那个同事的说法。但是在一个单纯的年代里，大多数人们不太喜欢这样的事情，不太喜欢一个女人抛弃自己男人的事情，这样的事情显得有些另类，不在常规之内。人们心里想，小姨这个人，看起来很可爱，充满着活力，像是一个新世界的宁馨儿，其实不然，她的内心深处不知埋藏着什么不可告人的东西呢。人们这么一想，就自然对小姨产生了敌视，人们就以猜测和臆想的方式在背后传说着林林总总有关小姨的故事。

而另一件事情则反证了人们对小姨的认识。

焦柳和小姨离婚后，有一段时间非常沮丧，愁眉不展，那基本上就是人们普遍认为的痛苦了。人们觉得这一次尊敬的焦市长是受到了真正的打击了，他是遭到了不该有的对待了。他是一个多么好的市长啊，他为老百姓做了多少好事啊，他做了不该做的事当然不对，他有理由有权利赢得谅解并且改正自己的错误，他让妻子给抛弃这件事太让人同情了。所以事情过了两个月，焦柳和一位二十岁的女大学生结婚的时候，人们都长长地出了一口气，齐心协力地为焦市长从水深火热中觅得新欢感到庆幸，并且对那个柳叶眉瓜子脸天真烂漫的女大学生报以钦佩和感激。人们有些赌气地想，年轻有什么了不起？漂亮有什么了不起？关键的问题还是觉悟，觉悟不高，年轻和漂亮反而是毒蛇了，让人瞧不起，让人躲着，让人在背后吐唾沫；况且，这个世界总是不缺少年轻和漂亮的，年轻和漂亮到处都是，它们总是如同雨后春笋，前仆后继，层出不穷，一个觉悟不高的年轻和漂亮倒下去，千万个觉悟高的年轻和漂亮站起来，情况就是这样。人们这么一想，就对未来充满了无限的信心。

人们的这些想法并不代表组织上。组织上毕竟是组织上，它比群众的觉悟高得多。组织上不希望这一类无聊的流言飞语到处传播，它们对焦柳同志没有好处，对梅琴同志也没有好处。组织上对那些流言飞语的传播者进行了严肃的批评，并要他们保证今后不再做出同样的事情。当然，在对群众进行严肃批评的同时，组织上也不可能不考虑一些具体的问题，比如说，焦柳同志的创伤，比如说，群众自发的看法，比如说，小姨是否还合适待在这样一个环境里，还比如说，孩子的问题。这些问题一旦经过综合考虑，组织上就做出决定，在焦柳同志新婚之前和他严肃地谈一次话，要他作出保证，今后绝对不能重蹈覆辙，如果他不接受教训，一如既往地随便喜欢女同志，那他就要受到更加严厉的处分；将原来在军管会里工作的小姨调出军管会，调到郊县工作，避开焦市长的创痛和人们的议论，让这种不利于团结不利于进步的事情尽可能地逐渐淡化。当然，小姨离开是她一个人离开，孩子得留下来，不能带走。组织上对这个问题是征求过焦柳同志的意见的。

小姨对调她去郊县工作的决定没有什么意见，作为一个组织上的人，作为一名党员，她的一切都必须服从组织上的安排，何况在和焦柳离婚之后，她也不想再待在市里了。但是小姨对要她离开孩子的决定表现出了极大的愤怒，组织上向她宣布这一决定时，她一下子就站了起来，大声说，不，孩子得跟着我，我去哪儿他去哪儿，他不能离开我！

组织上说，这是组织上的决定，当然，组织上的决定是根据你们的实际情况作出的。

小姨愤怒地说，你们这叫什么实际情况？孩子是我生的，孩子生下来焦柳从来就没有管过，他整天在外面忙工作，他哪里有时间管孩子？孩子这么小，他还在吃奶，你们怎么能够让他离开妈妈？

组织上说，这些情况我们也考虑过了，我们非常重视，所以我们才给焦柳同志请了奶妈。

小姨大声喊道，你们要请奶妈你们就给焦柳请！我的孩子不要什么奶妈！我有奶！我自己能带孩子！

组织上说，梅琴同志，你的心情我们能够理解，但理解不等于正确，理解也要有个原则。这件事，恐怕只能这么办了，除非焦柳同志同意孩子跟你。

小姨知道和组织上说不清楚，转头就去找焦柳。

焦柳正忙着。他在办公室里看文件。他的案头上堆了一大堆文件。他皱着又粗又浓的眉头，用一支红蓝铅笔在文件的天头上疾速地写下意见。有时候他很畅快，站起来撩开衣襟在办公室里来回走两步，有时候他很生气，怒气冲天地拍桌子，把隔壁办公室里的秘书弄得很紧张。

焦柳以为小姨来找他是为别的事情，比如说她对离婚的事后悔了，她想了又想，想通了，她是来告诉他，她收回原来的话，并为她的草率和冲动向他道歉，为她带给他的那些伤害请求他的原谅。焦柳为此而感到欣喜，他甚至已经准备站起来迎向小姨了。他想，如果是那样，他真的可以考虑考虑，也许他的考虑对她来说是有利的，他一点儿也不想隐瞒，她对他仍然具有强烈的诱惑，不管从哪一方面说，她比那个长着柳叶眉瓜子脸天真烂漫的女大学生要强得多，他会坦白地承认这一点儿，告诉她他的看法。

焦柳没有想到，小姨根本没有向他道歉，没有请求他的原谅，她找到他的办公室来，向他提出的竟是孩子的事情。焦柳一下子就生气了，他还有点失望。焦柳愤懑地想，她怎么会想到孩子这件事情的？她怎么可以想到孩子这件事情呢？她就不会想一想别的，想一想与她自己利益攸关的事情？她就是不想别的，不想与她自己利益攸关的事情，也不该打孩子的主意吧？她知不知道他已经四十多岁了，孩子是他唯一的孩子，何况那是一个男孩，是他焦家的骨血，是绝对不可以跟着别人生活的？她这样做，也太不像话了！

焦柳不容商量，立刻拒绝了小姨的要求，他认为小姨提出的要求太过分了，已经超过了可以商量的范畴。

焦柳重新坐回办公桌后面去，仰着脸看着站在办公室中间的小姨，冷冷地说，别忘了，是你提出离婚的，既然你要离婚，你就是不想过日子了，你还要孩子干什么？

小姨说，离婚是我提出来的，事情是你做出来的，你要说不想过日子了，是你先不想过日子了，孩子我当然要。

焦柳说，你的思路太混乱了，一点儿逻辑性也没有，你让我怎么理解你的话？

小姨说，用不着理解，我只要孩子。

焦柳说，要孩子也行，我也不主张孩子没有妈妈，孩子没有妈妈人家会怎么说？人家会说那是一个没妈的孩子，但是孩子也不能没有爸爸，孩子没爸爸人家会说那是一个野孩子，这比没有妈妈还严重。

小姨说，你什么意思？

焦柳说，很清楚，咱们复婚。

小姨说，这办不到。

焦柳说，那我就没法帮助你了，孩子只能跟着我。

小姨说，孩子现在还小，你根本带不了，等孩子大了，我会让他回到你身边来的。

焦柳说，你以为我会相信你的话？你把孩子弄走了，你就带着他远走高飞了，你会把他严格地看管起来，你会告诉孩子他爹死了，被枪子打死了被车轮子碾死了害痨病害死了，你以为我不清楚你那一套？

小姨说，我可以向你保证我决不会那样做，我会让孩子回到你身边来的，我说的每一句话我都会做到。

焦柳说，也就是说，你肯定你不考虑复婚的事？

小姨说，是的。

焦柳说，那我也就没有什么好说的了。

小姨还想据理力争，焦柳伸手阻止住了她。他把手中的红蓝铅笔往桌子上一丢，说，孩子的事我们就不用再说了，在这种原则性意见分歧的情况下，就是商量到天上去也不会有别的结果。倒是组织上决定你转业的事，我必须向你说明，这不是我的意见，我绝对不会让组织上做出这种决定的。他们确实告诉过我对你会有一些安排，他们征求我的意见，我说我没有什么意见，你的安排是你的事，我能有什么意见呢？没想到他们会让你转业。说实话，我不喜欢这样的安排，这样的安排不近情理，你应该向他们提出你的意见。你对他们提出过你的意见了吗？我看你要提，你提是为了更好的工作。你知道我在这些问题上从来不向组织上提什么要求，我只是在参加革命的那一天向组织上提过一次要求，我要求给我发一个白面馍馍吃，从那以后，我再也没有向组织上提出过任何要求。但是我答应你，如果你要我在你转业的问题上做一些挽救的工作，你要我去找组织上，我可以去。

小姨说，我只有一个要求。

焦柳伸手拽过桌上的电话，力拔山兮地一摇，看着小姨：说吧，我立刻要他们办。

小姨说，把孩子还给我。

焦柳把电话听筒往话叉上一搁，身子往椅背上一靠，不耐烦地说，我刚才已经说过了，这件事你提也别提，你提也没用，我再说一遍，一点儿用也没有。

小姨盯着焦柳，目不转睛地看了一会儿，然后她扬起下颏，转过身去，走出了他的办公室。

那是入秋季节，风在这样的季节里显得有些没有规矩，它们在走廊里窜来窜去，到处乱钻，并且寻找着可以离开的通道。它们从小姨的身后钻进了焦柳的办公室，在那里周游了一圈，把桌子上的文件掀起来，散落到地上。它们很快从没关严的窗户缝里钻了出去，并没有打听出刚刚从那间屋子里走出去的那个女人，她在这间屋子里谈到过什么。

十四

70年代末期，母亲和大姨有过一段时间的密切联系，她们在各自生活的城市里把信写到对方生活的城市里去，或者把电话打到对方生活的城市里去，不厌其烦地讨论小姨的事。她们在吃过晚饭，洗刷过碗筷，收拾好老伴和儿女们之后，急匆匆地坐在书桌旁，开始用笔和电话听筒讨论孤家寡人的、一身疾病的、脾气乖张的、不与人合作的小姨的问题。那些信件和电话带来的是一大堆被眼泪和鼻涕弄得脏兮兮的纸巾，以及对她们最小的妹妹后半生残存日子的混乱设计。

小姨生下了三个孩子，一个死了，一个送给了人，一个远走高飞了。死了的那个孩子，他已经不是孩子了，或者说，他曾经是孩子，现在是一抔没有指望的泥土；远走高飞的孩子，虽然没有变成泥土，而是一名正在茁壮成长的工农兵大学生，但他只是在要钱的时候以一份简短的冷冰冰的电报的方式出现，然后他就消失掉，消失得无踪无影，直到再次要钱的时候才出现，这样的孩子同样指望不上；能够指望的，或者说有可能指望的，只有那个送给了别人的孩子。

母亲和大姨商量的结果，是想方设法找到那个送给别人的孩子，让他来照顾小姨越来越糟糕的日子，慰藉小姨苦难的余生。

在那个年代，这种寻找丢失孩子的事情非常普遍。他们都是战争时期或者那以后的日子里打散、丢失、寄养、失踪和留在家乡的孩子。这些孩子和自己的父母分离时，所有的父母都有着这样或者那样无法克服的困难，以致他们不得不采取各种方法让孩子离开自己，或者换一种说法，让自己离开孩子。孩子并不知道这一内情，他们在离开父母的时候大多年纪很小，有的还在襁褓里，有的甚至没有出生，不可能提出自己的意见，他们和自己的父母分离后，就开始了无人知晓的生命颠簸，比如失踪、辗转、流浪或是死亡。他们中间有相当一些人，甚至一辈子都不知道自己的生身父母究竟是谁。和平年代到来后，不少当年的父母开始寻找自己的孩子，虽然大多数孩子就像离开了枝头的青果子一样，不可能全都找回来，即使找回来了，也不可能再把它们嫁接到枝头上去继续生长。但果子毕竟是果子，即使不能生长了，也是自己枝头落下的，涩了烂了也是自己的，所以即使寻找孩子的事难度相当大，父母们仍然为此付出着令人敬佩的努力。在这种大规模的寻找孩子的行动中，失望是难免的，找回孩子来的事情也发生过不少，当然，这其中也包括千辛万苦找到的孩子不是自己的，而是战友的或完全不相干的人的，或者找回的孩子的确是自己的，却与初衷相悖，那些孩子不愿意认自己的亲生父母，甚至对亲生父母表示出憎恨，由此引出许许多多令人不快的事情。这是后话。

母亲和大姨就像所有当年寻找孩子的那些父母一样，为此下了很大的力气。她们动用了所有的关系，通过民政部门、公安局和孤儿院广为撒网搜寻，并且在经过推测可能性极大的几个省份登报寻人，终于在黑龙江五大连池找到了被一对收旧货的老人收养了的那个孩子。

母亲和大姨非常高兴，她们分别从各自生活的城市坐火车或者汽车去了五大连池，在经过小心翼翼地征询和有关方面细致的核实之后，她们肯定了那就是她们要找的孩子。

孩子是个老实的孩子，并且成年了，并且善良勤劳。母亲和大姨一走进那个简陋但收拾得干干净净的小院子，看见那个健壮如小牛犊的孩子麻利地把一堆废铜烂铁装进麻袋，并且轻松地扛上肩，母亲和大姨就相视而笑了。她们知道那孩子是可以依赖的。她们觉得她们来对了。

认亲的过程简单而有效率。激动是免不了的，不知所措和茫然也免不了，不过这一切都因为一件事情终于水落石出、终于有了良好的开端并且带着喜庆的成分，很快被在场的所有人接受了。母亲和大姨轮番上去抱那个孩子，她们把那个长成了大人的孩子抱在胳膊圈里，上下打量，泪水涟涟。孩子的养父母先是有些害怕，不知道究竟出了什么事，他们冲过来拦着那些陌生人，不让他们接近自己的孩子，进一步地，不让他们抢去自己的孩子，等到他们弄清楚了事情的真相，弄清楚了是孩子的亲生母亲找来了时，他们就露出不知所措的神情，然后他们就躲到一边去了。倒是那个孩子，他也不惊慌失措，也没有太多的言语，在被告之整个事情的原委时一句话也没说，只是端茶倒水，招待客人，自始至终，脸上露出些微害羞的神色。

但是接下来的事情却有些麻烦了——孩子不愿离开他的养父母。他没有对亲生母亲为什么在他幼小的时候抛弃他而又在这个时候想起他来并且要把他接回到身边去这些复杂的问题提出任何质疑，却说什么也不肯离开他的养父母。他的养父母没有自己的孩子，他们从一个牲口贩子手中花十八个铜板买下了他，把他从小带到大，为此吃尽了苦头，如今他们老了，再也干不动活了，他一旦离开他们，他们就没有办法活下去了。

要不，你们让那什么过来，跟我和我爹妈一块儿过，我有力气，我能养活咱家四口。那个孩子有些腼腆地说。那个孩子很高大，也很朴实，他站在那里，下意识地搓着一双粗糙的大手。任何人一看他的那双粗糙的大手就会相信，他说的话不会有错，他确实有能力养活"咱家四口"。只是有一点儿，他不知道怎么对付突然出现的生母，他管他的生母叫"那什么"。

母亲和大姨当然不会把小姨送到那个堆满了废纸旧布破铜烂铁玻璃渣滓的低矮棚子里去，那是完全不可能的事。母亲和大姨还是希望那孩子搬去和小姨一块儿住。

那孩子非常为难，皱着眉头，不知怎么办才好。后来他终于想出了一个好办法。他高兴地说，要不，我把我爹妈带上，去那什么那里，咱们一块儿住，咱们还是一家，热热闹闹的一家，那什么也不用过来了，问题就解决了。他这么说着，用力搓着他那双粗糙的大手，眉开目散，喜气洋洋，好像他真的想出了一个好办法，问题真的解决了似的。

母亲和大姨相互看了一眼，没说话。

毫无疑问，这个办法和先前的办法一样，也不行。

当地陪同的领导不干了，对那孩子说，你这个小同志，讲什么条件，这又不是买根萝卜搭棵葱的事，是要你去照顾你亲生母亲革命母亲的事。话再说白了，是要你去享福，你还有什么条件好讲？

孩子的养父母慌了，他们躲得远远的，但他们一直在留心听着这些人说的话，他们害怕孩子得罪了人，连忙过来，拉扯着孩子的胳膊，说，满地呀，可不敢和人这么说话，人家是领导，占着理儿，再说人家帮你找到了亲娘，你该磕头才是。满地呀，你就跟着这两位大婶去吧，你去享福，我们不要你管，我们能对付自己。满地你磕头，你磕完了头就去，去服侍你亲娘。

叫满地的孩子一下子就火了。他不光是火，他还犟。叫满地的孩子说，我干吗要去享福？我干吗不管你们？我磕头行，但不管你们，我还是满地不是满地？我还是人不是人？我现在就磕头，我磕完了还留下，守着你们，给你们养老送终，让别人享福去。

叫满地的孩子说完转过头来，对母亲和大姨说，两位姨，你们大老远来，不容易，你们留下来吃顿饭，吃完饭我送你们去车站。那什么那边，我亲娘那边，要么我去把她接来，要么我带上我爹妈一块儿过去，她来还是我们一块儿过去，老人们我都管了，粗茶淡饭，谁我也不怠慢，但我不能一个人跟你们走，要我丢下我爹妈，除非我满地没了。

叫满地的孩子说完这话，扑通一声跪下了。他跪下了，粗糙的大手撑在地上，给母亲和大姨通通磕了三个头，转了方向，又给当地的领导通通磕了三个头，磕完头，起身，拍干净膝盖上的泥土，去屋里淘米做饭，再挑了一担旧报纸，去卤肉店换了一块酱肉，去小卖铺换了半瓶烧酒，收拾出一桌饭，让母亲和大姨在小桌边坐了，把养父母扶到上首坐了，自己端了一碗饭，拈一块咸菜疙瘩，蹲到一边去，大口往嘴里扒饭。那以后他再也没说过一句话。

母亲和大姨空手而归。她们怎么去的，仍然怎么回来。她们回到各自的城市，又开始了频繁的通信联系。在见过侄儿满地之后，母亲和大姨冷静多了，纸巾也用得少多了，这样反而加快了商量的速度和质量。她们商量的结果是，寻找满地侄儿这件事，找到满地侄儿这件事，没有把满地侄儿找回来这件事，就她俩知道，只限于她俩知道，嘴封严了，谁也不告诉，死也不告诉，这是一；在她们自己的孩子当中挑选，挑选出一个老实的、听话的、乖巧的、知道疼人的，过继给她们的小妹妹，让这个孩子来做她们小妹妹的儿子，照顾她剩余的日子，这是二。

她们决定要过继的那个孩子是我。

十五

　　青年书生叶灵风默默地看着小姨，他的目光中饱含忧郁。在一个同事用一种轻慢的口气议论小姨的经历时，他把手中的一杯水兜头泼了过去，同时重重地挨了那个同事一老拳。叶灵风没有还手，他是一个狷介清高的书生，羞于拳脚，同时他身体很弱，根本不是打架的材料，面对这个混沌而弱肉强食的世界，他只有清高地藐视。叶灵风在挨了同事的那一老拳之后，一声也没吭，他抹了一把鼻血，弯腰从地上捡起书和搪瓷缸，谁也不看，面无表情地走掉了。

　　事件发生在小姨调去郊县文化局后的第二个月。

　　那个时候，叶灵风还没有和小姨说过一句话。他和小姨倒是经常性地在各种场合见面。他们是一个单位里的同事，叶灵风在编剧室，小姨在群众文化处，他们之间有很多工作上的来往。但是叶灵风平时遇上小姨的时候，从来不主动和小姨打招呼，工作上的事情，也都由编剧室和群众文化处别的同事接洽了，叶灵风甚至连头都没有和小姨点一下。

　　小姨听说叶灵风为自己打抱不平，挨了打，一下子就对这个清清瘦瘦、满腹诗书、倨傲的剧作家有了一种抱歉的心情。

　　那一天，局里开大会，布置春节期间局里的工作。会开完后，小姨在众目睽睽之下径直走向眼圈青青的叶灵风，在他面前站住，说，谢谢你。

　　叶灵风那一次仍然没说话，他的目光中仍然饱含忧郁，他对小姨点了点头，然后走开了。

小姨看着叶灵风清清瘦瘦的背影，心里想，这个人真怪。

一个黄昏，小姨到河边去散步，在那里遇到了怪人叶灵风。

叶灵风独自坐在熏风轻拂的河边，在那里读书。黛色的河畔没有人，只有麻鸭、青蛙、蜻蜓和风，瘦削的叶灵风一改人前的狷介，大声朗诵道：

>   ……
>
> 不用再怕贵人嗔怒，
>
> 你已超脱暴君威力
>
> 无须再为衣食忧虑，
>
> 芦苇橡树了无区别。
>
> 健儿身手，学士心灵，
>
> 帝王蝼蚁，同化埃尘。
>
> 不用再怕闪电光亮，
>
> 不用再怕雷霆暴作；
>
> 何须畏惧谗人诽谤，
>
> 你已阅尽世间忧乐。
>
> 无限尘寰，痴男怨女
>
> 人天一别，埋愁黄土。
>
> 没有巫师把你惊动！
>
> 没有符咒扰你魂魄！
>
> 野鬼游魂远离坟冢！
>
> 狐兔不来侵你骸骨！
>
> 瞑目安眠，归于寂灭；
>
> 墓草长新，永留追忆！

小姨站在浑然不觉的叶灵风身后，有些发愣。她从来没有听到过这样美妙的诗句，她被抑扬顿挫的叶灵风和激情澎湃的叶灵风迷住了。她从后面看叶灵风，她看叶灵风灵魂出窍，径直地飘浮去河面上，就像他身边的芦苇，是和河水一道在傍晚的清风中流淌着的。小姨不知道为什么，就有些被他吸引住了，不知不觉地住了脚步，在他的身边轻轻坐下了。

叶灵风发现了小姨，突然地住了声。他手里捧着书，侧过脸来看小姨。他看她娇美结实的身体斜坐在草地上，婀娜多姿，仪态万方，背景是北方秋天万里无云的暮色天空。他的目光倏地一闪，像是有一颗流星从他眼底的深处划了过去。

那是什么。小姨打破沉寂，轻轻地问。

《辛白林》。叶灵风轻轻地答。

真好。小姨如梦地说。

是。叶灵风痴迷地答。

然后他们俩陷入长久的沉默。

风从河面上吹过去，泼下涟漪的网，一网一网反复着，却什么也没有打上来。

一只麻鸭找不到同伴了，嘎嘎叫着从芦苇丛中飞起来，经过他们的头顶，在天空深处变成一个黑点。

然后又是一阵风从河面上吹过。

叶灵风拾起一根落苇丢进河里，突然开口说话了。他说莎士比亚，说《辛白林》，说《暴风雨》《第十二夜》《雅典的泰门》《李尔王》和《爱的徒劳》；他给小姨背诵《爱的徒劳》中怪诞的西班牙人亚马多的侍童毛子的一段独白：要是她的脸色又红又白，你永远不会发现她犯罪，因为白色表示惊恐惶迫，绯红的脸表示羞耻惭愧；可是她倘若犯下了错误，你不能从她的脸上看出，因为红的羞愧白的恐怖，都是她天然生就的颜色。叶灵风说那个侍童的意思是红色和白色是两种危险的颜色，但他不同意他的观点，他更喜欢它们，因为它们承担着那样的危险，是和别的自私狭隘的颜色不同的。他急匆匆地说着，没有停顿，目光如迷地泊在碎金点点的河面上，一点儿也不关心他身旁的那个听众是否喜欢这个话题；他叮叮咚咚，琴拨瑟抚，高山流水，如吐珠玑，他的样子是如此的富有魅力，一下子就把小姨给征服住了。

傍晚的河畔，芦苇的腥甜味很浓，河风如洗，天黑尽的时候，有一些星星出现在天空中，它们十分顽皮，东蹿西跳，在天空中待不住，落进河水里，把河水弄得银光斑驳，这是他们在河边坐了很久，一直不肯离开的一个原因。

那一天傍晚，他们俩算是真正认识了。

那以后，他们熟悉了。他们的熟悉是熟悉中的熟悉，有一种会心和默契，不必礼节和客套，自然也不是那种同事间通常的沟通，只有直率和一统，没有层次。他们是有层次的，比如说平时在单位里见了面，他们的话不多，工作上的事，凭着约定就能完成，没有话的时候，只是相视一笑，笑不是脸上的，是眸子里的那一种，流星凌空，一掠而过，之后风平浪静，别人看不见，留着他们自己点点滴滴地回味。这样的熟悉直接越过了表面，同时有一种似曾相识的感觉。

这样的感觉让小姨觉得奇怪，有些迷茫。小姨迷茫的是，在此之前，她并不认识他，不认识叶灵风，也不认识莎士比亚，她认识醉着花草芬芳的《撒曲拉》和《翁吉剌惕歌》，认识含着奶香的马头琴和抒情长调，唯独不认识他和他，她怎么会对他有着那么强烈的好感？

但是这无妨，叶灵风会告诉她这一切，叮叮咚咚、琴拨瑟抚、高山流水、如吐珠玑地告诉她。叶灵风告诉她那个出生在英国中部斯特拉福德城市民家庭，名叫威廉·莎士比亚的文艺复兴时期伟大的戏剧家和诗人，他的经商、马夫、仆役、演员和编剧经历，他的三十七部诗剧、十部历史剧、十部喜剧和十部悲剧；他在告诉她这些之后会背诵一些诗人的十四行诗给小姨听，那个时候他的瘦削顿然无存，光华斐然。他背诵道：

> 你的本质是什么，用什么造成，
> 使得万千个倩影都追随着你？
> 每人都只有一个，每人，一个影
> 你一人，却能幻作万千个影子。

试为阿都尼写生，他的画像，
不过是模仿你的拙劣的赝品；
尽量把美容术施在海伦颊上，
便是你披上希腊妆的新的真身。
一提起春的明媚和秋的丰饶，
一个把你的绰约的倩影显示，
另一个却是你慷慨的写照；
一切天生的俊秀都蕴涵着你，
一切外界的妩媚都有你的份，
但谁都没有你那颗坚贞的心。

叶灵风给小姨背诵莎士比亚，小姨非常喜欢，她坐在叶灵风对面，手支香腮，瞪着美丽的大眼睛入迷地听，听得快要成一个痴人了。但小姨并不白喜欢，并不白入迷，小姨听完了叶灵风给她背诵的莎士比亚，就给叶灵风唱《翁吉剌惕歌》：

让脸颊漂亮的姑娘，
坐在大轱辘车上，
驾着黑色的骆驼，
一颠一颠地跑到，
合罕你们的面前，（合罕：帝王。）
做这伴驾的合敦，（合敦：帝后。）
和合罕坐在一起。
让姿容秀美的姑娘，
坐在有座的车上，
驾着青色的骆驼，
一晃一晃地跑到，
至尊高位的身旁，

作为亲密的伴侣，

和合罕坐在一起。

　　叶灵风有些吃惊地看着小姨，他没有想到小姨的歌喉有这么动人，百啭千啾，就像草原上的百灵；他更没有想到小姨的歌声中匿藏着这么多的神秘，那是不为他所知的。他的眸子熠熠闪耀着，是被点燃的样子。他无法再停止下去，他的目光现在全在小姨的脸上了：

　　当我默察一切活泼泼的生机

　　保持它们的芳菲都不过一瞬，

　　宇宙的舞台只搬弄一些把戏，

　　被上苍的星宿在冥冥中牵引；

　　当我发觉人和草木一样繁衍，

　　任同一的天把他鼓励和阻挠，

　　少壮时欣欣向荣，盛极又必反。

　　繁华和璀璨都被从记忆抹掉；

　　于是这一切奄忽浮生的征候，

　　便把妙龄的你在我眼前呈列，

　　眼见残暴的时光与腐朽同谋，

　　要把你青春的白昼化作黑夜；

　　为了你的爱我将和时光争持：

　　他摧折你，我要把你重新接枝。

　　那是明白无误的示爱，和草原风格如出一辙。

　　小姨有一阵被莎士比亚的诗歌和叶灵风抑扬顿挫的朗诵迷住了，眸子如水地看着叶灵风。过了好一会儿她才觉察出来，那首十四行诗不光是莎士比亚写出来的，而且是叶灵风朗诵出来的，叶灵风把它朗诵出来，是要表达他的情感，而无论莎士比亚的十四行诗还是叶灵风的情感，她都听懂了，她都听明白了。小姨没有准备，美丽的脸儿绯红一片。她没有想到会是这样，那让她不知所措。她想逃离开来。她有些慌乱地站起来，去解拴马桩上的缰绳，夫牵自己的坐骑，却失手将桌子上的一册书碰落到地上。

那里没有她的马，也没有一望无际的大草原。她在她的宿舍里坐着，她的面前是瘦削的青年书生叶灵风。

叶灵风弯下腰，拾起地上的书，放回桌子上。他看了小姨一眼，他的目光中忧郁如水。

叶灵风是东北联大的学生，大学毕业后做过短期的政府文员和记者，后来在一家剧团当编剧。东北解放后，他应招进入革命大学，然后分配到县文化局当编剧。他才华横溢，写了很多出色的剧本，颇有名气，因为如此，省城里的几家剧院想要调他去，军队也想招他从军，但都被生性清高的他拒绝了。叶灵风人很文弱，身体不好，平时在人面前，总是一副脸色苍白病病歪歪的样子，但性格里却有一种桀骜不驯、睚眦必报的血性。他很少与人交往，工作之余，总是一个人读书作诗、吟咏弹唱。单位里对没有成家的人采取的是半军事化管理的方式，集体吃食堂，集体住宿，每人每天两角钱菜金，每四个人一间宿舍。大家都这样，叶灵风却为自己找了一个房东，一个人在老乡家住宿和搭伙。这件事在同事中引起了议论，事情反映到领导那里，领导找叶灵风谈话，叶灵风淡淡地说，你们知道我是要夜里工作的，你们知道我工作起来是要来回走动和吟唱的，我不能要求大家在半夜三更起来和我一起那样做，那样做你们觉得合适吗？领导想了想，叶灵风说得有理，那样做的确不合适。领导这么一想也就算了，毕竟叶灵风工作起来没得挑，是单位里的顶梁柱，该照顾的还得照顾。领导算了，同事们却不算，凭什么呢？大家都是一样的，都是人，工作谁也没少干，要说顶梁柱的话，少了谁这个地球不能转？多了谁这个地球转得快一些？要照顾，明摆着就是搞特殊化。同事们就对领导产生了不满情绪，对叶灵风产生了不满情绪。对领导产生了不满情绪，一般情况下不会表现出来，对哪一个人产生了不满情绪，那就好办多了，大家平时都不理他，不和他交往，孤立他，看他能怎么样，看他能特殊到天上去？这样，叶灵风在单位里就成了一个特立独行独往独来的人。

小姨的到来使叶灵风有了知己。叶灵风依然特立独行，却不再独往独来。工作之余，他们经常待在一块儿，谈天说地，读书吟诗。叶灵风的性格好像也因为小姨的到来而变了，一读起书吟起诗来就像换了一个人，一颦一笑全让人心动。小姨觉得叶灵风并不像同事们认定的那样孤僻，他饱读诗书、才华横溢，他的内心深处燃烧着火一样的激情，他其实是一个十分出色的男人，让人感到钦佩和亲切，只是人们不能接受他，容易把对他的钦佩换成妒忌，而且看不到他的亲切罢了。

小姨对叶灵风从不设防，叶灵风问起她的经历时，她毫不隐瞒地把自己的过去全都告诉了他。她告诉他那个大烟鬼的事、告诉他满都固勒的事、告诉他焦柳的事、告诉他她的孩子的事。叶灵风坐在那里听着，手攥得紧紧的，脸上布满了痛苦和愤怒，他站起来在屋子里快速地走来走去，然后停下来，大声地说，那些个男人，他们全都是一些愚蠢的家伙！而小姨一提起离开她的那三个孩子，泪水禁不住涌出来，叶灵风就站在那里，一副承担了太多、禁不住要风化掉的样子，眼圈儿红红的。有一刻他走了过来，想要拥抱住小姨。后来他忍住了，他还不习惯那样做，他递给小姨一方手绢，轻轻地说，别难过，那不是你的错，那不是你的错。

叶灵风是一个馋猫，他喜欢美食，他请小姨尝他亲手做的黄米切糕和烩羊杂碎，他有本事把微少的伙食尾子变成各种各样好吃的东西。他还吹箫来给小姨听。他吹《渔樵问答》，吹《苏武牧羊》，但他更多的是给小姨吟咏莎士比亚的十四行诗。叶灵风吹箫的时候小姨就坐在他的对面，倚在他的床铺上，一眨不眨地看着他。她看他把那管长长的紫竹竖在饱满而固执的唇间，双目微阖，长舒短诉。小姨如同进了梦幻中，她想起她的草原，想起她的赭红色的小牡马、雪白色的羊羔、毛皮晶亮的牛群和斑驳七色的驯鹿，她坐在那里，无来由的，眼睛就湿润了。

小姨说，我不知道为什么，老是想起草原来。

叶灵风说，风在草原孕育，雨在草原孕育，阳光在草原孕育，四季在草原孕育，那之后便是你，你惦念着草原，你是属于它的。

小姨说，我怎么总也把日子过不好呢？我怎么老是让人讨厌呢？我怎么到任何地方都遭人白眼呢？我到底哪点做得不对？或者我根本就不该和人群在一起？

叶灵风说，人们正是因为喜欢你才作践你，人们正是因为仰视你才换之以白眼，人们正是因为自己的无能才指责你不对，人们因为胆怯和阴暗，不得不聚集成人群，你又为什么哭泣呢？

小姨瞪大了眼睛看着叶灵风，她原以为她真的错了，她原以为他会批评她，她原以为他会帮助她，她还是头一回听到这样的说法，她还是头一回得到这样的鼓励。她是有点吃惊，她在心里想，他说得多大胆啊，他说得多么好啊。小姨这么想着，心里充满了对叶灵风的敬佩和感激。

因为内心深处的敬佩，小姨开始大量地读书。她希望自己能更多地和叶灵风交谈，希望自己也成为叶灵风那样的人，那种熟读古今中外、晓知天上地下、有着丰富内心生活的人。小姨从德林感化院获救出狱后，曾在晋察冀鲁院学习过一段时间，她在那里开始启蒙，念书识字，并且学到了很多文化知识。从那以后，她一直很努力，一直在如饥似渴地学习各种文化知识。她觉得那是一片新出现的草原，是她喜欢的草原。她喜欢那片草原，而且非常用功。她的进步很快，甚至已经读完了《联共（布尔什维克）党史教程》和茹尔巴的《普通一兵》了。她特别喜欢高尔基，她读过他的《童年》《在人间》和《我的大学》，她读他的书常常流着泪，心里充满了一种疼痛的感觉。现在她知道为什么她在读那些书时会常常流泪、并且心里充满了一种疼痛的感觉；她也知道了为什么她在一开始就对叶灵风有着朦朦胧胧的好感，因为那些书的作者和叶灵风，他们是一种类型的人。她知道了这一点儿，就愈发是想读书，想读更多的书、更好的书，她甚至想读莎士比亚和普希金。她想，只有这样，她才能够和叶灵风在一起谈更多的话题。

小姨把她的这些想法告诉了叶灵风。

叶灵风的反应很强烈。他瞪着他那双忧郁的眼睛看着小姨，苍白的脸上充满了欣喜。他对小姨要读莎士比亚和普希金的想法给予了极大的鼓励和支持，自告奋勇，跑去图书馆，亲自挑选，为小姨借来了大量的书籍。他把那些书如数家珍，一本一本地介绍给小姨，并且很慎重地要小姨在阅读之后写出读书笔记来。

小姨有些不好意思。小姨红着脸说，我只写过材料，我没有写过文章，再说，我的字写得很难看。

叶灵风认真地说，没写过文章不要紧，字写得难看也不要紧，只要能把自己的感受写下来，把自己的心里话写下来，那就是最好的读书心得了。

小姨鼓足勇气说，那，我写了读书笔记，你会看么？你会指导我么？

叶灵风点点头，说，我要你写读书笔记，就是这个意思，我会告诉你应该怎么读书，告诉你你是不是真正走近了作者，告诉你你和作者是可以在书中对话的，你只有这样读书，才能够有所收获，成为书的真正主人。

小姨快乐地点着头。她觉得这样太好了，这种读书的方法太好了。她想，就算什么也不为，就为了这个，她也要把这个世界上所有的书全部都读完。

十六

小姨仍然无法摆脱失去孩子的痛苦。

小姨有时候会从睡梦中突然惊醒过来，惊慌失措地去拥抱一旁的枕头，把它当做了她的孩子，让它来平息她突如其来的恐惧和痉挛。她有时候也会一个人坐在那里，望着窗外，呆呆地犯愣，一坐就是半天，直到浑身冰凉，如同一枚刚从冬月的河里捞出来的玉。

这样的时候总是在夜里，在无人知晓的时候。

白天的忙碌很容易消解掉，根本不足以抵御夜的漫长，剩余的光阴得由自己来支撑过去，得由时时刻刻的小心翼翼来支撑过去。情感袭击是难免的，心灵伤害也是难免的，因为那是夜晚，是上帝给予人类的休养生息时刻，谁也不会在整个白天的忙碌之后，仍然铠甲紧束，枕戈待旦，与莫测的黑夜对峙，并且永远地对峙下去。而城市和乡村只是一种虚假的堡垒姿态，它们全都呈现着灰蒙蒙的颜色，死气沉沉，它们的生命太单一，无力复活，永远都不可能像草原一样，给曾经有过伤害的人提供呵护。

这就注定了所有的夜都会是漫长的夜。

和小姨住在一个宿舍里的女同志姓何，是文化局办公室的书记员，她的丈夫是四野的一名干部，南下了。她当时在养病，没有随丈夫南下，那以后丈夫跟着部队东奔西跑，没有一个定处，她一时无法到丈夫身边去，只好留在了北方的这座城市。

姓何的女同志比小姨大两岁，心眼好，为人善良，很关心小姨，经常帮助小姨做这做那，有空了就和小姨聊天，就像小姨的一个姐姐。有时候她从外面回来，看见小姨一个人坐在那里发呆，就会关切地问，梅琴，你没事吧？小姨就摇头。

姓何的女同志有一个四岁的男孩，寄宿在市里的八一子弟学校。每个星期天，姓何的女同志都要去市里看望孩子。在整个一周的时间里，何同志都在盼望并且准备着星期天与孩子的见面。她的思念是从离开寄宿学校的那一刻开始的，然后她在整整一周的时间里积蓄着她的那些思念，等待着下一个星期天的到来。

星期天到来时，何同志会在一大早起床，收拾好自己，把一个星期来给孩子准备好的礼物装进挎包里，然后高高兴兴地出门，直到半夜才回来。

屋里于是就剩下了小姨一个人。

何同志是个心细的人，她隐隐约约地听说了小姨的事，她很同情小姨，知道都是做母亲的，不可能不想念孩子，所以她从来不在小姨面前谈论孩子这个话题。但是小姨非常敏感，她能看出何同志每时每刻都在盼望着星期天的到来，看出何同志在压抑着自己和她谈论孩子的话题，看出何同志看望过孩子后的兴奋和快乐；每到星期天的早晨，何同志小心翼翼地收拾东西的声音、轻手轻脚出门的声音、半夜三更回来时推门的声音、躺在床上辗转反侧的声音，都让小姨感到难过。小姨有时候恨不得从床上爬起来，跑到外面去大哭一场。

小姨知道何同志和她一样，也在压抑着，只是何同志压抑的是见到了孩子的兴奋，不像自己，是见不到孩子的痛楚。小姨不愿意这样，不愿意何同志为了自己而压抑着应该有的快乐，她心里想，我有什么资格来剥夺别人拥有孩子的快乐呢？我那么做可就太不应该了。

小姨知道何同志绝对不会和她谈到孩子这个话题的。小姨有时候会把心境准备好，主动和何同志谈起孩子的话题来。小姨会说到孩子的可爱、孩子的淘气、孩子的懂事和做母亲的满足。小姨说到这些事情的时候口气是平平常常的，神态平静，她的脸上洋溢着没有丝毫破绽的微笑，她的声音就像轻风吹过草原。她坐在那里的样子就像屋外有一个孩子，她在那里和人说着话，孩子在屋外和小朋友玩，她说着说着，那个胖乎乎的孩子就会摇摇晃晃地跑进来，娇娇滴滴地叫着妈妈，扑进她的怀抱里似的。

小姨越是这样，何同志越是紧张。何同志不愿意冒这个险，她不想小姨受到伤害。小姨一把话题扯到孩子身上，何同志就马上把话题转移开，去说别的。如果小姨坚持要说孩子，她没法转移开话题，她就把目光从小姨的脸上转移开，去看别处的东西。她坐在那里或是站在那里，就像是热锅上的蚂蚁，坐立不安，并且从来不接小姨的话头，不由着小姨把话题发挥下去。

时间一长，小姨发觉她无法让这个话题继续下去。小姨知道何同志是为了她，何同志是不愿意她受到刺激。何同志越是这样，小姨越是不愿意接受，她必须把孩子的话题继续下去，她不能接受同事的同情。

有一天下班后，两个人在食堂里吃过饭，回到宿舍，洗过涮过，上了床，小姨又开始说到孩子这个话题了。她坐在那里滔滔不绝地说着，她说孩子是怎样生下来的、孩子的第一声啼哭、孩子喜欢吃什么、孩子的笑是如何的迷人……小姨说着这些的时候，情不自禁地流下泪来，泪水很快淹没了她的那张秀丽的脸，让她哽咽不已，使她无法再继续说下去。

何同志再也忍不住了，大声地冲着小姨喊道：梅琴，你要干什么呀？你不要说了，你为什么要这样折磨自己呢？

小姨偷偷跑到市里去了。

小姨想去托儿所里看一看孩子。

她想孩子想得太厉害了。

她都快想疯了。

第一次，小姨的运气不错。

小姨来到托儿所，说想见见孩子。托儿所的阿姨一听说孩子的名字，显得有些为难。她们知道来的这个女人是谁，她们也知道小姨和焦市长之间的事，她们要小姨等一等，等她们去请示一下所长。

所长是个老同志，当托儿所所长好些年了，这种事见得多，有经验。

她同意小姨见一见自己的孩子，她对向她请示的老师说，为什么不让她见孩子呢？她是孩子的生母，她和焦市长离婚了，她和孩子没离，她还是孩子的母亲对不对？

但是所长也不是完全没有顾虑。所长避开其他的老师对小姨说，我们可以让你见你的孩子，但你见只能隔着窗玻璃见，不能让孩子知道了。孩子知道了，回去给焦市长一说，我们挨批评倒不要紧，你下次就不可能再见到孩子了。

小姨开始没有听明白所长的话，等她明白过来后，完全懵在那里。她觉得那是一种莫大的屈辱，她是来见自己的孩子的，她怎么可能隔着窗玻璃来见自己的孩子呢？她差一点儿就对所长喊出来了。但小姨很快冷静下来，答应了隔着窗玻璃看看孩子。她知道，如果她不答应下来，她今天是无法见到孩子的。

小姨谢过了所长，由托儿所老师领着，来到孩子所在的教室外。

小姨一眼就认出了她的孩子——

那是一个十分漂亮可爱的男孩，他坐在一大群孩子当中，梳着偏分头，小嘴小鼻子圆鼓鼓的，眼睛分外明亮，显得虎虎有生气。老师走进教室去，要他起来，给小朋友们发苹果。他一本正经地站起来，走上前，把装苹果的小篮子挎在小胳膊上，挺着胸脯，非常认真地挨个儿给小朋友们发。他把红红的、大大的苹果都发给了小朋友，给自己留下了一个又青又小的。老师说，小朋友们，焦建国小朋友把又大又红的苹果给了我们，自己留下了最小的，大家说，我们应该怎么样？小朋友们都拍着巴掌，大声说，我们要向焦建国小朋友学习。所有的小朋友都站起来，一群花蝴蝶似的拥到他面前，要用自己手中的苹果和他的苹果换。他不干，挣红了脸，把那只小苹果藏在怀里，弓着胖乎乎的身子往后躲着。老师就招手，要大家坐下，老师弹着琴，大家一起唱着《歌唱二小放牛郎》：

牛儿还在山坡吃草，

放牛的却不知哪儿去了，

不是他贪玩耍丢了牛，

那放牛的孩子王二小。

……

秋风吹遍了每个村庄，

他把这动人的故事传扬，

每一个村庄都含着眼泪，

歌唱着二小放牛郎。

小姨站在教室外面，她流泪了。

小姨泪水涟涟，她情不自禁地把手伸出去，想抱住她的孩子。

小姨的手触在窗玻璃上，她整个人像是要跌下去似的。

一旁的老师见小姨的样子，连忙过来，把小姨拉走。

老师说，梅同志，你不能这样，你这样会把事情弄糟的。

小姨抽泣着回过头来朝教室的方向看，眼巴巴地说，那是……我的孩子……

老师说，我们知道那是你的孩子，但是我们也没有办法，我们只能这样做，请你一定要理解我们的难处。

老师把小姨带到办公室，给小姨倒了一杯水，让她坐下。小姨流过泪，平静下来，知道自己太冲动了，就向所长道歉，希望所长原谅自己的行为。

所长摇了摇头，说，梅同志，你的心情我能够理解，但我不得不对你说，你应该正视现实。你和焦市长已经离婚了，孩子判给了焦市长，焦市长也成了家，孩子已经有了继母，按照组织纪律，你不该再来看孩子了。你再来看孩子，会给大家都造成不必要的麻烦，对孩子的成长也没有好处。

小姨坐在那里，埋着头不说话。她的样子十分麻木，她只是在心里一遍又一遍地想，那是我的孩子，那是我的孩子……

小姨再度去看孩子，就没有第一次那么好的运气了。

那一次，小姨刚到托儿所大门口，就看见一个年轻的女人领着孩子出来了。那个女人烫了头，穿一件灰色的束腰大翻领列宁装，人长得很漂亮，是那种得了势有些目空一切的漂亮。小姨没有见过焦柳的新妻子，但凭感觉，她知道那个年轻女人就是。小姨当时的心思全在孩子身上，她一夜没睡，一大早就从县里出发，赶到市里，她的挎包里还装着带给孩子的红苕干和竹蜻蜓呢。她看见孩子嘴里咬着一根棒棒糖，孩子要那个年轻女人抱，年轻女人不愿意抱，指了指停在马路对面的一辆吉姆牌小卧车，然后拽着孩子朝马路这边走来。

小姨忍不住喊道：建国！

孩子朝这边转过头来，那个年轻女人也朝这边转过头来，他们看见了小姨。

小姨朝孩子走过去。后来她开始跑。她跑近了，蹲下身子来。她一脸的向往，朝孩子伸出手臂去。

那个年轻女人是认识小姨的，但是她仍然把孩子往背后藏去，对小姨说，你是谁？你要干吗？

小姨没有留意年轻女人的问话，她的手臂继续张开着，伸向孩子。

年轻女人说，喂，问你呢。

小姨收回手臂，站起来，说，我是梅琴，是建国的母亲。

年轻女人的脸一下子就红了，她说，建国没有什么母亲，建国现在的母亲是我。

小姨认真地看了看那个年轻的女人，说，请问我该怎么称呼你？

年轻女人有些不情愿地说，我姓林，怎么啦？

小姨说，林同志，我带了工作证和转业军官证，我还可以请托儿所的老师替我证明，我真的是建国的母亲。

年轻女人说，那又怎么样？你就是带了国防部的证件，也不能这么粗鲁。

小姨说，我没有粗鲁，我只是想看一看建国，看一看我的儿子。也许我事先没有告诉你们，让你感到太突然，如果是这样，我向你表示歉意。

年轻女人从一开始的慌张转为生气了，说，歉意有什么用？歉意就够了吗？你事先就是没有打招呼嘛，你谁也没有请示，就这么闯来了，还说没有粗鲁，这不是粗鲁又是什么？就算你打了招呼，也不能看孩子，就算我相信你是谁，你也不能随随便便看他，你根本就不该到这个地方来，孩子的事不是早就说好了吗？他现在和你什么关系也没有了。

小姨的脸色开始发白，她扬了扬下颏，说，谁告诉你这个的？

年轻女人说，老焦，还有组织上，这是一开始就说好的。

不提这件事还好，一提这件事，小姨的火一冒三尺高。小姨盯着年轻女人说，如果有人告诉你这个，那只不过是他们强制性这样做的。孩子是我的孩子，他是我生下来的，他永远都是我的孩子，没有任何人可以把他和我分开。林同志，你也是个女人，你将来也会生孩子，你应该理解一个做母亲的，她不可能和她生下的孩子断绝什么关系，永远也不可能！

小姨说着，朝那个躲在年轻女人身后的孩子走去，伸出双手给孩子，示意他向她走过来。

孩子有些怯，看了看小姨，又看了看那个年轻女人。

年轻女人往后退了两步，拽住孩子的胳膊，再度把孩子藏到身后，并且用身体挡住小姨。

年轻女人的脸红一阵白一阵，她说，我不管你说什么，我只相信老焦和组织上给我说的那些话，我现在请你让开，让我们走，我还请你将来不要再来纠缠不休了，不要再来破坏我们安宁的生活了。

小姨如同挨了一闷棍，她的脸涨得通红，说，林同志，你说话要讲理，我并没有纠缠不休，我也从来没有破坏谁的安宁生活，我只是想看一看自己的孩子。

路上的行人纷纷停下脚步来朝这边看。托儿所里的老师听见外面的吵闹声，也跑了出来。

年轻女人一看见托儿所的所长，就颐指气使地对所长说，你赶快给我把她赶走，不要叫她在这里无理取闹，要是出了什么事，一切后果由你们托儿所负责！

托儿所的两个老师连忙上来拉小姨，她们把小姨拉到一旁。年轻女人拽着孩子气呼呼地朝停在路旁的那辆吉姆牌小卧车走去，他们很快钻进车里，车子冒出一股烟，开走了。

小姨气得发抖，站在那里，把手中的挎包捏得紧紧的，一句话也说不出来。

所长先前一直没说话，这时走过来，先示意老师们都回到托儿所去，等老师们都走开之后，她对小姨说，梅同志，上一次我就给你说过这样的话，该说的话我已经说过了，现在闹出这样的事来，我们所里铁定是要挨批评的。我们所挨批评倒也无妨，总之我们是替大家服务的，挨批评也是为了大家好，问题是你这事，总得要有一个解决的办法，你最好是找焦市长谈一谈，找组织上谈一谈，能谈通，当然皆大欢喜，谈不通，你也趁早割了这份母子情，重新开始新的生活。

所长说了这番话，看了小姨一眼，走了。小姨还在那里愣着，一旁有个老师出来送孩子，见小姨还站在那里，就走过来，悄悄告诉小姨，所长自己生了三个孩子，都是战争年代生下来的，因为当时局势险恶，孩子一生下来就送给人了，从此再也没找回来。所长每天忙着托儿所里的事，她把托儿所几百个孩子都当成她自己的孩子，她最不喜欢过的就是星期天，托儿所里空空荡荡的，没有一个孩子，她其实心里也苦着呢。

那天小姨终于没有见到孩子，她怎么去，还是怎么回来的。小姨回到县里，同宿舍的何同志也是去市里看孩子了，不在屋里。

小姨开了门，进了宿舍，在床头坐了下来，先呆呆地坐了一会儿，再把带给孩子的那些红苕干和那只竹蜻蜓从挎包里拿出来，放在床头，怔怔地看着，看一会儿，把那只竹蜻蜓拿起来，拿在手上，两只巴掌合拢了，翅膀朝上，试了几试，手心一捻，竹蜻蜓脱开她，飞到了空中。

风在那个时候进来了。风是日头西下时生的风，暖暖的，带着一股田野里潮湿的气味，它们十分敏感，没有眼，却知道这间小小的屋子里有一样东西在飞翔着。它们很快地涌过来，将竹蜻蜓簇拥住，摇晃着它向上飞去。

几天之后，小姨正在开会，传达室里通知有她的电话，要她去接。

电话是焦柳从市里打来的。

小姨先以为是为她去托儿所看孩子的事，焦柳知道后不高兴了。小姨不想向焦柳妥协，她想，要是焦柳指责她，她就据理力争，决不妥协。孩子就算不跟着自己，但不能说她连看一看孩子的权利都没有了吧？

小姨那么想着，从桌子上拿起了话筒。

焦柳在那一头早已经等得不耐烦了，一听小姨在这边拿起了话筒，立刻开了口。

焦柳的确很不高兴，说话的嗓门很大，但却不是为小姨去托儿所的事情。

焦柳劈头就说，你怎么还没死心？孩子的事不是已经结束了吗？你还要怎么样？还要我把孩子亲手送到你那里去你才甘心？

小姨说，孩子是我的孩子，你要我死心，你要我结束，那是办不到的事情，这个你非常明白。

焦柳在电话那头吼道，我明白什么？我什么也不明白！我告诉你梅琴，从今以后禁止你再打孩子的主意，我不会把这个孩子给你的，你也不要找什么人来做说客，你找任何人都没有用！

小姨也发火了，说，焦市长，请你说话客气一点儿，你是这个城市的市长，但我是孩子的母亲，你可以对任何人下命令，但你没有资格对我下命令，你也不要想我放弃去看自己孩子的权利。你放心，我去看自己的孩子，我想怎么去就怎么去，不会找任何人去求你。

焦柳冷笑道，你不求我，你要那个姓叶的人来找我干什么？他算什么人，管我焦家的事？

小姨一下子愣住了：什么姓叶的？

焦柳说，你不要装糊涂了，你自己干的事，你还能不明白？小姨越发是不明白了，说，我没有做什么事，我装什么糊涂？我只是去看了看孩子，你妻子她不允许我看，她把孩子带走了，这就是全部的情况，我干了什么了？

焦柳在电话那一头愣了愣，然后说，你是不是认识一个叫叶灵风的人，是个男人，他说他是你的朋友？你听一听这个说法——朋友，哼！

小姨立刻就明白过来了。不用说，一定是叶灵风，他去找了焦柳，而且是为了孩子的事去找的焦柳。小姨一下子就觉得一股暖流涌过胸口，她甚至有一种慌乱的感觉。小姨让自己理智下来，回到平静之中，说，是的，我认识他，他的确是我的朋友，我的确让他去找过你，但是焦市长，你不觉得我这样做是合情合理的吗？我只需要得到一个母亲最起码的权利，我只想看到自己的孩子，除此之外，我什么也不需要。

焦柳不耐烦地说，我已经说过了，这个问题没有再商量的余地了，今后你不能再去看孩子，如果你再去看孩子，我将不得不采取必要的措施，要有关方面对你实行监视处理，我说话算话！

焦柳说罢，不等小姨说什么，就把电话挂断了。

小姨事后才知道叶灵风是如何去找焦柳的。

叶灵风去找焦柳。他去了焦柳的办公室。焦柳的秘书问叶灵风找焦市长有什么事。叶灵风说，谈一件工作上的事。秘书很热情地把叶灵风送进了焦柳的办公室。焦柳一开始也很热情，又是让座又是倒茶，但他一听说叶灵风是小姨的朋友，并且叶灵风是为着小姨的孩子的事来的，立刻就不高兴了，把茶杯放到一边，冷漠地坐回办公桌后面去了。

叶灵风一点儿也不管焦柳是否高兴，他站在焦柳的办公室里，也不坐，扬了扬下颏，说，焦市长，我来是请你允许梅琴看她的孩子的。

焦柳冷冷地说，这是我自己的事，是我的家事，你是一个外人，恐怕不该管我的家事吧？

叶灵风一点儿也不怵，说，孩子是你和梅琴两个人的，不是你一个人的，你没有权利不让梅琴见孩子，你这样做，和你市长的身份很不协调，和你共产党大干部的身份很不协调，你让我们老百姓认为你是在仗势欺人，这恐怕不仅仅是你的家事吧？

焦柳气得要命，恨不得一脚把叶灵风从他的办公室里踢出去，叶灵风弱不禁风，他要下脚还真能把他踢出去。但焦柳是名声在外的清官，他不能对叶灵风发火，他可以对阶级敌人发火却不能对一个同志发火，这是原则，他只能把那口气使劲地往肚子里咽，咽得咕咚作响。

焦柳捺住脾气，说，好了，你的意思我清楚了，如果没有别的事，我这里还有一大堆文件要处理，你可以离开了。

叶灵风是扬着下颏离开焦柳办公室的。

有一次，小姨和叶灵风在一起说着话。他们原本在讨论法捷耶夫的《青年近卫军》的事。小姨读完了那本书，小姨把她的读书体会说给叶灵风听。叶灵风听着，十分赞赏地点着头，等小姨说完，他就开始侃侃而谈，谈他对这本书的看法，谈他对小姨读书心得的看法。

小姨坐在叶灵风的对面。她看着他。她突然问叶灵风：告诉我，你为什么要去市里面找焦柳？你去的时候，为什么不说你是我的同事，为什么要说你是我的朋友？

叶灵风一下子住了口，停下他的谈话。他看了小姨一眼，低下头去，什么也不说。

小姨见他不说，又问：那么，告诉我，那次你为什么要为我的事和别人打架？

叶灵风一时没明白过来，他抬头问：哪一次？打什么架？

小姨说，就是我刚来局里的那一次，你的眼窝子都被人打青了。

叶灵风沉默着，过了一会儿开口，说，我没有和谁打架，我从来就不和人打架。

小姨看着叶灵风，叶灵风是那么的文弱，他坐在那里，修长的手指不安地放在膝头上，就像生长在沼泽地里的水蕨，只能远远地欣赏，无法靠近。

小姨心里涌起一股说不出的滋味。

小姨心想,他为什么不承认呢?他为什么和人打架呢?

　　文化局的支部书记是一位红军时期入伍的老革命,姓杨,山东人,三十七八岁年龄,没有多少文化,但性格直率,工作得力,为人很不错,很尊敬局里的知识分子,在局里上上下下深得人心。

　　杨支书的妻子在战争年代被打死了,那是1945年的事,当时杨支书和妻子在嫩江军区,他们遭到了光复军五千人的攻击。杨支书在那场战斗中逃出来了,他的妻子却被土匪捉了去。土匪轮奸了杨支书的妻子,把她的眼睛挖了出来,鼻子割掉,开膛剖肚,五脏六腑全掏了出来,然后丢到雪地里去喂野狗。等嫩江军区的大部队打回去时,杨支书的妻子已经被野狗啃成了一副骨架子。杨支书找到妻子的时候,已经认不出自己的妻子了,他把妻子的一具光秃秃的骷髅和一把散骨搂在怀里,坐在雪地里,半天不挪窝,也不吭声,同志们来拽他,要把他怀里的遗骸拿去掩埋掉。他才唔唔地哭出声来。打那以后他就再没成家。

　　杨支书很喜欢小姨,经常关心小姨的工作学习和生活情况。杨支书不大会说话,他有些口吃,平时还好,要是心里一犯急,说话准断句。杨支书原来是不口吃的,那年四平保卫战,他的连遭遇了排炮的轰击,整整两天时间他们趴在坑道里没敢抬起头来,一个连的士兵被炸死了一多半,大多炸得肢体不全,打那以后他就口吃了。

　　杨支书因为不会说话,先挨了一段时间,后来熬不过了,就找小姨,向她慎重地提出了两个人结成革命伴侣的建议。

　　小姨一口拒绝了杨支书的建议。小姨根本就不打算再考虑和谁结成伴侣这种事,不管那伴侣是不是革命的。小姨被这种事弄得寒心了,她有一种时时袭来的对婚姻的恐惧。小姨觉得虽然杨支书是个不错的领导干部,对工作兢兢业业,也很爱护下面的同志,但小姨不可能和所有工作上兢兢业业并且爱护同志的领导干部结成革命伴侣,这就是她的想法。

　　杨支书遭到拒绝后一点儿也不灰心,相反他更加热情了。他想,任何革命的成果都是来之不易的,没有一番艰辛而持久的努力,革命是不可能

成功的，这符合革命的基本规律。

杨支书不断向小姨发出这样的建议，每隔一段时间他就要向小姨建议一次，很有毅力。在他的这种持之以恒的追求之下，奇迹发生了。当然这里说的奇迹不是指小姨，小姨那头除了耐心地拒绝之外，仍然是死水一潭，什么奇迹也没有。奇迹来自杨支书。他在追求小姨的过程中越来越热情，越来越想说话，越来越会说话。他可以把任何地方都当成他说话的场所，不管是食堂里还是上厕所的路上。他可以一开口就说上一两个小时，不让人插嘴。而且，最大的奇迹是，就像战争已经结束，和平时代已经到来一样，他口吃的毛病也不治而愈。

小姨被迫逼不过，就想到了叶灵风。小姨一想到叶灵风心里就怦然一动。她想，就算我一定得有个伴侣，为什么不是叶灵风呢？为什么一定是杨支书呢？小姨这么一想，就去找叶灵风。

小姨一进门就对叶灵风说，你告诉我，你对我是怎么想的？

叶灵风愣了一下，说，什么怎么想的？

小姨说，你是喜欢我的，对不对？

叶灵风看着小姨，点点头。

小姨说，那好，那你就娶了我。

叶灵风有些发呆，说，为什么？

小姨说，为了伴侣，为了我得做人的伴侣，为了我不想做别人的伴侣。

叶灵风仍然看着小姨。他手里拿着一支派克金笔，他正在写一个剧本。那支金笔很气派，它的笔尖闪闪发光，它握在叶灵风手中，使叶灵风显得光彩夺目。叶灵风就这么握着他的笔。他就这么扭过头来坐在那里，看着小姨，长久地看着小姨。然后，他什么话也没说，重新转过身子，伏下身去，继续写他的剧本。

小姨失望极了。她没有想到叶灵风是这个样子的，小姨也许不会因为他的拒绝而失望。他可以拒绝她，可以对她说不，可以告诉她，他不想和她成为伴侣，他喜欢她但他不想和她做伴侣，或者他连喜欢都谈不上，更

别说伴侣这种事情了，无论怎么样，他至少应该说话。而他现在连话都不说。他是不是不敢说？不敢承诺？不敢说出他心里真正的想法？他热情浪漫的凝视到哪儿去了？他自由不羁的言谈到哪儿去了？他至情至性的紫竹箫到哪儿去了？他忧郁的莎士比亚到哪儿去了？小姨整个儿地被退到后台的叶灵风，被完全不肯出场的叶灵风出卖了。她以为他才是她的伴侣，他们做搭档，可以上演无数出美妙绝伦的戏。现在她才知道他不是，他是一个懦夫，他的莎士比亚只不过是一个连一句台词都不敢说的后背。小姨盯着叶灵风的后背。她想他的勇敢全都是他剧本中人物的，而他自己则是一个多么可怜的人呀。她这么想着，骄傲地扬了扬下颏，转过身，一摔门走了出去。

小姨决定去找杨支书。她无法让这件事情继续下去了，她得把它结束掉，把一切都结束掉。她要告诉他，她不想和他结成伴侣，不想和任何人结成伴侣，她对伴侣这种事已经厌恶透了；她要告诉他，他是一个好人，一个好的领导干部，一个令人尊重的老革命，她对他的印象很好，她对他的关照心怀感激，但那和伴侣没有关系，她不能因为心怀感激就嫁给他，做他的伴侣；她希望他明白这一点儿，能尊重她，她想他会那样做的，他难道不该那么做吗？如果他不，他不想尊重她，他只想要她做他的伴侣，那她也就没有必要尊重他了，她就会扬起下颏对他说，走开！她想她会那样说的。

小姨找到了杨支书。杨支书在他自己的屋里，关了门，正在写一份材料。杨支书写材料很费劲，他是贫苦出身，没有读什么书，文化程度不高。他倒是很卖力，大冬天，弄得一头的汗，握枪杆似的握着笔，把自己弄得一手一脸的墨水。

杨支书还没有从艰难的材料中挣脱出来，他手里举着笔，有些发呆地看着小姨，说，你找我？有事吗？

小姨说，是的，我想和你谈谈我们俩的事。

杨支书一听小姨说我们俩的事，高兴坏了，放下笔，拍拍炕头说，你快坐下，你坐下谈，慢慢谈。

小姨站在那里，说，不用坐，我只有一句话，说了我就走。

杨支书说，为什么要这么急？这么急干什么？我知道只有一句话，说实话，这种事情，实质性的也就是一句话，这个我清楚，但是你说完了那句话，我还可以接着说，我说完了，你再接着说，我们都说完了，还可以讨论讨论嘛。

小姨说，讨论就不必了。我是想来告诉你，我不可能和你结成伴侣，永远都不可能，希望你今后别再提这件事了。

杨支书有些发懵。他看了看小姨，把手中的笔放下，把灯挑亮，从桌子上拿起正在写着的那份乱七八糟的材料来看了看，又放下，说，怎么了？怎么是这样一句话？出了什么事？不是好好的吗？说实话，梅琴同志，你把我搞糊涂了。

小姨说，怎么会糊涂呢？我已经说得很清楚了。

杨支书说，是呀，你说得很清楚，但我却很糊涂。

小姨有些发急，说，这有什么糊涂的呢？你说结成伴侣，我说不，情况就是这样。

杨支书还是一副不明白的样子，好像小姨说的是一件让人不可思议的事情，一件让人不可理解的事情。他的脸上糊了一些墨水，手上也有一些，他张着大嘴看着小姨，这样他就是一副更加不明白的真实样子了。他说，为什么？为什么是这样？说实话，你越说我越糊涂了。

小姨想她还能怎么样呢？她可以告诉他他的脸上和手上有墨水，她还可以建议他去洗一洗，用上一点儿胰子，洗得干净一些，让他恢复支部书记的样子，但是她怎么才能告诉他他在伴侣这个问题上该做一些什么和不该做一些什么呢？小姨站在那儿，突然发现自己很愚蠢，她根本就不该来这儿，不该企图声明自己，不该期望阻止和约定，她和这个世界根本就没有沟通的可能，没有让她自己和别人明白的可能。那一刻，她绝望之极。

小姨扭头朝门口走去。她想她最好离开这里。

杨支书在身后喊，怎么？你去哪儿？咱们话还没说完呢？

这个时候，门被人从外面推开了，青年剧作家叶灵风冲了进来。

　　叶灵风冲得很急，差一点儿就撞上了小姨，而且他一定通过了很长的一段夜色，眉毛和衣袖上沾满了露珠。他手里仍然捏着他的那支金笔，脸色有点发白，那个样子就使他像一个握着一杆长矛的中世纪骑士。他的步子有点像舞台步，因为他是挺着胸膛、昂着下颏、目光炯炯而且大义凛然的。他冲进屋子里来，看见了小姨，突然松了一口气，好像有什么事情是可以使他放心了。

　　小姨的心突然一下子抽紧了。

　　杨支书被人打扰了，有点不高兴，说，你干吗？

　　叶灵风看着小姨说，我有事要说。

　　杨支书说，那你就快点说，说完你就走。

　　叶灵风仍然看着小姨说，对不起，我不是找你，我是找她。

　　小姨的心开始剧烈地跳动。

　　叶灵风扬了扬下颏，目光明亮地高声吟咏道：

> 我爱情的至尊，你的美德已经
> 使我这藩属加强对你的拥戴，
> 我现在寄给你这诗当做使臣，
> 去向你述职，并非要向你炫才。
> 职责那么重，我又才拙少俊语，
> 难免要显得赤裸裸和你相见，
> 但望你的妙思，不嫌它太粗鄙，
> 在你的灵魂里把它的赤裸裸遮掩；
> 因而不管什么星照引我前程，
> 都对我露出一副和悦的笑容，
> 把华服加给我这寒碜的爱情，
> 使我配得上那缱绻的恩宠。
> 那时我才敢对你夸耀我的爱，
> 否则怕你考验我，总要躲起来。

杨支书有些<u>莫名其妙</u>，小姨则热泪盈眶。他俩一个站在门口，一个站在炕前，全都做了青年剧作家叶灵风的观众。而不管他们是站在什么地方的，懂得了还是没懂得这一幕，在接下来的时间里，他们全都听见叶灵风口齿清晰的声音：

　　梅琴，请你嫁给我，我要娶你！

十七

很多年以后我见到了叶灵风，他那时已经改名叫临风了，并且上了年纪。

我和一个女孩在北京和平里附近的一个小剧场看了一出新上演的试验剧。灯火通明的时候，我站起来，站在小剧场的最后一排，看着戏剧学院那些没有卸妆、五光十色的学生跑到第一排，请出德高望重的临风，簇拥着他走上舞台，把一束束鲜花塞进他的怀里。他穿着一件样式有点旧但熨烫得十分挺括的呢子大衣，脖颈上是一条血红色的长围巾，头发雪白。他的脸是同样的白色，让人看出殚精竭虑后化蛹为蝶了的著名艺术家令人敬佩的生涯。观众和演员都在兴奋地鼓掌，为了一出有意思的试验剧的欣赏和表演。他没有。他安静地站在那里，被强烈的追光灯笼罩着，怀里抱着那些鲜花，器宇轩昂，样子让人感动。

我先走出小剧场，在外面等着。

女孩和我在一起。

在整个的演出过程中，女孩一直无精打采，不明白为什么演员要到观众席上来坐着化妆并且抽着烟临时修改台词。现在好了，戏终于演完了，她为此而高兴，一个劲地催我走，去什么地方喝上一杯暖暖身子。她说，嗨，咱们还等谁呢？

我想抽支烟。我把女孩拉过来，拉进我的怀里，撩开她的大衣，用它做屏障，勾下身子点燃了香烟，我把第一口烟吐到北京十二月清冽的夜空中，看着它们很快消失掉。

北京在戒烟，在北京要想点燃一支香烟可真不容易。

他出来了。

他的身边簇拥着他的那些漂亮的女学生，然后是英俊的男学生，再然后是那些五迷三道的戏虫子。学生们在大声地喧哗，是成功者和崇拜者才有的喧哗，好像今晚的北京值得为一出试验剧而喧哗似的。他不，他很安静，只是把大衣掩上了，露一截红色的围巾出来，大概是想让自己隐身于这个浮躁的世界。

有人大声地喊，谁帮临公抱一下花？临公今晚不该抱着花，他该抱抱陆小曼，今晚陆小曼多出色呀！

然后是一个女孩子夸张的声音，临公，看在上帝的分儿上抱抱我，别让我和大家失望。

人群发出一片笑声。

我把手中的烟头丢开，朝那边走过去。

我站到了他的面前。

挽着他手臂的那个女孩子惊叫了一声，大概是来自黑暗的我把她吓住了。

一个大个子男孩抢过来，伸手挡住我，说，喂，临公今天累了，要采访明天电话里约，要讨教先找教务处联系，签名就免了。

我捉住大个子男孩在我眼前晃来晃去的那只手，轻轻把它移到一边，放开。

那个男孩用力地抽了一口冷气，低了头仔细检查自己的手，不吭声了。

我把手揣回兜里去，说，您是叶灵风先生吗？

他站在那里看着我，安静地问，你是谁？

我说，您认识一个名叫梅琴的女人吗？

他愣了一下，说，你是什么人？

我盯着他的眼睛说，我是她的孩子。

他有些惊讶，或者说，他是受了一次打击。他的身子在黑暗中晃了晃。风很大，他的样子有点像是被风吹动的，是一根芦苇。

他很快站住了，看了看我，说，不，你说得不对，是你的年龄不对，除非……怎么，她后来又有了孩子？

我笑了一下，说，她有很多孩子，很多，他们在草原上跑来跑去，骑马而且唱歌。怎么，她不该有孩子吗？

身旁的人都不说话，站在一边，看看他，再看看我，脸上是茫然的表情。他们不知道发生了什么，这有点像一台正在排练着的新的实验剧。

他在黑暗之中的那张白脸朝后扬了扬，看着我。那是我在故事里熟悉的动作。然后他撩开衣襟，掏出一张名片递给我，声音温和地说，先生，我不知道你究竟是谁，我不知道该怎么称呼你，但如果今晚不行，请明天一定给我来个电话，我等着。

他在他的那些学生的簇拥下走了，雪白的头发在黑暗中十分显眼。几辆漂亮的轿车停在几个女孩子的身旁，那是女孩子们各自的养育或者爱情或者别的什么监护人，等在戏院门口接她们的。女孩子们做作地挥手，大声地让车自己走，她们则挽着她们敬爱的临公钻进了蓝顶出租车。

出租车一溜烟开走了，丢下我和我的女孩。

我看了看手中的那张名片，它是用非常精致的纸张印制的，有着许多烫金的头衔。我把那张名片撕碎了，丢进黑暗的风中。

我的女孩走过来，问，他是干吗的？

我说，写剧本的。他们管那叫艺术家。

我的女孩说，我知道他是写剧本的。我问的不是这个。我问的是，他是谁？

我说，如果他不是一个才华横溢的懦夫，那他就是一堆狗屎。

我说过这句话之后，就把我的女孩搂过来，把她的一只在风中吹得冰凉的小手捂在我的手掌中，揣进我的大衣口袋里，我们朝剩下来的最后一辆出租车走去。

我们刚刚看过的那出实验剧名字叫《1999年的莎士比亚》。

说实话，那是一部好剧。

其实我并不是小姨的孩子。我曾经是过，后来不是了，因为小姨她不要我。她不光不要我，她谁也不要，她是铁了心要自己挨过余生，不要任何同情，这就是小姨她的想法。我想小姨她没有什么不对，她就算是没有很多的孩子，没有在草原上跑来跑去骑马并且唱歌的孩子也没有什么不对，不对的是我，不管怎么说，在这个问题上，我对叶灵风撒了谎。

其实我并不是一个爱撒谎的孩子，恰恰相反，我是一个很能干的孩子，少言寡语，不惹是生非，自己能洗自己的手绢和袜子，知道体贴人，而且在父母生了气又不知道怎么办好的时候，可以提供给他们出气。我在家里排行老四，在一个拥有七八个孩子，并且不断有新的下一辈出生的家庭里，作为夹塞的那一个，不可能不具有这样的优点。

但是小姨根本就不想让我来表现这样的优点。她对一个只会安静地坐在那里眼巴巴地看着她，一点儿动静也不会弄出来的小人儿不感兴趣。她甚至不想要我实现不再做夹塞孩子的梦想。她很坚定地对我母亲说，四儿可以和我一起待两个月，两个月后，你把他接回去。

母亲不想放弃。母亲说，你这儿总得添一个人，大的不行小的你总得添一个，要不今后的日子怎么过？小四老实能干，不会给你添烦，他跟着你最合适。

小姨轻盈地在屋子里走来走去。她赤着一双脚，裤腿挽得老高，在厨房里水花四溅地洗苹果。她把最大的那只苹果塞到我手上，拍拍我的头，说，我要他们干什么呢？我要他们有什么用呢？

我在小姨那里住了两个月。

那是我最快乐的两个月。

在那两个月里，我知道了什么叫做宠爱，什么叫做相依为命。

我整天跟着小姨，就像她的一条小尾巴，或者是她的一根小指头。我知道一般来说小指头是没有什么用处的，但是人们都很疼爱小指头，并且把它保护得很好。有时候我们很有用处，但没有人看重我们，没有人疼爱我们，我们被人需要却得不到保护，在这种情况下，我愿意做那只什么用处也没有却被人呵护着的小指头。

小姨她很疼爱我，她给我买了很多的衣服和玩具，还给我买了很多好吃的东西。她让我一件件地试那些漂亮衣服，就像小马驹试着自己的金鞍；她看着我欣喜若狂地踮起脚尖从玩具柜上抱过玩具，和玩具滚做一堆；她把那些好吃的东西堆在我面前，鼓励地说，吃吧，吃吧，把它们全吃光。如果我吃噎住了，想要吐，她就拍着我的后背说，没关系，去院子里跳一跳，羊羔吃撑了也这样，跳一跳就好了。我就跑到院子里去跳，想象着小羊羔的样子，跳得很高，并且快乐地大笑。

我替小姨洗碗、扫地、抹桌子，替她去药店买药。夜晚到来的时候，小姨一个人坐在那里，坐在什么也看不见的窗台前，一动不动地看着窗外，我坐在一旁的地上玩自己的玩具。我玩一会儿，看一看小姨，玩一会儿，看一看小姨，然后我丢开玩具，走过去，走到小姨身边，趴在小姨的膝盖上，仰起脸来看着她的脸，伸出手去轻轻抹去她脸上的泪花。

我说，小姨，别哭。

我在小姨生病的时候跪在她的床前，用力摇晃着她，想要把她摇醒过来。我不知道她为什么会那样，为什么会闭着眼睛躺在那里不理我。我不知道该怎么办才好，不知道我该做些什么。我把一缸冷水全部倒在小姨的额头上，然后丢开缸子，抱着烧糊涂了的小姨大声哽咽。

我冲她喊道，小姨，你别死！你千万别死！

我不知道我和小姨在一起生活的那两个月是不是惹她生气了。我想我也许是惹她生气了，我赶走了好几个男人。他们总是到小姨的家里来，带一些那个年代的匮乏品作为礼物。我不喜欢那些礼物，更不喜欢那些男人，他们太成熟了，一个个十分自负，好像这个世界就是他们兜里的一张报纸，可以由着他们轻松地翻来翻去、包东西、垫在地上坐、做引火的工具或者揉成团丢掉。他们把小姨的家当成他们自己的家，当成他们想来就来想走就走的家。他们在小姨的家里大声地说话、大声地笑、大声地争论并且彼此敌视，他们那个样子就像一群令人讨厌的跳蚤。在他们坐在那里喝着茶、没话找话和小姨聊天的时候，我就玩我的那些玩具车。我把我的玩具车从屋子的一头加足马力开到屋子的另一头，然后去把我的玩具车捡回来。我从他们面前走过，狠狠地踩他们的脚，把他们锃亮的皮鞋踩得塌陷下去。我还对他们大声地说，请你们离开，我们要睡觉了。那些男人哈哈大笑着，看着我，说，你们要睡觉了？你和谁？和你小姨吗？我知道那是一句粗鲁的话，就像骡子最爱对天上的鸟儿说的那一种，就像黑猩猩打架时最爱说的那一种。我就骂人了，我朝地上吐了一口唾沫，双手叉腰，对那些人说，去你的！

　　小姨从来不要我碰她。她不要我碰她过去的那些事，以及她现在为什么会是这样，为什么会和别人不一样，比如为什么她是一个人过日子，为什么她没有男人和孩子，就像母亲和大姨，她们是有着男人和孩子的；她也不让我亲近她，不让我在骄傲的时候、受伤的时候、孤独的时候泪水涟涟地朝她走过去，拥抱她，就像我的大哥和小弟，他们在这种时候是有资格拥抱母亲的。她总是对我说，自己爬起来，去抹点红药水。或者她说，去外面玩，别烦我。她那么说着的时候，脸上一点儿表情也没有，好像她一直都是这样，从来都是这样，她对这个世界，是不会有什么表情的。有时候我很伤心。我觉得一点儿意思也没有。我会对那些新衣服新玩具和好吃的东西产生厌恶，进一步的，我会厌恶它们，痛恨它们。小姨看出来了，她一点儿也不想顺着我，不想改变这一点儿，她对我说，好好玩你的，玩累了，就去睡。我就去睡了。我想跟她睡，我从来没有跟母亲睡过。我觉得我既然做了小姨的儿子，就应该跟小姨睡，可她不干。她在她的床边，给我安置了一张小床，让我自己睡。就是在打雷的夜晚，她也不允许我上她的床。

　　这种情况直到我离开她的前一天晚上才得到改变。

　　那一整天我都很乖，我没有去碰那些属于我的玩具和零食，也没有到院子里去玩。我坐在屋子里，看着小姨养的那只名叫本的猫，看它从房间的这一头走到房间的那一头，再从那一头走回来，心里充满了忧伤。

小姨给我收拾东西。她把我的衣服和玩具都打进包裹里，把小人书装进我的书包，然后东张西望地看看，看看还有什么东西拉下了，好像她必须把我的一切东西都收拾起来，让我带走，连痕迹都不能留下似的。

我想为什么女人都是这样的呢？她们离不开男人，她们和男人生孩子，但是她们把孩子生下来以后却不再疼爱他们了。她们只是给孩子买新衣服，新玩具和好吃的，让他们自己去玩，让他们自己给自己抹红药水，让他们自己在一张小床上睡，然后在她们觉得够了的时候，把他们像痕迹一样地打扫干净。这样的孩子以及她们有多悲哀呀。

我想我不能让小姨一个人来做这些事情。我不能让小姨一个人来打扫干净我。我得帮助小姨干点什么。我就去厨房里做饭。我很能干。我能熬很好的绿豆稀饭，还能贴两面焦黄的饼子，做脆瓜凉菜。我不知道这是不是属于打扫的一种，但我知道，它肯定属于仪式的一种。

我把饭做好了，小姨也把我的痕迹收拾好了。我们就吃饭。吃完饭，小姨出去了一会儿，我洗碗，扫地抹桌，然后铺了自己的小床，洗了脸脚，乖乖地钻进被子里。

我一直没睡着。直到小姨回来时，我仍然把眼睛睁得大大地望着天花板。

小姨收拾完了以后，也上床睡了。

这是一个晴朗的夜晚，没有风，没有雨，也没有鸟儿从天空中飞过。我躺在小床上，一动也不动，这样过了很久，在黑暗中，小姨她突然叫我。

小姨说，四儿，你没睡着吗？

我说，没有，小姨，我没睡着。

小姨说，来，上我这儿来。

我摸索着跳下自己的床，赤着脚跑到小姨的床上，一下子就钻进了小姨的被窝里。

我蜷缩进小姨温暖的怀抱里，很快就睡着了。

第二天早上，小姨笑眯眯地看着我，说，四儿，你昨天晚上叫我什么？

我有点发懵，更主要的是我有点难过。我看着本从屋子外面走进来，伸了个懒腰，跳到桌子上面，歪着头打量那只装着我痕迹的包裹。我挥手赶走本，用力地系紧包裹的角，再把它们抻平，差点儿没落下泪来。

小姨说，咱们走吧。

十八

秋天来临的时候，小姨和叶灵风结婚了。

小姨和叶灵风结婚那天非常快乐。她把自己收拾成了这个世界上最美丽的新娘。

叶灵风在一旁呆呆地看着小姨，眼睛都直了，一句话也说不出来。

小姨用一只牛角梳一点儿一点儿梳着黑而柔软的头发，她在镜子里看见叶灵风的样子，扑哧一声乐了，扭过头来说，怎么，不认识呀？

叶灵风老老实实说，人是熟悉的，隔一会儿不见，还是让人不能相信。

小姨扬了头咯咯地笑。她的头发在风中飘逸着，像一丛快乐的悬铃兰。

小姨那么一笑，叶灵风就受不了了，慌忙站起来往外走，一时没留意，一头撞在门框上，撞得捂了头哎呀叫一声。

这下小姨更乐了，笑得丢了牛角梳，捂了肚子，直不起腰来。

文化局没有房子，小姨住单身宿舍，文化局答应腾一间办公室出来给小姨和叶灵风做新房，叶灵风不同意。叶灵风不愿意住在单位，他嫌单位闹，他要小姨把自己简单的衣物和学习用具收拾一下，搬到他在老乡家借的那间土屋去住。小姨觉得这没有什么不好，同意了。

结婚那天，小姨和叶灵风商量，拿出平时储蓄的几个伙食尾子，请同事们来吃顿饭。

叶灵风不同意。叶灵风说，请他们干吗？我谁也不请。

小姨说，结婚怎么说也是一件大事，我这里还有一些钱，我算了一下，请大家来吃一顿饭足够了。

叶灵风说，这和钱没关系，钱我也不是没有，我是瞧不起单位里那些人，他们是一帮庸俗的家伙，我平时连话都不想和他们说，我不想让他们恶心了我的好事。

小姨劝叶灵风，说，都是志同道合的同事，能在一起共事，已是前世修下的福分了，好比牲口，能在一个草场上吃草，必定是前世里结下的缘分，相互间犄角顶犄角的事也有，顶完了就完了，不兴结怨的。

小姨恳求叶灵风说，我喜欢大家在一起，大家在一起，就像一个家庭的兄弟姐妹一样，不该有生分，你就答应我吧，啊？叶灵风虽然不愿意，小姨那么一说，也不好太拗着小姨，勉强同意了，但坚持不去饭馆里吃饭，买点糖果点心，在他们的新房里，大家热闹热闹。

小姨把新房布置得整整洁洁的，买了些糖块和果子，买了些糕点，还弄了一只油卤鸡。一切都收拾好，到傍晚的时候，小姨去洗了脸，梳了头，换上一套半新的列宁装，收了油灯，点上一对红蜡烛，就等同事们到来。

何同志早早地就来了，帮小姨收拾了新房、铺床缝新被子。何同志的孩子病了，得了肝炎，学校让休学，何同志把孩子接回县里来，自己一边工作一边照顾孩子。何同志送给小姨一对漂亮的花毛巾、一块舍不得做衣裳的衣料，对小姨和叶灵风说了许多祝福的话，然后何同志就告辞，回去照顾病中的孩子。

何同志走了以后，小姨和叶灵风就等着单位里其他的同事来，谁知一直等到半夜，同事一个都没有来。倒是房东家几个孩子不断地跑进来，乘人不注意的时候从盘子里抓糖块和果子吃。

叶灵风也被小姨打扮了一番，剃了头，刮了胡子，换了一身新衣裳，十足一副新郎官的样子。他一直坐在屋里，拘束地抽着烟。房东家的孩子进来抓糖块吃的时候，叶灵风要赶。小姨不让，说，吃吧，让他们吃吧，糖块和果子总是要人来吃的，总不能我们自己把它吃完吧。

那些糖块和果子终于被仨瓜俩枣地消灭了。孩子们满足得要命，在屋子外面唱歌，排着队伍在院子里走来走去，一会儿探个头进来看一看，看盘子里有没有新糖果出现。

新糖果没有出现，同事们也没有出现，一个都没有出现。有风从门外吹来，把红烛吹得摇摇晃晃，让屋子里的人、人的影子变得有点虚幻。

叶灵风坐得腰酸了，直了直背，把手中的烟蒂捻熄，冷冷地说，都这个时候了，还等谁？

小姨有些不甘心，看着门外，说，再等等吧，再等等吧。

叶灵风说，你还不死心哪？

小姨说，我总觉得他们会来的，他们一定有什么事情耽搁了。

叶灵风说，要耽搁也不会这么整齐，这你还看不出来？

小姨说，他们真的不会来了？

叶灵风冷笑道，我说不请他们，你不听，现在倒让他们摆了谱。

小姨很难过，盯着快要燃尽的红烛，怔怔地说，为什么？为什么会是这样？我是一个个都请到了呀？

叶灵风咬牙说，为什么？因为他们不配，他们真以为他们配？

小姨不说话，又坐了一会儿，站起来，收了桌子上的空盘子，去屋檐下的水缸边洗了，把盘子放好，再从缸里舀了水来，默默地洗脸。

叶灵风站在一旁，站一会儿，反倒是没了话。

两个人再不说什么话，先前的好心情烟消云散，也没有心情说话，都收拾着，准备睡。

正在这时，外面有人叫门。

小姨将湿毛巾按在脸上，先愣了一下，然后拎着湿漉漉的毛巾冲过去开门。

门开了，进来的是杨支书。

杨支书一脸一头的雾水，风尘仆仆的样子，一进门就说，哎呀，我去市里开会，回来搭了郭庄的车，走到半路上，牲口病了，车老板心疼牲口，不肯再挪窝，我只好自己走回来——说实话，我来得不算晚吧？

杨支书说着，从头上摘下帽子来，往桌子上一撂，拉过凳子来坐下，从牛皮文件包上取下毛巾来揩汗，一副终于赶到的喜滋滋的样子。

小姨和叶灵风两个人都有点发呆，站在那里不动。小姨先省悟过来，把手里的毛巾丢开，去拿糖果，拿起盘子来，才发现盘子空了，放下盘子，又去倒水，递到杨支书手上，再拿了油卤鸡，放到杨支书手边，然后站在一旁，不知再该做什么。

杨支书一气将水灌下去，抹一把嘴，把水碗放下，就手撕下一块鸡腿肉，很满意地转了头，又开大脚，鹰张豹望地打量新房。这么一打量，才发现床上的被子已经铺开了，小姨和叶灵风两人赤了脚，手上拿着毛巾，是洗了准备睡的样子。

杨支书连忙将横在嘴边的鸡腿搁回盘子里，站起来，说，哎呀，对不起，对不起，说实话，我来得太晚了，来得不是时候，我走了，你们休息。

杨支书说着，一边从桌上取了帽子，扣在头上，一边起身往外走，走到门口，突然想起什么来，站下了，从牛皮包里往外摸索东西，摸出一个红皮本子，又摸出一支钢笔，递给小姨，说，我也没有什么好送给你们的，在市里开会的时候我掂量了半天，买了这个本子和这支笔。说实话，你们是文化人，送别的东西你们会觉得俗气，送这个礼物最合适，总之是我的一份心意，祝你们，这个这个，结婚愉快。

杨支书说完，举着手示意着，人退出门去，出去了又回过身来，从外面把门给掩上，人到了院子里，又和房东大声打了招呼，说了些年景收成之类的话，这才走了。

小姨在屋子里，手里捧着那支笔和那个笔记本，一句话也说不出来，眼睛红了。

红烛摇晃了两下，复归平静。

小姨和叶灵风婚后的日子非常幸福。

　　小姨和叶灵风在工作上都是单位里的骨干，而且他们都热爱自己的工作，对自己的工作热情十足，面对新时代充满了憧憬，这样的憧憬为他们的婚姻增添了金色的基调。

　　叶灵风经常跑到乡下去采风，收集山川胜迹、人物事迹、事业民情、岁时风俗、劳动生活、方言俗谚，作为日后的剧本创作资料。因为叶灵风找的采风的地点大多在山里，路途远，交通不方便，他为了节省时间和精力，常常住在当地老乡家里，一住就是一两个月。

　　小姨也常下乡去搞群众文化工作，有时候路过叶灵风住的村子，有时候离着叶灵风住的村子不远，就去看看他，替他洗洗衣裳，缝缝补补，剃剃头，料理一下他的生活。

　　叶灵风盼望着小姨去看他，他对小姨的到来总是满怀欣喜，他为小姨积攒了很多好吃的东西，甜瓜呀，脆枣呀，粉瓢柿子呀，煮落花生呀，小姨一来，他就把这些好吃的东西全拿出来给小姨吃。

　　小姨蜷着腿，坐在炕上，香香甜甜地吃着东西。叶灵风就坐在她的对面，痴迷地看着她吃。叶灵风看着看着，突然叹了一口气，说，你让我不踏实。

　　小姨吓一跳，差点儿没被一口甜瓜给噎住。小姨停了下来，瞪着她那双美丽的眼睛，看着叶灵风，问，什么不踏实？

　　叶灵风一脸痛苦地说，你让我每天夜里都睡不着觉。

　　小姨吓坏了，她丢下手里的甜瓜，扑过去，抓住叶灵风的胳膊，摇晃着他，追问道，出了什么事？灵风，告诉我，究竟出了什么事？！

　　叶灵风说，嘿，你把我抓疼了！

　　小姨说，告诉我！出了什么事？

　　叶灵风说，你放开，你放开我就告诉你！

　　小姨一脸刷白，松开了手。

　　叶灵风委屈地揉着胳膊，说，我说我不踏实，是我这辈子能娶你，你这么好的女人，怎么会嫁给我呢？这就像是假的一样，就像是一个梦。可是我又的确娶了你，你的确嫁给了我，这是事实，我们结婚了，你是属于我的了，这是事实，不是梦。白天的时候，太阳很大，什么都能看见，我能肯定这一点儿，用不着谁来告诉我，但是到了夜里，我一个人，你不在我身边，没有人来告诉我我是不是对的，没有人来告诉我事情是真的，没有人来告诉我你在哪里。我一遍遍地对自己说，这是真的，然后我又一遍遍对自己说，这不是真的。我不敢睡，穿了衣服起来，坐在那里等着，等着天亮，等着太阳出来。我害怕睡着了，梦来了，我什么也不知道了，我就会不相信自己了。你知道，夜总是很长，夜总是太长了。

小姨听叶灵风说完，才知道是怎么一回事，等她知道了，人松懈下来，长长地出了一口气。她长长地出了一口气，想到叶灵风的一片痴情，不由得眼窝湿润了，漫上一层雾气。

小姨有时候得马上赶回工作点去，有时候不。组织上知道什么是夫妻，什么是新婚燕尔，为了照顾她，一般在工作不太忙的时候，都会同意她在丈夫这里住上一宿，等第二天一早再赶回工作点去。碰到这样的时候，小姨会格外快乐，叶灵风会格外高兴，两个人的快乐和高兴加在一起，就有了一份节日的气氛了。

叶灵风盼着小姨来，他有很多新鲜的事情要讲给小姨听。叶灵风白天很忙，他要和乡间艺人们拉呱故事，收集资料，不能陪小姨。小姨来了，就在房东家等着他，给他浆洗晾晒、缝补收拾，顺便也帮助房东家做点事。

晚上叶灵风兴高采烈地从外面回来了，小姨早等在院子门口，见人回来了，欢天喜地地迎进门来，井里浸凉的水打上来，脸盆里盛了，放进毛巾，叶灵风洗了，房东做好了饭，两个人和房东家几口人围坐着，说着笑着，吃过饭，小姨帮着洗了碗，潲水端去喂了猪，要去涮锅，叶灵风等不及，拎上两个蒲团，拉小姨到院子里去坐下，要给小姨讲他收集到的民间故事。

小姨笑着说，急什么，我锅还没涮呢。

房东大娘说，你们去你们去，小两口，找地方躲着说话去，这里用不上你们。

小姨知道叶灵风猴急，偏逗他，说，我手还没擦呢。

叶灵风不放开小姨，丢了蒲团，把小姨一双手拽过来，往自己怀里一塞，撩了衣襟，暖暖地一团，几下就给擦拭干了。

小姨埋怨说，瞧你，怎么像个孩子，也不怕凉了怀。

叶灵风也不管，拉小姨在瓜架下坐下，人坐下了，还嫌不够，一个劲地说，坐近点，坐近点。

小姨把蒲团往前移，再往前移，鼻子凑着叶灵风的鼻子，说，还要不要坐近？

叶灵风说，行了，先就这样凑合着吧，一会儿再说一会儿的话。

小姨说，一会儿还有什么话？

叶灵风说，那要看戏往下怎么演。

又说，手呢？你的手呢？

小姨就把自己的手伸出去，交给叶灵风。叶灵风抓住了，捧一对小鸟似的捧着小姨的手，这才心满意足，开始给小姨讲故事。

叶灵风眉飞色舞地讲，小姨聚精会神地听。叶灵风的故事全是从老乡那里挖来的，原汤原汁，十分有趣。有时候小姨听兴奋了，忍不住，要提个什么问题，要插嘴评论几句。叶灵风不许小姨提问题，不许小姨评论，主要是不许她打断他的话，小姨一插嘴，他就加重语气，大声地说，继续往下说故事，拿他的故事来盖住她的提问和评论，这样两个人你说我也说，声音都很大，就好像在吵架。有时候两个人不吵了，声音会小下去，小下去，一直小到四周人听不见，两个人本来就是凑成一堆的，脸儿贴着脸儿，再换了方向，耳朵凑着嘴，混淆了，完全分不出谁是谁。两个人说一会儿，还吃吃地笑，当然那就再不是讲故事了，而是别的内容，那种一会儿再说一会儿的话的内容。若碰着有人这个时候进来，猛丁一看见，看花了眼，还以为他们是两株打破碗花花，种子注定点在了一个土窝窝里，有好阳光，再遇上了一场好雨，植株咕嘟咕嘟地冒了出来，枝叶招摇，花朵儿乱绽，黄橙粉红紫，开繁了，开艳了，全然不讲规矩，开到对方的植株里去了，黑夜里，一时分不出来，又经了风，是在夜风中一起摇晃呢。

两个人那时都才二十几岁，正当年轻，精力旺盛，如胶似漆的一对，那样吵吵闹闹喋喋喁喁的话，几天几夜也说不完。有时候他们说到半夜，小姨不想让这样的话一下子说完了，想要把它们留着，慢慢地讲，慢慢地享用，要讲一辈子呢，就催着叶灵风去睡。叶灵风哪里肯睡，说故事讲不完，多得很，就是几辈子也讲不完，还算账给小姨听，说一天里分着昼夜，若是睡了，什么事情也不知道，等于是把时间白白地睡过去了，若是醒着，不睡，拿它来讲故事，昼夜加在一块儿，就有了双倍的时间，这样的一辈子，等于是两辈子。小姨捂着嘴在黑暗里吃吃地笑，说，哪有你这种算法呀，你这种算法，完全是不讲道理，是胡搅蛮缠，一天就是一天，不能掰开了分成两块，就算能掰成两块，就算两块加到一起，成了两天，你能一辈子都不睡觉？叶灵风就认真地说，不睡就不睡，一辈子就一辈子，有什么了不起。小姨见叶灵风真的是拧筋了，知道硬要说他他是不会听的，有些害怕，就求他，说，去睡吧，咱们去睡吧。叶灵风一个狷介书生，最爱的是幻想，说月亮上有嫦娥，他能证明他经常看见；最能的是赌气，说腊月间的冰河不能下，他扑咚一下就扎进去；偏偏不经求，小姨一求，他就没辙了，也不说一辈子的话了，悻悻地收了蒲团，牵了小姨的手，两个人这才进屋去睡了。但这样的时候也不是全部，有时候碰着小姨也任了性，要听叶灵风讲下去，往一辈子那个方向讲，叶灵风当然巴心不得，两个人坏孩子似的，知道不应该，偏要犯事，索性一直坐在瓜架下，说到大天光，等东方有了鱼肚白，喜鹊在院子里的枣树上喳喳地叫了，小姨才余兴未尽，要叶灵风记住讲到什么地方了，下次来了好补上，然后收拾了自己的东西，去水井边刷了牙，洗一把脸，赶回自己的工作点上。

　　每次小姨走，叶灵风都要送出很远，一直送到小河边，看着小姨坐着渡船，过了河。叶灵风在河这头站着不离开，扬着胳膊招手，小姨上了岸，也不离开，在河那边招着手，这样两个人长亭短亭，杨柳依依，招手招个不停，把手都招酸了。后来还是叶灵风惦记着要回去记谱子，这才把扬起的手收回来，拢到嘴边，做成一个喇叭，隔了河喊，走吧。小姨才恋恋不舍地走了。

小姨和叶灵风这个样子，让房东大娘很羡慕。房东大娘对叶灵风说，叶同志，你和梅同志，你俩那个好呀，就像古书里说的卓文君和司马相如，你们是男才女貌的一双，天造地设的一对，你们别真是上天下来的一对神仙，让我们这些百姓开眼的吧？

叶灵风严肃地说，大娘，谢谢您夸奖我俩，但是您夸奖我们男才女貌天造地设是对的，您夸奖我俩是神仙就不对了，梅同志是党员，我不是党员，但我是无神论者，我们都有自己的信仰，我们不信神仙，也不当那个神仙，神仙的话以后您别再说了。

房东大娘说，当神仙有什么不好？像我们这些凡人，我们想要当还当不上呢。

叶灵风说，大娘，您也别当什么神仙，您还种您的包米高粱，织您的布，您空下来了给我讲讲古，唱唱小曲，您这日子，就是神仙也没法比。

房东大娘掩了缺了牙的嘴笑，说，叶同志真逗。

房东大娘这么说，房东大娘也不是没有疑惑，房东大娘就是疑惑这小两口哪有这么多的话说，若说真有那么多的话，叶同志平时一个人时，一天到晚都闭着嘴，说不了两句话，只等着梅同志一来，他的话就像决了堤的河水，滔滔不止，没完没了。房东大娘就想，叶同志是把他一辈子的话都积蓄起来了，专门说给梅同志来听的吧？

有一次小姨又来看叶灵风，两个人吃了饭，坐在院子里说话，房东大娘送了凉茶过来，没忍住，就说，叶同志，梅同志，你们年纪轻轻的，你们见面也不容易，见了面就这么聊大天，一聊一通宵，一聊一通宵，把个好时光全聊瞎了，你们就没个避人眼的热乎心事？你们就是聊，就不能去屋子里关了门搂着抱着说说枕头话呀？

房东大娘这么一说，两个人没提防，一下子被说成了一张大红脸，幸亏那时月儿刚懒懒地升起来，不曾走亮了，两个人在朦胧的黑暗处躲着，谁也看不见，只是自己臊得慌。

叶灵风朝小姨的方向看看，说，要不，咱们进屋里去？

小姨连忙对房东大娘说，大娘，屋里热，我又难得来一次，叶同志想说话，我也想听他说说话呢。

房东大娘一万个想不明白，摇着头，走开了，嘴里自言自语地说，这两个孩子，还说不是神仙，要真不是神仙，怎么就和我们平常人生得不一样呢？

小姨待房东大娘走了之后，掩了嘴吃吃地笑，说，我们这么一夜夜地说，大娘是真的不明白呢。

叶灵风不笑，拿蒲扇赶着两人脚边的蚊虫，说，我们这样的夫妻，别说大娘不明白，又有几人能明白？这也正是我和你与人的不同之处。

小姨仰了脸儿看定叶灵风，问，怎么又不同呢？

叶灵风说，我先给你讲个故事吧。

小姨拍巴掌说，好，好，我就想要听故事，你快说。

小姨拍了巴掌，又连忙去茶碗里为叶灵风续了水，把茶碗端起来，递给叶灵风，换过他手中的蒲扇来，给他赶蚊子，让他先润润嗓子，好讲故事。

叶灵风也不推辞，摆着谱，慢悠悠地端了茶碗过来，喝一口，再喝一口，把茶碗递回到小姨手上，再把蒲扇重新换回到自己手里，这才开口说故事：

隋朝有个大名士，叫于志宁，字仲谧，高陵人。高祖入关时，听说了他的大名，以礼待之，请他到朝廷里做官，官至天策府从事中郎、侍从征伐、兼文学馆学士。于志宁这个人书生脾气，性子直，常出规谏，有话就说，从来不看天子的脸色。有一次，太宗皇帝在内殿宴请贵臣，也请了于志宁，可于志宁不去。太宗差人去问他为什么违旨，于志宁说，我违什么旨？我若违了皇上钦召的旨，老祖宗也有旨：三品以下官员不得入内殿，我官不至三品，我要去内殿吃了酒席，那是连老祖宗的旨全违了，到时候，谁去向老祖宗交代？太宗听了差人禀报，哭笑不得，怪于志宁说，爵位上的事，你就不能直说了吗？要绕那么大个圈子？于是下令重新备宴，加封于志宁散骑常侍，为太子左庶子，可以直入内殿。到了高宗朝，于志宁升任尚书左仆射，可以说是权倾一朝。

小姨眨巴着眼睛听叶灵风讲，没能听出什么滋味来，手中仍端着那只茶碗，一脸不明白地问，这故事说的是什么呢？

叶灵风绷着脸，一副严肃样，说，我讲这个故事，是先出个引子，故事本身没有意思，先交代一个人出来，你听熟悉了，我就正式说下文了。

小姨闹了个大红脸，拿拳头去擂叶灵风，擂得碗里的茶水溅了两人一身。小姨拿出手绢来，替叶灵风揩了，又揩了自己，重新续上茶水，说，人家认认真真听，以为你是要考人家，要人家从故事里找意义，紧张得要命呢，哪知你是在这儿卖关子，你还是老师呢，你这算是什么老师？

好，好，我这就改正，这就说正文。叶灵风连忙笑着说，于志宁让我说坏了，你不喜欢，我就先不说他，另说一个，说封行高，也是唐朝人，也是做过官的，贞观时官至礼部郎中，他写过一首《冬日宴于庶子宅各赋一字得色》，是等一会儿你听完后我要问你的。但我说封行高，还得从于志宁说起。

小姨说，你不是答应不说于志宁了吗？

叶灵风说，不真说，是引子。

小姨说，那你快引，这回再别节外生枝了。

叶灵风忍不住又要笑，怕小姨真恼了，借着夜色掩饰住，接下去开始说故事：

于志宁有一次宴请朋友到他府上吃饭，饭当然不是高粱摊饼二米粥，外加大葱蘸酱，而是讲究着十二合说，稻、炊、肴、蔬、菹、羹、茗、时、器、地、侣等不一而足。拳过五轮，酒过三巡，主人来了兴致，提议斯景斯情为题，各自当场作诗一首，诗中要带题中一字，并要将别人诗中的景致入到自己的诗中来。众人觉得这个提议好，都唱喏附和。于志宁就自己先饮了一杯酒，以杯为记，作了一首《冬日宴群公于宅各赋一字得杯》："陋巷朱轩拥，衡门缇骑来。俱裁七步咏，同倾三雅杯。色动迎春柳，花发犯寒梅。宾筵未半醉，骊歌不用催。"诗毕，众人都说好。

既然主人说了俱裁七步咏的话，大家又都同意，主人现在作了诗出来，在座各位朋友就得赋诗奉和了。朋友中有一位复姓令狐双名德芬的，是个修史官，官至礼部侍郎国子祭酒，兼崇贤馆学士，写过《艺文类聚》，是博涉文史的大文豪。令狐德芬接着于志宁，自己饮酒一杯，赋了一首《冬日宴于庶子宅各赋一字得趣》："高门聊命赏，群英于此遇。放旷山水情，流连文酒趣。夕烟起林兰，霜枝殒庭树。落景虽已倾，归轩幸能驻。"诗毕，众人也道了好。

令狐德芬作完诗，轮着下面的人了。这下面的人却不普通，正是名传海内的三秀才之一、官至中书侍郎兼太子左庶子的杜正伦。杜正伦站出来，接着令狐德芬，作了一首《冬日宴于庶子宅各赋一字得节》："李门余妄进，徐榻君恒设。清论畅玄言，雅琴飞白雪。寒云暖落景，朔风凄暮节。方欣投辖情，且驻当归别。"大家夸道，好一个且住当归别。

杜正伦作完诗，端了杯子，饮酒一杯，接下来就是中书令岑文本了。岑文本博综经史，在天子身旁专撰诏诰文书，天子要什么诏书，告诉他，他随口就来，旁边六七个书童连忙记下，只须臾时间，天子的诏书就成了，是个快手。岑文本饮酒一杯，随口吟咏了一首《冬日宴于庶子宅各赋一字得平》："金兰笃惠好，樽酒畅平生。既欣投辖赏，暂缓望乡情。爱景含霜晦，落照带风轻。于兹欢宴洽，宠辱讵相惊。"大家又给鼓掌，说不错，到底是快手。

岑文本之后，便是太子洗马刘孝孙了。他也学着前面各位仁兄的，饮酒一杯，作了一首《冬日宴于庶子宅各赋一字得鲜》："解襟游胜地，披云促宴筵。清文振笔妙，高论写言泉。冻柳含风落，寒梅照日鲜。骊歌虽欲奏，归驾且留连。"诗毕，众人频频点头称妙。

叶灵风说到这里停下来，放下蒲扇，朝小姨看。

小姨不明白，说，看我干吗？我没有吃他们的酒，我也不会吟诗。

叶灵风，看茶。

小姨明白过来，笑着说，喝茶就喝茶，说什么看。

叶灵风说，你就不懂了，我是茶客，你是茶倌，我碗里没茶了，找你要，我不能说倒茶来，我得说看茶，我说倒茶，你把我人带茶一块倒出门去，我还有什么茶好喝？你故事也听不成了。

小姨笑，把手中端着的茶碗递过去，催他道，后来呢？后来呢？

叶灵风接过茶碗，笑道，人家作诗有酒喝，我没有酒，你也等我把水喝上一口再说呀？

叶灵风端了茶碗，喝了一气，把茶碗递回给小姨，抹一下嘴，重新把蒲扇拿回手中，往两个人的脚下扇了两下，继续往下说故事：

——后来嘛，就是我刚才说的那个礼部郎中封行高了。封行高等大家都吟完诗，微笑着站起身来，端起杯子，饮了一杯酒，什么也不说，示意酒童把酒杯斟满，端起杯子来，将第二杯酒一口饮尽，再示意酒童斟酒，再饮，这样连饮三杯，三杯饮毕，酒香在口，朗朗吟出一首《冬日宴于庶子宅各赋一字得色》。诗一吟出，众人一齐喝彩，说，今天的诗魁别人都做不成了，合该老封来做。

封行高的诗是这样的："夫君敬爱重，欢言情不极。雅引发情音，丽藻穷雕饰。水结曲池水，日暖平亭色。引满既杯倾，终之以弁侧。"

叶灵风结束了他的故事，笑眯眯地看着小姨，问，我的故事讲完了，我先说我们这样的夫妻，我们与别人是不一样的，我故事里说了几首诗，也都是不一样的，现在你来告诉我，你最喜欢谁的诗？为什么喜欢？

小姨想了想，红了脸说，当然是封行高那一首。

叶灵风赞许地点点头，说，为什么呢？

小姨不肯说，抬了头，去看头上满天的星星。

叶灵风明白小姨的心思，也不逼她，把蒲扇收了，说，好了，雄白鸡要打鸣了，我们再不一样的夫妻，终归并不真是神仙，也得睡觉，我们去睡吧。

两个人就起身来，手儿牵着手儿，离开瓜架，进屋里去了。

十九

　　结婚的时候，小姨和叶灵风商量，他们不再要孩子了，至少暂时不再要。

　　小姨一次次地失去自己的孩子，她割自己身上肉一样生下了他们，却无法留住他们。每一次阵痛来临的时候，她都会下意识地去抵抗，每一次脐带被刀剪割断的时候，她都有一种恐慌，一种来自心灵深处的心悸，她都会疼得颤抖起来，并且吃力地抬起身子，看一看她的孩子在不在她的身边，看一看他们是不是在刀剪响过之后，就立刻从她身边消失了。小姨她就像一棵树，由着自己的心，却由不得自己的身，而她的孩子们就像树上的果子，他们在蒂落之后，很快就消失掉了，远远地离开了她，让她再也找不到。她一遍又一遍地想，为什么会是这样？为什么要让在她经历了不可知的受孕、漫长的十月怀胎、痛苦的分娩之后再失去他们、失去她的孩子？为什么他们不能待在她的身边，让她成为他们永远的母亲？她被这种事情弄怕了，不想再经历这样的事情了。如果不能保住树上的果子，那干脆就做一棵不结果子的树好了，这就是小姨的想法。

　　叶灵风很体贴小姨，小姨一和他提出不要孩子的想法，他就同意了。叶灵风说，我们都有事业，应该把事业干好，做一个让人刮目相看的人，你就是不提这件事，一时半会儿的，我也不打算要孩子。

　　小姨非常感激叶灵风，她泪水涟涟地看着叶灵风，嗓子哽咽地说，灵风，你待我真好，你是这世上最好的男人。

结婚没多久，有一次小姨从她的工作点到叶灵风采风的那个村子里看他，吃过晚饭，两个人拿着蒲扇，坐在院子里的瓜架下聊着天，叶灵风突然说，梅，我在想，咱们是不是要个孩子？

小姨一时没有准备，打了个愣，停下手中的蒲扇，说，不是说好，咱们不要孩子吗？

叶灵风说，说是说，还真不要呀？

小姨看看叶灵风的样子，看出他是认真的，不是开玩笑，就把蒲团往前移了移，坐近了叶灵风，拉起他的手，掏心窝里的话对他说，灵风，你应该理解我，我的孩子一个个离开了我，我真的是心里发疼，我很害怕，我害怕咱们的孩子出生后，再有什么不好的命运。

叶灵风也停了手中的扇子，他从小姨手中抽出自己的手，盯着小姨的眼睛，说，你是不相信我？你觉得我和先前的那些男人一样，会对你不负责任？

小姨摇摇头，说，不，灵风，你和他们不一样，你懂得爱，我知道你是真心爱我的。

叶灵风说，那你还有什么不放心的呢？

小姨又轻轻地摇了摇头，说，我不是不放心，我是被这种事折磨苦了，我不想再经历这种事了。

叶灵风脸上有些不高兴，说，说来说去，你还是不信任我。

小姨抬起头来，她的美丽的脸在月光下浮着一种十分动人的银光。小姨带着一种乞求的口气说，灵风，我们不谈这个事好不好？

叶灵风看了看小姨仰着的脸。他的脸背着月光，黑暗中看不清楚。隔了一会儿，叶灵风闷闷地说，那好吧。

那以后，叶灵风的情绪一直不高，小姨到他那里去，他的话就少多了，脸上呆呆的，有些走了神的样子。吃过晚饭之后，他老是待在屋子里，写他的东西，或者看书，小姨拿了蒲团到院子里等他，他也不出去，小姨进屋叫他，他就说，你自己在外面坐坐吧，我有一些东西要整理，我就不陪你了。他也不给小姨念诗了，也不给小姨讲他收集到的那些故事了。他的目光里总是有一种忧郁的成分，有时候人倚在门槛上，看着房东的孩子，呆呆的，一看老半天。

小姨先是没有觉察，以为叶灵风这些日子累了，或者是琢磨着要写戏，要一个人静静地想戏文，就没往心里去。她平时来了，先抓紧时间帮叶灵风把该洗的洗了，该缝的缝了，再有了多余的时间，叶灵风不陪，她就帮着房东大娘干一些推磨捡豆的事。能住下时，叶灵风要夜里点灯写东西，她就半夜起来为他披上衣服，赶赶蚊虫，到第二天早上，匆匆忙忙赶回工作点去。日子这么过着，倒也相安无事。

倒是房东大娘看出问题来了。有一次小姨去看叶灵风，房东大娘把小姨拉到一边，小声问小姨，梅同志，你和叶同志，你俩没拌嘴吧？

小姨纳闷地说，没有呀？我和叶同志从来不拌嘴。

房东大娘说，不会吧？这世上哪有不拌嘴的夫妻？公鸡掐母鸡，黑云压白云，但凡是个活物，都生口角呢，哪有人不拌嘴的？

小姨就甜甜地笑，说，大娘，叶同志那个人，说他生闷气，倒是有的，心里有事了，一个人待在那里，拿看书来消气，一天都不肯说一句话，平时看见牛犊打架都要出来批评的，是个文明人，我和他这样的人在一起，怎么会拌嘴呢？

房东大娘说，没拌嘴就好，我怎么看叶同志最近眉眼老是展不开，他还一个人夜里吹箫，那曲儿像是有委屈呢。

小姨听了，心里就有些警觉，那以后，再细细地留心一观察，果然如房东大娘说的，叶灵风情绪不高，整天郁郁闷闷的，像是很不开心。小姨就想，真是有问题了呢。

那天小姨又到叶灵风的村子里来，等到了晚上，洗了漱了，收拾完上床后，小姨就问叶灵风，这些天人看着眉眼不开，是不是心里有什么事？

叶灵风脱着衣服，淡淡地说，我没事，我能有什么事？

小姨在灯下看着叶灵风的脸，叶灵风的脸上浮着一朵黑云，一副阴云不散的样子，小姨就知道叶灵风的话不是真的，他是真的有了心思，是不高兴着。再一想，两个人单单纯纯地相爱着，没犯过任何口角，找不出什么不快乐的理由来，如果真有了什么问题，不会是别的，一定还是孩子的事了。

小姨坐在床上，披着衣裳，等叶灵风上床来了说话。叶灵风脱了衣服，上了床，也不说话，把油灯吹灭了，钻进被窝里，脸朝着外面，一动不动。

小姨坐一会儿，也取了肩膀上的衣服，钻进被窝里，睁了眼看窗棂外一点儿一点儿移动着的月光。看一会儿，忍不住这样的空寂，开口说，灵风？

叶灵风在黑暗里不出声。

小姨从自己的被窝里褪出来，掀开叶灵风的被窝，钻了进去，伸出手臂，从后面环住了他的腰，埋了头，把下颏抵在他的肩膀上。

叶灵风没动，过一会儿，说，天不早了，你明早还得回去，睡吧。

小姨的脸贴在叶灵风的脊背上，她能感觉到叶灵风的安静，能感觉到他的皮肤一寸寸鱼鳞似的冰冷，她知道此刻的他不会再有任何欲望。又过了一会儿，她松开双臂，从他的被窝里褪了出来，回到自己的被窝里，掖好了，睁了眼看窗棂外，看云中的月儿一点儿一点儿地西移，然后渐渐地暗淡下去。

第二天早上，小姨起来得很早，叶灵风起来时，她已经收拾好了，准备出门回工作点去了。

叶灵风往身上套着衣服，埋怨说，看你，怎么也不叫我？不会晚了吧？

小姨走过去，坐在床边，阻止住他，说，今天我自己回去，你就别送了，多睡一会儿。然后她看着叶灵风，说，灵风，告诉我，你是不是真想要孩子？

叶灵风停了下来，一只胳膊套在衣袖里，另一只胳膊露在外面，看了小姨一眼。他看见她一双明亮的眼睛，正澄澈如水地看着他。他把目光移开，老实地说，是。

小姨点了点头，安静地说，那好，那咱们就要。

叶灵风始终充满了忧郁之心，他的浪漫情怀就像六月间的云彩，在天上轻轻地飘浮着，随时随地都会失去平衡，降落到小姨的身上。叶灵风对小姨的迷恋有时候会令小姨感到害怕，他和小姨在一起的时候，如果不念诗，如果不讲故事，他会长久地坐在那里，眼睛一眨不眨地看着小姨；他在熟睡的时候，会把头深深地埋进小姨的怀里，把她的手紧紧地拽着，握在自己的手心里，好像随时都在害怕她会失踪似的；他在醒来的时候，会梦呓般地赞美小姨，他说小姨前世是一株素心兰，不是人世间的尤物，没有人会懂得她，没有人会看明白她，她是以她的美丽远隔着人们的。不知道是不是因为如此，是不是因为小姨是一株素心兰，没有人会懂得，并且有着那样的远隔，叶灵风害怕去碰小姨。他总是万般钦慕地仰视着她，把她当成他的女神。在许许多多夜深人静的时候，在小姨睡熟了的时候，他会悄悄地从床上爬起来，单腿跪在床前，将小姨的手轻轻地握住，捧在自己脸上，就这么，一直跪到清晨。

　　婚后最开始的那段时间里，叶灵风害怕去碰小姨的身体，他一碰到小姨的身体就会全身发抖，无法抑制下来。新婚之夜，叶灵风几乎一夜未眠，他和衣坐在床头，眼睛一眨不眨，痴迷地看着小姨，看着他心爱的女人，一直把小姨看得羞睡过去。如是三天，他都是那么坐在那里看着她的，直到雄鸡长鸣，日头高照。到第四天的夜里，小姨主动去为叶灵风脱衣服。小姨温柔地对叶灵风说，你不能这么永远地坐在那里看着我呀？你能把我看进你的眼睛里去不成？你就是把我看进眼睛里去了，又能有什么用处呢？未必你娶了我，你是要我来做你眼睛里的女人吗？

　　小姨给叶灵风脱衣服的时候，叶灵风开始发起抖来。小姨脱去他的外套时，他像秋风中的石斛，茎叶瑟瑟；小姨脱去他的内衣时，他则如同深冬时雪下的夜寒苏，整个身子都摇晃起来。而小姨则是丰腴鲜亮的凤眼莲，花色美丽，茎叶勃勃。她袒露着的时候，整个屋子里都成了白昼，无遮无拦。叶灵风有一阵冷得受不了，冷得浑身发颤，冷得连眼睛都睁不开了。后来他睁开了眼，猛地搂住了小姨，说，我我我就是要看你进眼里去！我就是要看你进眼里去！

小姨不明白叶灵风这样是不是一种诗人的崇高情怀，她只是对她的爱人充满了怜惜和心疼。在许许多多的那些夜晚，小姨总是突然间从睡梦中惊醒过来，伸出手去，把在数九寒天里跪在床前的叶灵风拉过来，拉到她的身边。她把他的头埋在她的怀里，把她的暖意传给他，把她没有丝毫保留的挚爱传给他。小姨喃喃用她的脸摩擦着他的脸，说，你真傻，你真傻。她说一遍，心里对叶灵风的爱就增添一分，说一遍，心里对叶灵风的爱就增添一分。她这么一遍遍地说着，月亮就很快地沉下去了，好像月亮也受了小姨的感染，承载了太多的爱，再也承载不住了，要坚决地沉下去似的。

小姨决定了要给叶灵风生一个孩子。但小姨的决定不能光靠她一个人来实施，她一个人无法生出孩子来，这种事情得靠叶灵风，或者说，主要还得靠叶灵风。小姨做好了所有的准备，她就像一株蓝色苍天下亭亭玉立的小草，把自己袒露给风，袒露得无遮无掩，等待着叶灵风来耕耘。

叶灵风很兴奋，心情舒畅地走向田野，在扶犁耕作的时候他更加厉害地发着抖。有一阵小姨担心他是否害上了疟疾，她拿手去摸他的额头，看他是不是有热度，她要去给他倒水喝，拿毛巾来给他揩汗。叶灵风不让小姨离开，他大声地指责她，说她故意讽刺他，故意让他难堪。他有时候很恐惧，更多的时候他是烦躁，怒气冲冲，把身边能够抓住的东西丢得到处都是。他每时每刻都在盼望着犁铧切入沃泥的快乐，同时幻想着辛勤种植带来的美妙收获。但是一旦种植时刻到来的时候，他就害怕了，退缩了，躲到一边去哭泣。

叶灵风的表现让小姨不知所措。小姨不知道他出了什么问题，或者是她出了什么问题。小姨不知道他为什么害怕，到后来小姨自己也弄得有点害怕了。小姨的害怕是，她相信他们是没有隔膜的，是不该有隔膜的，她相信他是爱她的，他的害怕，是他在怯退着的一种表现。小姨不喜欢他怯退，不喜欢他在成为她的男人时，整夜整夜跪在她的床头，捉住她的手，在寒风中瑟瑟地发着抖。小姨要改变这种情况，就激叶灵风，说，你是不是嫌我丑，嫌我的身子不好看，你才远远地离开我的？叶灵风的声音在黑夜里颤抖着，像一片正在飘落着的树叶，叶灵风说，不，你是世界上最美丽的女人，你的身子是世界上最美丽的艺术品，我从来没有离开过你。小姨就斜了一双雾笼满月的醉眼，瞅着他抿嘴笑，那一笑，叶灵风的身子骨就酥了，再活过来，就丢开一时的幻想和赞美，赴汤蹈火地扑向小姨。

叶灵风活过来了。

但活过来的叶灵风并没有作为。他没有让小姨怀上孩子。

他们试了很多次，小姨一直没有怀上。

叶灵风急匆匆的，不断地问小姨，问她有没有反应。有两次小姨被叶灵风问糊涂了，感觉是有了反应，叶灵风就十分高兴，像个得了手的孩子似的。但过了一段时间，小姨又觉得自己开始的感觉是错误的，她没有怀上孩子，或者她开始是有那种反应，后来那种反应消失了，她原来是什么样子，现在还是什么样子，叶灵风又十分沮丧。这种情况一直延续了一年，奇迹仍然没有出现。

叶灵风觉得不可思议。他想不通为什么会出现这种事，为什么在他勇敢起来之后，在他停止了颤抖之后，小姨还会没有反应。有一次，叶灵风实在忍不住，对小姨说，这怎么可能呢？究竟出了什么事？

叶灵风站在那里，看了看小姨的肚子，又看了看自己的手，转过身去好像要找什么，突然站在那里，记忆失却了似的，然后他转过身来看着小姨，问，你不会有问题吧？

小姨吃吃地掩了嘴笑，说，我能有什么问题呢？我生过三个孩子，我还能生三百个孩子。

叶灵风一点儿也不想配合小姨，一点儿也不笑，他紧皱了眉头，说，那怎么你现在不能生了？

小姨看出叶灵风很严肃，就把掩在嘴上的手拿开，不笑了，捋了一下散落下来的头发，说，这还不简单，我没有怀上，我怀上了才能生呢。

叶灵风双手插在裤兜里，追究道，为什么没怀上呢？我很努力呀？我那么努力，要说怀一百次也怀上了，是不是你已经生尽了，好比瓜蔓儿，结上几个瓜，结尽了，不能再结了？

小姨又忍不住笑，说，瞧你说的，人怎么能和瓜蔓儿比，瓜蔓儿只活一季，人活一生呢。再说，我们草原上的女人和别处的女人不同，我们草原上的女人能生，像我娘，她生了我们兄弟姐妹十三个呢。

叶灵风听了，就有点灰心丧气，住了嘴，不再往下追究小姨的问题。那以后有好长时间，叶灵风闷闷不乐，也不念诗了，也不碰小姨了，就像秋天里被风吹落掉的一片落叶，无精打采地躺在地上，全然失去了在枝头摇曳时的风采。

小姨也觉得这事不对，她和叶灵风肯定有什么问题，要不然不会这么努力还怀不上孩子的。有一次房东大娘问他们怎么不要孩子，她就红着脸把这事告诉房东大娘了。小姨吞吞吐吐地说，我是不是……真的不能怀孩子了？

房东大娘一挥手，干脆利落地说，傻闺女，你说谁呢？你说别人我信，你说你，打死我也不信，你瞧瞧你这身子，明眼人一看就知道，那是什么？那是宝贝，那是捏一把能淌出油来的土地呢，点上一颗种子就能长出壮苗儿来的土地呢，要愁只愁收割不赢，累死当家的，哪里就能怀不上？

一番话把小姨说成了一张大红脸。

小姨私下里的时候，就把房东大娘的话说出来，当做笑话讲给叶灵风听。小姨一边讲一边红了脸笑，她那时正在为叶灵风缝补衣裳，她一边缝一边笑，说，大娘说，我是捏一把就淌油的土地呢，点上种能长壮苗的土地呢，大娘的话真逗。

小姨笑，叶灵风没有笑，他冷了一张脸，撕了一页纸卷烟，卷好烟，划一根火柴点着了，吸一口，冷冷地说，可惜土地再肥，和我一点儿也不相干，我只能看着别人在上面播种收获。

小姨被针扎了一下。一滴圆滚滚的血珠子从她的指肚尖上冒了出来。她哆嗦着把指头放进嘴里吮着，抬起头来看了叶灵风一眼，然后低下头继续缝衣裳。过了好一会儿，她才开口，安慰叶灵风说，灵风，别急，咱们慢慢来。咱们还年轻，咱们会有孩子的。

叶灵风闷着头，发狠似的用力吸烟，说，我实在弄不懂，你能让别人的种子长出苗来，你能让别人的苗长了一棵又一棵，我的种子你怎么就让它们没消息？

小姨的脸色有些白了。她放下手中的衣裳，眼睛盯着针鼻后面的那根细细的线，停了一会儿，说，我也不知道是为什么，我也很着急。

叶灵风冷冷地说，你急有什么用？你要真急，你就让我看到希望，你就怀上我的孩子。

小姨颤抖着声音说，灵风，这不是我故意的。我努力了。我什么都做了，这你知道。

叶灵风有些烦躁了，说，你说我知道，你说你什么都做了，可你就是怀不上我的孩子，这是事实嘛，我又没瞎编，你说这事让我怎么想？

小姨说，你不能把事情推到我一个人头上。

叶灵风说，那我推到谁头上？

小姨一下子愤怒了。她拽断线头，丢下手中的衣裳，站起来大声说，灵风，你这是什么意思？你的意思是我故意不怀你的孩子？

叶灵风看了小姨一眼，把烟头丢开，说，这可是你自己说的，我并没有强迫你承认，你何必那么急。另外，你不要大声嚷嚷，有理不在言高，大声嚷嚷有什么用，我不想和谁吵嘴，我从来不和人吵嘴。

叶灵风说完，起身披了一件衣服，拿着笔记本出了门，把小姨一个人扔在那儿直掉泪珠子。

二十

反右斗争开始的时候，叶灵风成了单位里首当其冲的运动对象。

叶灵风的问题很复杂，他有大量的反动言论，他的那些含沙射影的剧本全是铁的证据；他的群众关系十分恶劣，所有的人都对他意见重重；他还有历史问题——解放前在旧政府做过高级职员，后来又在报馆里做过记者，写过很多歌颂旧时代的文章，对那段经历他讳莫如深，从来不对人讲，在自己的履历表中，也是简简单单，一笔带过，分明有着隐瞒，就算前面的那些罪状不算，只后面这一条，就足以置他于死地了。

那个时候，小姨经过不懈努力，终于说服了叶灵风，要他和她一起去医院里看医生。叶灵风先是不肯同意，后来经不住小姨的死磨硬缠，被小姨拉去了医院。医生检查的结果证明，小姨的生育系统非常正常，问题出在叶灵风身上，叶灵风因为身体不好，精子质量弱，他们很难怀上孩子。小姨知道了结果，反倒舒了一口气，劝一脸沮丧的叶灵风说，没关系，不就是身子弱吗？什么样的弱不能变得强呢？只要咱们努力，咱们总能让自己变得强起来的。

小姨一方面对叶灵风加强营养，改善他的生活。她把两个人的工资攒起来，买来鸡蛋和红枣，天天让叶灵风吃，自己节省着，什么也不肯吃。一方面到处为叶灵风寻医找药，调理身子骨。她去省城出差的时候，还专门去了大医院，找到医生讨药方。小姨找了很多药来熬了让叶灵风吃，有一段时间叶灵风吃药吃得直想吐，不愿再吃药了，他灰心失望地说，算了，没孩子就没孩子吧，也许我就是这个命呢。小姨不想放弃，说，灵风，既然你想要孩子，咱们又决定了，我一定要给你生下一个来，但光我努力还不够，你也得帮我，你也得努力，千万不要相信什么命，千万不要灰心，咱们一块儿努力，准能成功的，啊？

小姨那一天正吃着饭，突然感到胃里作呕，一时没忍住，丢开碗，跑到屋外呕吐起来。她吐得很厉害，一口接一口，吐得泪眼婆婆，连苦胆都吐出来了。

叶灵风不知出了什么事，有些吃惊，手里捏着筷子，嘴里衔着半口馍，坐在那里，发愣地朝屋外看，看小姨吐得狠了，才忙不迭地丢了碗筷，跑去给小姨擂背，擂一阵，又跑回屋里，拿了毛巾出来，给小姨揩嘴。

等小姨揩完嘴，人立起来，叶灵风连声地问，怎么了？怎么了？出了什么事？

小姨吐完了，闭着眼，身子乏力地倚着门槛，喘了好一会儿，然后睁开眼，苍白地微笑着，说，灵风，咱们有孩子了。

叶灵风有些不明白，说，什么孩子？孩子在哪儿？我怎么没见着？

小姨美丽的脸上浮着两朵红晕，她伸出手去，把叶灵风拉过来，拉到自己的身边，将头无力地靠在他肩膀上，轻声地说，你真傻，是咱们的孩子，你现在当然看不见他，他在我肚子里，我是怀上了。

叶灵风先愣了一下，然后他恍然大悟，开始还不肯相信，一个劲地问小姨，怎么会呢？我不是不行吗？一点儿动静都没有，怎么又行了？你不会弄错吧？你怎么能判断就一定是呢？

小姨说，不用判断，我知道，我知道他在那里，我们的孩子在那里。

叶灵风这才相信了，一下子跳起来，把小姨抱进怀里，大声地喊，我有孩子了！我有孩子了！这一回我真的有孩子了！他那么喊着，脸儿凑着脸儿地看小姨，像是真的要把她看进眼里去的样子，然后他再度把小姨搂进怀里，眼里涌满了泪水。

小姨笑着，她的眼里也涌满了泪水。那一刻，她被一种巨大的幸福所淹没了。

叶灵风被宣布划为右派那一天，小姨在一所学校里帮人排练节目，回到单位后，单位里的同事们见到她全都目光闪烁，好像有话又不敢说。

小姨走进办公室，办公室里没有人。小姨收拾着东西，准备回家去。这个时候，何同志从小姨办公室门前路过，见小姨一个人在办公室里面。何同志一见小姨，就走了进来。小姨和何同志打招呼，何同志应了，人并没有走出办公室去，在一旁瞅着她的脸看，看一阵，没看出什么动静来。小姨仍是平常那种快快乐乐的样儿，轻盈地走来走去，手上麻利地收拾着，嘴里哼着曲子，完全是一副什么事也不知道的样子。何同志忍不住，就问，梅琴，今天你没去参加区里的大会？

小姨把东西收拾完，想着今天的工作日记还没记，就坐了下去，伏身在桌子上写着当天的工作日记。听何同志问她，她没抬头，说，没有，我不是领着老廖和小蔡去英才中学帮学校排节目去了吗？

何同志又问，那，局里没有通知你去区里参加会？

小姨说，没有。小姨说了没有后有些觉察，停止记笔记，抬起头来，看着何同志问，怎么，区里开什么会？我是不是应该参加？

何同志犹豫了一下，想说什么，又止住了。

小姨觉得有些不对，从桌子后面走出来，走到何同志身旁，说，小何，出了什么事？

何同志正打算说什么，这个时候，杨支书推开了办公室的门，何同志一看见杨支书，立刻住了嘴，不说了。

杨支书走进办公室，看了何同志一眼，没理她，转向小姨，板着一张脸说，梅琴，你到支部会议室来一下，我有事要对你说。说罢，杨支书先走了。

小姨不知出了什么事，她放下笔，对何同志说，我先去一下，一会儿回来再找你。说完就出了办公室，在走廊里追上了杨支书，跟着杨支书到了支部会议室。支部会议室里空空的，没有其他人，杨支书等小姨进了会议室，把门掩上了。

小姨看出杨支书的样子很慎重，不免自己也慎重起来，说，出了什么事？

杨支书说，你先坐下。

小姨不坐，说，杨支书，有什么事你就快说吧，是不是我的工作出了什么差错？

杨支书见小姨不坐，自己也不好坐下去，就站在那里，脸色凝重，顿了顿，说，梅琴同志，今天上午，区委组织部门召开了反右斗争大会，大会的主要内容是宣布已被划定的第一批右派分子，我们局里被划了七个，说实话，叶灵风是其中的一个。

小姨如雷轰顶，一下子愣在那里，半天说不出话来。前一阶段单位里的反右斗争她参加了，她还和叶灵风在家里议论过这件事，叶灵风对什么样的运动都满不在乎，属于典型的逍遥派，有时候他会说两句怪话，她都立刻阻止住他，要他态度积极一些，关心一下政治运动。小姨没有想到，对任何政治运动都不感兴趣，连党员都不是的叶灵风，居然会成为右派分子，而且在第一批就被划了进去。小姨无法理解这件事，她甚至不肯相信这是真的，但她毕竟有过多年革命斗争的经验，很快冷静下来，问杨支书说，决定是不是已经做出了？

杨支书又有些口吃了，说，是……是的，决定已经做出了，局里昨天就得到了这个消息。说实话，我是先告……告诉你一声，组织上还会正式找你谈话。

小姨盯着杨支书，说，他怎么可能是右派分子呢？他当学生时就同情革命，做过党的地下组织的外围成员，新中国成立后他积极参加知识分子改造运动，积极参加社会主义建设；他工作努力，写出了那么多人民喜欢的剧本，不论是在剧团还是到了局里，他从来就是挑着大梁的；他虽然不是党员，但他尊重和支持共产党，党要他做什么，他从来没有讲过价钱；他爱我们的祖国，爱我们的人民，去年波兰戏剧节的时候，他的剧本在戏剧节上轰动一时，苏联专家专门邀请他去苏联，让他在那里写戏，他回答说，中国有着丰富厚重的历史文化，中国有着最懂得戏剧的观众，我为什么要离开中国，去苏联写戏呢？这些事，组织上是知道的，组织上又是凭什么做出他是右派这个结论的？他要是右派，他算是哪家的右派？

杨支书被小姨那么一问，有些反应不过来，等反应过来了，没好气地说，你问我，我去问谁？局里二十三个人，一下子被划进去了七……七个，三分之一的人成了右派，咱们局不就成了右派局了吗？说实话，我……我还弄不明白是怎么一回事呢！

小姨看杨支书，对方的确是一副弄不明白的样子，知道和他说也没有用，就不想再说下去，离开会议室，匆匆忙忙去找叶灵风。

小姨找了好几个地方才把叶灵风找到。

叶灵风把自己关在编剧室的办公室里，正在埋头写他的剧本。小姨推门进去的时候，屋子里一片烟雾，叶灵风头发蓬乱，眸子明亮，两颊绯红，正奋笔疾书着，小姨推门进来的时候，他回头看了一眼，什么话也没说，埋了头继续写他的。

小姨进了编剧室办公室，反手把门关上，着急地问，灵风，他们告诉你没有，你已经被划为右派了？！

叶灵风唔了一声，没抬头，又写了一段，才接了一句，无聊。

小姨越发急了，说，灵风，你能不能放下笔，咱们谈一谈？

叶灵风放了笔，回过头来，把手臂架在椅背上，一脸不在乎地说，有什么好谈的？上午那个会我参加了，我一点儿也不夸张，那真是一个无聊之极的会，要不是他们不让提前走，要不是老杨盯着我，我又坐在那儿想着我的戏，我早就走掉了。右派分子？那是他们的说法，他们的说法是他们以他们的道理做出的，他们的道理不是我的，我有我自己的道理，君子不同道，不与为伍。

小姨看叶灵风那副迂腐的样子，更加着急了，说，灵风，你可别把这种事当儿戏，这是政治问题，是原则问题，右派一旦定了性，那可就是敌我矛盾了！

叶灵风淡淡地笑了笑，说，敌我矛盾？谁是敌？谁是我？举个例子说，现在我是右派，你不是，你我是敌我矛盾吗？如果夫妻之间也存在敌我矛盾，那我们还在不在一个锅里吃饭？我们还在不在一张床上睡觉？我们还能不能做夫妻？夫妻都成了敌人，这个世界上还有谁是自己人？这个世界上找不到自己人，我们还能相信什么？这难道不是无聊吗？

叶灵风说到这里，有些被自己的说法煽动了，他索性把手臂下的稿子纸往旁边一推，转过身子来，倒骑在椅子上，说，明代王世贞写过一出传奇本，叫《鸣凤记》，我记得我给你讲过，说的是嘉靖年间，奸臣严嵩当道，政治黑暗，世风腐败，杨继盛等八个谏官为国除奸，上奏皇上，反被陷害，下狱的下狱，斩首的斩首，一个个妻离子散，家破人亡，结果呢？奸臣父子终究遭到揭发，落得个事败而不得善终，这和我们现在的现实何其相似，你简直都得怀疑历史有没有过递进？历史如有递进，是不是又有了轮回？我告诉你，这出戏我非常喜欢，是认真研究过的，我读的还是明刊本，其中的《六十种曲》本，我差不多能背下来，它是历史剧中直接批判当世政治的范本，在明代就流行一时，可以说是街传巷议，脍炙人口，昆剧的《河套》《夏驿》《写本》《斩杨》等出戏，都是出自这个本子的……

小姨哭笑不得，打断叶灵风说，灵风，都什么时候了，你还在给我讲什么本子。

叶灵风仍是那副不往心里去的样子，眸子明亮地说，那你要我怎么办？

小姨说，你得去找上面，把事情说清楚。

叶灵风说，什么事情说清楚？我能说清楚什么事？我只不过是按照你们共产党的要求，在会上提了几条意见，我是在公开场合提的，我的意见条条都是事实，我能收回意见，说那都不是事实吗？说我是胡说八道吗？对不起，我叶灵风就是做不了杨继盛，这种违背良心出尔反尔的事情我也不会做，我倒要看看，他们能把我怎么样。

叶灵风转过身去，从桌子上拿起笔来，对小姨说，行了。没有多大了不起的事，不就是个右派吗？他还能把我弄到监狱里去不成？他要弄不进我去监狱，我该吃照吃，该喝照喝，该睡照睡，我还写我的本子，我要那名分有什么用？

叶灵风说完，不再理会小姨，又低了头，继续写他的本子。小姨站在那里，一时也不知道该怎么样才好。实际上，小姨那么说，她要叶灵风去找上面把问题说清楚，小姨自己也不知道叶灵风能说清什么事，他有什么事可以说清楚的。小姨不知该怎么处理这件事，站在那里发着呆。

接下来的事情却并不像叶灵风想象的那么简单，区里的大会开过以后，单位里的右派分子开始遭到批判，叶灵风当然也在被批判者之列，不能幸免。

被划为右派分子的人，最初只是被隔离检查，交代问题，并接受群众的帮助教育。叶灵风一开始就犯犟，不肯和工作组的人配合，不像别的右派分子，叫交代问题，听话一点儿的，就认认真真交代了，或者转弯抹角地交代了。人不可能没有问题，大问题没有，小问题难道还能没有？把小问题说成大问题还能不会说？倾巢之下，该说什么不该说什么已经没有道理可讲，也不能说大家都昧了良心。可叶灵风却不肯交代自己的问题，工作组谈话也好，群众开大会批判也好，他只是坐在那里或站在那里，眼睛盯着人，横抱着胳膊冷笑。后来他就开始和人争吵，脸红脖子粗地吵，别人和他谈话，他的道理一套一套的，别人揭发批判他，他的嗓门比别人的还要大，一副死不认错的犟牛样。他这种顽固不化的抵触情绪，自然招来更加激烈的愤慨，对他的揭发批判，也就越来越加重了。

叶灵风被划成右派后，组织上找小姨谈过话。组织上谈话的目的，一是要小姨揭发叶灵风的反党罪行，二是要小姨和叶灵风划清界限。

小姨怎么也想不通，她坚决不相信叶灵风会反党反人民，她承认叶灵风个性上有问题，他恃才自傲，卓尔不群，有时候说话没遮没拦，表现激进，有时候又显得灰心落魄，情绪低落，但这和一个人的品质没有关系。小姨没有什么罪行可以向组织上揭发的，她也不会和丈夫划清界限，她倒是一次次地找组织上谈丈夫的问题，但她谈的全是丈夫的好处，是丈夫没有问题的话。

组织上很生气，认为小姨觉悟太低，在关键时刻没有大是大非，丧失了立场。组织上考虑到她不是知识分子，不是反右斗争的主要对象，又是一个在抗日战争中参加革命的老同志，组织上对她网开一面，没有追究她的包庇罪。

　　随着运动的深入发展，叶灵风的情绪开始低落下去。他仍然对反右斗争这件事抱以抵制态度，但那态度已不是最初的清高和激烈抗争了。运动进入中期后，区里的一部分定性右派相继被遣送到边远农村和工矿进行劳动改造，叶灵风却被留了下来，继续交代问题，接受群众的揭发批判。叶灵风被勒令每天到单位写检查，由工作组和单位群众监督，清理他的右派问题。他终于认识到那是一场无法逃避的灾难了。他开始妥协，拿起他的那支金笔，在本应写出一部部令人赞叹的剧本的稿子纸上，屈辱地写下一份份交代材料。他写得很痛苦，头发开始一片一片地脱落，人变得脆弱而敏感，清癯的脸越发显得瘦削，昔日明亮的眸子熄灭了光芒，有了混沌的阴翳，并且开始干咳起来。

　　小姨劝叶灵风少抽一些烟。她十分担心他的情绪和身体。看见他一日日地消瘦下去，看见他的眸子一日日黯淡下去，她的心口一阵阵地发疼。小姨不知道这个世界怎么了，为什么会出现这样的劫难，她一时也说不出这样的劫难有什么不对，但它的来临对她的日子破坏性太大了，它气势汹汹地撞进了她的生活，并且正在以她无法抵御的力量毁灭着她。小姨迷惑而恐慌，却不能把她的迷惑和恐慌表现出来。她可以自己去承受它们，但她同时要承受的还有她的丈夫。她知道他才是处在这场劫难的风口浪尖上的，他是这场劫难的目标，是一只不期然撞进围猎场中单薄而又不知天高地厚的兔子，当他知道这一切的时候，网已经张开了，箭已经搭上弓弦了，刀已经跳出鞘壳了，甚至烹煮兔肉的锅已经烧开了，他已经来不及逃掉了，如果她这个时候不在他的身旁，不支撑住他，那他就死定了。

　　小姨要叶灵风少抽一些烟，但小姨不愿意看到叶灵风在那些交代材料上写下违心的话。当她看见叶灵风在工作组的人的呵斥下唯唯诺诺地把交代材料拿回来重新写的时候，她的心在流血。她知道那是没有办法的事，不能改变的事，但她看见叶灵风挖空心思在补充材料里编故事似的为自己编着一些子虚乌有的罪行时，她再也忍不住了，三下两下就把那份交代材料撕得粉碎。

叶灵风愣了，他手里握着他的那支金笔，抬起头来望着小姨，嘴张成一个吃惊的圆形。灯光映照在他的脸上，在灯光不曾照到的脸的另一边，阴影中是同样的吃惊。

叶灵风说，你，你这是干什么？

小姨说，这不是你干的事，你没有干这些事，你没有干，你就不能写。

叶灵风的手开始发抖，他的手一抖，握在手中的那支金笔也随着抖起来，在灯光下，颤抖着的金笔就像一支疲倦透了的、再也握不住的短矛。叶灵风盯着小姨说，你知不知道，为了写这份该死的材料，我有两个月便秘了，我返工了十三次，我已经快成功了，你现在却毁了它，你觉得他们做的还不够吗？你是要帮助他们，是要把我给毁掉吗？

小姨站在那里，一点儿希望也不想给叶灵风，说，你可以两年便秘，你可以返工一千次，你可以永远不成功，但你不该说违心的话，说了一次违心的话，你就可以一次又一次地说下去，你就再找不回自己来了，你就死了，那和毁掉又有什么差别呢？灵风，我要你坦坦荡荡地做人，我们有什么错我们就交代什么，我们没有的错打死也不说！

叶灵风把手中的那支金笔往桌子上一砸，人从凳子上跳起来，吼道，你说得轻松！说得轻松！我们？谁是我们？我们在哪儿？是我！该承受的是我！该经历的也是我！该杀该剐的全是我！是我一个人！没有什么我们！坦坦荡荡做人？谁要你坦坦荡荡做人？！坦坦荡荡在哪儿？！人在哪儿？！你是站着说话不怕腰疼！你自己来试一试！自己来试一试！

那支金笔在桌子上跳了一下，滚落到地上，停在桌脚边不动了。小姨在叶灵风砸下那支金笔的时候心里抽疼了一下，以至于下意识地闭上了眼睛。她看重那支金笔，那支金笔在她眼里就是叶灵风的化身，她知道叶灵风的那些杰出的剧本，全是这支金笔杜鹃啼血似的一个字一个字吐出来的，她甚至比叶灵风还要珍视它。等叶灵风吼完了那番话，她睁开眼，走过去，蹲下身来，弯腰从桌脚边拾起金笔，抹去金笔上的灰。金笔的笔尖已经被砸弯了，分了杈，小姨的心再一次地疼起来。小姨把金笔放回桌上，抬起头来看着气呼呼的叶灵风。

小姨说，灵风，你把这支笔摔坏了。

叶灵风怒气未消，大声说，摔坏就摔坏，我不就是一个坏人吗？我不是正在被人摔着吗？一支笔摔坏了又有什么了不起?!

小姨说，你用这支笔写过多少让人赞叹的剧本，你写过《凤凰涅槃》《大闹天宫》《龙图公案》《我是火》《山丹丹花开》……

叶灵风粗暴地打断小姨，说，用不着你说，我自己写的本子，我自己知道，我知道得一清二楚！

小姨一点儿也不在意，说，你应该知道，你应该知道得一清二楚，那是你值得骄傲的地方，是你值得人尊敬的地方，可你现在却用同样的一支笔来说谎话，来委曲求全，来编造不是你做过的事情，你根本就不会去做的事情，你在把它摔坏之前，已经把它的骄傲和令人敬重毁掉了。

叶灵风愣住了，站在那里呼呼地喘着气。但他已经摔了那支笔，他不想投降。他没好气地说，我写剧本也是编故事，我写这该死的材料也权当是编故事，那有多大的区别？

小姨说，动人的故事是幻想，往自己和别人身上抹黑是撒谎，这就是区别。

叶灵风被击中了，他显得十分颓唐，一屁股坐回到凳子上去，手撑在桌子上，把头埋进去，过了好半天，才喃喃地说，你不懂，你什么也不懂，赵玉民被遣送到甘肃去了，胡世觉被遣送到内蒙古去了，下面一个就该是我了，他们肯定不会放过我的，他们恨死我了，他们迟早要下手的，我完了，我再也不能写作了……

小姨闭上了眼睛，再睁开，朝叶灵风走去。她走到他的身边，伸出双臂，把他的头揽进她的怀里，让他的脸贴着她的小腹，紧紧地搂住。

叶灵风一下子停住不说了。他像一个不被人理解、不被人需要、孤独无助的孩子，先是梗着脖子，僵硬着，当小姨的十个指头摸索上来，插入他乱糟糟的头发中的时候，他软弱下来，慢慢伸出手，环住了小姨的腰。

灯在那一刻突然熄灭了，屋子里一片黑暗。

小姨在黑暗中控制着自己，说，灵风，不管结果是什么，不管他们怎么对待你，不管你去哪儿，我永远会跟着你。如果你真的被遣送了，我希望那是内蒙古，去我的家乡，去了那儿，我们就是回家了。我会带你去看看我的家乡，我会让你快快活活，我会让你再也没有现在的烦恼，我还要给你买一支新的金笔……

星光从屋外拥了进来，先是一些顽皮着的星光，然后是更多的星光，它们接踵而至，在黑暗中的屋子里游来游去，沾在桌脚上，沾在柜子上，有几缕星光好奇，攀上了小姨的脸颊，在那里闪闪烁烁。

小姨说，灵风，我知道你吃了很多苦，我知道这不公平，我也知道你的压力很大，我这么说也许对你没有什么用处，但我想我还是应该说出来，灵风，如果有万分之一的可能，我愿意替你承受这一切，请你相信我。

叶灵风已经完全安静下来了。他把脸彻底地毫不防范地埋在小姨怀里。他喃喃地说，梅琴，我该怎么办？告诉我，我该怎么办？

小姨说，你用不着怎么办，你就把你过去的样子拿出来，你就像过去那样生活，你还是过去的灵风。我们家乡生长着很多很多的草，我们家乡的草，不是风吹折的，是牲口吃掉的。灵风，纵然是草，宁可让牲口吃掉，也决不让风吹倒。

叶灵风说，我……我有点害怕……

小姨觉得眼前的星光模糊了，泪水顺着脸颊流淌下来。她让自己的双臂更加有力，更加紧紧地搂住那个软弱的男人，说，灵风，没有什么好怕的，咱们正正派派地做人，有什么说什么，没有的坚决不说，是根小草也站直了，谁也不会把咱们怎么样。

小姨说着，纤纤十指在叶灵风的头发里划动着，划动着，心里充满了碎裂开的心疼。她知道她不能碎裂开，不能心疼得窒息过去，她得支撑住；现在她的男人在她的怀里，他的高傲的头颅在她的怀里，她要碎裂开，她要心疼得窒息过去，那他就完了，真正的完了。她在那种心疼的感觉里紧紧地拥着叶灵风，不肯松开。她是先不松开了自己，然后才是不松开他。她明白那是最后的希望了，她和他再没有别的希望了。她就那么站了很久，然后她把叶灵风从凳子上轻轻地拉起来，拉起来，朝后退去，一直退到床边。她在那里把他的脸扳了过来，朝着她。她在黑暗中看着他，在黑暗中寻找着他眸子里的亮光。

叶灵风的头先低落着。后来他把头抬了起来。他也看着她。在黑暗之中，他们只能凭着呼吸和心跳来感觉对方。

外面的走廊里有什么人走过。脚步轻轻地，远了。

也许不是人，而是一只猫。

小姨开始脱衣服。她就站在那儿。她一件件地脱，动作缓慢，像一条生生抽着丝的茧。但她是坚定的，是要把自己褪成另一条雪白的蚕、一条寻找绿色的蚕、一条苦求蜕变的蚕。她的衣服像是蚕丝，一件件无声地坠落到地上，埋住了她赤裸着的脚。她把脚从那里面慢慢抽出来，这样她在黑暗中就像一尊朦朦胧胧的玉树了。

然后她开始脱叶灵风的衣服。她如果是另一条活过来的蚕，她是铁定了要他也来做那样的一条蚕的；她要是玉树，她是铁定了要和他做共同的玉树的。她果然做到了。她把他脱光了。他们赤裸着站在床前，他们的样子就像是两棵真正的树，两棵在寒冷的夜里彼此紧靠在一起的树。她的头发散落下来，埋住了她雪白的肩，那是她这棵树的茂叶。他的树干看上去显得有些凋零，没有什么树叶。但这不要紧，他们现在已经纠缠到一块儿了，他们是两棵并颈而生的树，如果他这棵树愿意，他这棵树招摇起来，他是完全可以把她这棵树的枝叶弄乱，弄乱到谁也分不出哪一片树叶是哪一棵树上的生命了。

现在他们到了床上。她先抵达那里，再伸出光洁的两只手臂去，在黑暗中摸索到他，把他带到那里。她的手从他的手掌中鱼儿似的滑落出来，再一次插入他蓬松的头发中，轻轻梳理着。她把她的脸贴过去，贴进了他的怀里，轻轻地摩擦着。他像往常一样，又开始发抖。这一次她一点儿也不慌张。她知道她是在前面奔跑着的那只鹿，他是在后面紧跟着的，他会追寻着她的蹄迹而至，她到哪儿，他就会到达那个地方。她也许正朝着悬崖奔去，谁知道呢？但她不会再停下来，她没有停下来的机会了，要是这样，她还有什么可慌张的呢？她开始她的奔跑了。她的手从他的头发中退出来，她的人也从他的怀抱里退了出来。现在她完全袒露在他的面前了。

星光适时而来，它们知道什么是最好的，什么该由着它们来造就，什么是它们一生中的辉煌。它们碎银似的泼洒在她的身上，星光闪烁，使她丰腴迷人的身体呈现出一种动人心魄的美艳。他先是有些迷茫，有些不可相信，有些迟疑。他把他的发抖收敛起来，让神秘带来的专注取而代之，惊诧地注视着她的身体。但她不允许。她不允许，是因为她不会让他分心，不会让他只做着一个远远的欣赏者，不会让他寻找到逃遁开来的理由。她朝他游了过来，截断他的视线，重新回到他的怀抱。她的沁凉而富有弹性的身体贴紧了他，她的修长而柔韧的四肢绞缠住了他。她的游动仍然不曾停止，仍然在继续，并且带动了他。他觉得这太奇异了，太不可思议了。他的奇异和不可思议来自她的游动。他不明白她怎么可以做到那样，怎么可以在抵近之后仍然游动着，在密不透风的连接后仍然游动着，向他的身体之内游动，好像她是一个根本不会有障碍的神奇生命，是可以轻易抵达任何地方的生命似的。他被她的这种神奇的生命力量诱惑了。他觉得他身体中的生命活力被呼唤了起来。他不甘心只是做一个被诱惑的生命，只是做一个被呼唤的生命，纵使他是这样开始的，他也不能这样结束。他想他应该启动了。

事实上，他真的被召唤起来了，他真的启动了。他第一次主动伸出双臂，捉住了她，将她揽入他的怀里，将脸贴上去，贪婪地搜索着她身体的每一个部分，用力地嗅着它们的芬芳，并且为之而陶醉。然后他将脸和呼吸换成了手，换成了他的身体，让同样的陶醉布满他生命的每一个角落。他的动作越来越强烈。他的力量越来越大。他的自信心越来越强有力。他脑子和心脏开始轰轰地作响着。他发现了他从未发现过的一件事：他是完全可以主宰她的。他被自己的发现激励起来了。他越来越兴奋，越来越激烈，有一刻，他甚至想大声地叫喊起来。

但他的感觉仍然是错误的。他的想法仍然不是最好的想法。她并不像他想象的那样妥协着。她一点儿也不满足他的浅尝辄止，不满足他的小小得意。她在他的怀里，在他身体的把握之中，凭着他任意左右，但她未必已经被他征服了。她就像一条光滑有力的白色海豚，在他怀里灵敏地扭动着，不断翻起令人眩晕的浪花，活力十足。她腰肢迷人但难以把握。她呼吸芳甜但难以捕捉。她的扭动是一种危险而诱惑着的警告，那是在告诉他，她随时有可能从他的怀里、从他已经开始的节奏里、从他兴奋着的好感觉里消失掉。

这种情况大大地激怒了他。他不想让他到了手的自信心消失掉，不想让任何人瞧不起自己，不想让人认为自己是个什么也做不成的人，尤其不想让人以为他是随便可以摆布的。他怒不可遏了。如果她是一条美丽迷人的海豚，那他就是一条虎视眈眈的蓝须鲸。如果她能翻起美丽的浪花，那他就接下来，把那些浪花搅成惊天骇浪。他要证明他的无所不能。他要征服她、战胜她，让她知道他的厉害、知道他是可以厉害的。他将她牢牢地捉住，捺在他的怀里，不允许她有丝毫的轻举妄动，不允许她消失。他甚至不需要她的迎合，粗鲁地镇压着她所有异动的企图，粗鲁地撕裂着她。他要进入她，将她完全地占领住。

灯在那一刻突然亮了，屋子里白昼一片。他在光明来临的那一刻有点分神，他觉得有什么东西刺疼了他裸着的皮肤。他的心里有一种类似于羞愧的东西被触动了。他有些惊慌，动作一刹那间变得有些迟缓。

可她不允许他那样，现在该她来不允许了。他既然已经开始了他的证明，就必须把这样的证明坚持下去。他没有理由在半途将它收回去，没有理由做一个逃兵。她将两只圆润的手臂伸出去，圈住了他，将他再一次拽入她的怀里，拽入到愤怒之中去，让她的浪花淹没掉他，让他在她的淹没中体验火的力量。他很快就忘记了那盏灯，忘记了周边的一切，重新焕发起来，将自己燃烧足了。现在再也没有什么可以阻止他了，连她也不能了。他大汗淋漓，狮子一般喘着粗气，贲张着疾进。他进入了她。他感觉到她在他的身下停止了扭动，好像她是被一发子弹命中了要害，一切抵抗都消失了，她的生命结束了似的。她用力地咬住了他的肩肌，然后她云蒸霞蔚，松开他，呻吟了一下。他知道他命中了她，百分之百地命中了她，深深地命中了她，这是他从来没有做到过的。他被她传给他的信息感动了，他被他自己的建树感动了，他的快乐达到了顶点，他的自信也达到了顶点，这一回，他再也没有什么可顾忌的了。他仰起头来，像一头真正的蓝须鲸一样，大声喊叫着……

他没有看见、也不会去看见，她在他的身下泪流满面。

叶灵风的问题很快升了级，最终被公安部门逮捕了。

在小姨的鼓动下，情绪低落的叶灵风再度激昂起来，恢复了他的清高和不合作。他把被小姨撕掉的那份交代材料从地上收罗起来，认认真真重新撕了一次，然后丢进纸篓里。他找出另外一支笔，趴在桌子上，用它写了厚厚的一份新的认识材料。这一次，他头脑清晰、文思如涌，没有用很长的时间，差不多在工作组还来不及催促他的时候，他就一气呵成把它写完了。

叶灵风的交代材料让工作组大为光火。他们根本不在乎那是不是一份文采十足的美文。他们只为叶灵风那份材料里替自己辩解的强硬而恼羞成怒。毫无疑问，这是一份赤裸裸的反攻倒算的材料，对这种向革命运动反攻倒算、与人民为敌的行为，不给予狠狠打击，人民不会答应，党也不会答应。

叶灵风在收监前的一段时间里就有所预感。他的情绪再度变坏，坏得无法收拾，那差不多是一种绝望。有几次，他感觉到上面要对他下手了，流露出要保持尊严、以死相拼的心事，都被小姨劝阻住了。小姨安慰他，要他把眼光放远一点儿。小姨说，风雹雨雪的事哪能没有？遇到了旱季，草原上连一根草都见不到呢，羊儿就靠啃泥土下的草籽活，就靠舔戈壁滩上的石头面儿活，不也活下来了吗？要相信天晴的日子总会来的，返青的日子总会来的。我们草原上有一句话，叫倒下了你就是具骨头架子，活下来你就生儿育女，你就把生命延续给后人。小姨说，灵风，你不能倒下，你得活下来。

收监那天，一辆苏式吉普车停在小姨家门前，四个扎着宽皮带的公安由一个工作组的人带领着，从车里钻出来，大步走进小姨的家。

叶灵风脸色苍白，紧阖着嘴，一句话也不说，用他后来写材料的那支笔，在逮捕证上签了字。他没有惊慌，也没有反抗，但是公安过来给他戴上铐子的时候，他就哭了起来。

给叶灵风戴铐子的那个公安是个新手，大概是刚调到公安战线的转业兵，没经验，铐子一拿出来，先夹了他自己的手，夹得他呀哟叫了一声，把指头含住。然后他拿了那副铐子，老也套不住该套的地方。叶灵风一哭他就慌了，更加套不准，铐子戴了半天也没戴上。他很烦，抬腿踢了叶灵风一脚，骂道，你哭个屁呀，还没空出手来揍你呢，谁叫你反党反革命了？活该吧你！小姨开始很冷静，公安进门时，她问他们有何贵干。公安亮出逮捕证后，她要他们等一等，她进屋去给叶灵风收拾换洗衣服，又问工作组那个带队的：他关在什么地方，我什么时候能看他一次？那个新手抬腿踢叶灵风的时候，她不依了，冲过来朝那个公安喊道，你踢他干什么？杀人偿命，犯罪坐牢，他凭什么该你来踢？然后她转过头来冲着叶灵风喊，灵风，你是个大男人，砍头不过碗大个疤，你哭什么?!

叶灵风就抽泣着，双手举起来，擤一把鼻涕，收住了眼泪。

公安两个在前，两个在后，中间夹着上了铐子的叶灵风，板着脸推开门走出去。

小姨也跟了出去。

工作组的人拦住门说，你不能跟着去。

小姨一脸平静地说，我没有跟着去，我是送送他。

工作组的人看了看四周围观的人，说，梅琴同志……

小姨打断他说，我丈夫出门，我送我丈夫，这个权利你们还没有剥夺吧？

工作组的人看了小姨一眼，松开手。

第二天一上班，杨支书就把小姨叫到他的办公室。杨支书把门一关，劈头盖脸就说，说实话，是不是你要叶灵风不……不与组织上合作的？

小姨说，我没有要他不与组织上合作，我只是要他有什么就交代什么，没有什么就不要往自己身上揽。

杨支书恨铁不成钢地说，那不是不合作，又……又是什么？

小姨说，杨支书，你这样说我倒奇怪了，组织上把叶灵风划为右派，这事本来我就想不通，这个右派是凭什么划的？右派划了，要他交代问题，他交代了，组织上认为他交代得不够，不是事实，他的交代材料我看过，他在材料里写的句句是事实，组织上说他的材料不是事实，组织上又是凭什么作出这个判断的？现在组织上又说他不合作，他究竟要怎么做才算是合作？

杨支书跺脚，说，梅琴，说实话，你……你也是老革命了，你怎么就转……转不过弯来？

小姨说，要怎么转？

杨支书说，咱们局里七个右派，赵玉民和胡世觉是铁定的，谁……谁也帮不了他们俩，其余几个，都是可以转化矛盾的，都是可以帮教过来的，说实话，叶灵风不是犟，哪里能走上这……这条道路？

小姨不服气，说，怎么转化矛盾？胡说八道就是转化矛盾？往自己身上揽脏就是转化矛盾？

杨支书把头都快摇掉了，说，梅琴，说实话，斗争是长期的，有时候需要妥协，有时候需要退一步，只有退一步，你才有可能继续前进，你怎么能连这个道……道理都不明白？

小姨心里一咯噔，过了好一会儿才说，你是说，是我害了叶灵风？

杨支书十分不满地看了小姨一眼，说，你以为你是帮了他……他呀？

小姨愣在那里，一句话也说不出来。

杨支书看小姨那种样子，又反过来劝她，说，算了，这事已经这样

了，后……后悔也来不及了。要说呢，也不是你的问题，除了赵玉民和胡世觉，别的右派都老老实实地与组织上配合，该交代的交代，该承认的承认，大家都这样做，就把叶灵风给显……显出来了。你现在也不要急，急也没有用，但是我要提醒你，你在叶灵风的问题上，再不要和组织上闹分裂了，要和组织上保持一致，至少态度上要和组织上保持一致。说实话，叶灵风不是还没有最后判吗？只有这样，对你和对叶灵风问题的处理才有好处。你懂……懂吗？

叶灵风坐牢后，小姨急切地想去探望他。她不知道他现在的情况，不知道他在监狱里会受什么样的罪，不知道他会不会再度消沉下去，最重要的是，她不知道他的事最后会是一个什么样的结局。她认定她现在应该和他在一起，就算他现在人在监狱里，而她不在，她也应该让他知道她不会放弃他。但是小姨不知道叶灵风被关在什么地方，他被判了还是没判，要是判了又判了多少年？这是她急切地想要知道的。

小姨去找组织上。组织上当然知道，但是组织上不能告诉她。组织上觉得小姨越走越远了，走得已经不像是老革命了，不像是人民内部矛盾了。组织上很严肃地和小姨谈话，教育小姨，要把小姨拉回到人民这边来。谈话的时候小姨很认真地听。还拿出一个本子来记，谈完了，记完了，小姨把本子合上，说，现在请你们告诉我，他关在什么地方，他判了还是没判？

终于有一天，组织上决定让小姨去关着叶灵风的那个监狱了。

有一天，县文化局里来了两个公安，和杨支书一起找小姨谈话。他们把门关上，叫小姨站起来，然后拿出一张纸来念。

小姨站在那里，开始没明白，后来明白了，他们念的是对她收监的决定。那个决定里有一句话是这样说的：根据反革命分子叶灵风的揭发交代，梅琴策划、煽动和指使他从事了大量的反革命阴谋活动，梅琴是长期隐藏在我党内部的彻头彻尾的反革命分子。

小姨冷笑了一声，说，你们真是天真，以为我会相信？他这一辈子什么都可能说，就是不会说这种话。你们尽管撒谎吧，你们想怎么撒就怎么撒吧。

两个公安也冷笑，说，有你这种态度放在这儿，至少叶灵风的话是用不着再核实了，你的确是个不会轻易认罪的人，死到临头了还顽固不化。

小姨觉得公安的话太可笑了，她把下颏扬了扬，一点儿也不妥协地说，你们说我顽固不化就顽固不化，反正我不会相信你们的话的，我自己的丈夫，我自己清楚他是什么样的人，用不着你们在这儿使离间计。

公安不耐烦地说，我们也不想和你多说，我们来也不是和你说什么的，你在这里摁手印，你把手印摁了，到里面，自然会让你看叶犯的交代材料，自然会有人和你慢慢说的，那个时候我们再来看看，究竟是谁在撒谎。

小姨一脸平静，挺直了腰，将了将头发，看也不看公安递过来的逮捕书全文，在上面摁了手印。

两个公安过来给小姨戴手铐。小姨没有哭。倒是杨支书站在那里，阴着脸不说话，公安叫他去把门打开，他白了公安一眼，没有动。公安知道这个支部书记不是一般的支部书记，他是红军时期的老革命，红军时期的老革命不但有资格，大都有点犟，他们见得太多了，不大容易指使，就不和他计较，自己过去把门打开了。

十天以后，小姨在牢里看到了公安所说的那份揭发材料。审问者觉得她太难缠了，她不光不承认她的反党罪行，还不依不饶地质问为什么要把她抓进来，好像抓她进来是个大错误似的。审问者在审讯遇到了顽强抵抗的情况下，将一份揭发材料气壮山河地抛在了她的面前。

小姨一下子就认出了那个字体。那是她熟悉的字体，那种字体写出过许许多多可歌可泣的剧本，每一个剧本她都不止一次地读过，不止一次为它们的才华横溢流下过热泪。小姨拿起那份材料，一页一页读完了它们。她的目光长久地盯着揭发材料后面那三个字的署名。然后，她把材料放回到桌子上，移开目光，看着窗外一株遮天蔽日的油桐树，那以后她紧紧地闭住了嘴，再也没有说过一句话。

三天之后，小姨提出了堕胎的申请。

狱方研究了小姨的堕胎申请。他们只管收监，不管对人犯的案情处理，认为这正好是一个丢掉包袱的机会，否则日后若人犯判得重了，在狱中滞留的时间长了，反而是个麻烦。狱方由此批准了小姨的申请。

虽然小姨怀孕已经五个月了，但对见惯了血腥场面的狱方来说，这仍然是一个小手术，远不如刑场上的枪弹处理复杂。一名长着酒糟鼻子的年轻狱医奉命完成这个手术。按照医科学校传授的知识，他使用米腓司酮来进行这个手术。

年轻的狱医将几粒药片包在一张牛粪纸里，由管教干部陪同，送到女监，令小姨服下，告诉她发作之后向管教干部报告，然后到狱医室引产并做清宫术。

年轻的狱医送过药片后回到了狱医室里，一刻钟后，他接到女朋友打来的电话，女朋友约他晚上去看电影《钢铁战士》。年轻的狱医放下电话后回想了一下，他记得他在哪一本画报上看见过对这部电影的宣传，画报上的演员照片拍得很漂亮，他很喜欢他们。他这么想着，从药柜里拿出药瓶，倒出药片，去了女监，令小姨再次服下加倍剂量的米腓司酮。

小姨很快发作了，她被送到狱医室。年轻的狱医一边准备器械一边不住地抬起手腕来看表，心里估计着能用多少时间处理完手中的这个手术，然后换了衣服陪女朋友看那场精彩的电影。

年轻的狱医戴的是一块英格纳，那是一块好表，走时准确。但是年轻的狱医没有想到情况比他想象的要糟糕——小姨腹中的胎儿并没有按照教科书中写的那样顺利地出来，而是死在孕妇腹中了。年轻的狱医花了一个小时的时间，想把那个该死的胎儿弄出来。他所有的办法都用过了，他甚至动用了剪子，可胎儿根本不听他的摆布，紧紧地依附在母亲的宫体里，就是不下来。年轻的狱医开始出汗了，他有些烦躁，他呵斥躺在那里的产妇。他说，你别光躺在那儿呀，你也使点力气呀！产妇躺在那里一声不吭，也没动。年轻的狱医开始没有留意，以为她是害羞，她害羞才不叫。等到产妇晕厥过去之后他才发现，产妇不叫是因为她不愿意叫，她把自己的嘴唇都咬烂了，直到她晕死过去后仍然紧紧地咬着嘴唇。年轻的狱医没有想到会出这种事，情况非常紧急，产妇人已经休克过去了，血压急剧下降，心跳减缓，并且伴随着大出血症状。

浑身鲜血的年轻狱医手足无措，他丢下器械，冲出狱医室，惊慌地叫来了监狱领导和老狱医。

监狱领导和老狱医匆忙赶来了，他们经过一分钟的判断，认定他们对这种情况是无能为力的，他们又经过三十秒钟的商量，做出了摘宫的处理决定。

一个小时后，小姨被送至县人民医院。

二十一

　　小时候我和表哥焦建国是一对冤家，我们俩老是闹矛盾。他总是对我吼道，小兔崽子，滚回你自己家去！我说，凭什么让我滚？要滚你先滚，他就上来用脚猛踢我。如果我反抗，他会把我挟在他那两条细细的胳膊下，捏住我的鼻子和嘴，让我无法呼吸。这是我知道的最厉害的惩罚之一了。我是说，对一种靠着呼吸来维持生存的生命，你不可能再找到被人捏住鼻子和嘴不让你呼吸更难受和恐怖的事情了。我被掐得喘不过气来，脸色发紫，拼命挣扎。可是他的力气比我大。他死死地捏着我的鼻子和嘴，就是不松手。我觉得我快完了，我就要死了。我翻着白眼，倒在地上。他嘎嘎大笑，笑得上气不接下气，说，怎么样，你们家里人多，空气少，匀不过来，你跑到我们家来，也占不到什么便宜吧？

　　我知道小姨会护着我，但我从来没有向小姨告过状。我知道小姨不会相信她这个儿子其实是一个彻头彻尾的恶棍，他在她面前一向表现乖巧，像歌里唱的那种真正的花朵。只要她在，他总是瞪着一双天真烂漫的大眼睛，脸上布满了甜甜的笑容，把手洗得很干净，把鼻孔下擦得很干净，安安静静地坐着或者走来走去，一点儿响声也不出。他用一种谦恭的眼神看着她，好像他不是她的儿子，她也不是他的母亲，他是一条叭儿狗，而她是他的主子。

　　我在童年时代一直想揭穿焦建国的阴谋，那是我的一个梦想。我开始以为是我比他小好几岁，而且力量不够强大，我的复仇之刃无法洞穿他的阴谋，这才导致了他长期以来幽灵一般无所附依，让我捕捉不住的局面。后来我知道了那不是原因，而是因为他的经历比我曲折，他是靠着这种曲折的经历才成为一个恶棍的。我本来还有一个办法，是让我的两个哥哥把他狠狠揍一顿，揍得他口吐白沫向我求饶为止。这个很容易，我是能办到的，谁叫我们家骡马成群呢？但是我没有那么做，因为我不想靠着人多势众来保住自己的尊严，我要亲手把他干掉。

还因为他为此流过泪。

60年代末，小姨已经和我们生活在一个城市里了，这样，我就可以经常去小姨那里了。

那段时间学校里搞运动，不上课，我有时候白天去大街上看忙忙碌碌革命着的人们，晚上就去小姨家。有一天我去小姨家的时候，小姨正在收拾东西，我一进门她就对我说，早点洗了脸脚睡觉，明天我们去山东。我说，我们去山东干吗？小姨说，你别问，去了就知道了。

第二天我们就乘火车去了山东。

到了山东我才知道，我们是去看焦柳的。

省商业厅厅长焦柳在革命运动中被揪了出来，经过一段时间运动后，被发配到山东的一个临海农场里劳动改造。农场是半军事化集体生活，日子很清苦，也很劳累，这让焦柳很不习惯。焦柳想不通为什么自己革命了一辈子会落到如此下场，会成为革命的敌人，他就给小姨写信，希望小姨能去看他。在那之前，焦柳已经和小姨失去过好几年联系了，他不知道从什么地方打听到小姨新的地址的。他曾反感小姨老是为孩子的事去找他，并毫不客气地把小姨赶走，现在他好像完全忘了这件事。他在写给小姨的信上说，我们是多年的战友，我们还做过夫妻，别人不理解我，难道你还不理解我吗？

那是我第一次见到焦柳。他眼圈发黑，眼袋松弛，不修边幅，身上脏兮兮的，有一股浓烈的汗臭和狐臭味，因为有些发胖，喘气有点困难。他一见到我们就急不可耐地朝小姨手上的旅行包看，直到小姨把旅行包打开，一样样拿出带来的罐头、白糖、猪油、香烟和衣物，他才从紧张的状态中缓解过来，长舒了一口气，好像小姨这样做才没有辜负他的预期，他才放心了似的。老实说，他这个样子令我十分失望，他和我印象中的那个强有力的焦柳完全不是一个人。在我看来，英雄不该是这种样子的。

那以后，焦柳就开始给小姨讲他的事。他也不问小姨那么大老远地来，还提了那么老大一堆东西，累不累，也不问我是谁，也不给我们找地方坐下来，给我们倒一口水喝，让我们喘一喘气，只管一个人在那里喋喋不休。他说他想不通，自己为革命作过那么多的贡献，怎么会成了革命的对象；他说他不明白当年那些同事和部下，怎么一个个都一抹脸成了白眼狼，争先恐后地揭发他，把他往死里踹；他说他更不明白他的妻子，当年她那么坚决地要跟他，要死要活，把他当成一个神，佩服得要命，现在他倒霉了，她就不管他了，还提出要和他分手，简直像个变色龙；他说他现在身体不好，很不好，非常非常不好，老是犯失眠，夜里睡不着，睡着了就做噩梦，肾脏也有问题，有时候两分钟滴上两滴，有时候尿不出尿来，很痛苦；他说他想去找谁谁谁，他是他的老首长，当年很欣赏他，他还在台上，说话还管用，他了解他的情况，应该出来保他……

焦柳从中午一直讲到傍晚，这中间他起身去水缸边舀水来喝。我渴坏了，像一只走进了沙漠的羚羊，也去水缸边舀水。他这才像刚看到我似的，警觉地把水瓢横在嘴边，问小姨，这孩子是谁？是你的？然后他不等小姨回答，把水瓢放下，抹一把嘴角，又接着讲他自己的事。

在焦柳喋喋不休地讲着那些事情的时候，小姨一直坐在门槛上安静地听着，她只是从旅行包里拿出毛巾来擦了一把额头上的汗，然后用毛巾扇着风。

后来小姨打断焦柳。小姨问，建国呢？建国在哪？

焦柳开始没明白小姨问的是谁，他也许只顾了说自己的事，把其他的事都忘记了。后来焦柳明白过来小姨问的是什么，他对小姨打断他的话有些不愉快，说，一早上就疯出去了，大概是去滩涂上摸小虾去了吧。

小姨看出了焦柳的不高兴，但她并不想依着他的高兴，说，这么老半天了，怎么也没见他回来？

焦柳说，天黑了他自己会回来的，他总是天黑了才回来。

小姨说，他个子长得很高了吧？他的哮喘好了没有？他学习怎么样？

焦柳有些茫然，不明白地看着小姨，说，他的个子？他的个子，好像还行，到我胸口那么高了吧。这狗东西，只知道傻吃，疯长个子，鬼精，跑得比兔子还快，现在要揍他，你得追出二里地去，你还不一定能捞上他。他的哮喘病？好像还行，大概有一阵没犯了吧？他在学习吗？我从来没见他看过书，做过作业，他只知道一天到晚在外面疯，到处给我惹是生非，把我气死了。小姨说，你就不管管他？

焦柳委屈地说，我自己都没有人管呢，我能管谁？他的情况比我强，他不用整天劳动，也不用整天写检查，快活得像神仙。他哪里像我，你不知道，我们现在管得太严了，我们每天早上和夜里都要集中交代情况，我们……

小姨说，天晚了，我们赶了几天路，饿了，你给做饭吧，我去找建国。

焦柳马上说，你们没带干粮呀？你们带干粮最好吃干粮，我这里是吃定量，一个月就二十六斤粮食，建国只十八斤，我们两个大男人，没有富裕的。

小姨说，带来的东西不是都给你了吗？我们再去哪儿弄干粮？

焦柳就有些不情愿，说，带来的那些东西得留着，现在供应紧张，东西很难弄，不能糟蹋了。

小姨说，那怎么办？我们这么大老远的来，你总不能让我们饿着吧？

焦柳想了想，也想不出什么更好的办法，只好说，要不这样，今晚咱们就简单一点儿，咱们就熬点包米糊糊吃，等明天，我再给你们做大米。

小姨也不在乎吃大米，她这么老远地带着我赶来，也不是为吃大米来的，焦柳收拾锅做饭，小姨就去找建国。

小姨去找表哥建国的时候，我跟着一块儿去了。我不想一个人留在焦柳身边，我觉得他有可能把我宰了和包米糊糊一块儿煮了吃，我决定一步也不和小姨分开，决不冒那个险。

我们去了大海边的滩涂上。

大海灰蒙蒙的，遥远到看不见的地方，漂亮得要命。有腥味很浓的海风吹来，吹得海水一片片地往沙滩上扑。几只沙蟹在沙滩上快速地爬动着，一听见脚步声，立即钻进洞穴里去了。一群群海鸥在低空盘旋着，有时它们飞到海面上去了，它们的身影从那个地方消失掉，好半天不再出现，让人怀疑它们是不是变成了鱼，钻进海底下去了。

小姨站在那里，眯着眼，一动不动地朝大海看。她是看那些在大海上飞翔着的白翅黑翎军舰鸟。我不知道她为什么要看那些鸟儿，但我知道她看鸟儿的时候我不该打扰她，我就蹲在一旁挖沙蟹。

我们在那里没有找到焦建国，他不在那里。

从滩涂上回来，我们又去村子里找了一圈，还是没有找到焦建国。

我不住地问小姨，你不会不认识他了吧？你要不认识他怎么办？

小姨先是不理我，拽着我的手快步往前走。后来她笑着拿手指戳了我的额头一下，说，碎嘴子，我自己的儿子，我能不认识？你操个什么心？

我说，那，建国哥不会不认我们吧？

小姨说，他怎么会不认我们呢？

我说，要不他怎么老躲着我们？

小姨说，傻孩子，我们又没告诉他，他是不知道我们来，他和你一样，也是个乖孩子，他要知道我们来了，不知会高兴成什么样呢。

月亮上来的时候，我们还是没找到建国。月亮在云层中钻来钻去，很快爬上天空的高处，把大地映照得如同白昼一般。这反而让我们犯疑。我们不知道在夜晚到来之前没有找到建国，现在黑夜来了，虽然这个黑夜如同白天一样，但它毕竟是黑夜，是我们不熟悉的黑夜，我们又去哪里找建国？我们只好回去了。

我们刚一进家门，焦建国就像一只鬼鬼祟祟的狗獾，蹑手蹑脚地跟我们进了屋。

焦建国一身脏兮兮的，衣服上的扣子几乎全掉光了，脸上黑一块白一块，大概是锅灰和盐渍，他也不擦，手里拎着一根棍子，不声不响地站在我们身后。

焦建国盯着我们，大声说，你们是谁？到我家来干什么？

我没提防，吓了一跳，下意识地躲到小姨身后。小姨倒没吓着。小姨听到声音，迅速地转过身去，盯着焦建国。小姨很激动，脸色都变了。小姨向前跨了两步，朝焦建国伸出手去。

小姨喊道，建国！

焦建国目光警觉地朝后一退，把手中的棍子横在他和小姨之间，说，别动！再动我劈了你！

焦柳听见响动，头上戴了一方脏毛巾，从麦秸草搭的偏房里钻出来，吼道，你跑哪去野了一整天？你还知道回来呀？你怎么不死在外面？！

焦建国一点儿也不在乎焦柳吼他，他仍然盯着小姨和我，手里紧捏着棍子，冲焦柳歪了歪嘴，问，这两个人是谁？他们到咱们家来干什么？我跟着他俩好长时间了。我瞧他们鬼鬼祟祟的样子，准不是好人。

焦柳吼，什么不是好人，她是你妈，还有……

焦柳看了看我，又看了看小姨，眼里露出迷惑，不知道该怎样向他儿子介绍我。他到这时才发现，直到现在，他还不知道我究竟是谁。

焦建国愣了一下。当焦柳冲着他吼她是你妈的时候，他好像遭到了袭击，而且是突然袭击。他有些不信任地看了看焦柳，又回过头来看着小姨。

小姨的目光一直在焦建国脸上。从焦建国出现之后她的目光就一直在他的脸上，再也没有移开过。当焦柳吼她是你妈的时候，她的身子晃动了一下，好像也遭到了袭击。她站在那里，有些力气用尽了的样子，有些站不住的样子。

小姨的声音有些发抖，她说，是的，建国，我是你妈妈。

焦建国的眼睛倏地亮了一下，迅速而羞涩地笑了笑。他笑了笑，耸耸肩，好像替自己解围似的，老练地说，弄求错了，我还以为是上咱们家混饭吃来的呢。

焦建国说完那话以后又笑了笑。他咧开嘴笑。他的牙很稀，像发育不全的小老鼠的牙。他笑过之后又耸了耸肩膀，把手中的棍子移开，突然地，目光垂落下去，身体随之颤抖了一下。

那天晚上我们没有走，住下了。小姨借住在一个老乡家，我和焦柳焦建国父子俩住他们家，睡一个炕。

小姨去老乡家之前，焦建国一直黏在小姨身旁。他和一开始进门时的样子大相径庭，就像小姨对我说的那样，乖得要命。他像一只听话的小羊羔，坐在小姨身边，手放在膝头上，一点儿也不乱动，小姨要搂他他就让小姨搂，小姨要给他洗脸洗澡他就让小姨洗，百依百顺，一句反对的话都不说。等小姨去老乡家借宿时，他就送小姨过去。他低着头，轻声细语地说，妈，外面天黑，我送你。小姨一听那话，眼睛立刻红了，差点没落下泪珠子来。

那天晚上我和焦柳焦建国睡一个炕真是倒了八辈子的霉。那父子俩老是欺负我，差不多一整夜没让我睡成。焦柳一个劲地审问我小姨身上带没带钱和粮票，带了多少；问我小姨现在一月拿多少工资，有没有积蓄。焦建国则不断地往炕边挤我，拿一双臭脚踹我，在被窝里掐我的大腿；他还让我去倒小便桶，弄得我十分紧张。

我最先见到黑黝黝的焦建国时很喜欢他，因为他经历丰富，会捉小鱼小蟹，敢一大早就跑出家去，一整天都不归家，同时他是我的表哥。我甚至觉得他人长得精精瘦瘦的，身上又脏又臭，活脱脱一个无羁无绊的野孩子，那也让我羡慕。但是焦建国对我很防范，他一直把手揣在口袋里，用那种阶级斗争的眼光看着我。他在吃饭的时候监视我，不准我添第二碗糊糊，我准备添第二碗糊糊的时候，他就发出只有我们俩才能听见的一种类似眼镜蛇叫的嘶嘶声，吓得我不敢再添了。在小姨给他洗脸洗澡的时候，他拿眼睛横我，不许我靠近，不许我介入小姨和他的亲情。吃过晚饭后，他当着小姨的面，很大方地给了我两颗不知从哪儿摘来的核桃，让小姨非常高兴。小姨还亲昵地拍了拍他的脸蛋。我费老大的劲敲开一颗核桃，把核桃仁塞进嘴里，等我嚼了几下之后，才发觉那是一只霉了仁的核桃。我看焦建国，他也看着我，一脸无辜的样子，害得我手里捏着第二颗核桃，既舍不得丢掉，也不敢再敲开了。

夜里焦柳开始打鼾的时候，焦建国壁虎似的无声地爬了起来，拎着我的脖子，堵上我的嘴，把我从被窝里拽了出来，拉到外面的瓜棚里。

我有点害怕，不明白出了什么事，等到了瓜棚，焦建国松了手，我就一边套着裤子一边哆嗦着问，干什么呀，人家都睡了。

焦建国说，我要审问审问你。

我问，你要审问我什么？

焦建国说，你慌什么？我还没有准备好，等我准备好了再审。

焦建国把我松开，从瓜棚的架子床下拖出一盏油灯，划燃火柴，熟练地把灯点上，挂在瓜棚的天头下，再变戏法似的变出他的那根棍子，操在手中，等这一切准备工作都做好了以后，他就过来，重新把我勒回到他的胳膊弯里，把我拖到床边上，他坐下来，让我弯着腰，他手里的棍子在床沿边啪啪地拍打着，开始了他的审问。

焦建国说，小子，你给我听好了，我现在是在审问你，我是真正的审问，和电影里演的一模一样，不是假的，你对我的审问，要老老实实地坦白，不许反抗，不许撒谎，你要不老实，我就剥掉你的皮，敲碎你的骨头，把你喂了狼，你听明白了没有？

我说，我听明白了。

焦建国满意地点了点头，然后说，那好，我先问你，你是不是我妈妈的新儿子？

我被他勒疼了，我还有点瞌睡。我挣脱了他，说，我不是小姨的儿子，我是她的侄儿。

焦建国说，胡说！你骗谁？你以为你能逃过我的眼睛？告诉你，我的眼睛不是一般的眼睛，我的眼睛能看穿你的身体，也能看出你是不是在说真话。

我说，我没有骗你，我说的都是真话，你才骗人，你根本没有那种本事，你要有那种本事，那你看我是谁的儿子？

焦建国真的盯着我很认真地看，看了一会儿，我以为他完全看出来了，他却换了一种方式，用狡猾的口气问，你先说说看，你是谁的儿子？我看你说的是不是真的。

我说，我是我爸爸妈妈的儿子。

焦建国一点儿都不傻，他说，你爸爸妈妈是谁？

我说，反正不是小姨。

焦建国盯了我一会儿，松开手，哼了一声，说，量你也没有这么大的胆子，敢做我妈妈的儿子，你要搞明白，那是找死！我揉着被勒疼了的脖颈，有一种死里逃生的感觉。我还有一种很委屈的感觉。

焦建国一点儿也不管我是怎么想的，拿他的棍子在我的手背上敲了敲，说，你给我听清楚了，别打我妈妈的主意，别想着做她的儿子，否则我揍扁了你！

第二天一早起床，小姨从老乡家过来，焦柳去大队部集中汇报去了，小姨就把乱糟糟的屋子从里到外打扫了一下，把焦柳的脏衣服全翻出来，被里拆下来，拿到井台边洗了，然后在院子里扯了两根绳子，把洗过的衣服和被子晾起来。

焦柳从大队部早集中回来，一进门，看见屋里变了样，急了眼地问，你干什么？你翻我的屋子干什么？你没翻出我的什么东西吧？

焦柳说着就冲到粮食柜子前，打开柜子往里看。

小姨先没明白，说，我翻你什么东西？我什么也没翻，都脏成什么样了，我是替你打扫打扫。

焦柳检查过粮食柜，发现没什么变化，这才松了一口气，关上柜门，找出一把锁来把柜子锁上，把钥匙拴在裤腰带上，说，算了，弄吃的吧，吃过我还要赶着上工呢。

小姨悟过来了，也没生气，对焦柳说，我们不吃了，我们回去了。

焦柳说，什么回去？回哪儿去？

小姨说，回家。

焦柳说，回什么家？你昨天才来，怎么今天就走？大老远的，怎么也得住上两天吧？

小姨说，家里还有事，早点上路，也许能赶上今天的车。

焦柳马上说，也好，你们也没带粮食，我这儿粮又不够，留下你们也是遭罪，既然你坚持，就不留你们了，下次来，记着多带点粮。那你们就走吧，不过有一件事我得和你商量一下，你走得把焦建国带走，他在这儿给我添麻烦，我实在是带不了他了。

小姨说，这个不用你说，我来就是带他走的，我不会让他在海边泡着，做一个光腚野人。

焦柳放心了，说，本来我还想给你看看我最近写的学习材料，我最近有一些新的认识，我打算认真琢磨一下，再向组织上汇报。

小姨说，材料就没有必要看了，倒是你昨天说了那么多话，我都听了，我也给你说一句。

焦柳说，那好，那好，你说，我听着。

小姨说，天塌下来了吗？

焦柳一时没明白过来，抬头看了看天，疑惑地说，天还在，没塌呀？

小姨说，天没塌，你把自己弄成这副没精没神的样子干吗？你看看你的样子，头发不梳，胡子不剃，衣服脏成什么样，扣子都掉完了，也不缝一缝，锅不涮，碗不洗，屋里乱得老鼠都不愿待，像个牢房。你又不是没遇到过难处，你过去遇到难处都是怎么过来的？你那股子顽强劲头呢？你那副坚定信心呢？怎么全都不在了？小姨盯着焦柳，说，肩膀上是人头，肩膀下是人心，肩膀能扛住这两样，还有什么事扛不起来？

小姨说完这番话，也没打算和焦柳讨论下去，拎上空包，带着我们哥俩走了，临走时，她把身上所有的钱和粮票都清出来，留下路上用的，其余的全留给了焦柳。

焦柳很高兴，他把钱和粮票接过去数了数，从裤腰带上取下钥匙，打开粮柜，从粮柜里拿出一件旧军装来，把钱和粮票用纸包起来，放进军装的上衣口袋里，扣上扣子，把军装放回粮柜里，重新锁好柜子，再把钥匙仔细地拴在裤腰上，然后，他主动提出送我们走。

小姨说，你别送了，你还得出工，我知道路，我们自己走。

焦柳不依，一副刚接受过批评，坚定信心和顽强劲头都找回来了样子，大声说，那怎么行呢？没去接你们，送总是要送一下的吧？走吧走吧，别啰唆了。

焦柳这么说着，自己空着手在前面走，小姨拎着包袱，领着焦建国和我在后面跟着。

出了门，走到村前大路上，一个干部模样的人迎面走来。

焦柳马上站住了，恭恭敬敬地说，刘队长，我送人，马上就回去上工。

那个干部模样的人看了看小姨，也站下了。

焦柳见干部看小姨，马上说，刘队长，这位同志姓梅，她是革命群众，在外地工作，过去我们是同事，她路过这里，专门来帮助我进步的。

小姨知道那个干部在看她，她没停脚，目不旁视，带着我们继续往前走。

走出老远，我回过头来看，焦柳还站在那里给那个刘队长说话，一副讨好的样子。刘队长对焦柳说着什么并不感兴趣，一直看着我们的背影。

我们很快就走远了。焦柳再没有跟上来。

焦建国对离开这个地方很高兴。焦建国快活得要命，一路上都在和人打招呼，说，我要走了，离开那个反动的爹，操他妈他真不是个玩意儿。我妈妈来接我了，我去我妈妈那儿，一辈子也不回来了。我妈妈是革命家，她不是一般的革命家，是领导，谁要是当了反革命，她可以随便揍谁，操他妈这一回我可算是解放了，我可算是捞上了，我非揍个痛快不可。

焦建国对人说这些话很耽误时间，好几次他都落在我们后面，我不想让他一个人落在后面，就慢下脚步来，在后面等他。焦建国气喘吁吁地赶上来，抹一把汗对我说，咱们非得走这么急吗？咱们不能慢点走吗？我还有几件事没办呢。

我说，你还有什么事？你还要去海边捉小鱼吗？

焦建国说，去他妈的小鱼吧，我这辈子算是逃离苦海了，我这辈子再也不捉小鱼了，我要再捉小鱼我不跟没解放差不多？他撩起衣袖擦拭了一下鼻涕，说，我是有比这个重要的事，我告诉你了，你他妈不准当叛徒。

我说，我从来不当叛徒，我最恨叛徒。

焦建国说，那我就告诉你。我主要有两件事，一件事是我在水渠边藏了不少地瓜，我得去把那些地瓜带上，我不想让别人得了我的好处；第二件事是我得去把小邋子揍一顿，这小子是我的死对头，专门和我过不去，上次抽得我直冒牙血，脸肿了三天没消下去，只有他我一个人没法对付。你帮我，咱们俩给他来个突然袭击，用棍子猛揍，打他个措手不及，打完咱们就跑，没等他反应过来，咱们就上火车了。

我想了想说，我没打过架。我觉得地瓜很好，我和你拿地瓜去，打架这事你得去和小姨说，你和小姨说了我就帮你。

焦建国说，你怎么就不明白，我不能去说，我妈她刚把我找到，她现在还隔我，我一说，她就对我的印象搞坏了，我就做不成她线上的人了。

我说，什么是线上？

焦建国说，线上你都不懂？你还是大城市来的人！线上就是一伙的。

明白了。我说，但是你不说，我也不能说，倒不是线上的问题，关键是我怎么对小姨说？

焦建国启发说，你就说，你肚子疼，得去拉泡屎，我就说我去陪你，这样我们就去了，拉泡屎的工夫，我们就把事情给办了。

我说，不行，这样说是骗人，我从来没有骗过小姨。

焦建国说，你就骗一次有什么了不起，她又不是你妈，你搞得那么严重。

我说，不行，我不干。

焦建国生气了，说，你他妈的原来是这种人哪，我怎么没想到你是这种人呢？

焦建国说完，气呼呼地抬腿踢了我一下。他本来还想进一步地揍我，但他四下找了找，没找到顺手的家伙。他问我，我的棍子呢？我的棍子到哪儿去了？

我说，我怎么知道，你又没有交给我。

焦建国就后悔，说走得太急，把最重要的事情给忘记了，然后他就再不理我，一路上都不和我说话。

小姨没有听到我们在后面说的那些话。小姨一直走在前面。她急匆匆地走着，目不斜视，既没有去看她熟悉的北方的那些笔挺的钻天杨，也没有去看那一望无际的金黄色的稻田和高声鸣叫着从稻浪尖上掠过的红喙鹏鸟。我和焦建国在她的身后紧跟着，我不知道她是已经忘记了在她生命中留下过深刻痕迹的北方，还是想尽快带着我们两个孩子离开这里，我跟在她身后，一路小跑着，一会儿就出汗了。

小姨是回到家之后才听到了焦建国那些骂人的话的。

回到家里后，小姨放下东西，打开窗户敞气，又给家里的一盆正开着花的嘉兰浇了水，然后升了炉子，坐上壶，烧了水，让我们俩先洗澡，换上干净衣服，脏衣服丢在脚盆里等她来洗。

小姨对焦建国说，建国，这就是咱们的家，你现在回家了，回到妈妈身边来了，你高兴不高兴？

焦建国小眼明亮，四面打量着，拼命点头，说，高兴！

小姨有些红了眼圈，过去把焦建国搂进怀里，让他的脸贴着她的脸。

焦建国像一只乖乖的小白兔，让小姨搂着，他的两只长胳膊先是拘谨地悬在那里，后来小姨拿脸去摩蹭他的脸，他就有些别扭地把小姨搂住了。

小姨搂了焦建国一会儿，松开他，说，你们先去洗澡吧，我去给你们熬白糖粥喝，等喝了粥，我们慢慢说话。

小姨又转过头来对我说，四儿，你把你的换洗衣服找一套出来给你建国哥，等明天我们上街去扯了布来再给他做几套。洗过澡，你就带你建国哥到外面玩一玩，熟悉一下地方，别走远了，我会叫你们吃饭的。

洗澡的时候，焦建国要先洗。我说澡盆很大，足够我们俩一块儿洗了。焦建国不干，说必须按照秩序来。我问什么是秩序，他也不回答，把我推开，自己先跳进了澡盆。

焦建国洗澡的时候不断地指使我，一会儿要我提水，一会儿要我给他搓背，一会儿要我去给他找木拖鞋。他洗得很痛快，一边洗一边大声地唱歌。他唱的是一支我没听过的歌，是有关公社和丰收的。我觉得这不公平，我不是觉得公社和丰收不公平，我是觉得他洗澡要先洗，而且老是指使我这件事。我对焦建国说，凭什么你要先洗，你还要我给你搓背，你还像猫叫似的唱歌。焦建国说，这是我的家，我是这个家里的主人，干什么都得我第一。你到我们家来，你就得侍候我，你要不想侍候，你可以走。我愿意唱歌我就唱歌，我还可以哭，我还可以学猫叫，你要不爱听，你就把耳朵堵上。我想了想，我觉得他说得对，他在这个问题上的确占着理，我就不做声了。

洗完澡，焦建国换了我的衣服，也不问谁，熟车熟路，去五屉柜上找出小姨的雪花膏，在脸上抹了一块，然后拿小姨的梳子梳他乱糟糟的头发。

焦建国很内行地对我说，现在我的情况不同了，我离开农村了，再不是野孩子了，我得注意打扮自己。

他梳好头，在镜子里照了照，问我他的边分头梳得怎么样。

我说，还行。

他不满意我的回答，嫌我应付他，说，我警告你，你这种态度有问题。

我不服气，我说，我的态度没有问题，你的头才有问题。

他说，我的头有什么问题？

我说，你后脑勺大，头发太硬，又乱，你梳边分头不合适，你只合适学花和尚。

焦建国说，什么花和尚？谁是花和尚？

我说，花和尚就是鲁达鲁提辖鲁智深，梁山泊好汉排次座上有名的英雄，三拳打死镇关西——你怎么连这个都不知道？

焦建国说，那我和他有什么关系？

我说，不是你和他有关系，你问我头的事，我说你适合花和尚的头，也就是光头，因为鲁智深剃的就是光头。

焦建国怀疑地看了看我，又到镜子面前去认真地看了看，先有些垂头丧气，但是他很快就摆脱了他垂头丧气的情绪。他问我，你说那鲁什么的，他是个英雄吧？他打死过人吧？那就行了。然后他就放开有关头的问题，开始在屋子里窜来窜去，到处翻，到处看。他对跟进屋里的我说，不行，我先得熟悉一下地情，我先得侦察侦察。

吃饭的时候，焦建国抢先坐上了桌，一气喝了六七碗白糖粥，喝得肚子圆鼓鼓的。

小姨给焦建国拈菜，说，别急，别急，粥有的是。

焦建国被粥烫得眼泪都流出来了，他吐着舌头，用力吸气，说，我不是急，我是太饿了。说着他又添了一碗，饭勺没放下，打了个饱嗝，差点没把嗓子眼里的粥呕出来。

小姨看他那副样子，眼圈红了，放下碗，去拿了毛巾过来，给他擦嘴。

焦建国喝完那碗粥，又把盘子里剩下的酱豆全扒拉到嘴里吃了，这才把碗放下，满意地出了一口长气，说，操他妈，这一回吃饱了，不像那个反动的爹，粥都不让喝饱，真他妈不是玩意儿。

小姨放下毛巾，伸手就给了他一个耳刮子。

焦建国有些吃惊，捂着脸看小姨说，打我干吗？

小姨有些发愣。她的手在发抖，脸色苍白。但她很快恢复过来，说，第一，不准骂人。第二，不准说你爹的坏话，别做白眼狼。

焦建国犟嘴道，我说他是反动的爹，我说的全是事实，他就是没让我喝饱过粥，他老说备战备荒为人民，他把我备得都成了麻秆儿，我要是白眼狼，早一口咬死他了。

小姨平静下来，说，他小时候也没有喝饱过粥，他还给地主放过牛，这一点儿你没他苦吃得多。他不到你这个年龄就出来参加革命了，枪林弹雨，九死一生，这一点儿他比你功劳大。他有什么就说什么，至少是个敢作敢为的人，从来不在背后骂人，你先把他的优点学到，然后再开口说话。

我也很吃惊。我从来没有见过小姨动手打人，那是第一次。我很同情焦建国，他的话一点儿没错，他饿得都成了麻秆儿了，人比我大几岁，个头比我高一大截，身子骨轻飘飘的，洗澡的时候，他要我给他搓背，我都能看见他深突出来的肋骨，他确实是吃了很多的苦，他还那么快乐地大声唱着歌，说实话，我当时都有点鼻子酸酸的了。

那天晚上，我陪焦建国到外面去溜达。他弓着背，好像很累的样子，把手抄在裤兜里，一边走，一边踢路上的石子儿，下死力地踢，脸上是一副恨恨的神情。

我说，表哥你就别伤心了，小姨她打你是为了你好，她是疼你的。

焦建国哼了一声，说，她疼个屁，她根本就不疼，她要疼就不会扇我耳光了。

我说，她那不是真扇。

焦建国说，她不是真扇是什么？她又不是扇你，你怎么知道？操他妈，我当时连心都碎了！

我也觉得小姨不对，她不该扇焦建国的耳光，毕竟焦建国刚被接回来。但我不想让焦建国恨小姨，我说，我在家里也常挨打，我爸打人可不是像小姨这么打，他是往死里打。

焦建国站住了，回过头来看着我，说，你他妈少给我来这一套，你当我后脑勺大，我不能梳边分头，我就真是农村来的呀？你当我真不懂呀？你们家里孩子多，你挨揍是正常的，我们家就我一个，我这种情况，根本就不该挨揍，可我爹他饿我，我妈她也打我，我落到这个地步，和旧社会有什么区别？我都怀疑我是不是他们亲生的，要不我干脆是他们的阶级敌人，他们把我弄在身边，表面上好像他们是在争抢我，他们谁都很需要我，其实就是想有个斗争对象。

我说，你胡说，小姨她没有敌人，她也不和谁斗争，她从来没有打过人。

焦建国火了，盯着我说，放你娘的灯笼屁，她一耳光打在我脸上，她那不是打呀？你怎么是这种人呢？你不是睁着眼说瞎话吗？

焦建国这么说了，好像占着理似的，非要我把小姨给的零花钱拿出来买冰棍吃。我照办了，跑去买了两只香蕉冰棍。

焦建国有滋有味地咬着冰棍。冰棍很甜，他咬一口，吹一声口哨，咬一口，吹一声口哨，咬着咬着他就哭了。

我看他站在那里，瘦瘦的个子，显得十分孤单，看着天边，鼻涕眼泪一块流，而且不像我那样唔唔地哭，他是抽搭着，没有声音，声音被他用力憋在嗓子眼里了。

我被他弄得很难过，就安慰他。我说，我还有四分钱，还能买一只豆沙冰棍，要不我再去给你买一只？

焦建国摇摇头，歙歙着，用吃完了的冰棍棒把鼻涕眼泪揩掉，丢掉冰棍棒，伸出手来，很知心地把我搂过去，让我和他站在一起。他比我高了一头，手臂长长的，像只章鱼。他拍着我的肩膀，说，老四，我真是羡慕你，虽然你们家吵吵闹闹的，虽然你常挨你爸的揍，但你们好歹一家人在一起，从来没有分裂过，不像我们家。我们家是家破人亡，妻离子散，我真是操他妈的想不通啊！

二十二

小姨被逮捕之后，杨支书给焦柳同志写了一封信，告诉他梅琴同志的情况。

杨支书在信中说，说实话，我单位广大革命群众一致认为，叶灵风的检举揭发材料不实，是诬陷，组织上对梅琴同志的处理缺乏慎重态度，应该予以甄别纠正。

杨支书没有多少文化，字写得不好，像鸡爪扒，而且他在写信的时候，还像以往那样，把墨水弄得一手一脸的。但有关梅琴同志的情况，特别是梅琴同志在县文化局里近几年工作的情况，杨支书认为他是很清楚的，他能够以自己的党性原则做担保，并且在给焦柳同志的信中已经写进了那样的担保了。杨支书写完那封信，把信装进信封，心里想，焦柳同志肯定会回信的。果然，焦柳同志没有过多久就回信了。

焦柳同志在信上说，杨广贵同志，来信收到了，你在信中提到的情况很重要，可见你是一个对党忠心耿耿，对同志具有负责精神的基层干部。但是，对党的忠心，对同志的负责精神，不但要体现在主动向党汇报情况，为同志积极说明问题这些方面，更要体现在不怀疑党，不轻易说是说非这一重要的方面。我们都是组织上培养起来的干部，我们要相信组织上不会冤枉一个好人，也不会放过一个坏人，梅琴这个人一贯自以为是，遇事容易冲动，爱走极端，在脱离了党的帮助和教育的情况下，走到了人民的对立面，这是令人痛心的，但也是可以想象的；退一万步说，即使梅琴有冤枉，对她的处理欠妥当，我们仍然要相信党，要坚守信仰，要接受党长期的、严肃的、各种方式的考验，做党忠诚的儿女。

焦柳同志在给杨支书的回信中还说到他现在工作很忙，他将要调到一个更重要的岗位上去担负领导工作，因为他和梅琴有过那么一段众人皆知的关系，不便出面为她说话，特别是私下里说情的话，云云。

杨支书看过信后很生气，骂了一句粗话，把信给撕了，丢进了纸篓。

杨支书虽然是一个基层干部，但他同时也是一位老革命，他的资历一点儿也不比焦柳同志低，要不是他文化程度低，再加上一些别的说不清楚的原因，说不定他现在的职务比焦柳还高，他也用不着听谁教育他了，他这样的资格，当然有理由撕掉那封狗屁云云的信，尤其是在那位老革命装腔作势对他摆谱的时候。

杨支书撕掉焦柳同志的信后并没有放弃，他又给另外两个正当红的老同志写了信，杨支书认为他不光有资格撕另一位老革命的信，他还有资格给别的老革命写信。那两个老同志曾经和梅琴在一起共同战斗过，他们虽然有时候也摆摆谱，但是他们和梅琴没有那种众人皆知的关系，不会说那种长期的严肃的各种方式考验的鸟话。杨支书的犟劲头被焦柳同志刺激起来了，他再一次想到革命不可能一帆风顺这个道理，并且准备把这场斗争顽强地进行到底。

杨支书的判断很正确，那两个老同志接到他的信后，果然过问了这件事。他们先派了人来，到文化局做了一些调查工作，弄清楚了基本情况。他们弄清楚了基本情况以后就打电话到有关部门骂人，要有关部门重新调查，慎重处理。他们在电话里说了很多外人不易知道的事情，最后说，行了行了，我们知道那是怎么回事，怎么回事我们都经历过，我们就不说了，我们也知道你们很为难，你们再为难也为难不上天，说穿了，不就是个善后问题吗？你们把案子结了，人交给我们，别的事情不用你们操心，我们保证她离开你们市，你们就当她失踪好了。

小姨被关押了十个月，其中有一个多月的时间是在医院里度过的，然后她从监狱里放了出来。

小姨从监狱里出来后，很快来到了我们家生活的那个城市。

把小姨弄出监狱的那两个老同志，其中的一个姓王，是我们家生活的那座城市省里的领导，他把小姨弄出来后对小姨说，算了，你也别在那个鬼地方待了，再待下去也没有什么意思了，你干脆跟我走吧，去我哪儿，你有个姐姐不是在那儿吗？你姐夫我很熟，我们在一张桌子上吃过饭，你去我那儿工作，看谁还敢把你怎么样。

小姨开始还有些犹豫，她倒不是犹豫离不离开原来生活着的那座城市这种事，她在那座北方的城市里经历了太多痛苦的遭遇，在那座北方的城市里和两个男人相爱又反目，并且失去了她的孩子，她在那座城市把自己弄得到处遭人非议、遭人指点，她已经痛恨极了那座城市，即使那位姓王的领导不提出离开的话，她也会考虑这个问题的。

小姨犹豫的原因是孩子，她不想离开她的孩子。

劝小姨离开的是杨支书。

杨支书说，你还是走吧，你在这儿待着，很多事情都不好处理，你也没什么可留恋的了，有这样的机会，换一个地方，重新开始，有什么不好？孩子的问题，说实话，你也不要胡思乱想了，焦柳同志他不会让你得到孩子的，他也不会让你见孩子，你就是留在这里也没用，说实话，有什么用呢？

小姨承认杨支书说得对，他说的的确是实话，她不可能从焦柳手中夺回孩子，焦柳也不可能让她见到孩子，她留下来，只是一种心理安慰。

小姨决定离去。在离去之前，她打算去监狱见叶灵风一面。

杨支书有些不高兴了。他觉得小姨完全是节外生枝。他对小姨说，你想干什么？他还没把你害惨哪？你还牵挂着他呀？说实话，他这个人，我最先还是尊重他的。我尊重他是个肚子里有文化的知识分子。哪知他肚子里文化也有，坏水也有，是这么个没心没肝的货色。他要出来了，再回局里来了，我见了他的面，我先啐他一口再和他说话。

小姨摇了摇头，轻声地说，我不是惦记着他。我不会再惦记他了。但我一定要见他一面。我得当面问问他，他为什么要那么做？为什么要那么做？我已经说过，我什么时候都不会离开他，什么时候都会和他在一起，如果他在监狱里很寂寞，他不愿意一个人待在那儿，我可以进去陪他，可他为什么要撒谎？他到最后仍然选择了撒谎。

杨支书愣了愣，说，如果你一定要见他，那你就见他一下吧，我们局里出面，向组织上打个报告，先替你联系一下。

小姨说，还有一件事要麻烦组织上。她抬起头来看着杨支书。她的脸色十分平静。她说，请组织上给我开个介绍信，我要和叶灵风离婚。

事实上，小姨最后并没有见到叶灵风。组织上认为叶灵风的问题和小姨的问题不同，叶灵风的问题并不能像小姨的问题那么处理，他们不希望再有什么事情发生了，他们拒绝了小姨见叶灵风的请求。对于小姨提出和叶灵风离婚的事，他们倒是很爽快地答应了，并且在很短的时间内为小姨和叶灵风办理了有关手续。

小姨离开那座北方城市的那一天，那座城市的天很阴，西伯利亚的冷空气正在南下，它们很顺利地经过河西走廊来到了华北平原，一夜之间让城市和乡村换上了霜染的素妆。杨支书和何同志去火车站送小姨。小姨坚持不要他们送。杨支书和何同志坚持要送。小姨说，你们谁也别送，我不喜欢人送。小姨说完拎着旅行包就走。杨支书和何同志并不离开，在后面跟着。小姨看实在没办法，也就再不说什么，站下来等他们俩。杨支书赶上来，从小姨手中把旅行包拿过去，三个人躲开大街上来往不断的大车，顶着犀利的北风朝火车站走去。

他们很快到了火车站。

小姨站下，对杨支书和何同志说，你们回去吧，我自己上车。

杨支书说，也好，局里还有事，我们也不往车上送了，我们就回去了。

杨支书把手中的旅行包交给小姨，同时塞到小姨手里的还有一包熟鸡蛋。

小姨没有推辞，接过来，轻轻说了声，谢谢。

何同志一下子跑过来，抱住了小姨，哽咽着说，梅琴，来信啊。

小姨不说话，只点头。

何同志掏出手绢擦着眼睛，说，我去市里看孩子的时候，我就看看你的孩子，我带一颗枣去，就是你孩子的，带两颗枣去，他俩一人一颗，你就放心吧。

小姨再点头，仍不说话。

杨支书有些不习惯这种场景，他走过来，用力地和小姨握手，一脸严肃，哆嗦了半天嘴，说了一句：梅琴同志，说实话，你是一个好……好女人。

小姨来到我们家生活的那座城市之后，被安排在文化局工作，职务是人事处处长。小姨那个时候三十出头，但她参加革命时间早，是抗战干部，有资历，在文化局这种单位里，像她这么年轻又有资历的干部并不太多，她和省里的领导是血雨腥风的战友，上面看重她，下面尊重她，再加上她和我母亲终于生活在一座城市里了，我母亲能够照顾她，按照我们大家的想法，她的好日子总算是来到了。

小姨上班的第一天，局里开了一个隆重的欢迎会，局领导和机关科室部门的负责人参加了这个欢迎会。局党组书记在最后的总结发言时说，梅琴同志的到来为我们局的工作增添了一份希望，让我们再一次以热烈的掌声对她表示欢迎！

欢迎会散会的时候，有一个面目清秀个子修长的青年人走进了文化局。他的名字叫鲁辉煌，是本市京剧院的一名武生演员。他来送一份请调报告。有人指给他看新来的人事处长。一分钟后，他走进人事处长办公室，坐到了小姨面前。

小姨最开始没有明白党组书记说她的到来为局里的工作增添了一份希望是什么意思，但是她很快就明白了。

几天之后，局里热情地请来省里的王领导，也就是小姨的老战友，请他来局里检查对小姨的安排情况。

省里的王领导一来就握住小姨的手，说，小梅呀，怎么样，他们安排得还可以吧？要是不行你尽管对我说，他们不欢迎你，我找其他地方，再不行我们还回到草原上打游击去，我就不相信，像你这样才貌双全的干部就没有人要。

党组书记连忙在一旁说，领导这是在批评我们，我们怎么会不要呢？像梅琴这样的同志，我们请还请不来呢。

省里的王领导就拍了拍小姨的手背，说，你瞧他多会说话，现在的干部，一个比一个会说话，说得你直犯晕头病。小梅你可要小心一点儿，别被他蒙蔽了，他这是说给我听的呢。

省里领导来了也不能光是看看小姨，还得听听汇报。这方面，党组书记早就准备好了，并且是精心准备的。领导看望小姨的程序一结束，党组书记就把领导迎进会议室，请领导在沙发椅上坐了，削了水果，倒上热茶，一二三四五地汇报上来。

省里的王领导摆摆手，止住党委书记，说，你别给我来遛马那一套，我没那个时间，你就拣重要的说，我能办就办，不能办我拍屁股走路。

党组书记就说了两条，一条是驻地军队老是到局里下属各剧团里挖人，专挖骨干，挖得局里肉疼，军队现在地位高，供应有保障，很吃香，挖谁谁都巴心不得，局里不让挖又想不出好办法；二是局里一直想建一个地方戏的剧院，计划了好几年，材料也报上去了，上面也同意了，就是经费落实不了。

省里的王领导嗯嗯地听着，听完了，说，你这个党组书记是老百姓出身，没当过兵吧？

党组书记说，是，我原来是吹唢呐的，后来转行搞政工，没有当过兵。

省里的王领导点点头，说，这就难怪了。我问你，咱们这个天下是谁打下来的？

党组书记说，党，是党。

省里的王领导说，党是个大概念，具体地说是党指挥下的军队，是军队打下了天下，军队不吃香你叫谁吃香？全国人民支援解放军，这是一条大道理，你要不明白这条大道理，你就没法搞好工作。这件事我帮不了你，准确地说，这件事谁也帮不了你。第二件事，盖戏园子的事，你说说需要多少钱。

党组书记连忙报了个数。

省里的王领导略一沉吟，说，我给建设厅说一下，过几天你们打个报告上来，报告直接打给建设厅蔡厅长，这事我给你们办了。

党组书记一个劲地感谢，说，谢谢领导了！谢谢领导了！

省里的王领导走的时候，又一次把小姨的手拉起来，说，小梅，好好干，到这个城市就像到自己家了，有什么困难给我打电话，直接上我办公室也行，我会常来看你的。

小姨看着省里的王领导乘坐的华沙牌小卧车冒着烟驰走了，她不明白地回过头来问党组书记，你说军队的事干吗？军队在剧团里招人，剧团也在地方上招人，不都是一回事吗？

党组书记就说，你不明白，军队是说给省里领导听的，你要提供机会让领导对你的工作点拨一下，做一做帮助提高觉悟方面的指示，省里领导是军队干部出身，说军队的事最合适。再说，凡事都不会有全满，你要想办一件事，就得提出两件事来，让领导否定一个，另一个准能行。

小姨恍然大悟。

文化局的人很快就知道了小姨的经历。他们知道小姨三十出头，年龄不大，但经历却十分丰富——她打过仗，蹲过伪满大狱，吃过共产党的冤牢饭；她从别的城市里调来，安排在他们这个充满激情的局里；她单身，但她曾经嫁过四个男人，后来都离了。这样的经历让人颇感兴趣。这是一个漂亮的女人，魅力十足的女人，她的过去充满了神秘感，这些神秘感再加上有过四个男人的经历，就足以使主人公成为故事中的人物了。文化局这样的单位从来就不缺少浪漫的故事，别的不说，只说下属十几个演出团体，那些从旧社会过来的老艺人，有几个没有过浪漫的故事呢？那些新社会成长起来的年轻艺人，又有几个没有新的浪漫故事呢？但新来的人事处长不同，她是政工干部，是党里的人，她不能和艺人比，她的经历可以丰富，但应该单纯，可以曲折，但应该执著，她不该有入戏的成分，否则她把自己当成什么了？艺人吗？

文化局的人很快弄清了小姨经历中那四个男人的情况。他们知道那四个男人中，一个是敌伪官吏，两个是革命者，另一个是身陷囹圄的剧作家。这一清楚就使他们有话可说了。第一个男人成分不好，又是包办婚姻，这样的婚姻不接受是正常的。后两次婚姻呢？对方是老革命，是领导干部，论人生经历思想觉悟，哪一点儿能比你差呢？最多也就是年龄偏大一点儿，相貌稍差一点儿，再就是文化程度问题，这些并不是原则问题，不值得提到离婚这个大是大非的立场问题上来处理。更令人同情的是那个剧作家，那是个才华横溢的艺术家，是他们的同行，他会有什么不好？也让她有理由抛弃他？把他一个人丢在监狱里？她是一个什么样的人？她那样义无反顾，离开了第一个男人，又离开了第二个男人，接着离开了第三个男人，然后是第四个男人，她这样不断地离开过去离开过来，自由自在得一塌糊涂，简直是毫不节制，为所欲为，她要是没有问题，未必还是天下所有的男人都有了问题不成？人们这么一分析，有关新来的人事处长的形象就一目了然了。

接下来，人们又看到了另外一件事。那位省里的王领导经常来局里看望人事处长。他一来，首先握住人事处长的手，笑眯眯的，长时间的不松开，好像人事处长的手本来就该长在他的一双肥厚的大手中，只不过他日理万机，不得不暂且割舍，等日理万机结束之后，他就有充足的理由把它重新生长回自己的大手中似的。人们听说那位省里的王领导不光来看人事处长，他还经常给她打电话，他们在电话里充满感情地回忆当年的战斗友谊，一回忆就是一两个小时，回忆得两个人经常热泪盈眶。人们还听说省里的王领导不仅和人事处长共同回忆，他还和她说一些私房话，比如说，省里的王领导告诉人事处长，他的家庭生活非常不幸福，他的夫人一点儿也不支持他的工作，他和她没有一点儿共同战斗的基础和语言，等等。其实这倒也没有什么，领导干部关心文艺界的情况在文艺界并不少见，文艺界的很多优秀人才都被领导干部们关心着，他们再多关心一个人事处长又有多大不了的呢？只有一次，人们当中的某一位没有沉住气，把原本属于他们自己私下里的认识弄到桌面上来了，这才使矛盾变得有些公开化和复杂化了。

那是一个地方剧团的团长，是从部队转业下来的干部，人很直率。那一次他找人事处长解决一件事，人事处长按照规定没有给他解决，他和人事处长大吵了一架。剧团团长拍着桌子说，你有什么了不起，你不就是和某人的关系暧昧一点儿吗，你还能把我的球咬了不成？后来还是局党组书记出来，把团长给骂了一顿。党组书记说，查某某，你不要在这里撒野，你说梅处长，你有什么资格？你自己过硬不过硬，别人不知道，难道你我两个人还不知道吗？你一而再再而三，现在还有两件事在我手上放着，没给你画句号呢，你也配说别人？后来党组书记想一想，好像自己没有控制好，话说得太露了一点儿，说拐了弯，让人有误会的可能，就转了身对人事处长说，梅处长，我主要是借他的话反过来批评他，没有别的什么意思，你千万别误会。

小姨在那段日子里不止一次听到过别人背后的议论。她知道那不是已经或者正在进行的有关她的议论的全部，它们远比她听到的要多得多。她知道她没法去向人们解释，她也不想去解释。在经历了北方那座城市的那些遭遇之后，小姨已经不再是原来的那个小姨，她已经不再企求人们对她的了解和理解了，她甚至开始和人作对。

有一次，小姨到我们家来，吃过饭后，她和母亲在屋里说私房话。

母亲说，小妹，你还是躲老王远一点儿，免得人们说你的闲话。

小姨不明白地说，为什么？老王我们是战友，他在我最困难的时候帮助了我，把我从牢里救了出来，我不能连一点儿感激之情都没有，我那样做可就太不讲情义了。再说，我和老王之间，我们又没有什么见不得人的事情，我干吗要躲开他？

母亲说，你怎么就不懂，你这种经历，现在又是个独身女人，该要找多少闲话呀？

小姨说，什么闲话？

母亲叹了一口气，说，你呀，都折腾成这种样子了，还学不会保护自己，你是要怎么样才能明白呢？

小姨冷冷地笑了一下，说，我倒是很明白，我是太遭人说话了，好像我生下来，就该是人的一个话靶子，任谁都可以拿我做谈资，我也知道他们说我什么，他们把我说成什么样，我不明白的是，我要怎样去做人们才能满意，才能放过我呢？也许人们会给我一些提议，他们会告诉我应该怎么做，要做成怎样才能让他们满意，让他们闭上他们的臭嘴，可是我偏偏不那样做，我就是能做也不做，我又不是活给别人看的，我就不相信，有一天我走在大街上，他们会拿石头来砸我。

事实上，小姨并没有挨过任何人的砸，直到"文革"后期，她在我们那座城市里工作和生活着，基本上没有受到过身体上的暴力侵袭。小姨她就像是那种学名叫做沙冬青的蒙古的黄花木，花儿金黄地开在我们那座城市里，没有盐碱的侵害，没有沙暴来掩埋，枝叶葱郁，迎风招展。她从大街上走过的时候，所有的人都对她报以欣赏和尊敬的微笑，男人彬彬有礼地给她让路，女人惊讶万状地打量她柔韧的腰肢，孩子们扎撒着胳膊要她抱抱，唯独没有呼啸而来的石头。小姨她也许真的是蒙古的黄花木，是那种如今唯一在荒漠沙区戈壁滩上残存着的常绿灌木，人们离着她太遥远，根本够不着她，人们再傻也不至于傻到跑进荒漠戈壁去，走近她，朝她丢石头，人们不会干这种傻事的。

倒是小姨，她在明白过来她不可能再获得人们的了解和理解之后，以强硬的态度对付着人们。她一点儿也不想给人们面子，或者说在经历过太多类似的事件后，再也不想给人们面子了。她不管人们在背后说她什么，都表示出藐视。她的嘴角常常露出那种被称之为冷笑和轻蔑的表情，那种表情不断地出现，就把一些可能转化的机会全都葬送掉了。这还不算，小姨她还强烈地反击一切公开说她坏话的人。就在那次那个姓查的剧团团长对她拍桌子时，她并没有老实巴交地等着党组书记出来主持正义，替她申冤。剧团团长说，你有什么了不起，你不就是和某人的关系暧昧一点儿吗？你还能把我的球咬了不成？小姨没等党组书记说话，就从她的办公桌后站了起来，当着党组书记的面，冷冷地对剧团团长说，这是第一次，我可以原谅你，下一次如果你再说这样的话，我就扇你的耳光。

　　小姨最终把矛盾弄到文化局的党组中去了。

　　文化局在小姨到来后，如遇甘霖，一下子就解决了久拖无望的地方戏剧场建筑资金问题。文化局欣喜万分，认为这件事小姨功不可没。他们很看重小姨这个宝贵的财富，他们要利用小姨这个宝贵的财富办更多的事。他们不断地提出要求，请小姨与省里的王领导联系，解决这个问题或者那个问题。小姨很爽快，局里只要有要求，她都尽可能地去办。有时候王领导给办了，有时候王领导没给办，王领导没给办也不是为难小姨，而是那些事不太好办。小姨也是一个懂事的人，知道领导做得越大，问题遇到得越大，并不像人们想象的那样，做个官就能呼风唤雨，小姨也不勉强王领导，回到文化局，就给局里解释，话都直截了当说，有什么困难就说什么困难。局里也理解，也不失望，也不烦躁，也不责备小姨，过几天，再提出其他的问题，要小姨去找王领导。

　　有一次，小姨为局里几个剧团下乡演出时的交通工具问题找王领导，希望省里能给解决两台解放牌卡车。王领导给办了，从省里直接给批了两台，让文化局开了回去。

　　王领导办完这事，把小姨留了下来，私下里对小姨说，解放牌是劳模车，我这回可是下了狠心，连钢厂要十辆，我都扣了四辆，我给你们一下子批了两辆。不过小梅，我有一句话得给你说，有一个问题你得想一想，为什么你没来之前，你们文化局从来没有人找过我？为什么你来之后，每一次文化局有事，都是你来，别的领导不来？这个问题，你可要注意一下。

　　小姨怎么能不明白，小姨也不东躲西藏，说，还不是局里知道我和你的关系，局里才要我出面的嘛。

王领导说，是呀，这就是问题所在了，你们局，是因为知道我和你的关系，才让你出面做说客，知道你这个说客，我不是到了万不得已，不会驳你的面子，这就是个问题了。小梅呀，我也对你说个实话，我这个做领导的，也不光看你一个人的面子，我是共产党的领导，是全省人民的领导，谁找我办事，只要该办的，我都会办。当然，我不否认你来找我和你们局其他的领导来找我是有区别的，你们是市辖单位，文化局又不是我分工负责，我可以不管，我可以把问题转到市里去，我还可以叫别的同志去处理，你来了，那就不同了，我就不能推了。但你也得为我想一想，有很多事，并不是我愿意办就能办的，我也有难处。另外，你们局里老是这么怂恿你来找我，局里的同志就没有什么说法？

小姨想说什么，王领导伸手阻止住小姨，说，说法肯定是会有的，说法我并不怕，我相信你也不怕，我们枪林弹雨都过来了，我们死都死过几回了，只要是为了革命工作，我们能怕什么呢？关键的问题是，我不主张你们局个别领导把你当工具来使用，更不主张你做这样的工具，如果是为你自己的事，我就是再为难，也替你解决了，如果是工作上的事，局里自己能解决的，能通过正规渠道逐级解决的，最好不要你再出面。

小姨觉得王领导说的话很对，其实她也并不想老是来找王领导，只是局里的工作千头万绪，她是党组成员，是领导班子中的一个，她也想为局里的工作尽可能地多做一些事，王领导这么一说，她就点头，说，行，老王，我知道了，以后有什么事，我们局里尽可能自己解决，尽量少给你添麻烦。

王领导笑了，从沙发那头欠了身子过来，握住小姨的手，在她的手背上拍着，说，小梅呀，我刚才说过了，要是你自己的事，你还是得来找我哟？咱们是老战友，你又是我从外面接回来的，你有什么事不找我，我会认为你是对我有意见哟？

小姨把手抽回来，说，老王，我自己没有什么事，我要是有事，一定会来找你的。

小姨其实并不喜欢王领导握住她的手。王领导每次见到她第一件事就是握住她的手，久久地、舒坦地。王领导也握别的同志的手，但那握法和握小姨的手不一样，那握法基本上是象征性地把手伸出去，让别人来握。王领导如果主动起来，他的握手就带有了私人的感情色彩。小姨并不觉得握手有什么不好，参加革命这么多年，同志之间见了面，同志之间告别的时候，握手是必不可少的礼节，她已经习惯了握手这种认同方式，她甚至很喜欢这样的简单方式，汉族人不会唱歌，不会舞蹈，不会骑马，不会摔跤，他们发明了这种彼此认同的方式，已经很不简单了，但是如果把这种本该简单的方式弄得复杂起来，小姨就不喜欢了。

当然，小姨不喜欢，也不至于说给王领导来听。王领导除了握手，除了礼节上的认同，也没有做别的什么。他是很爱护她的、很尊重她的，他也没有吃她，她可以把手从他的手里抽出来，但没有必要把事情弄到太严重的地步。

小姨回到局里，就把王领导的事说给其他局领导听了。小姨是在局党组会上说这件事的。小姨说，我也觉得，我们老是找老王，显得我们老有依赖性，他做领导的，也有困难，我看，我们以后尽可能地少找老王。

局里的领导们听了小姨这话，面面相觑。大家沉默了一会儿，好像都有点意外，有点不能接受这个现实似的。局党组七个人，除了小姨，都是男的，于是大家就闷头抽烟。

抽了一会儿烟，党组书记咳了两声，开口说，这个嘛，梅处长说的有道理，我们的确不能大事小事都去找省里的领导，比如像上次话剧团调人的事，还比如我们与化工厂之间的矛盾问题，这种事，无碍宏旨，我们自己能解决就自己解决，自己不能解决找主管部门，主管部门解决不了也没有多大关系，总之影响不到局里的生存大事。但是有些事情，我是说那种关系到局里生死存亡的大事情，恐怕我们也不能完全不找领导，我们完全不找领导，放弃领导的关心、教育和帮助，这也不对吧？

小姨说，现在又不是战争年代，能有什么生死存亡的大事情呢？

党组书记说，和平时期也不能说就没有生死存亡的大事情了，你像建地方戏剧院的事，剧院建起来了，剧团有了固定的演出场所，地方戏种剧种得到了发扬光大，这就是生；你像局里的级别，长期以来比文联矮半级，干什么都落在人家后面，听人差遣，受人挟制，这就是死。

小姨说，那以前呢？局里没找老王，工作不是也做得挺好的吗？

党组里一个姓孙的副书记这时开口说话了。孙副书记说，我觉得梅处长你还是要把这个担子担起来，你还是不能推卸这个责任，我们要是没有这个条件也就罢了，我们没有条件时叫独立自主自力更生，现在我们有这个条件，那就叫锦上添花，能锦上添花为什么不添呢？有这个条件为什么不利用呢？

小姨说，你说利用这话是什么意思？

孙副书记说，利用是一个中性词，一方面它有使用手段让人或者事物替自己服务的意思，另一方面它还有使人或者事物发挥效能的意思，比如说，废物利用，利用一切有利条件大干社会主义，等等，都是这个意思。

大家都觉得孙副书记说得好，尤其他对利用这个词的解释，可以说相当深刻，大家纷纷朝孙副书记投来欣赏和赞同的目光。

孙副书记见大家微笑着看他，不免有些得意，又加上了一句自以为不乏幽默的话：再说，我们大家都知道你梅处长是可以利用省里领导这个有利条件的，你利用这个条件，是可以大干一场社会主义的。

在座的党组成员们听了孙副书记的话，不由发出一阵会意的笑声。

小姨不高兴了，看着孙副书记，说，你说这话，我就有些不明白了，就算你说利用这话有道理，我们利用也得讲理讲情，讲纪律讲原则，不该能利用就利用。而且为什么非得利用老王？非得我去利用？

孙副书记见小姨不解风情，是硬要钻进圈子里来似的，一时收手不住，笑眯眯地说，梅处长，你说你不明白，可是我们大家都是明白的，你和省里的领导，你们之间那什么，啊，那种关系，换了别人，谁又能利用上呢？你想一想，每次省里的领导来局里，怎么就不握别人的手，要握你的手呢？他要是握我的手，要是握了我的手不放开，在我的手背上拍了又拍，那我就没有什么话说了，我就义不容辞，我就来利用他了。

党组成员们这一回笑得更厉害了。

小姨一下子站了起来，冷了脸，盯着孙副书记。孙副书记认为自己刚才的话既在点子又风趣，正笑着，不注意，大家也都没注意，倒是党组书记注意了，想要阻止大家的笑，可是已经来不及了。

小姨盯着孙副书记，一字一句地说，你听好了，你这话要是最后一次说，我就原谅你，要是你再说，我就啐你！

在那段时间里，只有一件事情让小姨有了一点儿安慰。

小姨接到好几封信。信是同一个人写来的。写信的人义正词严地谴责了人们对小姨议论，认为那是一种极不正常的庸俗现象，是人们的阴暗心理在作祟，希望小姨不要妥协，不要害怕，不要被这种无聊的事所纠缠，挺起胸脯来，堂堂正正，做一个骄傲的人。那些信的落款是：京剧院演员团鲁辉煌。

小姨回想了一下，依稀想起她上任的第一天到她办公室里来送请调报告的那个京剧院英俊的武生。

小姨欣慰地想，毕竟还是有人能够理解我。

鲁辉煌的信源源不断地写给小姨，差不多每隔一天就会有一封信送到小姨办公桌上。鲁辉煌后来在信中不再批驳人们的阴暗心理，改为赞美小姨了。他在信中十分坦率地谈到了他对小姨的认识。他认为小姨之所以与人们格格不入，是因为小姨太美好了，她是泥泞中的一枝荷花，是天空中的一朵白云，是这个污秽的世界里一个纯净的奇迹，她这样的人，没法不受到身外世界的伤害。他对小姨的称呼也在不断地改变。他先称小姨为梅处长，再称小姨为梅琴同志，接下来他开始省略称谓，称小姨为梅琴，继而称小姨为梅，最后他把梅这个称呼稍稍往后挪了一下，小姨就变成琴了。在称呼小姨为琴的同时，他向小姨表示了他"长久以来埋藏在心灵深处的火辣辣的爱慕之心"。

小姨觉得这太荒唐了，有点像演戏。在此之前他们只不过见了一面，充其量算是熟人。当然那以后他们就经常见面了。鲁辉煌是京剧院里的当家武生，跟过名师，下过苦功，自己又有悟性，戏唱得不错，他在院里唱红了两出戏后，就想调到国家京剧团去，他认为凭他的能力待在地方剧团太窝才了，他一直在活动调动的事，从小姨的前任活动到小姨。

鲁辉煌总是找机会到局里来见小姨，每一次来，他都会给小姨带一枝花来。他很英俊，高高的个子，红唇白齿，黑眉明眸，风流倜傥，儒气十足，是局里众多青春少女的心中偶像。可他却很高傲，从来不正眼看她们。他坐在小姨的办公室里，一点儿高傲的样子也没有，一坐就是老半天，一双大眼睛含情脉脉地看着小姨，发烧似的说着一些思恋的话。

小姨哭笑不得地对鲁辉煌说，我们认识不过几天，你根本就不了解我，我不明白你的感情是打哪儿钻出来的。

鲁辉煌说，真正的感情是一见钟情，而不是对对方有多少履历表上的了解。

小姨说，我三十多岁了，你才二十多岁，我们甚至可以说不是一代人，根本就没有这种可能。

鲁辉煌说，年龄不是爱情的障碍，燕妮比马克思大得多，他们同样组成了令人羡慕的家庭。

小姨说，我结过婚，我有过三个孩子，他们当中最大的如果活着，不会比你小多少。

鲁辉煌说，那只能说明你过去的经历是曲折的，你没有得到应有的爱，而我能给你爱。

小姨说，就算这样，我对你一点儿想法也没有，而且绝对不会有想法，这总该是障碍吧？

鲁辉煌胸有成竹地说，我会点燃你心中的爱情之火，让时间来考验我对你的忠诚吧。

小姨实在没有办法对付这种死缠烂打的求爱者，她本来对鲁辉煌是有一点儿好感的，在所有的攻击中，唯有他和别人不一样，表示着对她的同情和支持。但她现在却对他有点烦了，同时她不想让这个年轻人陷得太深，就说，小鲁同志，这样吧，你不是想调到北京去吗？北京我有一些战友，我想办法和北京方面联系一下，争取让你的想法成为现实。

鲁辉煌坚定地说，不，我过去想调走，是因为过去我不认识你，现在我认识你了，我哪儿也不去了，我就待在这里，待在你身边，我将为伟大的爱情献出我的一切！

鲁辉煌开始公开追求小姨。他不断地到局里来找小姨，并且不再以谈工作为理由。他手里捏着一枝香石竹或是红鹤芋，嘴里快乐地哼着曲子，三步两步跳上楼梯，笑嘻嘻地对机关里的人说，我找梅琴，她在吗？如果小姨不在，他就会对机关里的人说，我就在她的办公室里坐一坐，我等着她。但是他待在小姨的办公室里，他并不坐，而是走来走去，把花瓶里的旧花拿掉，换了水，把新花插上，然后把办公桌上的文件一份份整理好，把小姨挂在衣架上的衣服拿下来掸一掸，再挂上去，这才哼着曲子坐在小姨的座位上，接打进来的电话。他不断地给小姨打电话，在他排练的时候、演出的时候、晚上睡觉之前，总之是任何时候。他在电话里说，我是多么的想念你啊！他知道很多有关小姨的事情，在别人谈到小姨时，他总是以小姨的代言人自居，说，你们知道什么？你们什么也不知道。下班以后，或者是星期天，他跑到小姨的家里来看望她，帮助她做家务活。他给小姨买鱼来炖汤，买年画往墙上贴，在小姨生病的时候给她端汤送药，并且自告奋勇地要教小姨唱京剧。他还往我们家里跑，俨然是我们这个家庭中的一员。我父亲很讨厌他，说他粉头粉脑的，有皮没骨头。母亲对父亲说，你不要对小鲁那么凶，梅琴刚来，在这个城市里连个熟人也没有，好不容易有一个了，你又这么对待人家，你总不能看着梅琴就这么一辈子下去吧？父亲硬硬地说，她还要怎么样，她把全世界的水都搅浑了，还嫌不够呀？她也该歇歇了。

小姨很反感鲁辉煌的做法。她要他放弃这种不切实际的游戏。鲁辉煌到局里来找她的时候，她就很严肃地问他有什么事，如果没事就请他离开。她警告他别把她的办公室当做他的排练场，别动她的文件和衣服。他打电话给她的时候她显得很冷淡，当他说出那些滚烫的话时她就把电话挂掉。她要他别以她的代言人自居，不要随便去她家或者她姐姐家。她对他说，把你的鱼拿走，把你的年画拿走，我不学什么京剧。她说，你走吧，我现在正发着烧，不舒服，想一个人待一会儿，请你别打搅我。但是第二个星期天，鲁辉煌又来了，这一次他没有拎着鱼和年画来，他把它们换成了牛瓦勾和《人民画报》，并且拿来一大包阿司匹林。鲁辉煌追求小姨的事很快在局里传开了，人们对此议论纷纷。小姨为此很恼火，她对鲁辉煌说，你到底想干什么？我已经明确告诉你这是不可能的，你还要怎么样?!

鲁辉煌站在小姨面前。他就像他在舞台上扮演的穷困潦倒的书生，站在那里不知所措。他的英俊的面孔变得十分苍白。他的明亮的大眼睛噙着泪水。他说，为什么？为什么？我做错了什么？我只不过是爱你，只不过是想得到你的爱，难道这也有错吗？

小姨真是疲惫极了。她有一种陷入一块巨大的海绵中的无可奈何的感觉。她恨恨地说，鲁辉煌同志，我要对你说多少遍你才会放弃这种愚蠢的念头呢?!

鲁辉煌清秀的脸上泛着光芒。他就像一个孩子，一个受了委屈的、固执的、不顾后果的孩子，大声地说，不！海可枯，石可烂，我爱你的心，永远不可变！

二十三

　　小姨曾经答应过带我到草原去。她是什么时候什么场合答应我的，我已经记不大清楚了，总之我那个时候很小，还不知道草原究竟意味着什么。在我的印象里，草原是小姨的家乡，它孕育了小姨，小姨是它的孩子。她在某一天清晨睁开眼睛，拨开翠绿欲滴的枝叶，从某一株紫云英或者格桑花的花蕊中钻出来，摇晃掉满脑袋花粉，打一个喷嚏，跳到草地上，和一只刚出生的奶羊羔大声地打着招呼，从此开始了她的生命。这种印象近似于神话，有太多的虚拟成分，太多的想象，但不管怎么说，小时候的印象总是强烈的，它来源于生命初始的萌动，和生命一块儿长大，长成一个结实的心灵果实，并且每时每刻都有可能开出花儿来，不是我们为所欲为就能改变的。在那以后，我更多的是在都市里生活着，或者是生活在从一个都市到另一个都市的路途上，从来没有去过草原。我并没有见过草原。我只是在心里知道草原是什么，在感觉里知道草原是什么。我不管别人的草原是什么样子的，我就是那么认定草原的，按我自己的想法认定草原的。我还知道，小姨她从来就没有生活在草原之外，作为一个生活在现实生活中的人，她的一生无疑是失败的，因为她从来就没有真正地走出过草原，走进现实生活中。

　　小姨那天突然对我说，四儿，我要回到草原去。她走过来，走到我的面前，在我的面前蹲下来，伸出手摸了摸我的脑袋。她的美丽的眼睛里噙满了泪水。她不管不顾，任它们顺着她的脸颊滚落下来，然后哽咽着说，我想回去，我必须回去。

实际上，我一直不知道草原究竟是什么样子的。我固执地抵抗着大量图书和影视带给我的草原的形象。我知道在外形上它们没有错，在蓝天白云之下，它们生长着同样的青草和黄草，开满了同样的鲜花，牛羊成群，骏马奔腾，百灵鸟在自由自在地歌唱，熏风习习吹过。但它不是小姨的草原，不是孕育了繁衍了小姨的草原。孕育和繁衍了小姨的草原，在小姨离开之后就彻底地消失了。

焦建国被小姨接回身边后，小姨希望他能够补回失去的学业，和别的孩子一样，成为一个合格的学生，为此她给他联系了最好的学校，给他买来新书包、新文具，让他读书。

小姨把焦建国拉到跟前，把他的手捧在自己手心里，说，建国，你这几年没妈管着，学习误了不少，现在你回妈的身边了，妈要让你好好学习，学好本事，将来建设我们的祖国。

焦建国非常聪明，读起书来一点儿也不吃劲，虽然他跟着焦柳时辍过一段时间的学，但他并不像别的学习跟不上的孩子一样，永远痛苦地跟在别人的后面拖。焦建国是那种很有灵气的孩子，他在学习上从来不用功，他不喜欢被别人强制着背公式、读课文、做习题，有时候兴趣来了，他会很入迷地学习功课，投入得让老师们也觉得感动，更多的时候他会对学习发烦，对学习毫无兴趣，连作业也懒得做。但他的成绩并不差，他总是会创造出一些奇迹，他的老师常常吃惊地发现，基础训练相当差的他，在考试的时候却能得到一般的学生望尘莫及的分数，这令老师们大惑不解。

小姨一直严格要求焦建国，但小姨工作忙，没有时间跟在他身后。每天焦建国放学回家后，小姨还在单位里上班，要过很长时间才能回来，这段时间焦建国就会把它充分利用起来，玩得脚丫子朝天，等小姨快回来时，他会精确地掌握时间，回到家里，洗一把脸，把身上的衣服拍拍尘土，迅速地从书包里拿出作业，坐在桌前写作业，让推门进家的小姨大为满意。

几个月后，小姨把焦建国送到一所寄宿学校里了。小姨并不是因为识破了焦建国的阴谋才把他送进寄宿学校去的，而是因为自己的确太忙，没有时间照顾他的学习和生活。在她看来，这两样都很重要。而焦建国在回到小姨身边一段时间后，对小姨的严格管理教育也有点野马收缰的不习惯，他早就想脱离小姨的控制了，小姨一和他商量送他去寄宿学校的事，他就忙不迭地答应下来，说，妈，我早就想换个环境好好学习了，我还想不给你添麻烦，你工作这么忙，你都累瘦了，我再给你添麻烦，我实在不忍心，那我还算什么好儿子呢？

一番话，说得小姨差点没落下泪来。

焦建国后来得意地对我说，操，我妈她怎么就不明白，她居然出此下策，她完全想不到，这回她可是放虎归山了。

鲁辉煌第一次见到焦建国就被焦建国狠狠地算计了一回。

那是一个星期天，鲁辉煌像往常一样去小姨家，而焦建国则从寄宿学校回家过周末。

焦建国进家门的时候，小姨正烦着鲁辉煌。小姨冷冷地对鲁辉煌说，小鲁，你是本地人，你有自己的家，好不容易有一个星期天，你就算不回家去看看父母，你也可以回宿舍去看看书，约朋友去看场电影。我也有自己的私人生活，你老是往我这儿跑，就算你有这份闲工夫，我的生活也被你影响了。

鲁辉煌一副十分委屈的样子，坐在那里，手里卷着一份新到的《人民画报》，可怜兮兮地说，我回家有什么意思，什么意思也没有，我也看不进去书，看不进去电影，见不着你的面，我什么事都干不成。我不是想影响你的生活，我是想重新点燃你的生活，如果你嫌我碍事，你可以全当我不在这儿，我只在这里坐着，只要能看见你，我保证一句话都不说。

焦建国一进家门，小姨就忘了烦恼，欢天喜地跑过去，把焦建国拥进怀里，又搂又亲，然后把焦建国拽过去坐下，一连声地问学校里的事情。小姨还叫我去把五屉柜上准备了几天的糖梨拿来。小姨说，快让你建国哥吃糖梨。

焦建国进门时就看见鲁辉煌了。焦建国太聪明了，他只看了鲁辉煌一眼，就大致猜出了鲁辉煌坐在那里是干吗的了。和小姨亲热过一番后，乘小姨去厨房做饭的时候，焦建国把我拉到外面，小声地问我：那人是干什么的？

我说，是小姨单位里的同志。

焦建国说，我知道是同志，关键他是什么样的同志？

我说，演戏的同志。

焦建国抬腿朝我比画了一下，意思是嫌我笨，恨不得踢我一脚。不过他没有真踢，他还没有恨到真下手的地步。他说，你怎么这么笨？我发现你现在越来越笨了，我不是问你他是干什么的，我是问你他来我家做什么？

我想了想，说，他也不是今天才来，他也不是来一次，他老来，每个星期天都要来，他来的时候带了各种各样的东西，他一来小姨就很烦，小姨让他把东西拿走，不要再来了，但是他还是来，他说他爱小姨。

焦建国做了一个呕吐的姿势，说，操，这种人，真他妈的流氓！

我不同意他的观点，说，他一点儿也不流氓，他很礼貌，他也不像你一样的说脏话，他长得很好看。

焦建国瞪我一眼，说，你懂个屁呀，他就是长得好看才是流氓，真正的流氓恰恰长得又红又白，而且，说不说脏话，并不能表示一个人是不是流氓。焦建国把手抄在裤兜里，想了想，说，不行，我得收拾收拾这小子，你得帮我。

我说，我怎么帮你？

焦建国说，到时候你看我的眼色行事。

我跟着焦建国回到屋里，焦建国脸上换了一副纯洁而优秀的三好学生的样子，一脸灿烂的微笑。我觉得焦建国在这方面简直就是一个天才，如果说鲁辉煌是个出色的演员，他的出色是靠着冬练三九夏练三伏练出来的话，那焦建国的出色完全是靠着他的本色，他根本就用不着训练，甚至用不着表演，他就像一条变色龙，无论他是什么样子的，他变成了另外的什么样子，然后他再变成其他的样子，那就是他，是他本身，你不必费尽心机去揣摩。现在他就是一个纯洁而优秀的三好学生，他朝鲁辉煌走过去，他脸上灿烂的微笑连出色的演员鲁辉煌也给迷惑住了。

焦建国把手背在背后，一脸天真地问鲁辉煌：请问，您是我们家的客人吧？

鲁辉煌点点头，说，是的，你是建国吧？我早就知道你，你真是一个可爱的孩子。

焦建国十分礼貌地说，谢谢，我可是第一次见到您，请问我怎么称呼您呢？

鲁辉煌感激万分。他没有想到焦建国会对他这么感兴趣，并且那么礼貌，焦建国一口一个您，一口一个谢谢，一口一个请问，完全弄得他晕了头。

鲁辉煌晕头晕脑地说，我吗？我叫……

焦建国没等鲁辉煌说，转过头去，大声地问厨房里的小姨：妈，这位大哥哥叫什么名字？

小姨在厨房里说，你问这个干什么？

焦建国大声地说，我想请这位大哥哥陪我们打弹子球玩。

小姨说，他姓鲁，是妈单位里的同事。

焦建国转过头来，故意装作没有看见鲁辉煌一脸的窘迫，说，鲁大哥，你来陪我们打弹子球好不好？

焦建国说要我帮他，其实他根本就用不上我，这种事对他来说太拿手了，不要说一个鲁辉煌，就是十个鲁辉煌，他也能如探囊取物，应付下来。在整个过程中，他根本没有对我使眼色，向我示意。他连看也没有看我一眼。他死拉活拽地把鲁辉煌拉到院子里去，和他打弹子球。他趴在地上，要鲁辉煌也趴在地上，他要鲁辉煌和他比输赢。他一边和鲁辉煌红脸粗脖子地玩着，一边说一些孩子间赌气撒野的话。他又痞又赖，连哄带诈，把鲁辉煌糟蹋得够戗。他在赢光了鲁辉煌手中的弹子球之后，非要骑在鲁辉煌脖子上去，让鲁辉煌当他的马，并且要鲁辉煌像真正的马那样昂颈长鸣。在鲁辉煌不肯把衣服弄脏，不肯跪到地上的时候，他坚决不依，揪着鲁辉煌的领子，非要鲁辉煌趴下去，要不是小姨听见动静跑出来阻止住他，鲁辉煌肯定会被他啐得满脸开花的……

我从来没有看见风流倜傥的鲁辉煌那么窘迫过。他最后不得不逃离一般地离开小姨的家，他简直有点手足无措了。小姨相反被这种情况弄得不好意思，一遍遍地向鲁辉煌赔礼道歉，请他原谅。而焦建国却根本不理会这一切，在鲁辉煌离开的时候，他气鼓鼓地冲着鲁辉煌扮鬼脸，做怪动作，并且说了一句很粗野的话。当小姨进屋去拿鲁辉煌带来的东西时，焦建国用屋子里的人听不见的声音对鲁辉煌说，你他妈的也不照一照镜子，你长得和白骨精一样，就你这副样子，谁稀罕你来爱？你趁早滚得远远的，别来烦人！

鲁辉煌在走出巷子的时候心有余悸，绊在一块青石上，差点没跌一个跟头。

我跟在他后面，一直看见他从地上爬起来，拐过巷子口，很狼狈地消失掉。

不知道为什么，我有些同情鲁辉煌。我想，这一回他可是被弄惨了，他肯定对焦建国服输了，再也不会到小姨家来了吧？

自从小姨来到我们住的这座城市后，我的父母就开始吵架了。

我的父母他们原来也吵架，但是大多是为我们自己家里的事情吵，而且只要一吵，母亲从来不肯向父亲认输，不战斗到底，绝不罢休。可现在他们吵架大多不是为我们自己家里的事情吵，而且只要一吵，总是母亲认输，好像一旦吵架的目的变了，父亲他就胜券在握了，而母亲则失去了抵抗的能力。

父亲对母亲说，你把你那个妹妹管着一点儿，她和那个小白脸的事闹得全世界都知道了，闹得我们单位都知道了，丢人不丢人？

母亲说，你是说小鲁吧？怎么了？有什么可丢人的？

父亲说，我原来还不大明白，我还替你那个妹妹想不通，怎么别人都过得好好的，就她过不好。现在我可是明白了，她那么不踏实，别说过不好的话，就是再活一百次，也别想过好！

母亲说，你有话就直说，何必绕那个弯子。

父亲说，我再绕弯子，也不至于绕得没个谱，我也不至于要找个小上一大把年纪的小白脸！

母亲说，小又怎么了？小白脸又怎么了？年轻就不该活呀？脸白一点儿就不该活呀？

父亲说，那不是虚荣是什么？

母亲说，谁虚荣了？

父亲说，虚荣也行，虚荣就虚荣出个结果，要么叫那个小白脸滚远点，要么叫你那个妹妹嫁给他，别扯来扯去不明不白的，她不寒碜，我还替她寒碜呢！

母亲说，那是你的想法，你的想法不代表事实。我问过了，他们现在只是同事，没有那种关系。小鲁追梅琴，梅琴不愿意，情况就是这样。

父亲说，情况远远不是这样，还有一个老王。老赵今天告诉我，老王已经放话了，老王说，老何连小梅的一个小拇指都比不上。你看看，老王革命革了几十年，到头来革成了老昏头，革命闹成这样，革命都成什么了？扯淡不扯淡？

母亲吵不赢父亲。最主要的是，母亲觉得父亲说的并不是没道理，事情真的有些严重，母亲就找小姨了解情况。

母亲和小姨谈这件事，小姨据实说来，说鲁辉煌已经闹得她不得安宁，她只恨不得找人把他锁起来才好，她又不能骂他，不能踢他，真锁当然也不行，她现在实在不知道把他怎么办；老王常来电话，有时间也来看她，话没说白，但意思也能听出来，是在往那方面引，她正在考虑怎么对这个老战友说呢。

母亲深深地吸了一口气，说，你看看，怎么都给弄成这个样子了呢？

小姨是曾经沧海，说是那么说，并没有真当一回事，也许是一切都来了，泥沙俱下，不是她能够主宰的。她只能赌气，拿站立在那里不合作来做抗衡，母亲忧心忡忡成什么样，她也不急，从果盘里拿了一只黄帅苹果，丢开母亲，去厨房洗了，再一路啃回来，坐回到母亲身边。

母亲急着说，那你考虑好了没有，你到底跟谁？

小姨啃一口苹果，不明白地看母亲，说，什么跟谁？

母亲说，这两个人，小鲁和老王，你到底想要哪一个？

小姨说，我为什么要他们俩谁？我该要他们谁吗？

母亲说，你不要，他们放在那儿，他们都黏着你，大家都看着，你也不能不表态呀？

小姨明白过来了，把苹果皮吐在手心里，坚决地说，哪一个我也不要。

母亲说，那怎么行，小鲁为了你，人家可是什么事都做了，就只剩下给你跪下磕头了；老王这一头也是风雨欲来，只等着锣鼓开场了，分明要鱼死网破地搏一回。这两个人对你都动了心，

你不能让人对你白动心，你总得要一个。

小姨看着母亲，说，姐，别人说这种话也罢了，你也说这种话，凭什么我得要一个？是我前世欠了还是今生该了？你只说他们对我动了心，你只说我不能让他们白动心，可你怎么不问问我，你怎么不问问我是怎么想的？

母亲就问，那你说说，你快说，你是怎么想的。

小姨慢慢地扬起了下颏。她的脸在游走于屋内的暗光中像一片澄澈的云母。她手里的那只残缺的苹果一点儿一点儿地往外渗着果血。她一字一句地说，我不会再要男人了。我已经对男人厌倦了。我这辈子再也不会让一个男人走近我。决不！

实际上，小姨并没有兑现她的诺言，在她说出"决不"这两个字之后不到半年，她就接受了鲁辉煌，让鲁辉煌走近了她。小姨在鲁辉煌打电话给她的时候，不再挂他的电话，在他去她的办公室找她的时候，在他星期

天来到她家的时候，不再赶他出门，这相当于默认了她和他之间有一种与众不同的关系，这和她对母亲说的那个"决不"是大相径庭的。

母亲并没有因此而揶揄小姨。连母亲都对鲁辉煌的一片痴情感动了。母亲对小姨说，摸良心说，我这个姐姐也做不到，我也早烦了，别说不相干的人了，到哪儿去找像小鲁这样忠心耿耿无怨无悔的男人？我是没见过。

小姨拿眼睛去看母亲。母亲连忙说，我这可不是劝你啊？你不要觉得我是在劝你。你的事，我一句不劝，我从头到尾不劝，我只是替人家小鲁难过，他这么好的条件，又不是就你这么一条路，他也是自找的，何必呢？

促成小姨接受鲁辉煌的并不是母亲的话，而是人们的那些议论。

在小姨默认鲁辉煌走近她和母亲说出上面那番话之前，小姨在单位里和同事之间的关系越来越糟，她的一颦一笑都会在单位里导致各种各样的说法，她几乎成了文化局里最遭非议的人物。小姨的历史已经是一个无法涂改和修正的民间认定了，而鲁辉煌的介入，则使这种认定得到了验证，并且有了新鲜生动的事实证据。鲁辉煌是那么优秀的青年演员，他是文化局里人人都知道的红人，是如日中天的青年艺术家，无论从他的相貌、能力、气质和风度来看，他都当之无愧地站在应该受人尊重并且大有希望的位置上，文化局里年轻漂亮的女性多的是，她们当中不乏他的追求者，可他骄傲得甚至连看都不看她们一眼，连他这样的人都被小姨迷住了，就像吃了收魂药似的无法摆脱，这里面的内容就奥妙无穷了，就不得不令人费尽猜测了。至于小姨，放着她过去的那些复杂经历不讲，放着她的可疑的笑容不讲，放着她的风骚抢眼不讲，只说她和鲁辉煌之间的年龄差距，她那么一个半老徐娘，凭什么呢？凭什么鲁辉煌这样优秀的人会迷上她呢？可见小姨这个人有着多么深的道行、有着多么强的手段、有着多么见不得人的勾当了。这就是人们的普遍看法。

小姨的性格越变越古怪，她不再忍受人们对她的指指点点，不再宽容人们对她的说三道四，不管是谁，只要那些人的议论被她知道了，她必定会找上门去讨个说法，她甚至发展到不光是对人们的议论，就连人们的目光也不能忍受了。

有一次，小姨从外面回局里，正好局里的两个女同志送一个外单位来联系工作的女同志出来。小姨和她们擦肩而过的时候，那两个局里的女同志拿眼色示意外单位的女同志，外单位的女同志就盯着小姨看。

小姨本来已经走过去了，她站下来，转过身，说，站住。

局里的两个女同志和外单位的女同志下意识地站住了，转过身来。

外单位的女同志说，你是叫我吗？

小姨理都没理她，眼睛盯着局里的两个女同志。

两个女同志中的一个恭恭敬敬地说，梅处长，有什么事？

小姨不说话，冷冷的，眼睛紧紧盯着她们，直到把她们看得目光游移开，她才转过身走开。

小姨不光用她倨傲的目光来反击人们，她还和单位里好几个人吵过架。

小姨会吵架，这是最初人们没有想到的。人们一直认为像小姨这种人是不会吵架的，是不该吵架的。人们不知为什么，一直认为小姨是那种来去任人指点的公众形象，比如像天上飞着的鸟，比如像空中吹过的风，是不必也不该吵架的。小姨会吵架，这使事态超出了人们能够理解的范畴，使人们无法接受，并且愤愤不平。小姨不光会吵架，而且她把不少人弄得下不来台，弄得他们旧怨未消，又添新恨。这就有点像天上飞着的鸟儿，空中吹拂着的风，它们来无影去无踪，它们在人们力所能及之外任着人的指点，但是它们也是可以生气的，它们也是可以来啄你和吹你的，它们啄得你生疼，吹得你感冒发烧打喷嚏，你就不得不对它们的做法有更深一层的看法了。虽然小姨并没有利用她手中的权力整治过谁，但她得理不让人的咄咄尖锐，使越来越多的人看不惯。

小姨已经不再想那些烦恼的事情了。她已经摆出一副完全不在乎的架势了。她才不管人们是怎么想的呢，她才不会按照人们想要看到的那样去做呢，她才不和什么人合作呢。小姨在文化局成了一个异类人物，成了一个独往独来的人，一个没有任何朋友、谁也不愿意来往的人。甚至就是党组开会的时候，小姨身边的座位也没有人坐，大家都远远地坐在一边，把她身边的位子空出来，而且在党组成员投票时，大家都下意识地不和小姨站在一起，好像和小姨站在一方，站得近了点，就会沾上一点儿什么说不清楚的事情似的。

有一次党组开会，孙副书记来得晚了一点儿，他一进会议室就向大家表示歉意，解释说自己去处理什么事情去了，耽搁了几分钟时间，请大家原谅。他一边说着一边找地方坐了下来。他一坐下，大家都笑了。他看大家笑，不明白地拿手摸自己的脸，低头看自己的着装，然后扭头四下打量，这么一打量，才明白过来出了什么问题，原来他只顾了表示歉意，只顾了解释，没留心别的，坐在了小姨的身旁。他立刻抬起屁股去倒水，然后换了一个位置心安理得地坐了下来。

小姨把内心的积郁说给老王听。她给他打电话，告诉他她的苦恼。小姨希望在当年的战友和恩人那里寻求到理解和安慰，同时还想听听他对这些事情的看法。

老王在电话里说，小梅呀，这件事，我早就想找你说一说了，可是这段时间我太忙，一直没抽出空来。哎呀，像我们这种人，连吃饭拉屎都算公家的，哪里还有自己的时间呢？

小姨说，老王，我想调一个地方。

老王说，你想往哪儿调？

小姨赌气说，往哪儿调都成，只要能躲开唾沫。

老王爽朗地说，不是唾沫的问题，唾沫要躲也躲不开，唾沫也没有什么可怕，关键是人在唾沫面前站得直不直，只要人站直了，心里无愧，你就是拿唾沫做成海又能怎么样呢？你拿唾沫做成海，我就在海里游泳，我还游出个花样来给你看看，有什么了不起？

小姨被老王关于唾沫的话逗乐了。她想到人高马大的老王在唾沫的海里游泳的样子，差点没笑出声来。小姨受到了鼓励，心里平静了一些，说，老王，你这样说，你还是理解我，我还担心你也不能理解呢。

老王说，小梅呀，咱们这么多年的老战友了，枪林弹雨都理解过来了，生生死死都理解过来了，一点儿唾沫还能理解不过来？我还告诉你，就算我不能理解，你也不要把它当成一回事，唾沫嘛，太阳一出来，一烤一烘，它连影子都见不着了，你怕什么呢？

小姨完全被乐观开朗的老王给鼓舞起来了，身心一阵轻松。小姨说，老王，你说得真好，到底是当大领导的，能启发人。

老王说，我能启发谁？我谁也启发不了。我呀，也就是认准了死理，十头犍牛拉不回，是个一条道走到黑的人罢了。

小姨被老王一条道走到黑的话提醒了，犹豫了一下，说，老王，有一件事，我还正想和你说说呢。

老王说，说什么？

小姨说，老王，我们单位的人一直在背后议论我们俩的关系。

老王不明白地问，我们俩的什么关系？

小姨说，他们说，你把我从外地弄来，你老来看我，你是有自己打算的。

老王奇怪地说，我是有自己的打算，我怎么能没有自己打算呢？这有什么不对的吗？这和别人有什么关系吗？

小姨说，老王，我一直想对你说的就是这个。你把我从监狱里弄出来，你帮我调到这个城市，帮我联系工作，经常关心我，帮助我，我非常感激，作为当年的老战友，我也非常地尊重你，但是，我们只是一种同志之间的关系，我不会，也不可能对你有别的什么想法，我也不希望在这个问题上被别人说什么。

老王说，什么想法？你说的是什么？小梅，你这么绕来绕去的绕圈子，把我都绕糊涂了。

小姨索性说白了，说，老王，这么说吧，我这一辈子，不会再考虑成家这种事了，我不会嫁给你，做你的妻子，我也不希望你在这件事情上有什么误会。

老王有一段时间在电话那一头没有说话，然后他就哈哈大笑起来。老王笑起来是很有感染力的，即使隔着看不见的黑皮线，小姨也能感到自己有什么地方给弄错了。

老王说，小梅呀，你真是，太逗了，你都把我弄得脸红了，幸好我没在你面前，我要在你面前，你还不把我当做红脸关公呀？小梅，别人那么说，别人是群众嘛，群众总是有觉悟不高的时候，咱们可以教育，可以引导，但也不能做出规定，不让人家那么想，那么说。可你是一个当领导的，你不是群众，你的觉悟应该比他们高，你怎么也会有这种想法？你怎么也会以为我想娶你？我把你从监狱里弄出来，我把你调到这个城市里来，我是想娶你做老婆？不错，我对你是有想法，我的想法是我们是战友，是经历过血雨腥风战火考验的革命战友，我们比一般的同志多一份共同的事业，多一份生死不换的友谊，那比什么样的说法不强？我老王也是见过场面的人了，我老王还是共产党里的人，我老王尤其是共产党里最忠诚的那种人，我老王什么样的道理不明白？难道说，我还能把共产党的纪律丢在一边，去做共产党不允许做的事情？不，我不会做，过去不会做，现在不会做，将来也不会做，我这一辈子，不会让党失望的。

小姨愣在那里，半天说不出话来。她有些糊涂。她糊涂极了。她在那里想，不对，不是这样的，有什么事情被弄错了，一定有什么事情被弄错了。

党组书记和小姨的谈话是以非正式的方式进行的。

那天，小姨在自己的办公室里处理手头的工作，她正在给手下的一名干部交代工作，党组书记背着一双手踱了进来。小姨开始没发现，后来发现了，停下手头的事，问：老陈，你找我有事？

党组书记摆手说，没事，没事，你忙你的。

小姨没在意，又回过头来向那个干部交代工作。等工作处理完后，那位干部出了小姨的办公室，小姨发现党组书记还没有走，站在墙边津津有味地看墙上的世界地图。小姨就把手中的事放下，说，陈书记，说吧，有什么事？

党组书记回过头来，冲小姨摆摆手，说，没什么事，真没什么事，我就是随便转一转。

小姨笑了笑，说，老陈，我到局里一年多了，你也不是没进过我的办公室，你进我的办公室总是有事情才来，你这是第一次随便转一转。

党组书记有些发窘，不好意思地挠了挠头，说，是啊，是啊，平时也没时间，工作太多，哪里轮得上我这种苦命的人随便转呢？

小姨说，那你就节约时间，有什么话，快点说，说完不就了了一件事吗？

党组书记憋了半天，知道这种事，迟早也得说，就说，梅处长，有些话呢，我确实也不想说，我也知道话未必句句都是真的，这个世界上，又有多少话能一听一个准呢？但是群众的反映太多了，多到我想要压都压不住了，在这种情况下，为了局里的工作，也为了当事人的名誉，我这个局里的一把手，就不得不说了。

小姨笑了笑，说，这种事终于得要你出面了？

党组书记不明白地看着小姨，说，你知道我要说什么？

小姨轻松地说，是的，我知道你要说什么。但我觉得你没有必要说了。

党组书记更加不明白了，说，你怎么知道我要说什么？怎么又知道没必要说了？

你要说的不就是我和京剧院鲁辉煌的关系问题吗？小姨平静地坐在办公桌后看着党组书记，说，我想我没说错吧？

党组书记叹了一口气，像是下了决心似的，走过来，在小姨面前的椅子上坐下来，说，梅琴同志，也不是我一定要揽这种事，我实在也不想揽这种事，我也知道你有你的难处，但不管怎么说，这事闹得满城风雨，影响你也知道，我作为局里的主要负责人，不能装作什么也不知道，既然知道了，我就不得不说了。

小姨说，我刚才已经说过了，你可以不说了。现在满城风雨的，不就是我和鲁辉煌的关系是否正常吗？对吧？

党组书记说，是的，这是问题的关键。

小姨问：如果我们是恋爱关系呢？

党组书记有些发愣，说，你和鲁辉煌，你们一个未嫁，一个未娶，如果是恋爱关系，当然就没有什么了。

小姨平静地说，那好，我现在就可以告诉你，我和鲁辉煌，我们就是恋爱关系，我们就是这样的关系，这该没有什么问题了吧？

小姨在党组书记惊讶的目光中探身走向办公桌，拿起话筒，拨通了电话。

小姨对着话筒说，请给我叫一下鲁辉煌。

片刻之后，那边的人接了电话。

小姨对着电话说，小鲁吧？我是梅琴，你不是要请我看电影吗？明天是星期天，咱们明天去怎么样？我在家里等你，你来接我好吗？

小姨把话筒放下的时候脸上带着淡淡的微笑，她那种微笑是党组书记不熟悉的。党组书记坐在那里想，我是不是应该离开这里了？他还想，这个女人，她究竟想要干什么？

二十四

如果不是叶灵风的再度出现，小姨将如何把这场戏演下去，当是一个难题。

小姨开始默许鲁辉煌去她的家，并且接受鲁辉煌的约会，先是很少的，后来就越来越频繁了。

小姨拿鲁辉煌做了一个道具，她想要让这个道具和自己一块儿坚定登台，舞蹈下去，借此向这个世界对抗，向这个世界表示她的不妥协。小姨以为她的不妥协会让更多的人明白起来，明白他们是不可能主宰她的。但她并不清楚，真正不明白的不是别人，而是她自己。小姨在这场对手戏中面对的不是鲁辉煌一个人，而是所有认识她的人，是一个庞大的世界，在这个庞大的对手面前，小姨的角色是被规定好了的，不可改变。小姨也许有着与众不同的唱腔，有着与众不同的身段，她也许可以让这场戏出现许许多多让人无法预测的高潮，她甚至可以改变戏的起承转合跌宕起伏，但戏的结局却只有一个，只可能有一个。不管她怎样想要按照自己的愿望来演下去，她都只能按照规定去结束它。在这场戏最终的落幕时分，小姨作为角色中的人物，命运早已被注定在灯光之下了。

何同志给小姨打电话，告诉她叶灵风出狱了，正在到处打听她的去向。叶灵风服满了刑，他在监狱里表现得非常好，他的表现深得狱方的赞赏，为此他得到了减刑的宽待，提前得到了释放。出狱后的叶灵风一点儿也不隐瞒他对小姨做过的那些事。他对他见到的所有人承认了当年的那桩双狱案源自他。他说他当年是出于无奈才出此下策的，他伤害了小姨，他将向她作出解释，乞求她的原谅，并请求她回到他的身边去，他将复归为她的奴仆，永远为她吟咏莎士比亚那些惊艳美妙的十四行诗。所有见到叶灵风的人都证实，叶灵风完全变了，他和原来的那个叶灵风简直判若两人。

小姨在电话里对何同志喊道，不！让他走远一点儿！别让我见到他！我不想见到他！

何同志有些吃惊，说，梅琴，你怎么了？你干吗冲我发火？我又不是叶灵风，叶灵风在很远的地方，你这么大喊大叫地他又听不见。

小姨握着话筒的手颤抖着，说，告诉他，我不想见他，叫他离我远点！

何同志在电话里为难地说，恐怕不可能，叶灵风已经在路上了。他说了，哪怕走遍天涯海角，他也要找到你。

小姨那一天失魂落魄的，办事老是出差错。下班后，她昏昏沉沉地走在大街上，过马路的时候没留意，被一辆汽车给撞倒了。

有人目睹了那场车祸。目击者证实说，小姨本来在过马路，她完全可以过去的，却突然停了下来，站在路当中，好像有点犹豫，好像在想什么问题，那辆高速行驶的汽车扭着屁股急刹车的时候，她转过头来看着它，脸上带着一抹若有若无的茫然的笑意，然后她叹息似轻轻地叫了一声，扬开双臂高高地飞了起来，她那个姿势就好像从草叶上凌空飞过似的。目击者发誓说，他们真的看到了草叶上的露水随着她一起亮晶晶的飞起来，他们甚至听到了那些露水粉碎开来的声音。

焦建国听说小姨出了车祸，脸都白了。他坐在那里，两只长长的手臂支棱在膝盖上，神经质地绞合在一起。学校教导主任说，焦建国同学，你姨来接你了，你跟你姨走吧，别急，先去看看你妈妈。焦建国就呆呆地站起来，跟在我母亲身后出了教导室。

焦建国一上车就问我母亲：三姨，我妈怎么了？我妈她到底怎么了？！

母亲紧紧地搋着他的手，安慰他说，你妈她没事。

焦建国就又不说话了，紧阖着嘴，出着很粗的气。

我知道焦建国在到处找那辆肇事的汽车。我没敢把这事告诉家里的大人。我那天乘着父亲没留意，溜进父亲的房间，从父亲的皮夹里偷了五块钱。我紧张得恨不得快死过去了，憋住呼吸，轻手轻脚地溜出父亲的房间，轻手轻脚地打开家里的门，像只惊慌失措的兔子，一口气跑到小姨家，喘着气把那张揉得面目全非的五块钱给了焦建国。

焦建国好像非常不满意，说，怎么才五块钱？

我说，我都吓死了。我肯定会死的。

焦建国很不屑地耸了耸肩膀，撇下我，拎了一个旅行包往外走。

我在后面说，你怎么才能找到那辆车呢？

焦建国站下了，转过头来，面无表情地说，所有的车祸都在公安局备了案，谁也别想跑掉。

我想到了那个一直在诱惑着我的问题。我说，你还没告诉我，你为什么一定要找到那辆车呢？

焦建国看了我一眼，咬牙切齿地说，我要放把火，把那辆车给烧掉！

我吓了一跳，下意识地往后退了一步。我说，你可不能这么干！你这么干会被枪毙的！

焦建国说，为什么不能这么干？它撞了我妈，我就饶不了它！我非烧了它！我就是被枪毙了也得烧了它不可！

我停了下来。我呆呆地看着焦建国。我看着他的脸。他站在那里，脸上泛着光，左边的脸颊是干干的，右边的脸颊有一道脏兮兮的眼泪，很快地流了下来。

我什么话也说不出，眼睁睁地看着焦建国在我面前走了出去。

焦建国差一点儿就干成了那桩惊天动地的事情，他用我给他的那五块钱买了二百五十盒火柴，用整整一晚上的时间，把火柴头子全刮了下来，不知从哪里找来一些芒硝之类的东西，自己捻了一根导火线，又从夜晚停放在停车厂里的公共汽车里偷灌了一瓶汽油，做成了一个燃烧弹。警察抓住他的时候他差一点儿就干成了那件事，他甚至已经把划燃的火柴伸向了导火线。他拼命挣脱着警察，去捡地上的火柴，并且大声叫骂着：操你妈！放开我！操你妈！放开我！我非点燃它不可！我非点燃它不可！

小姨出院的时候，母亲领着焦建国和我去接小姨。

在医院门口，焦建国站住了，死活不进去。母亲问他出了什么事，为什么不进去接他妈妈，他也不说。母亲急着接小姨，就让我在外面陪着他，自己先进去了。

我和焦建国等在外面。焦建国把两只长手揣在裤兜里，心不在焉，用脚踢着花坛边上的土，有点感冒的样子，老是抽搭着鼻子。我觉得这个时候我和他都需要做点事，要不我们会很无聊，我们说不定会去拔人家停在车棚里的自行车气门芯。我就跑出去，在医院外面的卤食店，花两分钱买了一只卤鸭翅膀，花三分钱买了一个卤鸭头。我拿着装在纸袋里的那只翅膀和那个鸭头跑回来，想了想，很大方地把鸭头给了焦建国，自己啃那只翅膀。

焦建国平时很喜欢啃鸭头。他啃鸭头很有水平，能把鸭头啃成一个空壳，一点儿肉都不留，然后他再慢慢来嚼它的骨头。他总是打我零花钱的主意，一会儿怂恿，一会儿威胁，恨不得把我的皮都剥下来，全换成卤鸭头啃掉才罢休。可今天他一点儿兴致也没有，拿着那只鸭头，有一嘴没一嘴的，没啃几口就丢掉了。我看了看被他丢进花坛里的鸭头，很心疼地埋怨他说，我是考虑到你心里难受才把鸭头给你的，你不想啃你早说呀？你把这么好的鸭头丢掉，那上面的肉都够三个人啃的了，都够三个人啃三天的了。

直到小姨出来，我才知道焦建国为什么对卤鸭头不感兴趣了。

苍白的小姨是被母亲扶出来的。鲁辉煌紧跟在后面。鲁辉煌老想去扶小姨，但小姨分明并不想要鲁辉煌扶，她显得有些冷淡地躲开鲁辉煌。但是她一看到焦建国的时候，眸子一下子就亮了。

小姨喊，建国。

焦建国站在那里没有动。他的脸又像他知道小姨车祸那天的样子，白得吓人了。他看着小姨，朝后退去，一脚踩折了花坛里的一株开得正艳的朱砂红。

小姨愣了一下。

母亲说，建国，还不快过来扶扶你妈。

小姨苍白的脸上露出笑容，朝焦建国伸出手。

焦建国突然发作了，他大声地喊道：不！我才不扶你呢！我为什么要扶你？你什么时候让我扶过了？你什么时候问过我了？你要干什么根本不管我怎么想！你要干你就直接干了！你才不管我怎么想的呢！你干就干吧！你有本事就往车上撞吧！你往车上撞了你就可以死了！你就可以安心了！就可以不要我了！你还是个妈妈呢！你算个什么妈妈？！

焦建国伸长了脖子，像一头仇恨到了极点的狼崽子，跳起脚来喊叫着。他最后那句话差不多是吼出来的。他吼完那句话，转身跑掉了，把闭上眼的小姨和大惊失色的我们丢在了那里。

小姨是在车祸后的第三天才从昏迷中醒过来的。她醒来后看到的第一个人是我母亲，第二个人就是鲁辉煌。

鲁辉煌脸色蜡黄地坐在床头，两只手绞合在一起，焦急地看着小姨。当她醒过来时他惊喜地呼喊道，她醒了！她醒了！

医生告诉小姨，手术很顺利，他们从她的胯骨上取下来几根碎裂的骨刺，从腹腔中抽出了一大盆积血，她现在已经没有危险了。当时可有点抓瞎，血库里一点儿血浆都没有，医生笑笑说，幸亏鲁同志为你献了800CC血，救了急，要不然，你真的有可能醒不来了。

小姨听完医生的话后又昏睡了过去。等她再一次醒来时，已经到了第五天。一个护士走进病房来，拉开了窗帘。太阳照进来，刺疼了小姨的眼睛。仍然守在病床前的鲁辉煌见状，立刻起身走过去，把窗帘重新拉上。

小姨把眼睛闭上了，然后睁开，虚弱地对一脸倦容的鲁辉煌说，我不会再要孩子。

鲁辉煌开始没有听懂。他刚刚坐回到床前。后来他懂了。他高兴地差点儿没蹦起来。他一迭声地说，我们不要孩子！我们要什么孩子！我们只要我们俩，那就是一个完整无缺的世界！

小姨摇头，说，不是我们俩，还有建国，我不会让他离开我的。

二十五

　　小姨和鲁辉煌结婚的时候鲁辉煌流泪了。他就像一个大孩子，对命运的恩宠措手不及，同时还有一些委屈，有一些伤感，以致无法承受突如其来降临的巨大快乐，只能以泪洗面来倾诉自己的喜悦。

　　小姨反倒很平静，既没有太多的兴奋，也没有太多的麻木。她很平静地和鲁辉煌商量有关结婚的一应事宜，比如他们结婚后，是鲁辉煌搬到她家里来住，还是她搬去鲁辉煌的单身宿舍住；要不要先见一见鲁辉煌的父母，听取他们的意见；要不要请一些要好的同事到家里来坐一坐，大家热闹一下；要不要添置一些新家具和新衣物，等等。

　　那几天，小姨和鲁辉煌就像一对真正的恋人一样，一下班就开始商量这些事情，心平气和。他们用一张纸把两个人商量好的事情记下来，然后按照记下来的条款一项一项去办，让人觉得，这是一件温馨绵绵的事，这是一件水到渠成的事，只不过他们得在温暖的灯光下，重温一遍那些温馨的细节似的。实际上，所谓商量，不过是小姨征求鲁辉煌的意见。有关结婚的事宜，鲁辉煌希望怎样办，小姨一般都会依着他，唯有一件事情小姨没有和鲁辉煌商量的意思，那就是焦建国的事。小姨在决定下来要和鲁辉煌结婚时，告诉鲁辉煌，她这一辈子再不会要孩子，而焦建国必须和他们生活在一起，直到他长大成人为止。鲁辉煌当然同意。鲁辉煌不光是同意，他一开始就表明了他在这个问题上的态度，他不要什么孩子，他只要小姨，他会把焦建国当成自己的孩子，用全部的真心去爱他、关心他，让他得到失去了的父爱。小姨想不到鲁辉煌会说出这样一番话来，她被这样的一番话感动了，同时感激得差点没流下泪来。她对鲁辉煌说，小鲁，谢谢你。鲁辉煌被小姨说得脸都红了。鲁辉煌不好意思地把他英俊的脸扭到一边去，嗫嚅着说，我没经验，不知道该怎么做父亲，但是我会尽心尽力去做，我会疼爱建国的。他把脸转回来，情深意长地看着小姨，说，不过，琴，你以后能不能不叫我小鲁？你能不能不叫我的姓？你就叫我的名字，我们毕竟是相爱着的，我们不该生分，你就叫我辉煌好了。

小姨终于结婚了，并且是和鲁辉煌结婚。她终于有了家，有了正常的家庭生活，这事使母亲万分高兴。母亲和大姨在整个事态的发展中一直保持着密切的联系，小姨所有的情况，都通过母亲传递到大姨那里，经过大姨和母亲周密的商量，反馈回到母亲那里，再由母亲形成对小姨的影响。母亲一直为小姨的生活操心不已，她不止一次向大姨抱怨过她其实并不能影响小姨，她和小姨生活在一座城市里，但她和小姨并不生活在一个世界里，她能看见小姨的人，却抓不着小姨的魂，她不能接受大姨对她不关心小姨的批评。现在小姨终于结婚了，她把自己安顿下来了，她再不让人操心了，这让母亲深深地松了一口气。

小姨结婚的时候母亲通知了家族所有的人，除了大姨匆匆忙忙地从她生活的那座城市里赶来之外，其他的人都没有来。

几个舅舅通过信件和长途电话表示了他们的关心。舅舅们说，怎么回事，她又结婚了？这回是和谁？舅舅们说，我们不能去，我们不知道她下一次又和谁结婚，我们去了怎么说？

母亲对舅舅们的说法很不满意。母亲说，你们这是什么话？她怎么就不能结婚了？她和谁结婚有什么关系吗？犯了你们什么忌？她还要什么下一次？你们来就来，不来也用不着你们说什么怪话。

舅舅们终于没有来参加小姨的婚礼。他们不但没有来，对母亲的说法他们也表示了不满意。他们觉得这个世界真的变了，即便是他们家族里的女人，也变得不可思议了。

母亲没有把舅舅们请来，她骗小姨，说舅舅们都有事，走不开，他们向她表示祝贺，还分别寄了毛毯暖水瓶蚊帐之类的贺礼来。母亲真的拿出一些毛毯暖水瓶蚊帐之类的贺礼来，欢天喜地地交给小姨。但是母亲没有告诉小姨，那些礼物并不是舅舅们寄来的，而是她自己掏钱去买的。母亲自己送给小姨的礼物则是一块上海牌手表。母亲当然没有把舅舅们的话直截了当地告诉小姨。

父亲对母亲的这种做法不以为然。父亲说，你怎么不把真话告诉她？你应该把真话告诉她，让她知道，连她自己的哥哥都烦她了，让她就不要再折腾了，这一回嫁了那个倒霉蛋，踏踏实实地过日子，再不要闹出什么事情来了。

母亲说，怎么是她闹事呢？她什么时候闹过事？还不都是你们男人，你们把她逼到这个分儿上去的，你怎么能怪她呢？

父亲想了想，问了母亲一个问题：你和她，你们是姊妹俩，一个娘生一个娘养的，怎么你就没遇到这样的事？怎么就没有人逼你？

母亲回答不出这个问题来，说，我怎么知道呢？

父亲就盖棺论定地说，说来说去，说东说西，还不是她自己招惹的？！

鲁辉煌果然说话算话，结婚后，他一句有关孩子的话也没有提起过。

鲁辉煌自己就是一个孩子，一个英俊而聪明的孩子，他需要别人来照顾，比如说他需要小姨来照顾，这是显而易见的。但是鲁辉煌需要的不是生活上的照顾，别看鲁辉煌是个优秀的演员，在舞台上光彩照人，走在任何地方，都是神采奕奕、衣服鲜亮、引人注目，可在生活上，鲁辉煌却非常能干。他能做一手美妙绝伦的豆瓣鱼，能把衣服熨烫得有棱有角，能让卧室里整天充满花香，能买到别人买不到的糖果和排骨，他甚至能够准确地判断出早上出门后天气会不会变，会不会下雨，这样就可以决定洗过的衣服是晾晒在屋外还是晾晒在屋内。结婚之后小姨才发现，鲁辉煌在生活上是一个很细致也很讲究的人，实际上，鲁辉煌在生活上并没有让小姨照顾他，相反，更多的时候是他在照顾她。

鲁辉煌首先让小姨吃上了可口的饭菜，让她摆脱了长期吃食堂的生活方式。他把团里分给台柱子们的筒子骨拿回家来，煨成雪白的骨头汤，去菜市场里变着花样挑选菜，拎回家里来，每天做出几样可口的小菜。小姨下班回家，总有热腾腾香喷喷的饭菜端上桌，让小姨坐享其成。

小姨一直觉得做饭的事她有责任，虽然她不像鲁辉煌那样，在烹饪上有一手，但如果不讲究，不挑剔，做饭这种事她还是能行的。可是小姨工作忙，不比鲁辉煌有那么多的时间在家里，每天下班回家，鲁辉煌总是把饭都做好了，根本轮不到小姨动手。有几次工作上稍闲一点儿，小姨想补偿一下，提前跑回家来，准备亲自下厨为鲁辉煌烧两道菜，却又被鲁辉煌推出了厨房。鲁辉煌说，我正学一道熘莴苣的菜，你能不能不抢我的好事？小姨就只好无可奈何地离开厨房。

小姨发现自己胖了。结婚以后，生活安顿下来，尤其有了鲁辉煌在饮食上的照顾，她的饭量变大了。鲁辉煌做饭的手艺好，又很投入，饭菜总是变着花样，小姨吃了多年食堂，现在乍一换口味，嘴上收不住，老想吃，老觉得吃不够，吃饱了还想吃，这样饕餮一般吃下去，哪有不胖的道理？

鲁辉煌笑小姨，说，急什么呀，我又不是今天做完了，明天就走了，有一辈子的好饭菜等着你吃呢，就怕你到时候吃够了，吃腻了，吃得不想吃了，把我这个厨师赶走。

小姨不愿意听这个，说，你说什么呢。

鲁辉煌说，其实，你应该胖一点儿，你胖一点儿更好看，你胖一点儿，再喝一盅酒，就跟《百花亭》里的杨玉环一样了。

小姨说，我才不想做杨玉环呢，明明做着女道士，偏要等着一个不知社稷的呆皇上来册封宠幸，落得怨死马嵬坡的下场，有什么好？你也用不着去做那个唐明皇，天下守不住，被安禄山反到西川，又遭军士哗变，连自己的女人都保不住，有什么用？

鲁辉煌说，守不住江山又有什么？就是丢了江山，我也愿意做唐明皇，至少可以和自己心爱的女人，永远魂魄相见。

小姨急忙拿手去捂鲁辉煌的嘴，说，好好的，说什么魂魄相见的话，不许你这么说。

鲁辉煌知道自己说岔了，思绪已经到了那里，止不住，坐在那里发着愣，红了眼睛，说，琴，说老实话，我知道我能有你，我是不配的，我就是给你做个厨子也不配。不管别人怎么说，其实我知道，那些人大多心里是嫉妒，我能和你生活在一起，我真是觉得自己是在幸福里，这幸福是个梦，迟早有一天，这个梦会醒来，到头来，我仍然会失去你。

小姨看鲁辉煌伤感，自己也有了伤感，又不知道该怎么安慰他，说，辉煌，我不喜欢听你说这种话，这种话显得生分。我嫁给你，是我自己做的决定，我也不是轻易做出这个决定的，我没有说过，但颠沛流离了这么些年，你无法了解那种累，那种孤独，那种无依无靠，能够安顿下来，能够有一个知冷知热的人一起生活，确实也是我的福分，我怎么会不知道珍惜呢？我就是担心我太享福了，过去没有这么享过，我有点不太适应，有点心里过意不去，你也见过我过去的样子，我还从来没有这么胖过呢。

鲁辉煌听小姨这么说，像个孩子似的恢复了快乐，说，还是刚才那个话，你胖了才好看呢，你就这么宽宽心心地胖下去，你去我们院里演《百花亭》，也不光演《百花亭》，干脆，连四本的《太真外传》一块儿演了，就你的扮相，非让捧角的把戏院的顶掀了不可。

小姨就很臊，拿眼乜鲁辉煌，说，瞧你说的，越来越没谱了。

除了做饭的事，鲁辉煌还包揽了几乎所有的家务事。鲁辉煌在剧团当演员，又是名角，如果没有演出和排练任务的时候，他基本上都待在家里，不去剧院。鲁辉煌喜欢做家务，又爱干净，一天到晚把家里收拾得干干净净的，里里外外，一尘不染。他不要小姨动手做家务，做饭洗碗抹地洗衣服，这些家务活他全包了，小姨一动手他就把活抢过来，把小姨赶到一旁去。

鲁辉煌说，你别动手，家务活是我的，这点事用不上你。

小姨说，怎么能都是你的呢？家务活，要说该是两个人的，而且有些活，本来就该女同志来干。

鲁辉煌问：什么活该女同志来干？

小姨想了想，说，好像所有的家务活，都该女同志来干。

鲁辉煌故意板了脸批评小姨说，梅琴同志，解放这么多年了，妇女早翻身了，看不出来，你一个当领导的，怎么还会有这种封建思想？

小姨反驳说，我怎么是封建思想了？这和封建思想有什么关系，家务活，女同志干起来就是比男同志要灵巧一些，我没嫁你之前，这些事还不是我自己做的？我要谁帮着做了？

鲁辉煌不让小姨赢了这一分，说，那是你没能过上好日子，是你还没有把自己解放出来。等你过上好日子了，把自己解放出来了，就应该有一种全新的认识，就应该知道，我们过去的生活，大多只是一种习惯，习惯未必就是对的，习惯有时候恰恰是错误的，需要纠正，这是一个辩证的问题。再说，你说灵巧，灵巧也不是女同志天生的专利，你要坚持那么说，你要坚持自己的观点，那现在你自己就来评一评，看我干的这些活，哪一样比你干得差？

小姨不用评，事情都在眼前放着，鲁辉煌做家务一点儿也不比她差，非但如此，有些活，比如做饭，比如敲敲打打修修缮缮，他的确比自己强。小姨不得不投降，承认鲁辉煌是对的。但她投降了，心里又不服，说，辉煌，你这也不让我干，那也不让我干，你还把我喂得那么胖，你都把我养成剥削阶级了。

鲁辉煌笑着说，谁把你养成剥削阶级了？我才不把你养成剥削阶级呢。我把你养成剥削阶级，我不就成了劳苦大众？那我还有什么幸福可言？你知道，我家三代苦出身，爷爷讨饭，爸爸在冰厂做苦工，我三岁就跟着戏班子在外面拎行头学戏，最恨的就是剥削阶级，我才不要你做什么剥削阶级呢。我不让你做家务活，你并不是什么事都不做，你等一会儿洗了澡，换了衣服，我给你泡一杯茶，你到里屋去坐着，坐在被窝里，舒舒服服的，该看文件看文件，该休息休息，文件看好了，人休息好了，你领导大家更好地干工作，你把担子挑起来，挑得多多的，你要做的事情多得很，怎么会就没事了呢？

一番话，把小姨说得红了脸，一句话也说不出。小姨也不再拗着鲁辉煌，乖乖地去洗了澡，换了衣服，进里屋拥在被窝里看文件去了。

接下来，鲁辉煌开始收拾和打扮小姨。

鲁辉煌有着一手上好的缝纫活，一手上好的女红。他能剪裁出各式各样的服装，特别是时髦的女式卡腰服和裙装。他从绸布店里买来料子，嘴里衔着皮尺，把小姨当做一个私家模特儿，转来转去地比了量了，记下尺寸来，夜里点上灯忙乎半宿，第二天早上就为小姨添置出一件漂亮的衣裳。

小姨最开始不太喜欢穿太招人眼的衣服。小姨的身材本来就不错，该凸的地方凸，该凹的地方凹，再一穿上卡腰装，穿上贴身的裙装，走在大街上，满街的人都扭了脸来看，看得她非常不自在。

小姨不习惯这个，对鲁辉煌说，我都三十多岁的人了，年轻时也没打扮过，现在就别折腾了吧？

鲁辉煌不依小姨，嘴里衔着皮尺，把小姨转来转去，胸前卡一下，腰里圈一下，嘴里唔唔地说，你都三十多岁了？你怎么就三十多岁了呢？

小姨被鲁辉煌转来转去，转得头晕，说，辉煌，别闹了。

鲁辉煌说，我怎么是闹？我是在打扮我妻子。

小姨说，我原来的样子很好了嘛。我不想打扮。我不想穿得那么花哨。

鲁辉煌说，你原来的样子很好，那就让你现在的样子更好。你不想穿，我还想看呢，不光我想看，大家都想看，大家想看到一个全新的梅琴同志，是如何给我们这个世界带来美丽和健康的。

小姨拿他一点儿办法也没有，想要逃开，鲁辉煌把人看得紧紧的，逃不掉，没办法，只好由着他摆弄。

鲁辉煌为小姨做完了衣服，就开始为小姨设计发式了。他弄来一把火钳，在火炉子上烧热，用荷叶包了，湿漉漉地给小姨烫鬈发。

这一回小姨不干了，说什么也不烫头。鲁辉煌要给她烫发，她就躲，从外屋躲到里屋，从地上躲到床上，到最后干脆用被子把自己埋起来。

鲁辉煌到处追小姨，拎着个火钳，像是追羊羔似的。小姨被鲁辉煌追上了，从被窝里拖出来，挠痒不过地咯咯笑着，拿手去抵抗。鲁辉煌就批评小姨。

鲁辉煌把小姨按在椅子上坐下，说，你现在是领导了，要注意自己的形象。

小姨反抗说，我也不是现在才做领导，我早就是领导了，从来也没有烫过鬈发。再说，我过去的形象也没有什么问题呀，我过去的形象不好吗？

鲁辉煌把围巾系在小姨脖子上，认真地说，你那过去是什么领导，你那是土八路领导。现在你在一座大城市里，你是文化部门的领导，你要不注意形象，不让自己的形象跟上时代，让群众怎么说你？

小姨说，烫个鬈发就是跟上时代了吗？

鲁辉煌说，你回答我一个问题，什么叫做精神面貌？

小姨说，哈，这回你可让我给抓住了，精神面貌说的是精神上的事，不是说头上。

鲁辉煌说，怎么要用面貌，不用别的词呢？

小姨知道反抗也没有用，只得老老实实地坐稳了，叹息说，跟你这种年轻演员过日子，真累。你就说吧，你还有多少讲究呀？

鲁辉煌不高兴了，说，你别一口一个年轻年轻的好不好，你才多大岁数呀，你以为你那三十多岁就真的了不起了，你就真有本钱了呀，整天挂在嘴里张扬着，一点儿也不虚心，不信咱们俩现在上街走走试一试，知道的会夸咱俩天作之合，琴瑟一双，不知道的还会说，鲁辉煌，你妹妹来看你了？

小姨笑得弯了腰，说，你一张嘴呀，能哄死人。

鲁辉煌连忙喊道，哎哎，你别动好不好？你看把我的手艺全糟蹋了！

小姨其实是喜欢鲁辉煌的，这一点儿谁都看出来了。

小姨在薪金制时代有一些积蓄，她一个人过日子，没有更多的开销，如果不接济同事，她根本没有什么可花的。三年自然灾害时期，小姨把自己的积蓄全部交给了组织，那以后，她不时拿出自己的积蓄来帮助一些生活困难的同志，或者支援灾区，但即使那样，她仍然存下了一笔钱。结婚之后，小姨把那些积蓄拿出来，全都交给鲁辉煌。她有些不习惯地拿着那些钱，说，辉煌，结婚的时候咱俩都忙，也没送你一件礼物，现在我想补上。我不知道你喜欢什么，我也没有时间陪你，你拿着这些钱，看看想买什么就买些什么。

鲁辉煌不高兴了，说，你拿钱给我干什么？我要你的礼物干什么？你这是在讽刺我，好像我和你结婚是为了你的钱，为了你的礼物似的。实话告诉你，我不稀罕你的钱，也不稀罕你的礼物，我要稀罕钱和礼物，我就不会找你，而去找那些资产阶级小姐了。我和你结婚是因为爱你，只要有你，什么钱和礼物我都不要，饿死冻死我也认了。

小姨解释说，辉煌，你理解错了，我没讽刺你，我没说你和我结婚是为了我的钱，为了我的礼物，你千万不要这么想。

鲁辉煌说，我不这么想，我也有积蓄，我要把钱拿给你，我要你去买一件礼物，你会不会这么想？

小姨看他真不高兴了，连忙说，好好，刚才算我说错了，那我们换一种说法，我太忙，工作上抽不出身，现在我们结婚了，是一家人了，这些钱交给你保管，就算你管着家务，你当着我们这个家，成不成？

鲁辉煌听小姨这么说，这才孩子气地咧开嘴笑了，把钱收下，乘机过来洋气十足地和小姨贴了贴脸蛋。

小姨越来越依恋鲁辉煌，越来越表现出对他的钦慕，越来越离不开他了。

小姨主动提出，要去剧场里看鲁辉煌的演出。

鲁辉煌说，嘿，太阳从西边出来了。

小姨说，哪儿来的太阳？什么西边？

鲁辉煌说，还记不记得，我追你的时候，想请你去看我的演出，你说什么了？

小姨问：我说什么了？

鲁辉煌说，你还真忘了？你说，我这个人，一辈子不看戏。我求你去看一出。你说，除非太阳从西边出来。

小姨红了脸，说，我说过这样的话吗？

鲁辉煌说，你不要赖皮。

小姨只好承认，说，就算我说过，那是过去，过去我不是没嫁给你吗？现在我嫁给你了，我去看你演出，又有什么不可以？

鲁辉煌高兴得手舞足蹈，一甩手，漂漂亮亮做了一个甩水袖的动作，朗声念白道：娘子，书生我这厢有请了——

几天之后，鲁辉煌请小姨去剧院里看他的戏。小姨那一天特意打扮了一番，换了漂亮的裙子，系了漂亮的纱巾。鲁辉煌要去剧院上脸，说好了在剧场里给小姨留下最好的位置，他先走一步，要小姨随后去，他在剧院里等着她。

那一天的戏是《挑滑车》，鲁辉煌演高宠。《挑滑车》开始之前，先演了一出皮黄《牛皋下书》。再等到鲁辉煌扎着大靠出台，一亮相，那副英武之气就首先博得了一个满堂彩。接下来，鲁辉煌扮演的高宠执令守护岳家军的中军大纛，眼见金兵势众，宋军不利，情急之下，擅出助战，大败金兵。在乘胜追击时，不幸中了金太子兀术的铁滑车阵，他力使银枪，连挑数辆，终因坐骑力尽而被滑车碾死。

鲁辉煌果然不愧为剧院的当家武生，他扮相英武，身手不凡，一个高宠，被他演得活灵活现，浩气长存。小姨坐在台下，完全被那出英雄悲剧打动了。她看着高宠在金兵丛中单枪匹马，翻腾跌扑，挺枪厮杀，不由得攥紧了手里的手绢，替高宠捏了一把汗。她看着高宠挺枪催马，朝山上冲去，面对铺天盖地而来的铁滑车，眉不挑，眼不眨，毫无惧色，最终坐骑失蹄，壮烈捐躯，她的眼眶里盈满了泪水，一时没忍住，竟滴落下两滴泪珠来。

戏演完后，小姨来到后台。鲁辉煌正在卸妆，拿甘油棉团往脸上抹。小姨在后面，人靠着化妆室的门边，看嘴里嘶嘶抽着气的他，一下子觉得他是那么的与众不同，比平日里的他，更多了一分风采。剧院里的人都认识小姨，见小姨痴痴呆呆地靠在那里，来来往往的人都和她打招呼，说，梅处长来了？梅处长进里边坐吧。鲁辉煌听见，回过头来，冲小姨粲然一笑，举了举手中的棉团，说，我一会儿就好。小姨连忙从发怔中醒悟过来，红了脸说，辉煌你别急，我等你。

……

小姨上班的时候总是忍不住要给鲁辉煌打电话，问问鲁辉煌在做什么，提醒他练功的时候小心一点儿，别使蛮力，别大意，别把自己弄伤了。有时候电话打过去，鲁辉煌不在团里，小姨才想起来，今天团里没有演出和排练任务，鲁辉煌在家里。

下班以后小姨总是匆匆忙忙地往家里赶。鲁辉煌在家里做饭或者做别的什么事，胸前围着围兜，手上拿着锅铲或者拖把，很奇怪地抬头看小姨，问，今天有高兴事儿？

小姨倚在门口，不说话，摇头。

鲁辉煌说，那你冲着我傻笑什么？

小姨红了脸，进门来，把包放下，一边脱外套，一边说，你才傻呢！

鲁辉煌就放了手中的东西，走过来，从后面搂住小姨，把脸贴上去，和小姨亲热。

小姨往一边躲，说，门没关，小心人看见。

鲁辉煌说，看见能怎么的？看见我愿意。

小姨躲不过，说，你把我身上弄油了。

鲁辉煌说，弄油了，我先洗衣裳，接下来再洗你。

小姨就一点儿办法也没有了，只好乖乖地任鲁辉煌摆布。

鲁辉煌和小姨亲热了一会儿，兴奋了，说，我们上床去吧。

小姨说，天还亮着呢。

鲁辉煌说，我就是天，你是地。

小姨吃吃地笑，说，你们当演员的，都这样说话吧？

鲁辉煌说，我若是演员，只和你演对手戏。

小姨求饶说，你弄痒我了。

鲁辉煌痴迷地说，你是一个成熟的女人，天哪，你是一个多么成熟的女人！

小姨被鲁辉煌从后面搂着，仰着头。她的全部视线都在天上。她把手臂伸出去，将手指插进鲁辉煌黑云一般的浓发里，心痛一缕缕传向指尖。

结婚之初，小姨经常带鲁辉煌到我们家里来串门。小姨在这个城市里没有更多的亲人，她只有我母亲这个亲姐姐，她独来独往惯了，不喜欢串门，如果她要到谁家串门，只能到我们家来。

实际上，在和小姨结婚以前，鲁辉煌已经是我们家的常客了。在追求小姨的那些日子里，他总是跟着小姨出现在任何地方，小姨走到哪里，他就出现在哪里，小姨上我们家来，他也跟着来，完全像小姨的影子。结婚之后，他反而不大愿意来我们家了。

鲁辉煌不愿意到我们家来的原因是我的父亲。

父亲很不喜欢鲁辉煌这个人。他把他的不喜欢公开地表示出来，他从来不和鲁辉煌握手，鲁辉煌叫他姐夫他也不答不理。鲁辉煌一到我们家来，他就板着一张脸，甩门出去了，等小姨和鲁辉煌走了之后，他就大发雷霆地对母亲说，我是他什么姐夫？他一个小屁孩子，他才比咱们老大大几天？乳臭未干不说，再加上一身的胭脂味，他凭什么叫我姐夫？他也敢？操！

鲁辉煌早就看出父亲瞧不起他。他对小姨说，你是个大忙人，难得有一个休息日，咱们应该在自己家里待着，以后就别去人家家里了。

小姨知道鲁辉煌为什么才这样说的。她不想看着鲁辉煌受气，也不希望自己的亲人这样对待鲁辉煌。她一直试图改变这种情况，这正是她在婚后那么热心地带鲁辉煌上我们家来的目的。

小姨背着鲁辉煌和父亲交涉过，她要父亲别那样对待鲁辉煌。

不管怎么说，他毕竟是我丈夫，你没有权利这么对待他。小姨这么对父亲说。

父亲鄙夷地对小姨说，我知道他是你丈夫，我怎么不知道他是你丈夫呢？但是不管你高不高兴，我还是得告诉你，他同时还是一只虱子，一只让人心烦的虱子。

小姨生气了，涨红了脸大声地说，不许你侮辱他！

父亲在鼻孔里哼了一声，说，你也太抬举他了，他值得我侮辱吗？他怎么配？

小姨横睁杏目，紧咬玉牙，说，姐夫，不用你挑明，我知道你们是怎么想的，我不管你们怎么想，这是我的日子，用不着谁来指手画脚，我就这么过了，你们能怎么样？

父亲冷笑道，你不要在我这里大吵大闹的，你爱怎么过，你去你自己家过，你上天下地都没人管，可这是我的家，我的家从来不欢迎虱子，虱子让我看了心烦！

母亲先前在厨房里做饭，听见小姨和父亲争吵，跑进屋里来，要拦父亲。

父亲不要她拦，一甩门走了出去。

母亲连忙转过身来对小姨说，梅琴，你们又争什么？你们怎么老是争来争去的？

小姨半天没出声，再出声时，眼圈先红了。小姨对母亲说，姐，我不想争，我谁也不想争，我任何事都不想争，我只想好好过日子，可谁又在乎呢？

母亲看小姨的样子，安慰小姨，说，梅琴，你姐夫就是这样的人，你千万不要和他一般见识。

小姨说，姐，你错了，不是我要和谁一般见识，是人家不愿意和我一般见识，在别人眼里，我是一个祸害，躲都来不及呢。母亲说，小妹，可别这么说，你这么说是糟践自己。

小姨摇了摇头，说，姐，就这样吧，辉煌是不能来这个家了，这个家容不得他。其实我知道，这个家和外面那个社会一样，真正容不得的是我。既然如此，辉煌不会再来了，我也不会再来了，好歹我们自己还有个家，我们还可以过自己的日子，我们在自己家里待着，也不会去妨碍着谁，以后有事，就让四儿去我那里传个信吧。

小姨这么说过之后就走了，她从我们家走出去的时候一点儿声音都没有。她就像一缕风，在院子门口停顿了一下，好像犹豫着要改变方向，看看去什么地方合适，然后她迈出门槛儿，消失在我们的视野内。从那以后，直到她离开这个世界，三十多年的时间里，她再也没有跨进过我们家的门槛儿一步。

小姨走后母亲和父亲大吵了一架。

母亲冲父亲喊道，梅琴她这一辈子已经很难了，她吃了那么多苦，遭了那么多罪，现在好不容易有了一个安顿的日子，你还这么对待她，你到底要她怎么样？

父亲怒气冲冲地说，我要她怎么样？是我要她怎么样了吗？你满世界去看一看，有没有她这样的人？有没有她这样过日子的？她吃再多的苦、遭再多的罪，那都是她自己弄成这样的，谁指挥她了？谁强拧她了？不是我要咒她，你看着吧，就是这样的日子，你说的安顿日子，迟早还会被她折腾垮的！迟早！

二十六

　　小姨和鲁辉煌婚姻中最大的障碍并不是我的父母，也不是她自己，而是焦建国。

　　小姨把她和鲁辉煌要结婚的事告诉了焦建国。小姨是在星期六晚上焦建国回家来吃晚饭时在饭桌上对焦建国提起这件事的。

　　小姨说，建国，有一件事情我得告诉你，那个经常到我们家来的鲁叔叔，我们打算在一起过日子。

　　焦建国很认真地挑着黄花鱼的骨头，好像一点儿也不关心这件事似的说了一声，哦。

　　小姨往焦建国碗里拈着菜，说：妈想问问你，你对这事是怎么想的。

　　焦建国把一条鱼骨从嘴里拉线似的拉出来，小心地放在桌子上，然后去拈另一条黄花鱼。他在大海边生活过两年，经验丰富，知道怎么对付一条鱼，何况那是一条已经没有了生命的黄花鱼。

　　小姨说，建国，这件事，妈也不能和别人商量，妈只能自己做主，你是妈的孩子，你的意见对我很重要，焦建国不吭声，他放弃了那块鱼，把筷子从盘子里收回来，埋了头往嘴里扒饭。

　　小姨有些为难了，她想也许她不该在这个时候和焦建国谈这件事，他每个星期只回家来一次，她该和他谈点别的，谈点轻松的话题。小姨先让自己轻松起来，换了个话题，说，建国，我给你买了一双回力牌球鞋，你不是一直想再要一双吗？明天你把新鞋穿上，我们去你二姨家，二姨说了, 要给你包饺子吃呢。

焦建国把筷子放下, 拿起勺子来, 脸上麻木着, 慢腾腾地说, 你想和哪个男人过日子你就和哪个男人过吧, 没有必要问我。反正你和谁一起过日子对我来说没有什么区别。

小姨愣住了, 饭粒从她的筷子边落到桌子上。

那天晚上焦建国很早就上床睡了, 小姨几次坐到他的床边, 想要和他把饭桌上断掉的话续起来, 他都背过身子去, 不理小姨。小姨在床边坐了一会儿, 知道不能勉强, 只好替他掖了掖被子, 熄了灯, 轻轻地走开了。

小姨和鲁辉煌结婚后, 焦建国星期天就很少回家里来了。他在学校里开始有了朋友, 他们大多和他一样, 也是父母离得很远, 在外地工作, 或者干脆就是孤儿。他和他们在一起, 星期天的时候不回家, 待在学校里, 大家一块儿打球、躺在草地上翘着一双臭脚聊天、到街上去闲逛、像雨中找不到群的鸭子一样伸长了脖子唱《歌唱二小放牛郎》。他们唱: 牛儿还在山坡上吃草, 放牛的却不知道哪儿去了, 然后他们嘎嘎地大笑。

有时候小姨见焦建国连续几个星期不回家来, 就去学校里接他。焦建国不愿意跟小姨走, 小姨若是说多了, 他就很冷漠地对小姨说, 我在这里很好, 我自己有朋友了, 用不着你关心, 你就把那个小男人管好吧。呛得小姨一句话也说不出来。

小姨为这事很痛苦。小姨是个很坚强的女人, 生离死别的事她这一辈子遇到过太多, 似乎没有什么事可以把她打倒, 但焦建国却是她无法摆脱的心伤和罪孽。小姨有时候想得绝望了, 就跑到我母亲的单位去, 在母亲的办公室里坐着, 关了门大哭一场。

母亲劝小姨, 可母亲怎么劝都劝不住。母亲忍不住, 就去找焦建国。

焦建国浑身脏兮兮的, 怀里抱了一只球, 一副不耐烦要走开的样子。母亲去拉他, 他说, 二姨, 我知道你会帮你们梅家人说话的, 那又何必呢?

母亲总是被他那又何必呢这句话问倒。母亲一听见焦建国说那又何必呢就没辙了。母亲回来以后就把这话说给父亲听。母亲说, 真是很怪, 十几岁的孩子，能懂什么？却有这么怪的念头、这么怪的话，让人听了寒毛直立。你说说，他怎么就会有这样怪的念头？他怎么就会有这样怪的话？

父亲哼了一声，说，你不看看那是什么样的种，你还指望他能说出什么话来？

母亲就拿眼白去看父亲。但母亲看是看，却没说什么。

结婚后不久，鲁辉煌向小姨提出了自己的工作调动问题。

那是一个星期天，鲁辉煌事先说服了小姨，两个人去公园里玩。小姨很多年没去过公园了。

这些年一来工作忙，二来生活坎坎坷坷，既没有时间又没有心思逛公园，现在一说公园，她就觉得自己好像已经忘记公园是个什么样子的了。鲁辉煌一倡议，她就拍手称好，说，也是，我来这个城市时间也不短了，还不知道这个城市的公园是个什么样子的呢。

星期天一大早两个人就起来，吃了饭，一人骑了一辆自行车，直奔公园。小姨陌生，鲁辉煌却熟悉，鲁辉煌不光熟悉，还会玩，拉小姨去划船、放风筝、看花圃，玩得兴致盎然。玩到中午，两个人也不回家，就在公园里的饭馆里要了两个菜，亲亲热热香香甜甜地吃了。吃过饭，小姨说，咱们回去吧。鲁辉煌说，慌什么，时间还早呢，难得一个星期天，你又难得出来一趟，不如玩到晚上，咱们再回去。小姨和鲁辉煌结婚后，已经渐渐地习惯听鲁辉煌的了，鲁辉煌这么一说，她也就不再反对，乖乖地点头，说，行，听你的。

两个人玩了大半天，玩得有些累了。小姨说脚疼，鲁辉煌就倡议，坐到湖边的草地上去晒太阳。太阳很好，晒得人暖洋洋的，小姨坐在草地上，人靠在鲁辉煌身上，先看了一会儿湖上的风帆，渐渐地，就有些睁不开眼睛。

鲁辉煌说，你眯着眼干什么？

小姨说，我困了。

鲁辉煌说，别睡。

小姨说，我眼睛打架。

鲁辉煌就去摇晃小姨，说，不如我和你打架。

小姨吃吃地笑，说，那你说一个有趣的事情来，你说一个有趣的事情，看我能不能不睡。

鲁辉煌想了想，说，我想调动一下。

小姨先没听清，或者说，她听是听清了，没往这方面想，等醒悟过来，人一下子就撑了起来，把脸朝向鲁辉煌，问：你刚才说什么？

鲁辉煌说，我说我想调动一下。

小姨盯着他的眼睛，一脸正色地说，你不是说过，你不去北京了吗？

鲁辉煌看小姨一副警觉的样子，意识到自己的话让她误解了，笑着说，我现在也没有说要去北京哪，你急什么？

小姨说，那你说你想调动？

鲁辉煌说，我本来是想调去北京的，想在业务上发展发展，谁知道竟遇见了你，你改变了我的一生。你在这里，我哪儿也不去，就算给个天堂我也不去，我会永远扎根在你身边。又说，本来也没打算这时说给你听的，你要我说件事情，哄你不睡觉，我又不是个会讲故事的，想了想，只有这件事可以说一说，就说了。

小姨这才放心了，人松弛下来，重新转过身子去，靠在鲁辉煌身上，说，怎么回事，你想怎么个调动法，反正已经说了，我也真被你弄得没瞌睡了，你就慢慢说吧。

鲁辉煌就慢慢地说。

鲁辉煌提出调动，他是想换个行当搞行政。鲁辉煌给小姨分析他想法的理由，他因为长期练功，伤了腰腿，而且伤痛严重，留下了不少后遗症。往眼皮子底下说，他现在是剧院里的当家武生，正走红，剧院里拿他当台柱子，自己要发展也不是没有可能。往长远里说，他这个样子，已经不再适应吃演员这碗饭了，这碗饭如果再吃下去，伤病会越来越严重，长此以往，他会在很年轻的时候就瘫倒在床上，到时候人给废掉了不说，再没有人来关照小姨，反过来得要小姨照顾他这个瘫子了。

小姨听鲁辉煌那么一说，不由得心里紧张起来。这些事情她过去从来没有想到过，她只知道鲁辉煌是个演员，是个出色的演员，受观众爱戴和欢迎的演员。他在舞台上扮相英武，风采夺人，就没有想到他为此付出过的艰辛和伤痛，没有想到这些伤痛会使他落下累累创伤，没有想到这些累累创伤会影响到他今后的正常生活。现在鲁辉煌一说，她才醒悟过来，她觉得鲁辉煌说得有道理，她倒并不在乎要他照顾，相反她更愿意照顾他。但他有伤病这是事实，他的腰肌劳损毛病很严重，半月板也有撕伤，天一阴他就青着脸捂着腰腿嘶嘶地抽冷气，有时候自己用暖身子去焐他，要焐半天才能焐过来，为这事她还心疼过。小姨那么一想，就为自己对鲁辉煌的忽略感到不安了。

　　小姨替鲁辉煌一想，反过来又有些拿不准了，她有些犹豫地说，你要改了行搞政工，可就失去舞台了。你三岁起就练功，练得一身本事，练成了团里的台柱子，现在要丢掉，你不觉得这样太可惜了吗？

　　鲁辉煌苦笑着说，没有认识你之前，我也想撑下去，撑到什么时候算什么时候，哪一天撑不下去了，倒在舞台上，也算是英雄一场，无非让人抬下去，躺在病床上度过后半辈子。我不像你，是个老革命，贡献大，受人尊敬，但做一个人，总得做得成功才对，这种决心我始终是有的。遇见你之后，我觉得我这一生也算值得了，我也算是个生活中的成功者，想一想，又有多少人能够像我这样，舞台上做了这么些年的主角，生活中遇见了你，我是太幸运了。过去想要撑住，是拿生命来撑，现在我没有必要拿命去硬拼，我可以改变我的生命，我可以在别的方面去努力、去发展，做新的领域里的成功者。

　　小姨说，你这么说，反而让我心里不安，是我影响了你的生活，要是你不遇见我，你还会在舞台上坚持下去的，你还是一个大家喜欢的出色演员，现在反而是我改变了你的想法。

　　鲁辉煌说，没错，我肯定会是那样的演员，我甚至还能做得更好一些，但是不会有更长的时间，在某一次排练或者演出的时候，我会摔倒在舞台上，从此再也站立不起来了。

鲁辉煌转过身子来。小姨没留神，人往下一倒。鲁辉煌接住她，就势将她搂进怀里，用他那双又黑又亮的大眼睛看着小姨，说，琴，告诉我，你是不是愿意看见我倒在舞台上的样子？

小姨拼命地摇头，说，不！我不愿意看见！

鲁辉煌说，那你就得理解我的选择。

小姨拼命地点头，说，我理解！

鲁辉煌说，你不光得理解，你还要帮助我。

小姨说，我怎么帮你？

鲁辉煌说，我现在这种情况，真要一下子提出离开舞台，院里不会放的，他们需要我这样的人，他们需要我替他们拉大辕，如果你不出面，我自己没法解脱出来的。

小姨人仰在鲁辉煌怀里，她和他的脸离得很近。她在阳光中眯着眼，看着他，看着他那张英俊但分明充满疲惫的脸，过了一会儿，慎重地点了点头，说，辉煌，我帮你。

经过考虑之后，小姨谨慎地向党组和局里作了汇报。小姨那个时候已经是文化局分管人事的副局长了，局里当然很重视她的意见。局里做工作，很快就把鲁辉煌调出了演员队，安排到剧院里做了一名一般性的行政干部。

鲁辉煌离开了演员队，不再排练和演出，他的伤痛有了明显的好转，更重要的是，他不会再有进一步伤瘫的危险了。这让他和小姨都十分高兴。

鲁辉煌不会再倒在舞台上了，他会英武挺拔地永远那么站立下去，直到他成为一个白发苍苍的耄耋老人，这是小姨最大的安慰，也是她最大的心愿。现在她得到了这样的安慰和心愿，为此她私下里偷偷地松了一口气。但是有的时候，小姨也会若有所失，她一时还无法习惯鲁辉煌离开舞台这个事实，无法习惯鲁辉煌坐在办公室里，手里捧着一杯茶，用一支红蓝铅笔在收发记录上签名这个事实。连她自己都说不清楚，鲁辉煌离开了舞台，对他和她来说，究竟是好事还是坏事。

有一次两个人正在吃饭，小姨突然对鲁辉煌说，辉煌，我很后悔，当初真该多去看看你的演出，我听说你有很多出色的戏，可惜我只看过你的《挑滑车》。

鲁辉煌眼睛倏然一亮，停下筷子来，问小姨：你在背后打听过我？

小姨脸红了，老实承认道，嗯，我是问过，他们说，你不光高宠演得好，你还拿手《武松打店》《三岔口》《时迁盗甲》《一箭仇》，这几出戏，京剧院里属你演得最好，可惜我从来没看过。

鲁辉煌很兴奋，说，这话没错，是句公平的评价，可见他们还是记着我的。老实说，不光咱们剧院，就是省里那几个武生，要真比试起来，未见得能抢过我。

小姨越发遗憾，说，你就眼馋人吧，反正现在也看不到了。

鲁辉煌说，谁说看不到了？你要看还不容易，哪天你想看了，我就在家里，专门给你唱一出，就你一个人看，你愿意怎么看就怎么看，还不美死你呀？

小姨不信，说，家里怎么唱呀？

鲁辉煌说，唱堂会呀？你搬一把椅子往那儿一坐，这儿就是舞台，台下你一个，台上我一个，再没有别人，想听哪一出你点，也就没有后悔了。

小姨笑说着那倒好。

鲁辉煌说，你听戏，我唱戏，怎么不好？倒是我的后悔，没有人肯明白。

小姨不懂，问，你后悔什么？

鲁辉煌就做出一副天大的委屈，说，自从我出了演员队后，你再很少夜里焐我了。

小姨的脸一下子红了，拈了一块骨头去堵鲁辉煌的嘴，说，我怎么少焐你了，你天天不肯一个人睡，老是往我被窝里钻，我那不是焐你呀？我还要怎么焐你才甘心？

鲁辉煌就衔了骨头嘻嘻笑着说，我要你一辈子都这么焐我。

没过多久，鲁辉煌又和小姨商量，提出他想搞政工。鲁辉煌认为，他出身好，苗子正，思想觉悟高，头脑灵活，再加上一副好口才，具备了搞政工的基本素质。像现在这样待在办公室里，做一般性收收发发的行政人员，一来为国家贡献小，二来自己也荒废年华，再说点小心眼的活思想，也配不上小姨这样的老革命。

就算下来了，不当演员了，也不能没有个上进心。鲁辉煌这么对小姨说，我到底人还年轻，因为身体不适不能再在舞台上演出，可我心是健康的，思想是健康的，那种安安逸逸过小日子的生活，不是让我荒废青春吗？

小姨说，你现在在办公室里不也干得很好吗？

鲁辉煌说，你不知道我们剧院的情况，我们那个办公室，针鼻子眼大的一点儿事，其实并没有多少事情可做，却养着好几个人。我也就是个跑腿的传达罢了，大多数时间都是闲着，哪里说得上干得好？

小姨说，那你想要怎么样呢？

鲁辉煌说，我们剧院是业务单位，平时练功排戏再加上演出，大家一门心思，只把力气用在业务上，从来不关心学习，不关心政治，剧院的领导也不大关心这些事情，这种状况由来已久。我觉得这不正常，我们毕竟是社会主义的剧院，是人民大众的文艺工作者，不能放松了学习，放松了政治。我想，我可以在这方面做一些工作。具体地说，我觉得我可以去做一个政治工作干部。

小姨说，可你并不是干部呀？

鲁辉煌说，不是干部，我就不能朝这方面努力吗？我过去还不是演员呢，我不是仍然做了一名优秀的演员吗？事情总有发展，人总得进步，要不发展，要不进步，那这个世界还有什么希望？当然，这事你得支持我，你要不支持我，我干起来就没有动力，我也没有什么劲，还不如维持现状，做我的收收发发算了。

小姨想了想，觉得鲁辉煌说得有道理，他的确有一些别人不具备的优点，比如他对新生事物的接受、他做一名优秀演员时争得的好人缘、他的热情洋溢、他干事情的执著和他极富煽动性的口才，在一般的群众中，他这样的素质是少有的。小姨也希望鲁辉煌能做一个有理想有抱负的人，为国家多作贡献，他能有这样积极向上的想法，她当然会高兴并且支持他的。

小姨找了一个机会，和党组书记谈了谈。党组书记说，你分工管人事，有经验，你自己认为怎么样？鲁辉煌同志合不合适搞政工？小姨说，这事我考虑过，我觉得他还是有潜力的。党组书记说，既然这样，我就给老丁说一说，咱们再在下一次的党组会上议一议，要组织部门考虑一下他的问题。

这样，没过多久，鲁辉煌就改行做了一名政工干部。

剧院里宣布鲁辉煌转为搞政工那一天，鲁辉煌下班后就给小姨打了一个电话。

鲁辉煌在电话里说，亲爱的，咱们今天上馆子吧？

小姨说，又不逢年过节，上馆子干吗？

鲁辉煌憋不住地说，今天院里宣布了！

小姨没明白，问：宣布什么了？

鲁辉煌说，宣布我转为政工干部了！

小姨一听，高兴地说，真宣布了呀？那我祝贺你。

鲁辉煌说，才开始呢，祝贺什么，就算有点进步，还不是在你的帮助下，你要不帮我，我一个人也没法努力，所以我得感谢你。

小姨爽快地说，行，那咱们就去庆祝一下。

鲁辉煌说，你在局里等着，我过去接你。

鲁辉煌后来向组织上交了一份热情洋溢的入党申请书，要求加入党组织。这一回鲁辉煌没有要小姨关照，自己找了组织部门。鲁辉煌对组织部门说，我和梅琴同志是这种关系，别人说，连梅局长的爱人都不在党内，这对党的形象是多么大的损害呀，我还是应该早日加入党组织，让别人说不了闲话。这样，不久以后他就入了党。

等到小姨发现鲁辉煌利用她的关系上上下下做了大量工作的时候，他已经把很多事情都做得差不多了。他完成了从一般的政工干部到剧院党总支书记这个上升过程，下一个目标，则是局党组成员、京剧院院长了。

小姨那段时间对鲁辉煌飞速的进步感到有些惊讶。她发现他十分的活跃，很快成了京剧院里的政治红人。他频繁出现在文化局里，出现在文化局的上级部门，他就像一颗令人吃惊的政治新星，正在闪烁着通过文化局的天空。小姨最先还为鲁辉煌的这种表现感到高兴和自豪，她觉得鲁辉煌没有辜负他自己的抱负，没有辜负她的希望，他失去了他的艺术舞台，但他在新的工作岗位上热情洋溢、不断努力，终于又找到了适合自己发展的新舞台。但是很快的，小姨发现，事情并不像她想象的那样简单。她发现鲁辉煌的进步太快了，快得令人不可思议，他从一名普通的政工干部，很快做到了副科长、科长、党总支副书记、党总支书记，成为京剧院党的最高领导。鲁辉煌是演员出身的干部，严格地说，他演戏的功夫的确不错，他的唱腔、身段和扮相在行当中有口皆碑，但那也仅限于他的舞台形象，他在别的行业里完全是一个陌生的新手，根本谈不上有什么作为和经验。一个政工干部，从来就是要靠长期的工作积累和丰富经验来证明自己的，那是一条漫长的道路，不是短短的时间里可以一蹴而就的。鲁辉煌没有这样的证明，没有经历过这样的道路，他甚至才刚刚入党，还是个党龄很短的新党员，他怎么能够在那么快的时间里飞速地超越他人脱颖而出呢？但是，鲁辉煌在那以后并没有找小姨办过什么事，没有要小姨帮过他的忙，那以后，他的所有天才展示全都与她无关，这是事实。也就是说，他是靠着自己的努力有了那些飞越的，他是那个当之无愧的成功者。

小姨对鲁辉煌的快速进步有了一些疑惑。但她并没有往别处想。她信任鲁辉煌，她从来不去朝别的方面想他。有几次小姨和鲁辉煌开玩笑，说，辉煌，你就没有发现，你这些日子进步太快了？说不定哪一天，你会来做我的领导呢。鲁辉煌憨憨地笑着，说，我当然想赶上你，我只有赶上你了才配得上你，可我赶得上你吗？不是我说泄气的话，就算我进步得非常快，等我到了你现在的位置，你也早跑到前面去了，你还是比我进步。

我算死心了，这一辈子呀，我就跟在你后面慢慢地爬吧。

直到有一天，局里宣布任命鲁辉煌为京剧院院长后，党组书记找小姨谈话。党组书记来到小姨的办公室，掩上门，对小姨说，梅琴同志，鲁辉煌同志的事情，我们按照上面领导的意图办了，我们是完全按照上面领导的意图办的，请你在适当的时候向领导转达我们的工作情况。小姨这才发现事情完全超过了她的想象，小姨要党组书记把情况全都告诉她。党组书记就告诉她，鲁辉煌对京剧院说，他当院长是梅琴同志的意思，他对局里说，那是省里领导的意思，这样，京剧院和局里也就不能不考虑这件事情了。党组书记还告诉小姨，鲁辉煌向他们学着省里领导的口气说，梅琴同志和鲁辉煌同志，他们不光要做生活中的夫妻，他们在政治上也要比翼齐飞嘛。党组书记学鲁辉煌学得很像，但他申明说，鲁辉煌学省里领导的口气学得更像。我一听就知道，这话肯定是省里领导说的，没错。党组书记说。

小姨气坏了，回去以后关上门和鲁辉煌大吵了一架。

小姨说，我真是傻，我还以为你真是在进步呢，我还心里为你感到高兴、感到骄傲呢，谁知你是用这种方法进步的！

鲁辉煌说，我这种方法怎么了？

小姨说，你凭什么打着我和老王的名义对京剧院和局里说那样的话？那样的话我从来没有说过，我给老王打过电话，老王也没有说过这样的话，那是你自己的编造，你知不知道，你这样做是在蒙骗组织！

鲁辉煌瞪着一双天真的眼睛，好像受了极大的委屈。他说，我怎么是蒙骗组织呢？难道你和老王就不希望我进步吗？难道我们俩在生活中不是夫妻吗？难道我们在政治上比翼双飞不应该吗？我进步了，我当京剧院院长了，又怎么丢你的脸了呢？

小姨说，你进步就光明正大的进步，就靠自己的能力进步，不要搞阳奉阴违这一套。你不是靠自己的努力，不是靠群众和组织上对你的信任，而是靠着欺骗的手段，这样的进步就是虚假的。你现在去把这件事向组织上讲清楚，全部坦白地讲清楚，一点儿也不要保留，听候组织的处理。

鲁辉煌为难地说，我怎么向组织上讲清楚？我又怎么能够向组织上讲得清楚？你想想，我们是夫妻，老王又是你多年的战友，你和老王有关心我成长这一层意思是很正常的事情，不用明说大家也能够想到，没有这样的关心反而是不正常的。我要去说了，我说梅琴和老王谁都不关心我，他们巴不得我不进步，我一进步他们就不高兴，他们就很难过，这话能骗谁呢？这话说出来谁会相信呢？弄不好，人家以为是咱们对组织上的安排不满意，咱们还需要更多的安排，是要挟，是讲价钱，那不是给组织上出难题吗？

小姨冷冷地说，你不要用这种话来堵我，群众没有那么傻，组织上也没有那么傻，不会像你说的这样想。

鲁辉煌赌气说，我不去。你叫我怎么去说？

小姨说，你要不去说，我去说。

鲁辉煌的眼泪一下子就流出来了，他伤心地说，琴，没想到你会这样，连不相干的人对我的事情都很关心，我一说，他们就尽量去解决，而你却对我的政治生命会这么不关心，这么冷漠。我已经做成的事、已经取得的成功，你也要给我拿掉。好吧，既然这样，你要想去你就去吧，去说清楚吧，让所有的人都知道我是一个骗子，是一个政治投机分子，让所有的人都轻视我，瞧不起我，朝我吐唾沫，让我彻底地毁掉，这样你就满意了吧？

小姨在鲁辉煌说出那番话之前已经走到门口了，她真的准备去找组织上把事情说清楚。现在，她被他的那番话钉在那里，停了下来。小姨明白鲁辉煌的处境，她知道他说的是实话。如果她那样做了，她去找到组织上，把事情说清楚了，他就完了，不光是政治上完了，组织上再也不会信任他了，他还会成为人们唾弃的对象，遭到人们的蔑视和抨击，大量的流言飞语会像潮水似的涌来，淹没他，让他再也抬不起头来，如果那样，他真的有可能给毁掉。小姨犹豫了。她有过这种切肤的疼痛，有过这种绝望的窒息感，有过这种被人抛弃的遭遇，她不可能看着鲁辉煌也遭到和她同样的厄运。她握着门把手，站在那里，进退不得。

鲁辉煌见小姨犹豫了，乘机走过来，想要去拉小姨。小姨躲闪了一下。

鲁辉煌缩回手，站在小姨身边，掏心窝里的话说，琴，我这么做，也是有原因的。我和你生活在一起，我们是一家人，我看见你那么优秀，那么出色，那么让人敬佩。我也是一个有志青年，我也有上进的想法，我也想向你学习，和你一样，一起进步，这样才能不愧做你的爱人，不愧于这个火热的时代，让人们都羡慕我们，让那些过去在背后说我们坏话的人知道他们是错的。我的出发点是好的，是积极的，只是我太急，没有把握好，你应该帮助我才对。

小姨万般无奈地叹了一口气，掩上打开的门，回过身来，擦着鲁辉煌走进卧室，走到床边，疲倦地坐在床上，好半天才开口说，好吧，这次我就原谅你，但这是最后一次，以后这种事你再也别干了，如果你再干，我不会听你说任何好听的话。

鲁辉煌跟着小姨走进卧室，在小姨的身旁坐下来，千赌咒万发誓，说他再也不会这么做了，说他会珍惜来之不易的一切，说他会积极努力，发奋工作，报答小姨对他的信任。

鲁辉煌这么赌咒发誓过后，就站起来，从柜子里喜气洋洋地拿出一件新做的裙子来，要小姨换上试试。

小姨没心情，不想换，说，算了，我今天累了，明天再说吧。

鲁辉煌像个受了遗弃的孩子，委屈地说，这条裙子是我花了几个晚上时间做的，就算我有什么错，这裙子总不会有错吧，我对你的爱总不会有错吧，要早知道这样，我何苦还要点灯熬夜，我死了这条心算了。我也知道，你不是瞧不起这条裙子，你是瞧不起我，也好，反正我也没有什么好辩护的，我活该，这总行了吧？

鲁辉煌这么说着，把那条裙子丢到一旁，从床上抱起一床被子，委屈得要命的样子，慢慢朝外屋走去。

小姨看鲁辉煌那个样子，既好气又好笑，又不能任他这么委屈下去，就说，行了，都多大的人了，还像个孩子呀？你想怎么样？夜里蹬被子了，还要我去外屋给你掖呀？

鲁辉煌站住了，背对着小姨，说，反正你也把我看轻了，就算夜里冻死，我半个悔字也不说。

小姨真是拿鲁辉煌一点儿办法也没有，只好说，不就是要我试衣裳吗？用得着这样赌气？

鲁辉煌一听这话，连忙转了身，跑过来，把被子往床上一丢，从一旁拾起裙子，欢天喜地，殷勤地替小姨脱身上的衣服，又把新裙子给她套上。

鲁辉煌对小姨的身材和自己的手艺十分满意，他站在那里，歪着头，上下左右打量着小姨，惊讶地说，天哪，为什么会是这样呢？任何衣料到你身上，都会产生不可思议的效果，你瞧你穿上这条裙子有多漂亮呀！

事实上，鲁辉煌从来就没有兑现过他发过的那些誓。打那以后，他的野心越来越大，他利用小姨和老王的关系频繁地活动着，他甚至直接找到了老王，通过老王认识了不少各级领导，并且和这些领导打得火热。鲁辉煌开始还瞒着小姨，后来瞒不住了，他就索性不瞒了，公开地那样做。小姨企图阻止他，但没有丝毫效果，他在小姨警告和严责他的时候会说，行，我可以不去找他们，但你必须帮我，我总不能不要求上进，我总不能在要求上进的路途上独自奋斗，半途而废。你要不帮我，我只能去找别人。如果小姨说她要采取行动，他就做出一副受到了伤害的样子，跪下来乞求小姨。他不停地流着泪，然后灰心丧气地说，也罢，你想怎么做就怎么做吧，反正你不在乎我的前途，我那么苦苦守住它有什么意思？事情闹出来，我也没有脸了，我也不能回到舞台上去了，我也不能发展了，我干脆就辞了公职，在家睡大觉，要不就去信个什么教，念经拜佛什么都行，反正破罐子破摔吧。小姨不可能让鲁辉煌破罐子破摔，不可能让他辞了公职去信个什么教。她要阻止鲁辉煌而不能，她始终处在这种矛盾的状态中。她唯一可以做的就是关起门来和鲁辉煌吵架。她先还顾及着影响，在吵架之前把门窗关起来，声音尽可能地放小。但鲁辉煌一点儿也不担心这个，鲁辉煌把小姨关上的门窗重又打开，说那样又闷又热，他还搬了一把椅子到门口去坐着，不断招呼院子门口的孩子到家里来玩，让小姨没法发火，甚至没法说话。

小姨和鲁辉煌的关系开始出现裂痕，他们的分歧越来越大，龃龉越来越多，而且他们俩谁也说服不了谁。

小姨没有想到事情弄到最后会是这种样子。她什么都想到了，她想到了她和鲁辉煌之间的经历差距、年龄差距、文化差距，想到了他们之间生活的背景不同、缺乏共同语言和了解，想到社会上人们的种种看法，唯独没有想到鲁辉煌是一个在政治上有着强烈欲望的人，他在做着他的政治追求时会把他在追求她时的那种执著演出得更加出色、没有余地并且决不回头。她不知道应该怎么来应付这一切，不知道事情继续下去会发生什么，她只知道她不想看到这一切发生，不想看到鲁辉煌这样不择手段地去图政治上的发展，那和她做人的信条是格格不入的。

而鲁辉煌则对小姨表现出越来越多的失望，他不断地埋怨小姨，埋怨她不关心他，不关心他的政治和进步，不关心他的前途和未来。他认为他们作为夫妻，作为一家人，根本没有平等地位可言。她在单位上是领导，在家里是他的主人，她只是把他当做一只花瓶、一只漂亮健康的花瓶，放在她的五屉柜上，供她每天回家来欣赏和把玩，她只要他成为她的一个保姆、一个体贴能干细致的保姆，让他照顾她生活上的一切。她始终对他防范着，用缰绳约束着他，禁锢着他，让他按照她的思维方式来生活，她只是在床上、在他们做爱的时候、在他进入到她的身体里面的时候，才会真正对他放松、对他完全消解防范、对他百依百顺。

小姨为她和鲁辉煌之间出现这种矛盾十分痛苦。她知道问题出在什么地方，知道可以用什么方式来化解它，但她无法那么去做。小姨有时候会尝试着做一些妥协。她不想把问题搞得太僵，不想太为难鲁辉煌，不想在他们之间出现更大的裂痕，最重要的是，她不想失去鲁辉煌。小姨尽量不让自己把坏心情带入两个人的私人生活之中。她在下班回家后，总是先让自己抛却烦恼，或者把烦恼收敛起来，脸上尽可能地显出平静的神色。她用更多的时间和精力去关心鲁辉煌，关心在他身上发生着的一切事情。她有时候会主动和他谈到他的情况、谈到他们剧院的情况。鲁辉煌不太愿意谈到这样的话题，小姨问他，他也是含糊其辞，两个人都明白这一点儿，谈话当然无法继续下去。这样的情况持续了很长一段时间，直到那个档案事件发生。

有一天，党组书记碰到小姨，随口说了一句，没想到鲁辉煌同志原来有着那么丰富的革命斗争史，比局里很多领导的资格都要老。

小姨十分敏感地问，你说的是什么？他的什么斗争史？

党组书记支吾着要走开。小姨拦住了他，要他把话说清楚。党组书记就告诉小姨，最近有关部门转来一份鲁辉煌的材料，这份材料证明鲁辉煌于1949年在他14岁的时候就参加了地下党组织，并担任青年民盟机关的负责人，因为他的工作属于保密级的，是单线联系，所以直到现在这个秘密才被解冻。

小姨一听，头嗡的一声响，血一下子就涌到脸上。她盯着党组书记，问，你相信有这事吗？

党组书记说，这份材料是上级组织转来的，怎么会不相信呢？

小姨决断地说，你们相信，我不相信，他的情况别人不清楚，我还能不清楚？1949年他没有14岁，只有8岁，还在戏班子里抹着眼泪翻跟头呢，根本就没有什么革命斗争史。

党组书记看了看小姨，看出小姨是认真的，没有诱供的意思，这才叹了一口气说，梅琴同志，不瞒你说，对这事我也有疑虑，其实不光这件事，对鲁辉煌同志的很多事我都有疑虑，只不过考虑到你的原因，我不好多说什么。

小姨后悔极了，后悔她为什么不早一些把事情说出来，她原以为这件事只有鲁辉煌和她两个人知道，她不想让鲁辉煌那么干，却又害怕毁了他，下不了决心揭穿他，她要早一些把那些事情说出来，在最后一道关口扎下阵营，鲁辉煌就没有机会继续干下去了，这件事也许就不会发生了。

可现在这一切已经发生了，她已经来不及去阻止它了，她眼睁睁地看着他出现在她面前，似乎是在嘲笑着她，她以为鲁辉煌会觉悟，会良心发现，会停止下来，不再干那种蠢事，可她错了。她还以为这是他们两个人的秘密，只要鲁辉煌改正，她不说，谁也不知道，她又错了。她在心里想，也许正是因为她一次又一次地错，她不断地错下去，鲁辉煌才走到今天这个地步的？

小姨盯着党组书记，一字一顿地说，我希望组织上将此事慎重地调查一下，我要一个清白。

党组书记犹豫地说，这事……

小姨坚定不移地说，如果组织上有什么为难，我愿意亲自来做这个调查。

小姨认真了，非要把事情弄清楚不可，文化局方面也早对鲁辉煌的做法看不下去了，只是碍于面子，睁一只眼闭一只眼。小姨自己那么坚持，自然就顺杆子上，对鲁辉煌的档案情况做了详细外调。那一调查，鲁辉煌精心策划的"革命历史"就露了馅。

伪造历史的事情一经败露，鲁辉煌受到了党内严重警告处分。在文化局党组会讨论对鲁辉煌处理意见时，小姨第一个举了手。处分决定很快付诸执行，先在京剧院里宣布，然后在局党委扩大会上宣布，鲁辉煌本人也在会上作了检查。鲁辉煌当着全剧院的人站在台上作检查，丢尽了面子，最重要的是，他精心策划的行动被彻底揭穿了，组织上以后也不会再相信他了，可以说，他的不断进步的道路全被堵死了。这一回，鲁辉煌气急败坏，一回到家里，就主动找小姨大吵了一架。

鲁辉煌暴跳如雷地说，我走过那么多地方，听过那么多故事，演过那么多戏，见过那么多世道，还是头一次知道一个妻子可以出卖自己的丈夫，把自己的丈夫弄得里外不是人！你知不知道，你毁了我！彻底地毁了我！

小姨平静地说，这次你做得太过分了，我不能眼看着你这么继续干下去，如果说到毁，那才是真正的毁。

　　鲁辉煌声嘶力竭质问小姨，说，我毁什么？我毁了什么？我在靠自己的奋斗上进，我孤军奋战，没有任何人帮助，我只是要你保持沉默，不要自以为是，你连这个都做不到，你算什么妻子？！

　　小姨不想和鲁辉煌吵架，她知道他正在气头上，他们这样争吵下去，不会有什么结果的。小姨说，辉煌，你不要说气话，不管怎么样，我还是你的妻子。

　　鲁辉煌气咻咻地说，你这也叫妻子呀？你到大街上去问问，有哪个做妻子的这样害自己的丈夫？我知道，你根本就是在恨我，根本就是把我往死里整，既然你这样仇恨我，早知道，你何必当初还要嫁给我！

　　小姨有些不相信地瞪大了眼睛，盯着鲁辉煌，说，当初是你追着要娶我的，这个你十分清楚。

　　鲁辉煌痉挛着他那张英俊的脸，说，你以为当初我为什么要你？你以为你还是什么香饽饽？你也不想一想，论年龄你都可以做我的妈了，论经历你都可以和姆妈比了，我要不是看你能帮助我进步，我满庭芳草里躺着的人，什么样的鲜花异朵不能要？我要你？！

　　小姨站在那里，晃了一晃。她不相信这话是从鲁辉煌嘴里说出来的。有一刻她闭上了眼睛，整个儿地深陷入黑暗之中。她在黑暗中听见鲁辉煌气咻咻地喘着粗气，是玩急了眼玩伤了心玩累了身子的架势。小姨的心脏一阵揪痛，呼吸一瞬间停止了，黑暗中弥漫起一片红色。她让自己镇定下来，一点儿一点儿地，摸索到呼吸，拽紧了它。然后她睁开眼睛，看着鲁辉煌，平静地说，那么孩子，你听好了，你先乖乖地去洗把脸，换件干净的衣服，拿上你那些糖果和玩具，从这个门里走出去，去别的地方玩去。

二十七

小姨和鲁辉煌两个人经常性的吵架，焦建国全都知道，他知道但他却从来不关心。

焦建国那时已经从学校毕业了，在工厂里上班。焦建国一上班就再也不回家里来了，他住在工厂的单人宿舍里，有时候小姨想他了，捎信去让他回家来，他也不回来。有一次，小姨实在忍不住，往焦建国的工厂打了一个电话，焦建国好半天才来接了电话，在电话里不耐烦地说，我回来干什么？我回来无非是改善改善生活，我现在自己能挣工资了，要改善生活，我不能去馆子里改善？大老远的，我去你那里干什么？小姨说，建国，你这是什么话？你是我的孩子，这个家不光是我的，也是你的。焦建国在电话里懒洋洋地，说，算了吧，我从来就没有一个真正意义上的家，焦柳那里不是我的家，你那里也不是我的家，天知道我的家在哪里。我这种情况，和孤儿没有什么两样。小姨非常难过，说，建国，你这样说，让我这个做妈的伤心。焦建国说，你也用不着伤心，其实我也没有埋怨你的意思，我就是随便说说，你用不着往心里去。

焦建国曾经和我谈过这方面的话题。从小到大，他总是欺负我，但他又总是离不开我，老是来找我，不是敲诈我的零花钱，就是要我帮他干这事那事，拿我当他的跟班。不过有时候，他也对我发一发牢骚，给我说一说他的心里话。他好像是一匹毛皮凌乱的狼，在深秋的荒原上孤独地走着，走累了，就需要找一只兔子或是傻狍子来陪他驱赶寂寥，而我就是那只兔子或是傻狍子，我们俩就是这种关系。

平时我和焦建国在一起，基本上是以吃零嘴为主，他先摸清楚我身上有多少零花钱，再考虑怎样把那些零花钱花出去，把它们吃掉。我们在花掉那些零花钱的时候，会说一些家里的事。我们也会说到小姨。有一次，我们坐在卤鸭店外面的马路边啃着鸭头，我们一边啃，一边聊天。那一次，我才知道了他对小姨的仇恨有多么的深。

那次我们俩谈到小姨和鲁辉煌之间出现的危机。

我说，小姨真是太可怜了。

焦建国说，她那是活该。

我说，你怎么这么说小姨呢？

焦建国说，我不这么说我怎么说？

我说，你完全是恶狠狠的。

焦建国说，我还能怎么样？我还能咧着嘴笑？我还能表扬她不成？

我说，你不表扬不要紧，你不该那么恶狠狠的，她毕竟是你妈。

焦建国不说话，低了头啃鸭头。先是不共戴天地死命啃，啃得我心惊胆战，肉疼得要命。后来他的频率越来越慢了，再后来他就停了下来。

我的确有些害怕了，我说，建国你啃吧，你拼命啃，袋子里还有两个，要不行你都啃了。

焦建国把手中的鸭头用力甩出去，抬起头来。我一下子就停止了啃鸭头的动作。我停止了啃鸭头的动作不是因为我可惜他把没有啃干净的鸭头丢掉了，而是我看见了他眼里含着的泪水。

焦建国说，你知道什么？你这个幸福得可恶的家伙，你这个只知道啃鸭头的家伙，你从来就没有设身处地地替我想过，你要是真的替我想过，你就再也不会说这样的话了！

我有些不明白。我说，我替你想什么？我把我的全部零花钱都拿出来买卤鸭头了，我买了鸭头又不是我一个人啃，是我们两个人啃，而且，每一次你都比我啃得多，你还总不啃干净，我从来就没有说过你。我都替你想得这样了，我还要怎样替你想？

焦建国转过头来看着我。我从他的眼睛里看到了某种复杂的神色。他说，她这一辈子，到现在为止，已经和四个男人结过婚了，四个男人。她将来还会和多少男人结婚，恐怕连她自己都说不清楚。我告诉你，有时候我有一种奇怪的想法，我甚至怀疑我的父亲是谁，他是不是焦柳？他是四个男人中间的哪一个？他是不是那四个男人中间的一个？你要知道这是一件多么可怕的事情，想一想吧，一个人，他不知道谁是他的亲生父亲，他不知道他是从什么地方来的，他只有一个不断嫁人的母亲，而我就是那个人，我是从那样的母亲的肚子里钻出来。天哪，那是多么肮脏的出生哪！我甚至为有这样的出生而感到耻辱！

我很生气他竟这样说小姨，那是我听见过的最恶毒的话了。我觉得小姨根本不该生他这个儿子，他这个儿子真不像是她生出来的。他还啃我的鸭头，他还那么大方地把没啃光的鸭头丢掉，他还说我不替他想，这令我更加的气愤。

我说，你放屁！

焦建国看了我一眼。他的眼睛红红的，挂着血丝，这使他更像一头孤独的狼。有时候我觉得焦建国就是一头狼，一头让人牵挂的狼，让人心痛的狼，你不可能不时时处处想着他，你也不可能不时时处处提防着他。但是我最终还是没有提防住他。他看了我一眼，收回目光，然后他十分疾速地从路边站起来，挥拳给了我一记。他的拳头打在我的下颏上，把我手中的纸袋打飞到老远，袋里的鸭头滚落到地上。没等我反应过来，他就扑过来，开始用脚猛踢我。

我气坏了，从地上爬起来，抹一把鼻血，也不管鸭头怎么样了，攥紧拳头朝他扑了过去，和他扭打成一团。

那一次我们狠狠地打了一架，直打得脏水乱溅，尘土飞舞。要不是有一个警察老远地看见了，朝我们走过来，吓得我们撒丫子跑掉，我们极有可能把那一架打到天上去。

那一次的结果是，我被焦建国打得很惨，鼻青脸肿，牙根松动，眼睛肿成了一条缝，整整三天没能睁开。

这种结果是很正常的，如果打架，狼一般总是赢的，不管他是怎样地让人牵挂和心痛着。

在伪造"革命历史"被揭穿、鲁辉煌和小姨大吵一架的事情发生之后，鲁辉煌一直恳求小姨原谅他，不要抛弃他，他愿意做牛做马地服侍她。在他和小姨大吵一架之后，他并没有把自己的玩具收拾好，抱着它们离开小姨。他不愿意离开小姨，不愿意去别的地方玩，他只愿意和小姨玩，他迷恋和小姨之间的那种游戏。假造历史的事被揭穿，鲁辉煌受到了党内严重警告处分，这对他的打击是前所未有的，可以说，他的政治前途差不多给毁掉了。但鲁辉煌是一个十分执著的人，从某种角度讲，他和小姨一样，不会计较别人怎么说，也不会计较一时一事的得失，相反，别人的说法，前途中的阻碍，有时候甚至会成为他和这个世界对抗的理由，并最终成就他。

鲁辉煌没有搬出去，仍然住在家里。他知道他的那番话伤害了小姨，但从另外一个角度说，小姨同样也伤害了他，甚至她对他的伤害比他对她的伤害更重。鲁辉煌并不计较这个，他不计较他对小姨的伤害和小姨对他的伤害，不计较所有在他的追求中发生着的伤害。他不断地给小姨解释，向小姨道歉，请求小姨的原谅。有好几次，他都撕下脸皮来，跪在小姨床头，痛哭流涕，要小姨看在他们相爱的分上，给他一次机会，让他们重新开始，让他能够重新向她奉献出他的爱。

小姨不知道该怎样对付鲁辉煌。她不知道应该拿他怎么办。小姨有一种筋疲力尽的感觉，有一种不想说话的感觉，有一种对生活中的一切都陌生到极致的感觉。她不愿去想发生在她和鲁辉煌之间的那件事，不愿去想在那次争吵中，鲁辉煌究竟说了一些什么。她同时拒绝和鲁辉煌做任何交谈。她甚至没有失望、没有气愤、没有苦恼，有的只是脑子里的一片空白。小姨好几次下班回家，进门时见到了鲁辉煌，都用一种迷惑的目光看着他，好像她想不起来他是谁，他为什么会出现在她的家里？她不知道她是怎么了，她为什么会有这样的感觉？

在几天的冷战之后，小姨恢复过来，向鲁辉煌正式提出，要他搬出这个家。

小姨说，你有自己的宿舍，你可以搬到你自己的宿舍里去住。

鲁辉煌不肯。鲁辉煌说，我已经解释过了，我反反复复地说，我说过那是急了眼，那不是我心里真要说的话，我都说到这个分上了，我都给你下跪了，你还要我怎样做才行？

鲁辉煌给小姨下跪了，但他决不肯搬出去住。他把家里收拾得干干净净，他把热气腾腾的饭菜端上桌，他给小姨做了一件又一件漂亮的衣裙，他把这一切都做完之后，就守在家里，等着小姨回家来。他坐在那里，或是站在那里，他的英俊的脸上是一种痛到了极度的痉挛，是一种悔到了无处再可以悔的神伤，它们在每一个点灯时分出现在小姨家的窗台前，让所有有意无意看到的人们都为之欷歔。

人们摇头，说，怎么会是这样呢？

人们后来又说，不是这样，又能是怎样呢？

小姨和鲁辉煌再度成为人们瞩目的焦点。在几年前的那场婚姻风波消失之后，小姨和鲁辉煌又一次为人们创造出新的话题，而这一次的话题正是前一次话题的延续，它恰恰证实了人们当年的判断是正确的。那是一场畸形的婚姻，不会有什么好结果，人们当年正是这么认定的。这样的结局早在预料之中，只是当事者迷，他们看不出来这一点儿，或者事情恰恰相反，当事者并不迷，他们看出了这一点儿，他们看得很清楚，却非要孤注一掷，拿着明眼的牺牲做悲壮的殉道。但不管怎么说，这样的结局仍然是令人伤感的，人们都具有同情心，不会光顾着自己的判断是否正确，是否具有前瞻性，是否预料到了未来。即使一番好心未必能被领受，人们仍然对当事者表示出深深的遗憾。他们私下里说，嗨，这个鲁辉煌呀，好端端的，非得把自己的前途和日子都毁了才算完，何苦呢？

母亲是很长一段时间之后才知道这件事情的。母亲一听说这件事就急坏了，跑去找小姨。母亲先对小姨说，这么大的事，怎么不告诉我呢？接下来，她和人们说的话就没有什么两样了。她一个劲地说，怎么会弄成这样？怎么会弄成这样？好端端的日子，非得毁了才甘心吗？

母亲去找小姨的时候，小姨正在工作。小姨麻利地处理着手中的文件，没有答理母亲。她在母亲说那些话的时候打了好几个公务电话，然后又起草了一份报告，直到母亲发火了，说，梅琴，你到底是怎么回事？你要怎么才能算个头？小姨才放下手中的工作，抬起头来看着母亲。

小姨说，姐，我不知道这是怎么回事，我也不知道为什么会这样，我更不知道怎么才能算个头，这一切我都不知道。

母亲看着小姨。在她的眼里，那是一个糊涂透了的小姨，是一个不可救药的小姨。母亲突然间感到那是一件没有希望的事，是一件已经结束掉的事。母亲说，那你要怎么办？

小姨反问母亲，你说我该怎么办？

母亲说，夫妻间吵架打架，这是太正常不过的事。我和你姐夫，我们不是整天打来打去，我们都打了几十年了，不是也没有怎么的吗？不要把这种事看得太严重，人家小鲁已经向你承认错误了，你要给人家一个机会，回家去，好好过日子。

小姨说，姐，我们没有吵架，我们也没有打架，这一点也不正常。

母亲有些烦躁，说，小妹，事情没有你说的那么严重吧？事情有那么严重吗？怎么每一次事情到了你这里，都会变成这个样子？一点儿完全不起眼的事，你非要那么认真，非要把它弄得不可收拾才算完？老实说，我过去还觉得你的命不好，怎么老是遇不到好人，怎么老是坎坎坷坷，现在我才知道，不是你的命不好，不是你坎坎坷坷，是你太和自己过不去，太和别人过不去，这样下去，多好的命能经得住你折腾？

小姨看着母亲。她坐在她的办公桌后面，身板儿笔直。有一刻，她把头低了下去，两只手交叉地放在办公桌上，后来她抬起头，捋了捋头发，很平静地对母亲说，姐，你回去吧，我的事，你不要再管了。

母亲气坏了。她真的走了。她拎了自己的包，一摔门，从小姨的办公室里出来，下楼，出了文化局的院子，一路上自言自语地说，我不管了，我干什么要管？我就看一看，我不管又能怎么的？

小姨和鲁辉煌一直那么僵持着，小姨抵制着鲁辉煌，鲁辉煌又不放弃，两个人就像是两匹在悬崖边上对峙着的马鹿，谁也甩不开谁，谁也征服不了谁。

事情到了最后，还是由鲁辉煌把它做成了。

那天下班后，小姨不想回家，她在办公室里滞留了很长时间。清洁工一间一间地扫地拖地，把整栋大楼打扫完了，门房也来过好几次，挨着检查每个办公室的门是否关好了，然后关上大楼里的灯。小姨看出门房已经有了明显的疑惑，想问又不好问，知道文化局办公大楼里没有留宿的规矩，自己再待下去，也不能待到第二天天亮，看着天色已经很晚了，就收拾了东西，拎上提包，锁了门，下楼来，走上早已空寂无人的大街。

小姨没有乘车，慢慢地往家走，回到家时已是很晚了。推开家门一看，鲁辉煌还没睡，在外屋里喝酒，手里拎着个酒瓶子，也没有什么菜，桌子上摆了一碟渍糖蒜，基本上没有动。人是早已喝得酩酊大醉，趴在那里，就差没滑到桌子底下去了。

小姨没吃晚饭，也没胃口，看见鲁辉煌那副样子，更加反胃，也没有心思答理鲁辉煌，去衣架旁挂好提包，脱了外套，去厨房里倒了一杯水，靠在那里，慢慢地喝下肚，放了水杯，进了卫生间，洗漱后径直走进卧室，脱衣上床，把被子拉过来，人捂在被窝里，在灯下看书。

小姨看了一会儿书，正准备睡，鲁辉煌推开门，歪歪倒倒地进来了，脚下站不住，把一张椅子带倒了，想要去扶，人没站稳，差点儿没滑下去。

小姨看了看他，冷冷地说，屋里没你的被子，你的被子在外面。

鲁辉煌撑着站在那里，也不说话，脸色紫红着，眼睛直直的，喘着粗气，好像要把一肚子的酒压着不让涌出来，又好像要憋足了劲变成一头野兽。

小姨发觉鲁辉煌的情绪不对劲，放下手中的书，说，你干什么？

鲁辉煌说，我，我不在外面睡了，我得睡，睡回来。

小姨再拿起书来，冷冷地说，你喝醉了。

鲁辉煌说，我是喝，喝醉了，那又怎么样？

小姨有些厌烦地说，厨房里有凉开水，去喝两杯，醒醒酒，把门给我带上。

鲁辉煌说，我不喝凉水，我要你，起，起来和我说，说话。

小姨说，我明天得上班，不想说话，再说我也不想和一个酒鬼说话。

鲁辉煌说，我不是酒鬼，我是你，你丈夫。

小姨不想纠缠下去，把书签夹进书里，脱了外套，钻进被子，伸手关了灯，脸朝里，睡了。

鲁辉煌踢开椅子，摇摇晃晃地走过来，差一点儿又跌倒在床前。他走到床前，一把将小姨身上的被子掀开。

小姨一下子坐起来，说，你想干什么？

鲁辉煌说，你不和我说话，那你就和我睡觉。

小姨说，我不想和你睡觉。

小姨说完就去抓被子，重新掩住自己，躺了下去。

鲁辉煌再一次将被子抓住，乜斜着眼，一副气急败坏的样子，嘴里喷着酒气，说，梅，梅琴，你不要太，太过分了，我鲁辉煌好歹也，也是个男人，不能让人这么摆，摆布！

小姨还没有来得及反应，鲁辉煌已经将她身上的被子掀开了，并且扑了上来，将她压在身下。小姨拼命地反抗，手脚并用抵挡着鲁辉煌。醉了酒的鲁辉煌力大无比，完全不容小姨抵挡，三两下就将小姨贴身的衣服扒了下来。小姨腾出手来，在鲁辉煌脸上抽了一记，但很快地，她连反抗的机会都没有了。鲁辉煌像个疯子，嘴里吐着酒气，很快占有了小姨。

疯狂在最后的那一刻结束了，鲁辉煌像一只撒完了气的皮球，停止了动作。小姨在鲁辉煌的身下静静地躺了一会儿，无比厌恶地将他推开，起身下了床，冲进厨房，找到了菜刀，转身冲进卧室。

小姨冲进卧室的时候愣住了。她看见鲁辉煌跪在床上，捂着脸，嘤嘤地抽泣着，他的样子，是完全崩溃了。

小姨闭上了眼睛，站了一会儿，睁开眼，将手中的菜刀往地上当啷一丢，说，滚开，别让我再见到你。

在长达一年的时间里，鲁辉煌和小姨实际上一直处在分居的状态里。

鲁辉煌从家里搬了出去，住进了剧院他过去的单身宿舍，吃住都在剧院。这中间鲁辉煌去文化局找过小姨两次，被小姨从她的办公室里赶了出来。他给小姨打电话，小姨一接到他的电话就把话机挂了。小姨拒绝与鲁辉煌谈任何有关他们之间的事情。小姨对鲁辉煌说，我们之间没有什么事情好说了。小姨还说，你放心，我不会主动和你提出离婚，但如果你提出来，我想我会接受的，这是我们之间谈话的唯一可能。

鲁辉煌因为假造档案的事，最终受到行政撤职的处分，从京剧院院长的位置上撤了下来，在院办做一个一般的办事人员。他从什么都不是开始，飞快地上升，上升，然后跌落下来，又回到一开始的位置上。这种打击对鲁辉煌十分沉重，使他几乎抬不起头来，整天情绪低落，没精打采。但鲁辉煌并不需要别人的同情，团里有人过去和他关系不错，他当上院长后有些疏于来往了，现在他又不当院长了，那些人就又来找他，在他耳边说小姨的坏话。鲁辉煌一点儿也不买账，对那些人说，放屁！

鲁辉煌住他过去的单身宿舍，有时候也住到一些单身演员的宿舍里。那些单身演员，当然都是一些女演员，她们中间有好几个是鲁辉煌昔日的追求者，她们宿舍的门虽然总是紧掩着，但其实永远都是对鲁辉煌敞开着的。鲁辉煌像一个失魂落魄的孩子，在没有人顾怜的黄昏时分，走进她们的宿舍，在那些布置得相当艺术相当有品位的闺房里接受女演员们的抚慰。这样的局面延续了相当一段时间，然后那些追求者们如梦初醒，相继放弃了她们的追求，离开了鲁辉煌，回到她们守株待兔围点打援或者直捣中军的自由生活中去。

只有一个名叫王环的演青衣的女演员始终不渝，仍然接纳着鲁辉煌，坚持着她对鲁辉煌的一片痴情。王环一直紧敛玉口，她并不否认她和鲁辉煌之间发生过的事情，但她绝不对任何人说出有关鲁辉煌在她的闺房里都说了些什么、做了些什么，哪怕是关系最好的女友，她也只字不提。只是在其他的女演员把那些事情说出来，并且传得沸沸扬扬之后，王环才忍不住站出来指责她们的不义。王环非常激动地对自己的女友说，他是表现得不正常，他是控制不住他自己，他是老在流泪，他是有些变态行为，但他受了多少苦，受了多少委屈呀，谁又看到他这个了呢？他的内心深处有多少伤痛，谁又关心过这个呢？我爱他，我不管他把我当成谁，我不管他怎么对待我，我不管他把他自己变成什么样，我只要能为他做一些什么，哪怕只是做一点儿，我只要他能在我这儿得到慰藉，得到松弛，得到发泄，我就心满意足了。

直到"文化大革命"开始，小姨和鲁辉煌才正式离婚。

"文化大革命"开始之后，鲁辉煌很快和小姨办理了离婚手续。这次是他主动提出来的。他去小姨那里，拿走了所有他认为自己应该拿走的东西，包括他给小姨做的那些漂亮的裙子和几包过了期的药片。在离开小姨家之前，他在两间他曾经十分熟悉的房间里走了一圈。他手里拎着旅行包，嘴唇颤动着，脸上没有一丝血色。最后，他停在小姨面前，看着小姨的眼睛，打了一个冷战，说了一句话，然后推开门走了出去。

鲁辉煌说，如果我是一个魔鬼，那全是你的原因！

鲁辉煌以他前所未有的激情投入"文化大革命"之中。他作为被撤职的前京剧院领导，是资产阶级反动路线的直接受害者，不但没有受到运动的冲击，而且获得了参加和组织造反队的资格。鲁辉煌在运动一开始就积极地组织人成立造反队，起来造反夺权。青衣演员王环那时仍然死心塌地地慰藉着鲁辉煌，一直没有嫁人，也没有谈恋爱。青衣王环不希望鲁辉煌再折腾了，苦口婆心地劝鲁辉煌不要到处张罗着组织人去造反。王环对鲁辉煌说，辉煌，你还年轻，过去的底子厚实，荒废的时间也不算长，用点心，吃点苦，把丢掉的功夫捡起来还来得及，就算武生演不了，将来还可以唱须生，何必去闹腾。鲁辉煌瞪着一双俊气的眼睛朝王环吼道，你以为我愿意闹腾呀？你知不知道，我这是被逼上梁山的？！

鲁辉煌对自己过去的经历痛心疾首，他对自己那支造反派队伍的战友说，我真是瞎了眼呀！我整整荒废了两年的生命和光阴呀！我怎么会知道两年之后会有一场轰轰烈烈的"文化大革命"呢？我怎么会那么糊涂，那么不长后眼呢？我他妈恨透了那些资本主义当权派，是他们把这个世界弄成这样的，我吐血都来不及呀！

　　鲁辉煌的那支造反派队伍名叫"反戈一击有理战斗队"，鲁辉煌是队里的一号联络员。战斗队成立后，为队里该采取的第一个革命行动，鲁辉煌和二号联络员发生了激烈的争执，最后鲁辉煌赢得了胜利。

　　当天，"反戈一击有理战斗队"揪出了走资本主义道路的当权派梅琴，他们冲进了文化局副局长的办公室，把梅副局长从办公室里拖出来，把她的头发剃光了，在她的胸前挂上了一块沉重的牌子，把她的双臂倒剪在背后，推着搡着押上批斗台。在批斗她的时候，有人在混乱之中出手，把她从高凳子上踢了下来，然后有一瞬间，所有的人都静止在那里，像是定格似的。

　　他们先是听见有什么东西断裂的声音，然后他们听见那个苍白的女人撕心裂肺的一声惨叫。

二十八

小姨死了。

那一天，我和母亲从殡仪馆回到家，走进院子的时候，父亲手里拿着一张刚送到的报纸，端坐在太阳下面看着我们。父亲他一直看着我们，那种目光，就像看着两个贸然闯入的陌生人。我不知道母亲她怎么样，我的脸上肯定没有什么表情，我的心和我的脸一样显得呆滞僵硬，我想，即使是在五月春暖花开的季节里，父亲他也不可能从我的脸上看出什么来。母亲在前，我在后，我们就那么走进院子，穿过落叶稀疏的卵石小径，走上洒扫得干干净净的台阶，拉开大门，走进家里去了。

父亲的目光一直追随着我们，直到我们几乎要从他的视线内消失的时候，他才大声地冒出一句：完了？

父亲这句话显得比较奇怪，如果是别的什么人听见，肯定会感到莫名其妙。但是父亲的那句话不是对别的什么人说的，而是对我说的。我是父亲的儿子，我能听懂父亲的那句话，父亲那句话的意思是说，我和母亲回家之前去干的那件事，是不是干完了？父亲的表达总是那么言简意赅，这有赖于他半个世纪生死攸关的战争磨炼。而我具有父亲的遗传，我的回答自然也啰唆不到哪里去。我甚至连头都没有回一下，说：完了。我说完这话的同时人已经走进家里去了。

我和母亲直接走进了厨房。我们家的厨房很漂亮，它宽大得要命，而且它整天都弥漫着让人激动不安的油烟味。在和平年代里，一个职业军人家庭里的油烟味最能代表愤慨、失落和已逝的荣誉感，尤其是这个家庭里还有几个已经长大的男孩子的时候，尤其是这些男孩子们有着军人的血统而没有军人的环境的时候，他们必定会把厨房当成他们另外一个战场。当然这并不是我走进厨房的原因，我想这也不是母亲走进厨房的原因，甚至于我和母亲走进厨房的原因也不是我们的肚子饿了。我们刚从殡仪馆回来，我们的肚子不会那么快就饿了，我们还沉浸在失去亲人的悲痛之中。我们——主要是母亲——走进厨房，只不过是想要找点事情来做一做，以便能尽快地从那种悲痛之中回到现实中来罢了。我们总不能像父亲一样在失去了一个亲人之后一本正经地坐在太阳下面看报纸吧？

我们很快就如愿以偿，找到了可以做的事情。母亲主厨，我给她打下手，我们母子俩在漂亮宽大的厨房里做晚上要吃的菜。我们要做的是一种叫做食香茄儿的菜。我们选择这道菜当然有所考虑。这道菜有着十分悠久的历史，而且在各个朝代有着不同的菜名，比如在明代的《便民图纂》中，它被叫做香茄，而在元代的《居家必用事类全集》中，它却被叫做食香茄儿，前者的叫法客观冷静，后者的叫法主观活泼。其实不管它被叫做什么，它只不过是一道非常家常化的素菜——我们刚从殡仪馆回来，我们对素菜情有独钟——而且，这道菜的做法比较复杂——这是我们选择这道菜的原因——你得先挑选新摘的嫩茄子，把它们切成寸半的茄条，用滚汤焯过，放进纱布里，把水稍稍榨干，用精盐腌一下，再用香油、醋和砂糖拌匀，把姜丝、橘红、紫苏、蒜蓉，泼在茄干上，这道菜才算是完成了。

我们做食香茄儿。我刨着姜皮，然后抬头看母亲。我看母亲，是因为母亲从一大早起床直到现在都没有开口说过话，甚至在遗体火化后，死者的那个儿子表示不愿意把骨灰带回自己的家里去，母亲在那个时候也没有开口说话。反倒是我沉不住气，扑过去揪住我那个在大学人文学院教国际政治学的表哥，用力扇了他一个耳光。我不喜欢我的表哥，早就想找机会揍他了，但是我对母亲同样也不能理解，因为死去的那个人，让我们为之悲痛的那个人是她的同胞手足，她们是有着同样血脉的。在今天这个为逝者举行的告别仪式上，好多人从四面八方赶来，他们有的人是从很远的北方或者南方赶来的，这些人，他们每一个都与死者有关，都在逝者的生命旅程中扮演过某一段亲情的角色，而这个逝者在世时为命运所驱，不断地改变着自己与身边人的关系，这使得与她有关系的那些人十分窘迫。他们爱她、恨她，他们因为自己的生命中有过她的痕迹而自豪、痛苦和伤感，他们没有办法不在漫长的生命旅途中一想到她以及她和他们之间的关系就五味俱全。逝者无疑是一个特立独行的人，她太多地改变着她与这个世界的关系，她似乎一点儿也不在乎这个，她把一切都弄乱了，弄得不可收拾。但是她从来不曾弄乱过和我母亲之间的关系。从她来到这个世界，到她离开这个世界，她和我母亲的关系一直不曾改变过，她们永远是同胞，永远保持着那份血液的纯粹，半分都没有让它有过杂质。我站在味道怪怪的殡仪馆里想，夫妻也好，母子也好，那种关系，它们都太具有利益性，它们只不过是人们在张狂或者悲观时固执地做出来的一种样子，是做出来给人以奉献和索取的充足理由。只有同胞这种关系，比如我的母亲和逝者，她们没有那种利害关系，她们只不过是一根藤上摘下来的两只瓜罢了。如此，逝者已逝，即使所有的人都无动于衷，我的母亲也应该为之动容，作为两个瓜中间的一个也应该动容的。但是没有。母亲她很平静。她是有点太平静了。她就像平时那样水波不兴。她的手脚像平时那样麻利。她很快做好了食香茄儿。她站在那里看着盘子里醋香四溢的食香茄儿，样子安静而且投入。

母亲说，今天的事很顺利，对不对？

我说，是的，很顺利。

母亲说，幸亏有老干部证，要不就得排队了。

母亲的意思是殡仪馆的业务很忙，办丧事的人很多，就像办签证出国或者去中英街买金子的人那么多，多得排起了长队，不预约根本就没法租用到告别室，幸亏逝者有老干部证，她在生命结束的时候，就给别人省下了不少麻烦。

我说，没想到，老干部证还真能派上用场，要这么着它还是有意义的。

母亲说，也好，总算了了一件事。

母亲这么说。她说也好。她说这句话时神态安详。她的嘴角甚至还露出了一丝笑意。我不知道该怎么回答母亲。我不知道母亲说也好是什么意思。而且我为母亲总算了了一件事的说法感到难过。我的意思是不管怎么样，她们毕竟是同胞，她们的血是一种样子的，她们没有什么也好不也好的。我站在那里不做声，而母亲却显得很轻松，至少从外表上看来她是那样的。她把做好的食香茄儿放进冰箱里贮藏着，用揩手布擦了擦手上的糖稀和香醋，很惬意地叹了一口气，显得有些夸张地四下里看了看。

母亲说，怎么回事儿？今天做起事来真是快。

我说，是吗？很快吗？

母亲说，难道你不这么认为吗？

我说，我没有看时间。我把表弄丢了。

母亲说，什么时间？什么表？这与时间和表有什么关系？

我说，的确没有什么关系。

母亲说，我们再来做一道菜吧。我们不能这么闲着。

我说，我们做什么呢？我们再做一道什么菜呢？

母亲说，可以做的菜有很多，比如说，我们可以做一道名字叫做百果冻的菜。

我说，百果冻是什么菜呢？它是怎么做成的呢？

母亲说，这是一道很爽口的菜，是我自己发明的，它的辅料是皮冻粉、白醋、白砂糖、胡桃仁、松仁、白芝麻，它的主料是时鲜水果，比方说，苹果、蜜梨、脆桃、菠萝、香瓜、橘子……

母亲这么说着，突然止住了，身子往微波炉上一靠，用手蒙住了脸，嘤嘤地哭了起来。她原先握在手上的青豆洒了一地，但她一点儿也不想去顾及它们，她的双肩急促地抽搐着，泪水顺着她的手指缝流淌下来，那一刻，她显得从来没有过的软弱。

我站在那里。我想这就对了，这就是我的母亲了，这就是逝者的同胞了。我朝母亲走过去，伸出双臂，把母亲揽进怀里。母亲她把牙关咬得很紧，像一个无辜又无援的孩子，蜷缩在我怀里，啜泣得差一点儿就背过气去。

母亲说，你的小姨，她终于死了呀！

没有人通知鲁辉煌，他不知道打哪儿听说了小姨去世的消息，自己赶到了殡仪馆。

因为"文化大革命"中参加了武斗，手头上有人命案，鲁辉煌在"文革"结束后坐了七年牢。从牢里放出来后，他失去了公职，一度靠着到处混嘴上饭过日子，人变得有些神神道道的，越来越猥琐。据说他混得最好的时候是改革开放以后，他给一个从纺织厂辞职出来开服装厂并且发了财的女老板当公关先生。那个女老板年轻的时候爱好过文艺，做过演艺梦，属于怜香惜玉一类的。顾念鲁辉煌过去正经唱过戏，是本市有名的演员，有点身段底子，女老板让他在一群粉头小生中做领班，领导一群服装架子，每月能挣两千来块钱的薪水。另外公司里若是来了重要的客人，而客人若是喜欢听个戏什么的，就招他来酒宴上唱上一段，凑个热闹，顺便混个吃喝，如果哄女老板和客人高兴了，说不定还能得到两个赏钱。

鲁辉煌在这样的日子里过了好几年，渐渐学会了喝酒，而且酒量越来越大。他没有再结婚，单身过，一个人吃饱了，全家不饿。有几次结了婚又离了婚的原京剧院青衣演员王环来找他，他和王环去酒吧里喝酒，两个人说一些过去的事情，慨叹几声，落几滴泪，再相对无言地喝闷酒，喝得大醉了，谁兜里有钱谁就付账，没有钱，鲁辉煌就把手上的潜水表抹下来，往柜台上一放，说，下次一块儿结，然后出门，招手拦计程车，各自回家睡觉。酒店的老板熟悉鲁辉煌，也不是第一次见他喝成这样，笑一笑，让吧台收了鲁辉煌的表，放好，等他下次带了钱来赎。

有一次，鲁辉煌的女老板签下一大笔单，高兴了，自己开着车，带上鲁辉煌，去了一家夜总会，开了一间包房，要了几个清淡菜、一瓶酒，庆祝一番。几杯下肚，女老板人有些微醺，半躺在沙发上，要鲁辉煌坐到她身边去。鲁辉煌不敢怠慢，连忙从餐桌边起身，坐到女老板身旁。女老板醉眼蒙眬，伸手捏起他的下巴，在他脸上摩蹭着，说，可惜，你要是年轻二十岁，凭你这副皮肉，我就把你包起来了，何苦秋霜满面的还在道上混？你说说，你早些年干什么去了？

那天鲁辉煌将女老板送回了家，又回到了夜总会，大醉一场。在以后的几天时间里，他不断泪流满面地对人说，我没有遇到好时代，我真是亏得慌呀！

……

没有人答理自己找到殡仪馆来的鲁辉煌，他非常殷勤地和所有的人打招呼，别人都不理睬他，他也不怎么在乎，是一副死了脸皮的样子。在排队等待火化的时候，他黏到我身边，找我讨了一支烟，叹了一口气，说，你知不知道，当年我和你小姨结婚的时候，我正经是个童男子呢，我从来没和一个女人睡过觉。看我脸色不对，他又马上转了话题，很知心地对我说，你小姨落到今天这个地步，实在是一个悲剧，她害得我也成了悲剧，她当年哪怕是灵活一点儿，通融一点儿，又何至于有今天呢？

叶灵风是除了我们自己家人之外来的老人中我唯一见过面的。

叶灵风是直接从机场赶到殡仪馆的。我们家给何同志发了一份电报，他从何同志那里了解到电报的内容，在最后的时刻赶来了。按照租用告别室时留下的登记，他很快在殡仪馆里找到了我们。我走过去和他握了一下手。他立刻认出我来了，对我点了点头，然后把一双手插在风衣口袋里，阴着脸一声也不吭。

那次在北京看了那场试验话剧之后，我没有给他打电话，我第二天就离开北京，回到自己的城市。我的女孩骑一辆本田赛车到机场送我。她骑得太快，在路上被道路检测仪测出来了，让警察追上开了代理单。女孩后来不思悔改，仍以那种追星超月的速度飙车。出了三环后，她把风镜严了严，猛轰油门，突然对我大声说，那个临风，他算个爷呢！风太大，我没有听清。我大声说，什么？你说什么？！她说，他在这条道上名气忒大，是个生杀予夺的主儿，昨晚我才知道，我妈就是他二十年前给勾兑成大牌的！她那么说着，一偏身，带着我从一辆奔驰的里道超越过去，差点儿没把那辆奔驰逼上护栏。

那以后我再没有见到过叶灵风，只是在各种媒介中得知他的消息。他就像一株老来红，越老越红，如今火得要命，有好几部新编历史剧和荒诞剧在北京最卖座的剧院里上演着，并且桃李满天下，而那些剧评家，我是说那些名气最响亮的剧评家，他们则以替他的剧本写赞美和歌颂的文章为荣。我有一次在车站等车，买了一份报纸，看过其中一篇吹捧叶灵风的文章，它的标题是：《唯君独走冲尘土，下马桥边报直回》。我对戏这玩意儿一窍不通，肚子里也没有多少墨水，说不好文章写得怎么样，我只知道文章里说的叶灵风，不是我所知道的那一个。

小姨火化后，叶灵风要赶去机场。他来的时候就订好了来回机票，要乘当日夜里的飞机飞回北京。

离开殡仪馆之前，叶灵风走过来，走到我面前。我原以为他有什么事情要交代，比如说，他那里还保存着小姨的一些遗物，在小姨去世之后，他准备把那些遗物交还给我们这些亲属。可我错了。他没有什么遗物，也没有打算把什么东西交给我们，他只是扬了扬下颏，很认真地问了我一句话。他的头发雪白，器宇轩昂，这使他身上始终不渝的那种忧郁更加强烈了。

他从北京来，马上要回北京去，这是他对我说的第一句话，也是唯一的一句话。

不管怎么说，我得承认，有一点儿他和小姨极其相像，当他们受到外界挑衅的时候，或者他们想要表示自己的不沟通的时候，他们俩都爱高傲地扬起他们的下颏，像一只美丽的梅花鹿。

他对我说的那句话是：请你告诉我，你真的是梅琴的孩子吗？

焦柳没有来，瘫痪在几千公里之外一座城市某一家医院的某一张病床上。

"四清"之后，焦柳重新复出，但没过几年，"文化大革命"又开始了，焦柳再一次坠入深渊。直至"文化大革命"结束之后，焦柳才和所有关进牛棚里的人一起得到解放，另一批人则替代他们进了监狱或者是牛棚，那些人是在"文化大革命"中整过他们的，其中有不少人是他们更早一些时候的战友。

焦柳解放后重新恢复了工作，但是他没有工作多久就休息了，据说这一次是他主动要求休息的，按照当时干部离职休息的年龄来算，他算是比较早离开领导位置的一类人。

休息后的焦柳开始学着养花养鸟以及钓鱼。他把他住的那个院子和他的家弄成一个花园的样子，把自己的日子弄得很悠闲，是个真正的寓公了。他还参加了老年书画大学，学着画竹子和描字帖，在画竹子和描字帖之外，也跟着人学打太极拳，总之是迷上了养身之道。

据焦建国说，焦柳老是害怕饿，一天到晚不停地吃。他一个人过日子，却给自己买了两个冰箱，两个冰箱里鱼呀肉的塞得满满的，稍有空隙，他就去菜市采买，把空缺补上，以至于两个冰箱里整年整月都装满了食物，冰箱一开，屋子里就立刻弥漫着一股浓烈的动物尸体的腐败气味。焦柳对饥饿十分恐惧，整天除了养花种草、画竹描帖，就是弄吃的，吃也没个准，想起来就吃，有时候半夜里醒了，还要爬起来下一大碗馄饨。这样吃下去，终于把胃给吃坏了，因为是一个人在家，没人管，到第二天才被干休所送报纸的通讯员发现。休干所把他拖到医院里，先保守治疗了一段时间，没见有什么效果，不住地吐血，后来做了胃切除手术，手术后人立刻萎缩下来，还是想吃，却什么也吃不动了，山珍海味摆在面前，也只能眼巴巴地看着发呕，人很快瘦得只剩下一张皮。再后来由人引荐，跟上了一个师傅，练上了一个什么功，先前师傅还夸他有悟性，提高得很快，说要是照此练下去，保准能练成气候。他听了师傅的话，越发是练得上心，谁知没练上两年，就把自己给练到床上去躺着，再也动弹不得了。

焦柳一辈子没再娶。焦柳说，女人全是靠不住的，当她们需要你的时候，你就是一棵大树，当你需要她们的时候，她们就成了一只兔子，再英雄的男人，落到女人手里也得糟蹋了。

焦柳这话是对他的儿子焦建国说的。

焦建国知道焦柳瘫在床上后，专程去了一趟焦柳生活的那座城市。焦建国那时已经成了家，全国恢复高考后，他考上了大学，大学毕业后留在了学校里，现在是副教授，分了三室一厅房子。焦建国对焦柳说，他想把他接走，接到他自己生活的那座城市，让焦柳和他一起生活，自己好照顾焦柳。

焦柳对焦建国说，你别说照顾我的屁话，你要直说了我还兴许信了你，你说照顾我，你当我是三岁的小孩子呀？我懂，你是看我没两天日子好活了，想着我的存折，对吧？小子，我也把话给你说实了吧，我这一辈子，是爹妈生的，党培养的，其他再没人管过我，再没人真心疼过我。爹妈早入了土，我想要孝敬也来不及了，党还在，我那两个积蓄，我死了以后谁也不给，全交党费，让你们这些拨拉着心珠子算计着我的人空喜欢一场。

焦柳说罢哈哈大笑，笑得气都喘不上来，差点没背过气去。

焦建国二话没说，甩门就走，当天就买了车票回去了。

满都固勒是最早赶到我们这座城市来的。

前顾委成员如今已经明显衰老了，身体有了很多的毛病，脸上红扑扑的，布满了老年斑，举止呆滞，行动缓慢。他从省接待办接他的小车上下来的时候，费了很大的力气。接待办那个干部不知道应该先把掉在地上的拐杖拾起来，还是应该先把他从车里搀扶出来。那个干部决定先放弃拐杖，去把他弄出来，可他被车门蹩住了，人卡在那里，脸上露出痛苦的表情，嘴里咕噜着什么。那个干部先没听明白，后来好不容易才听清楚，他说的是脚，我的脚。

在知道小姨去世的消息之后，满都固勒服用了一粒进口的心脏病药，挺了过来，然后一连好几天不说一句话。满都固勒的老伴后来给我说，几年前，满都固勒回了一趟内蒙老家，那是他出来几十年后第一次回到家乡去，在此之前，他一直拒绝回到内蒙老家去。别人一提这事，他就阴沉着脸看人一眼，好像人家说的不是他的家乡，而是一个禁忌之地。在他感觉身体一天不如一天的时候，他突然决定要回去，而且谁也拦不住。那一次回老家，满都固勒也像这样，一句话也不说，整天阴沉着个脸，并且偷偷地服过几次心脏病药，弄得随同他回去的家人不知道出了什么事，又不敢问他，一路上都十分紧张。

满都固勒坚决要来给小姨送行。他的家人反对，主要是他的几个儿女，说，你和人家梅阿姨几十年没有来往了，你们再没有什么关系了，即使要表示一下，发个唁电也就行了，你去算怎么一回事？满都固勒发了脾气，摔碎了一只青瓷花瓶，把几个阻止他的孩子臭骂了一顿。后来家里商量了两天，决定让老伴陪同他一块儿来，这才算把事情了结了。谁知满都固勒一到我们这座城市里，还没住下来，就犯了心脏病，人住进了医院。医院进行了抢救，因为发现及时，没有危险，但医生说，他这种情况必须静卧休息，不能参加任何活动，尤其是那种有可能刺激病人情绪的活动。这样，满都固勒千里迢迢地来，却只能待在医院里了。

也就是鲁辉煌给我说过那番有关悲剧的话然后消失掉的时候，我接到满都固勒的老伴从医院里打来的呼机。我去回了电。

满都固勒的老伴在电话那头惊慌地说，小四，你能不能来一趟，你满伯伯不好了！

我说，怎么个不好法？

她说，他流泪。

我说，他什么？

她说，他流泪。他从早上起来就开始坐在那里流泪。他一直那么流着。

我说，还有呢？

她说，还有什么？

我说，就是流泪吗？

她说，是。

我说，小姨还没有走，我得送小姨，我晚上过来看满伯伯。

她说，那你满伯伯怎么办？

我说，让他流吧。

我说完就收了线。

焦建国始终是一副不耐烦的样子，好像谁打搅了他的正常生活似的，一到殡仪馆就板着一张脸。开始是和谁都吵，把殡仪馆的人弄得很敌视，处处找我们的麻烦。弄到最后，连接人的司机都被他无缘无故训了一通，后来我上去把他推开，自己来操办那些事，他就一句话也不说，躲到一边抄着手望天去了。

我也烦。

我烦透了。

小姨在医院里时我一直守在那里，焦建国去了两次，以后再也不见他的人影了。他借口说他带的两个研究生要答辩了，正让他看论文，他自己还有一本书等着看校样，出版社在后面催着要稿，忙不过来。

小姨去世后我打电话给他，要他以家属的身份来医院办手续。

他说，人是不是真的死了？前两次也说死了，结果没死，耽搁时间不说，把人的心情弄得很糟糕。

我说，人是凌晨走的。我太困了，出去抽了支烟，靠在椅子上睡过去了，人走的时候我不在她身旁。

他说，这样吧，你先办着，我把手头的事处理完以后再赶过来。

我说，你得快点，要给小姨换衣服。

他说，换什么衣服？

我说，人走了，你得给她洗一洗，让她干干净净地走。

他说，又不是出生，搞那么麻烦干什么？我是研究哲学的，我不讲那一套。实在不行，你帮我请一个钟点工做了得了。

他说完就挂了电话。

母亲和大姨赶到医院后，听了我的复述，叹息说，如果小姨的儿子不愿做，那就我们来做吧。

我对母亲和大姨说，不用，还是我来做。我对母亲和大姨说，你们都管我叫小四，只有小姨管我叫四儿，四儿四儿，好歹我也算个儿子，我就做了那个儿子吧。

我做着小姨儿子的时候，小姨她很安静。人躺在那里，一句话也不说。我想起小时候舅舅们说过的那句话。小时候我问舅舅们，沙木腾格力家族的女人，谁最美丽？舅舅们说，如果沙木腾格力家族的女人安静着，坐在那里或是站在那里，最美丽的是你的大姨；如果她们动起来，比如说她们像风或是像马，不用说，那准是你的小姨。现在美丽的小姨不动了，她躺在那里，不再像风也不再像马，我说不出她为什么会这样。我用给小姨洗脸的毛巾捂着眼睛，眼泪就流下来了。

本来事情已经完了，小姨火化后，骨灰出来了，殡仪馆方面用我们事先选好的盒子盛了，交给我们亲属，大家站在殡仪馆的院子里，准备分手。

大姨把骨灰盒捧着，走过去交给焦建国。

焦建国不接，说，给我干吗？

大姨愣了一下，说，建国，这是你母亲呀？不给你给谁？

焦建国说，这玩意儿给谁谁要？交几个钱寄存在公墓里，又干净又省心，你让我拿回去有什么用？

大姨有些颤抖地说，你母亲刚走，好歹让她在亲人身边待待，要不你也忍心？

焦建国说，理论上讲她是我母亲，但她又管过我多少？

大姨说，建国，这种话你可不该说，你母亲一直供你上学读书，她送你上了大学，出国深造，你结婚的时候她把所有的积蓄都给了你，她怎么没有管你？

焦建国喊道，你们只看到这个，你们怎么不说说，她是让我在一种什么样的畸形环境里长大的？！她这个母亲有过什么责任感？！

我扑过去，一把揪住焦建国的衣领。我咬着牙说，你小子欠揍！

焦建国说，你敢！

我一耳光扇在他脸上，把他扇倒在地。

焦建国爬起来，抹一把鼻血，扑向我，说，操你妈，你一个下岗工人也敢动手打哲学教授！

我说，我就偏创造一个特色出来让你看看！说完我又照着他的下颏狠狠地来了一拳，再次把他打倒在地，然后扑过去往死里踹他。

几个家族里的年轻人上来阻拦，老人们则站在一旁没有动，殡仪馆的人走过时只是朝这边轻描淡写地看上一眼，然后什么事也没发生似的走过去。

这里是殡仪馆，在这里打架是太正常的事情了。

小姨弥留之际时，有一次我给小姨洗脸。我用温水沾湿了毛巾擦拭她的额头。我擦拭着，小心地把她额头上的一绺头发捋起来，捋顺到头发中间去。我在那个时候突然有了一种幻觉。我看到小姨的头发不是我习惯的花白色，而是青青草地的绿色，它们葳蕤茁苒，已经长出了草原铺天盖地的样子，在那中间，盛开着各式各样的鲜花，有七色的蝶儿飞起来，翩翩的，然后是鸟儿的鸣叫声，是草原上盛产的那种百灵鸟，它们从蝶儿中间穿过去，鸣啭着，插入云际间……

小姨在那个时候醒过来了。

醒过来的小姨冲着我困难地笑了一下，轻轻地说了一句话。

小姨她说的是：四儿，我刚才做了一个梦，我梦见草原了。

1999年8月8日初稿

1999年12月1日改毕于汉口花桥